Der zweite Fall für Zorn und Schröder

Hauptkommissar Claudius Zorn ist frustriert – es ist Sommer, es ist heiß und er bekommt gleich zwei Mordfälle in einer Woche auf den Tisch. Da war ihm die Einbruchserie in der Kleingartenanlage wesentlich lieber. Die war schnell geklärt – eine Clique Jugendlicher wollte sich die Zeit vertreiben. Merkwürdig nur, dass beide Mordopfer genau dieser Clique angehörten. Und dass beide kaltblütig ermordet, förmlich hingerichtet wurden.
Zorn und seinem Kollegen Schröder ist schnell klar, dass hier jemand gezielt und durchdacht vorgeht, seine Opfer ganz genau auswählt. Sie vielleicht sogar kennt. Als die beiden Kommissare endlich eine vage Spur haben, ist die Zeit bis zum nächsten Mord bereits abgelaufen. Und Zorn kann sich einfach keinen Reim darauf machen, weshalb Schröder sich plötzlich so merkwürdig verhält …

Stephan Ludwig, Jahrgang 1965, arbeitete als Theatertechniker, Musiker und Gaststättenbetreiber. Er lebt in Halle und hat sich als Rundfunkproduzent einen Namen gemacht. Beim Schreiben arbeitet er genau wie im Tonstudio: aus dem Bauch heraus. Krimis zu schreiben ist für ihn ein Glücksfall, dabei stellt er seine Ermittler Zorn und Schröder gerne vor echte Herausforderungen.

Weitere Informationen, auch zu E-Book-Ausgaben, finden Sie bei www.fischerverlage.de

STEPHAN LUDWIG

ZORN
VOM LIEBEN UND STERBEN

THRILLER

Fischer Taschenbuch Verlag

Für die, von der Zorn seinen Vornamen hat.
(Die Sterne darfst du behalten.)

MIX
Papier aus verantwortungsvollen Quellen
FSC® C014496
www.fsc.org

2. Auflage: November 2012

Originalausgabe
Veröffentlicht im Fischer Taschenbuch Verlag,
einem Unternehmen der S. Fischer Verlag GmbH,
Frankfurt am Main, November 2012

Satz: Fotosatz Amann, Aichstetten
Druck und Bindung: GGP Media GmbH, Pößneck
Printed in Germany
ISBN 978-3-596-19507-7

TEIL EINS

Eins

Klick – Klack.

Auf dem Nachttisch neben dem Kinderbett steht ein Micky-Maus-Wecker. Die dünnen Arme bilden die Uhrzeiger, der linke weist schräg nach unten, auf die Acht. Der rechte ist hoch aufgerichtet und schwebt leise zitternd zwischen der Zwei und der Drei. Der Junge weiß nicht, dass es gleich Viertel nach acht ist, schließlich ist er erst fünf, aber die Uhr hat ihm gefallen, und er hat so lange gebettelt, bis sein Vater sie gekauft hat.

»Ich will sie haben!«, hatte er gerufen, so laut, dass sich die Leute in dem kleinen Supermarkt nach ihnen umdrehten. Er hatte sogar mit dem Fuß aufgestampft, bis sein Vater in gespielter Verzweiflung lachend die Arme gehoben hatte. Dann war er ernst geworden, hatte sich zu ihm hinabgebeugt, bis sein Gesicht ganz dicht vor dem seines Sohnes war und leise gesagt, dass er ihm den Wecker kaufe. Dass er heute eine Ausnahme mache.

Jetzt, wo sie ihr kleines Geheimnis hatten.

Der Junge gähnt und reibt sich die müden Augen. Er hat keine Ahnung, was eine *Ausnahme* ist. Aber was sein Vater mit dem kleinen Geheimnis meint, das weiß er.

Er greift nach dem Wecker, legt sich auf den Rücken und betrachtet ihn stirnrunzelnd. Das spitze Gesicht der Figur auf dem Zifferblatt ist in einem schrägen Grinsen erstarrt, die Augen sind weit aufgerissen und bewegen sich im Sekundentakt.

Klick – nach rechts.

Klack – nach links.

Der rechte Arm zeigt genau nach unten, auf die Sechs. Eine Weile bewegt der Junge seine Augen mit, dann wird ihm schwindlig und er hört wieder auf. Jetzt, aus der Nähe, sieht Micky Maus irgendwie anders aus. Gar nicht mehr so fröhlich, wie er anfangs dachte. Der Mund ist weit aufgerissen, es könnte ein Lachen sein. Oder aber ein stummer Schrei, ein Ausdruck von Schmerz, vielleicht ist es sogar Wahnsinn (ein Begriff, den er im Moment noch nicht einordnen kann, aber im Laufe seines kurzen Lebens noch allzu gut kennenlernen wird).

Er seufzt leise und stellt den Wecker zurück, so, dass er die Figur nicht mehr sehen muss. Noch macht sie ihm keine Angst, verursacht eher eine Art Unbehagen.

Er hört Schritte auf dem Flur, die Tür geht auf, sein Vater lächelt ihm zu. Dann schließt er die Tür. Sorgfältig.

Das macht er erst, seit sie ihr *kleines Geheimnis* haben.

Er kommt näher und setzt sich auf den Bettrand.

»Hast du dir die Zähne geputzt?«

Das hat der Junge nicht, aber er nickt. Der Mann nickt ebenfalls und gibt seinem Sohn einen Kuss auf die Wange. Er riecht sein Rasierwasser. Der Duft – *Nightflight* von *Joop!* – wird ihn für den Rest seines Lebens verfolgen, so sehr, dass er später mit dem Brechreiz kämpfen wird, wenn er ihn irgendwo wahrnimmt.

Zuerst verändert sich der Blick des Mannes. Wird hart, gierig. Jetzt bekommt der Junge Angst, er setzt sich im Bett auf, der Vater greift seine Schultern und drückt ihn sanft zurück, sagt, dass er sein Junge sei, dass er ihn liebe und dass sie jetzt ein Geheimnis hätten, das niemand erfahren dürfe. Das wisse er doch, oder?

Der Junge schluckt. Dann nickt er.

Der Vater murmelt etwas Unverständliches und zieht die Bettdecke zurück. Dann streichelt er ihn. Seine Hände sind groß und behaart. Sie zittern.

Der Junge schließt die Augen.

Der Atem des Mannes wird schwerer. Er tut ihm nicht weh, noch nicht. In ein paar Monaten wird er eine Kamera mitbringen. Dann, ja dann wird er ihm weh tun, so sehr, dass der Junge auch mit zwölf noch ins Bett pinkeln wird. Die Albträume werden folgen, in denen Micky Maus aus dem Wecker springt und mit einem irren Kreischen durch das Zimmer rast und sein Spielzeug zertrümmert.

Noch später, wenn er dreizehn und ein wenig stärker geworden ist, wird er sich zum ersten Mal wehren. Danach wird es aufhören, und er wird es ein paar Jahre vergessen. Aber irgendwo in einer dunklen

Ecke seines Kopfs wird er die Erinnerung abspeichern, wo sie liegenbleiben wird wie ein stinkendes, schlafendes Tier.

Eines Nachts dann, wenn der Junge erwachsen ist und der Wecker längst zerborsten auf der städtischen Müllhalde liegt, wird er seinem Vater im Stadtpark begegnen.

Und dabei zusehen, wie sein Vater langsam, sehr langsam zerfleischt wird.

Bis dahin allerdings wird noch eine Menge Zeit vergehen.

Klick – Klack.

Zwei

Es war Anfang August, und es war schwül. Die Menschen duckten sich unter der Hitze, es schien, als hätte sich eine schmuddelige Herrensocke über die Gegend gebreitet. Die Stadt glich einer flimmernden Garküche, in der es nach Abgasen, kochendem Asphalt und menschlichem Schweiß roch.

Als Claudius Zorn auf den Besucherparkplatz des Stadtklinikums einbog, waren alle Plätze besetzt. Kurzerhand hielt er auf einem der freien Behindertenparkplätze, zog die Handbremse und stieg aus.

Er zündete sich eine Zigarette an und lief auf den Haupteingang zu. Bereits nach wenigen Sekunden bildeten sich Schweißflecken unter den Achseln seines gelben T-Shirts. Die dunklen Haare waren in den letzten drei Monaten gewachsen und hingen ihm tief über die Augen, er trug Jeans und weiße Turnschuhe, die auf dem heißen Pflaster des Fußwegs leise quietschten.

Als Schröder ihn sah, schirmte er mit der einen Hand das Gesicht gegen die Sonne ab und winkte ihm mit der anderen zu. Er stand im Schatten des riesigen Vordachs, direkt neben einem der großen Aschenbecher und schien seit geraumer Zeit zu warten.

»Bin ich zu spät?«, fragte Zorn und trat die Zigarette direkt neben dem Aschenbecher aus.

»Nein, Chef. Drei Minuten zu früh.«

Zorn musterte ihn aus den Augenwinkeln. Der dicke Schröder war blass. Seine Füße steckten in altmodischen Ledersandalen, trotz der Hitze trug er hellbraune, karierte Strümpfe. Die unvermeidliche Cordhose schien drei Nummern zu groß, er musste mindestens zehn Pfund abgenommen haben. Sein Jackett hing sorgfältig zusammengelegt über einem kleinen Rollkoffer, der neben ihm auf dem Boden stand.

»Danke, dass du mich abholst, Chef.«

Zorn murmelte, dass das doch selbstverständlich sei, und spürte einen leichten, unbehaglichen Stich in der Magengegend. Schließlich hatte er Schröder in den letzten zwölf Wochen nur ein einziges Mal besucht und dies mit seiner – wie er sich einredete – *pathologischen Abneigung* gegen Krankenhäuser begründet. Die Wahrheit lag natürlich woanders, genauer gesagt, bei seiner Trägheit. Ob diese ebenfalls *pathologisch* war, ließ sich schwer sagen, das war allerdings nebensächlich. Claudius Zorn hätte es sowieso niemals zugegeben. Jedenfalls nicht freiwillig.

Die Eingangstür des Klinikums öffnete sich zischend, der Luftzug wehte Schröder eine rötliche Haarsträhne ins Gesicht. Sorgfältig strich er sie zurück und legte sie wieder quer über die Glatze.

»Du siehst gut aus, Chef. Wie ein Rockstar aus den Siebzigern.«

Zorn trug eine verspiegelte Sonnenbrille, die er sich vor einigen Wochen zugelegt hatte. Damals hatte er sich den neuen Batman-Film im Kino angesehen und im Nachhinein feststellen müssen, dass er den Film auf Grund seiner Kurzsichtigkeit mehr oder weniger als Hörspiel wahrgenommen hatte. Der folgende Sehtest (links minus 1,6 und rechts minus 2,75 Dioptrien) und der ernste, fast vorwurfsvolle Blick des Optikers hatten ihn schließlich überzeugt, dass ihm keine Wahl blieb, wenn er den Rest seines Lebens nicht blind wie ein Maulwurf durch die Gegend stolpern wollte. Jetzt besaß er zwei Brillen: eine schmale Edelstahlbrille, die er nach kurzem Blick in den Spiegel im Handschuhfach des Volvos deponiert hatte (wo sie noch immer lag), und eine Sonnenbrille in seiner Stärke. Mit ihr konnte er gestochen scharf sehen und sah selbst, wie er fand, relativ scharf aus. Ein guter Kompromiss.

Schröder hatte die Augen geschlossen und hielt das Gesicht in die Sonne.

»War das jetzt ein Kompliment?«, fragte Zorn.

»*Naturalmente*«, lächelte Schröder, ohne die Augen zu öffnen. Sie arbeiteten jetzt seit über zehn Jahren zusammen, doch Zorn wusste noch immer nicht, wann Schröder etwas ernst meinte und wann nicht.

Wieder öffnete sich die Tür, ein hagerer Mann in verblichenem Bademantel schlurfte mit gebeugten Schultern heraus, die nackten Füße steckten in hellgrünen Badelatschen. Ein paar Meter neben ihnen blieb er stehen, nickte Schröder zu und zündete sich umständlich eine Zigarette an. Automatisch griff Zorn ebenfalls nach seiner Packung.

»Ein äußerst netter Kerl«, sagte Schröder und wies auf den Mann im Bademantel. »Er hat drei Zimmer neben mir gelegen.«

»Was hat er denn?«, fragte Zorn, um wenigstens etwas zu sagen.

»Lungenkrebs. Im Endstadium.«

Der Mann im Bademantel hustete.

Zorn steckte die Zigaretten wieder ein.

Eine Weile standen sie schweigend da. Schröder machte keinerlei Anstalten, etwas zu sagen. Er schien vollständig zufrieden, hier, vor dem Krankenhaus, in der Sonne zu stehen. Der Mann im Bademantel sog gierig an seiner Zigarette, als er den Rauch wieder ausstieß, bekam er einen Hustenanfall.

Zorn räusperte sich verlegen.

»Und sonst so?«

»Du meinst, wie's mir geht?«

»Ja.«

»Nun, ich denke, es geht mir gut.« Schröder verschränkte die kurzen Arme auf dem Rücken. »Ich würde sagen, sie haben mich ganz gut wieder zusammengeflickt. Wenn man bedenkt, dass ich die Hälfte meiner Eingeweide verloren hatte.«

Darauf wusste Zorn keine Antwort. Er räusperte sich erneut und trat unschlüssig von einem Bein aufs andere. Schröder warf ihm einen kurzen Blick zu und meinte dann: »Wollen wir gehen?«

»Gute Idee«, erwiderte Zorn hastig und griff nach Schröders Koffer. Das Jackett fiel zu Boden, Schröder bückte sich und hob es auf.

Als er sich aufrichtete, verzog er kurz das Gesicht und fuhr sich mit der Hand über den dicken Bauch.

»Bist du sicher, dass alles okay ist?«, fragte Zorn.

»Ja, Chef. Das bin ich.«

Sie gingen zum Auto. Ein großer, schlanker Mann mit einem albernen Rollköfferchen, dessen Räder laut über das Pflaster tuckerten. Und ein kleiner, dicker Kerl, der mit kurzen Schritten nebenher tippelte.

Der Volvo hatte nur ein paar Minuten in der Sonne gestanden, und doch war der Innenraum glühend heiß.

»Wie läuft's auf Arbeit?«, fragte Schröder und nahm vorsichtig auf dem Beifahrersitz Platz.

»Wie man's nimmt. An der Baustelle der Marktkirche ist ein Betonmischer gestohlen worden. Dann haben wir noch eine Einbruchserie in der Kleingartensparte am Nordbad.«

»Klingt verlockend.«

»Ja. Und nach einer Menge Papierkram.«

Zorn beugte sich nach hinten und griff ein Päckchen von der Rückbank.

»Das soll ich dir von Frieda Borck geben.«

Umständlich entfernte Schröder das Geschenkpapier, zum Vorschein kam eine Nigel-Kennedy-CD.

Schröder brummte anerkennend. »Die Violinkonzerte von Bach. Eine Aufnahme von 2010, zusammen mit den Berliner Philharmonikern. Sie hat Geschmack, unsere Staatsanwältin.«

»Sie ist froh, dass du wieder da bist, soll ich dir ausrichten.«

Zorn startete den Motor und drehte die Klimaanlage auf die höchste Stufe.

»Ich fahr dich erst mal nach Hause, Schröder.«

»Nein, ins Präsidium, wenn's beliebt. Es gibt Arbeit. Wir müssen den feigen Raub eines Betonmischers aufklären.«

»Wie du meinst.« Zorn legte den Rückwärtsgang ein. »Ich bin übrigens auch froh«, sagte er leise, als sie auf die Hauptstraße einbogen.

»Wie meinen?«

»Dass du wieder hier bist.«

»Das weiß ich.« Schröder sah aus dem Fenster und schwieg einen Moment. Dann lächelte er und wiederholte: »Das weiß ich, Chef.«

*

Später, am frühen Nachmittag, saß Claudius Zorn in seinem Büro. Auf der Fahrt ins Präsidium hatten sie kaum ein weiteres Wort gewechselt. Die meiste Zeit hatte Schröder leise vor sich hingepfiffen, im Foyer hatte er sich kurz verabschiedet und war dann schnurstracks in sein Büro gegangen, um, wie er sagte, *stante pede* die Jagd nach dem frechen Baustellendieb zu eröffnen.

Okay, jetzt ist Schröder also wieder da, überlegte Zorn, sank in seinen Sessel, blähte die Backen und atmete geräuschvoll aus. Das ist die gute Nachricht. Die schlechte ist, dass ich wieder hier sitze und das tue, was ich die ganze Zeit gemacht habe: Ich langweile mich.

Direkt über dem Bürofenster hatte sich ein Wasserfleck gebildet, eine Folge der starken Regenfälle, die die Stadt im Frühjahr heimgesucht hatten. Er war längst angetrocknet und hatte im Laufe der Zeit eine schmutzige, rötlichbraune Färbung angenommen.

Während Zorn ihn anstarrte, gingen ihm zwei Dinge gleichzeitig durch den Kopf: Einerseits überlegte er, ob der Fleck eher die Form einer Nesselqualle oder eines üppigen Frauenhinterns hatte, eine Frage, die er sich wohl hundertmal gestellt hatte, ohne zu einem befriedigenden Ergebnis zu kommen.

Und dann waren da noch die Mordfälle, welche die Stadt im April bis ins Mark erschüttert hatten, ein Gedanke, bei dem er sich in letzter Zeit immer öfter ertappte. Das war nicht schlimm, bis auf die Tatsache, dass er diese Zeit mittlerweile regelrecht zurücksehnte. Damals hatte er wenigstens etwas zu tun gehabt. Ein Ziel, eine Aufgabe. Und jetzt?

Mein Gott, dachte Zorn und wischte einen winzigen Staubkrümel vom Tisch, kann denn nicht irgendwas passieren? Irgendwas? Es muss ja nicht gleich ein Mord sein. Vielleicht eine simple Entführung. Oder eine Erpressung? Egal, jedenfalls etwas, das nicht mit Kleingartensparten oder Großbaustellen zu tun hat. Wenn das so weitergeht, stelle ich mir noch eine Topfpflanze ins Büro, dann hab ich wenigstens was zum Gießen. Das Wort *Topfpflanze* spie er in Gedanken aus wie einen alten Kaugummi.

Urplötzlich wurde er wütend auf Schröder. Der hatte es einfach, saß ein paar Meter weiter in seinem Büro, wühlte sich durch nichtssagende Akten und war zufrieden.

Er könnte ruhig mal vorbeikommen, das ist er mir irgendwie schuldig. Könnte fragen, wie's mir so geht, was ich in den letzten Monaten gemacht habe, er muss doch merken, dass er hier gefehlt hat und überhaupt …

Jetzt verhedderte sich Zorn in seinen eigenen Gedanken.

Wenn er nicht zu mir kommt, dann geh ich halt zu ihm, dachte er trotzig. Stand auf, ging zur Tür und warf einen letzten Blick auf den Wasserfleck über dem Fenster.

Das ist keine Qualle, überlegte er. Und auch kein Hintern.

Es ist ein Skischuh.

*

»Darf ich ehrlich sein?«, fragte Frieda Borck.

Schröder nickte.

»Sie sehen beschissen aus. Wie viel haben Sie abgenommen? Sechs Kilo?«

»Sieben, Frau Staatsanwältin.« Schröder drehte sich ein wenig zur Seite, so dass er im Profil zu sehen war. »Ich denke nicht, dass mir das geschadet hat, oder?«

»Wie man's nimmt. Ich mag Ihr Bäuchlein, Herr Hauptkommissar.«

»*Gracias*, Frau Staatsanwältin.«

Frieda Borck trug eine helle Bluse und einen kurzen schwarzen Rock. Zorn, der in diesem Moment ein paar Meter weiter sein Büro verließ, hätte ständig auf ihre langen Beine gestarrt. Schröder hingegen stand hinter seinem Schreibtisch und sah ihr lächelnd in die Augen.

»Sie sind verdammt blass, Herr Schröder. Meine Mutter würde sagen, Sie sehen aus wie der Tod auf Latschen.«

»Richten Sie meine besten Grüße aus und sagen Sie ihr, dass ich wenig Gelegenheit hatte, an die Sonne zu kommen.«

»Ich frage mich nur, ob Sie schon wieder arbeiten sollten. Sie gehören ins Bett, nicht ins Büro«, meinte Frieda Borck in ernstem, fast mütterlichem Ton. Was ein wenig paradox war, schließlich war sie fast fünfzehn Jahre jünger als Schröder.

»Ach, im Bett war ich in den letzten Wochen lange genug«, erwiderte Schröder und nahm hinter seinem Schreibtisch Platz. »Ich bin froh, endlich wieder etwas tun zu können.«

»Sind Sie sicher, dass es Ihnen gutgeht?«

»Ich bin nicht traumatisiert, falls Sie das meinen. Und etwas Abwechslung tut mir gut. Auch wenn es vorerst nur ein verschwundener Betonmischer ist.«

»Der Mischer ist heute früh wieder aufgetaucht.«

»Ach!«

»Der Bauleiter hatte ihn übers Wochenende mitgenommen, angeblich wollte er seine Garage verputzen. Das Schlimmste, was er zu erwarten hat, ist eine Abmahnung. Ich hoffe, Sie sind nicht zu sehr enttäuscht.«

»Es ist niederschmetternd«, lächelte Schröder.

Die Staatsanwältin lächelte ebenfalls. »Sie werden's überleben. Ansonsten liegt nicht viel an.«

»Die Hitze macht allen zu schaffen. Offensichtlich auch den Verbrechern.« Schröder erhob sich schwerfällig und trat ans Fenster. »Zorn erzählte etwas von einer Einbruchserie in einer Kleingartensparte?«

»Das stimmt.« Frieda Borck nickte. »Wahrscheinlich sind es Kids, die sich einfach nur langweilen. Sie brechen nachts in die Lauben ein, meist am Wochenende. Die Gartensparte liegt direkt am Nordbad, sie klauen Schnaps, kiffen und gehen danach baden.«

»Klingt spannend.«

»Ich dachte, Sie wären froh, wenn Sie etwas zu tun bekommen?«

»Das bin ich«, sagte Schröder ernst. »Ich werde mich heute Nacht sofort auf die Lauer legen.«

Frieda Borck warf den Kopf in den Nacken und lachte.

*

Zorn stand unschlüssig vor Schröders Büro. Hob die Hand, um anzuklopfen, ließ sie aber wieder sinken. Nein, klopfen würde er nicht, schließlich war er Schröders Vorgesetzter. Er hatte keine Ahnung, was er sagen sollte, bisher war es immer so gewesen, dass Schröder zu *ihm* gekommen war, nicht umgekehrt.

Dann hörte er das Lachen aus dem Zimmer und zögerte erneut.

Er scheint sich ja prächtig zu amüsieren, der feine Herr, überlegte er. Offensichtlich kommt er sehr gut ohne mich zurecht. Zorn spürte ein unschönes Gefühl in sich aufsteigen. Eifersucht?

Quatsch, brummte er vor sich hin. Ich bin nicht eifersüchtig. Egal, ich habe sowieso gleich Feierabend.

Er machte auf dem Absatz kehrt und stapfte missmutig zurück in sein Büro. Zehn Minuten später befand er sich auf dem Heimweg.

*

Als die Sonne längst untergegangen war, lag Zorn in Boxershorts auf seinem Bett. Die Wohnung war angenehm kühl, er hatte sämtliche Fenster weit aufgerissen. Leise dröhnte das Brausen des abendlichen Stadtverkehrs zu ihm hinauf in den vierzehnten Stock.

Er lag auf dem Rücken, rauchte und starrte an die Decke. Natürlich war ihm klar, dass er sich am Nachmittag wie ein trotziges, eingeschnapptes Kind verhalten hatte. Oder war es etwas anderes? Die Wechseljahre? Herrgott, überlegte er, ich werde tatsächlich launisch. Wie eine alternde Diva.

Nun, launisch war er schon immer gewesen, mit dem Alter hatte das nichts zu tun. Aber es stimmte, in letzter Zeit lagen seine Nerven blank. Doch das hatte einen ganz anderen Grund.

Malina.

Besser gesagt, ihr plötzliches Verschwinden.

Das war am 9. Mai gewesen, er wusste das Datum noch ganz genau. Eine Woche, nachdem der Gasometer explodiert und ihren Onkel unter sich begraben hatte. Wie lange war das jetzt her? Zwölf Wochen?

Ja. Seit sechsundneunzig Tagen (und Nächten! – die waren schlimmer) grübelte er, warum sie ihn verlassen hatte, ohne auch nur ein einziges Wort zu sagen.

Sie hatten sich für den Abend zum Essen verabredet, am Nachmittag erhielt er eine Nachricht aufs Handy: *Sorry, Zorn. Es geht nicht.* Das hatte er als Absage für das Essen verstanden und nicht weiter wichtig genommen.

Zunächst jedenfalls.

Als er sie am nächsten Morgen anrufen wollte, war sie nicht zu erreichen. Er sprach ihr auf die Mailbox. Zwei Tage später, als er dann vor ihrer Tür stand und konsterniert auf die helle Stelle starrte, an der bis vor kurzem noch ihr Namensschild gehangen hatte, wusste er, wie sie ihre Nachricht gemeint hatte.

Sorry, Zorn. Es geht nicht.

Es war ein Abschied gewesen.

Am schlimmsten war nicht die Tatsache, dass sie ihn verlassen hatte, sondern die Frage nach dem Warum. Auch jetzt noch, drei Monate (oder zweitausenddreihundert Stunden) später, fragte er sich immer wieder, was der Grund für ihr plötzliches Verschwinden gewesen sein könnte. Er wusste es nicht.

Sie hatten nicht einmal zwei gemeinsame Wochen gehabt, aber sie waren glücklich gewesen. Was das Glück betraf, war Zorn im Laufe seines Lebens sehr vorsichtig geworden, aber er war sicher, dass sie einem Zustand, der diesem Begriff ähnelte, zumindest sehr nahe gekommen waren. Und es war nicht nur ihm, sondern auch ihr so gegangen. Sie hatten sich gefunden, und es war gut gewesen. Das war eine Tatsache. Punkt.

Es wäre Zorn ein Leichtes gewesen, ihre neue Telefonnummer herauszufinden oder die Adresse, unter der sie jetzt wohnte. Aber da war nicht nur das Unglück über die enttäuschte Liebe, da war noch etwas anderes: Trotz.

»Na und? Dann hast du eben Pech gehabt, Malina. Du hast keine Ahnung, was du verpasst«, sagte Zorn laut und erschrak über den Klang seiner eigenen Stimme, die hohl von den Wänden seines kleinen Schlafzimmers widerhallte.

Die Gardinen bewegten sich sacht, eine kühle Brise wehte durchs

Zimmer. Zorn schüttelte wütend den Kopf. So sehr er auch lüftete, er konnte Malina immer noch riechen.

Ich bin selbst schuld, dachte er und drückte die Zigarette aus. Ich hätte sie nicht so dicht an mich heranlassen dürfen. Aber das war jetzt das letzte Mal. Endgültig. Ich komme sehr gut allein klar.

»Und außerdem«, murmelte er leise, klopfte das Kissen zurecht und drehte sich zur Seite, »hab ich ja noch Schröder.«

Drei Stunden später war er endlich eingeschlafen.

Drei

Der Stadtwald lag still in der Sonne. Er befand sich im Osten der Stadt, nach Norden zu wurde er durch eine Schnellstraße begrenzt, die an der Neustadt vorbei ins weiter westlich gelegene Mansfelder Land führte. Ziemlich genau in der Mitte befand sich ein Berg, auf dem ein stählerner Aussichtsturm stand. Von hier aus hatte man einen atemberaubenden Blick über die Stadt, an klaren Tagen konnte man bis zu den Gipfeln des Harzes sehen. Der Wald war beliebt, an den Wochenenden strömten die Menschen in Scharen mit Decken und Picknickkörben herbei.

Jetzt, morgens um sechs, war es hier menschenleer. Es würde noch Stunden dauern, bis die ersten Halbwüchsigen auf einem der Wanderwege lärmend und handtuchschwingend zum südlichen Ende des Waldes pilgern würden, dahin, wo der Heidesee schmutziggrün im Morgenlicht glitzerte.

Am Ufer führte ein Weg aus brüchigen Betonplatten entlang, ein Radfahrer strebte eilig dem Wald zu. Er trug enge schwarze Shorts und ein Trikot aus gelbem Polyester. Das Rad, ein Mountainbike aus weißem Aluminium, schien neu zu sein.

Der Fahrer war jung, höchstens achtzehn. Der Helm war ihm tief in die Stirn gerutscht, das Gesicht gerötet, Schweißflecken glänzten auf dem Rücken seines Shirts.

Als er in den Wald einbog, wurde der Weg schmaler. Hier, im Schatten, war es merklich kühler. Die Betonplatten wurden durch sandigen

Boden abgelöst, der mit Tannenzapfen, Wurzeln und heruntergefallenen Ästen übersät war. Der Junge setzte sich im Sattel auf, schaltete einen Gang höher und beschleunigte.

Nach zwei Kilometern bog er nach rechts ab. Er näherte sich dem Aussichtsturm, nun ging es steil bergauf. Jetzt schaltete er runter, das letzte Stück verlief fast senkrecht, nur unter Aufbietung aller Kräfte schaffte er es, nicht absteigen zu müssen.

Auf dem Plateau angekommen, warf er das Rad achtlos beiseite und sank keuchend auf eine der Bänke zu Füßen des Turms. Sein Hintern wurde nass, das Holz war feucht vom Morgentau, es schien ihn nicht zu stören. Er nahm seine Wasserflasche und trank sie in einem Zug aus.

Dann grunzte er zufrieden, breitete die Arme auf der Lehne aus und schloss die Augen. Hier oben wehte ein leichter, angenehmer Wind. Es war still, bis auf den keuchenden Atem des Jungen und das Zirpen einer Grille. Irgendwo knackte ein Ast. Mücken umflogen seinen Kopf, er murmelte eine leise Verwünschung und verscheuchte sie mit der Hand.

Als er ein paar Minuten später aufstand, zitterten die Oberschenkel noch immer, doch sein Atem hatte sich ein wenig beruhigt. Er schob das Rad zum südlichen Rand der Hochfläche. Eine Treppe führte hinunter, links daneben gab es einen Hohlweg, der steil bergab bis zu einer überdachten Picknickstelle führte. Im Volksmund hieß der Weg *Todesbahn*, er diente im Winter als Rodelstrecke.

Der Junge holte tief Atem, dann fuhr er los. Zuerst bremste er, das Hinterrad blockierte und stellte sich quer, als er ein paar großen Wurzeln auswich. Dann ließ er sich rollen, wurde schneller, immer schneller. Links und rechts schossen die Bäume vorbei, der Junge hob den Kopf, um den Fahrtwind zu genießen, als er plötzlich aus dem Sattel gerissen wurde.

Das geschah schnell, als würde ein Film vorgespult werden.

Was gut war, denn so merkte der Junge nicht, wie er starb.

Ein hohes, metallisches Zirpen erklang, ähnlich dem Schwingen einer Klaviersaite, ein seltsam albernes, comicähnliches Geräusch, es ähnelte dem *DOING!!!* in einem alten Zeichentrickfilm.

Der dünne Metalldraht, der in Kopfhöhe quer über den Weg gespannt war, zerschnitt das weiche Gewebe unterhalb des Zungenbeins, durchdrang zuerst die Luft-, dann die Speiseröhre. Wäre der Junge schneller gewesen, hätte der Draht auch seinen Halswirbel durchtrennt, so aber blieb er stecken, nachdem er sich einen halben Zentimeter in den Knochen gegraben hatte.

Einen Moment schien es, als würde der Draht reißen, er dehnte sich, der Junge hing wie eine Puppe in der Luft, während das weiße Mountainbike unter ihm weiterrollte. Das Zirpen wurde lauter, klang jetzt elektrisch, als würde ein Generator angeworfen. Den Bruchteil einer Sekunde stand die Zeit still, dann schwang der Draht zurück, der Junge wurde mit furchtbarer Gewalt ein paar Meter zurückgeschleudert und war bereits tot, als er mit dem Rücken am Stamm einer dicken Eiche landete. Ein kurzes Aststück ragte heraus, bohrte sich neben dem Rückgrat ins Fleisch und verhinderte, dass der Tote in sich zusammensank. So sah es denn aus, als würde er dort am Stamm lehnen und ausruhen, direkt unter einem hölzernen Schild: *Naturschutzgebiet – Verhalten Sie sich ruhig! Übernachten verboten!*, der Kopf auf die Brust gesackt, der Helm ein wenig schief, ein Bein leicht angewinkelt, das T-Shirt nicht gelb, sondern dunkelbraun vom Blut, das aus der klaffenden Halswunde drang.

Zehn Meter weiter lag das Bike zwischen Brennnesseln auf der Seite, das Hinterrad drehte sich leise klackernd.

Der Draht vibrierte ein wenig nach, dabei blitzte er kurz in der Sonne auf.

Ein Sperling landete zu Füßen der Leiche, legte den Kopf schief, sah kurz auf und flog wieder davon.

Dann war es still.

*

Es war kurz vor halb neun, als der dicke Schröder keine zwei Kilometer von der Leiche entfernt an der Bushaltestelle stand. Er hatte sich, die Aktentasche zwischen den Beinen, in den Schatten zurückgezogen und las in der neuesten Ausgabe des *Spiegel*.

Von rechts kam ein großes, korpulentes Mädchen in einem pinkfarbenen Sommerkleid herangeschlendert. In der Linken trug sie ein Badehandtuch, das gegen ihre nackten, kräftigen Beine schlenkerte. Das Haar war dunkel und strähnig, eine giftgrün gefärbte Locke hing ihr tief in die Stirn. Sie war ungefähr fünfzehn, kaute einen Schokoriegel und ließ sich mit einem heftigen Schnaufen neben Schröder auf die Bank sinken. Er murmelte einen Gruß und warf ihr einen kurzen Blick zu. Auf ihrem rechten Oberarm erkannte er ein Tattoo, das von einem schiefen Herz umrahmt wurde: *Enrico 4ever!* war dort mit ungelenker Hand eingestochen worden.

Sie wickelte den Riegel aus, nahm einen letzten Bissen und warf das Papier auf die Erde, wo es direkt zu Schröders Füßen landete.

Wortlos bückte er sich und warf die Verpackung in den Papierkorb.

»Wie bist du denn drauf?«, fragte das Mädchen mit vollem Mund und setzte, als Schröder nichts erwiderte, hinzu: »Spießer.«

Schröder schwieg noch immer.

»Blödmann«, sagte das Mädchen kauend. Und dann: »Fettsack.«

Seufzend klappte Schröder die Zeitschrift zu und verstaute sie vorsichtig in seiner Tasche. »Ich bin Polizist«, sagte er freundlich, nachdem er das Mädchen eine Weile angesehen hatte. »Sollte ich dich noch einmal erwischen, wie du deinen Müll auf die Erde wirfst, lege ich dir Handschellen an und nehme dich fest. Und dann lass ich dich den kompletten Marktplatz fegen, verstanden?«

Das Mädchen starrte ihn mit offenem Mund an, Schokolade klebte zwischen ihren Zähnen. Sie setzte zu einer Erwiderung an, als direkt vor ihnen ein Volvo anhielt und hupte.

»Steig ein«, rief Claudius Zorn, nachdem er sich hinübergebeugt und die Beifahrertür geöffnet hatte. Schröder stand auf und wandte sich noch einmal an das Mädchen: »Das ist mein Kollege. Vor ihm solltest du dich besonders in Acht nehmen, das ist ein ganz scharfer Hund. Er würde dich den Marktplatz nicht fegen, sondern bohnern lassen. Und danach würde er dich erschießen.«

Er stieg zu Zorn ins Auto und schloss die Tür. Dann fuhr er das Fenster herunter, formte mit ausgestrecktem Zeige- und Mittelfinger ein V und deutete erst auf seine Augen, dann auf das Mädchen. *Ich beobachte dich*, hieß das.

Das Mädchen streckte ihm die schokoladenverschmierte Zunge raus.

»Was war das denn?«, fragte Zorn und legte den Gang ein. »Die hat dich angeguckt, als wärst du Jack the Ripper.«

»Nur ein kleiner Beitrag zum Umweltschutz«, erwiderte Schröder und schnallte sich umständlich an. »Nett, dass du mich mitnimmst. Kommst du zufällig vorbei?«

»Ja«, log Zorn und fuhr an. Er war seit sechs Uhr munter, hatte eine Weile grübelnd wach gelegen und war dann zwei Stunden ziellos durch die Gegend gefahren. Schließlich war er hier aufgetaucht, in der Hoffnung, Schröder auf seinem Weg ins Präsidium aufzugabeln.

»Hier«, sagte er und griff, ohne den Blick von der Straße zu wenden, hinter sich auf die Rückbank. Er reichte Schröder eine Pralinenschachtel. »Ich hab auch was für dich. Die wollte ich dir eigentlich gestern schon geben, ich hab's aber vergessen.«

Das war bereits seine zweite Lüge an diesem schönen Sommermorgen.

»Weinbrandbohnen.« Schröder schien ehrlich erfreut. »Danke.«

»Du solltest sie gleich essen, bevor sie weich werden.«

»Das wäre keine gute Idee.«

»Warum?«, fragte Zorn, setzte den Blinker und bog in die Auffahrt zur Hochstraße ein. Schröder warf ihm einen schuldbewussten Blick zu.

»Ich bin Diabetiker, Chef.«

Volltreffer, dachte Zorn.

»Und Alkohol trinke ich eigentlich auch nicht.«

Klasse. Noch ein Volltreffer.

Einen schrecklichen Moment widerstand er dem Impuls, Schröder die Pralinen aus der Hand zu reißen und aus dem Fenster zu werfen. Was für eine Frechheit!, wollte er rufen, das ist das erste Geschenk, das ich dir jemals gemacht habe, ich besorge dir Pralinen und du hast nichts Besseres zu tun, als ein Scheißdiabetiker zu sein? Was bildest du dir eigentlich ein?

Schröder schien das zu spüren, denn er sagte: »Ich schenk sie dem Pförtner. Oder Frau Borck, die freut sich bestimmt.«

»Tu das«, antwortete Zorn, der sich langsam wieder beruhigte. »Aber sag ihr nicht, dass sie von mir sind.«

Schröders Handy klingelte, er kramte es aus seiner Aktentasche und meldete sich. Zorn erkannte die undeutliche, verzerrte Stimme von Frieda Borck, der Staatsanwältin. Schröder lauschte eine Weile schweigend, während sich seine Miene langsam verdüsterte.

»Oha«, sagte er schließlich und beendete das Gespräch.

»Was meinst du damit?«

»Womit, Chef?«

»Du hast ›Oha‹ gesagt, Schröder.«

»Das war ein Ausdruck der Verwunderung. Ich hätte genauso gut ›O Gott‹ oder ›Herrje‹ sagen können.«

»Würdest du mir den Grund deiner Verwunderung mitteilen?«

»Wir haben einen Leichenfund im Stadtwald.«

»Ach!«

»Ein Mountainbiker. Er wurde geköpft, jedenfalls fast.«

Eine Weile saßen sie stumm nebeneinander.

»Oha«, sagte Zorn dann und beschleunigte.

*

»Sie klang ziemlich wütend, Chef.«

Sie standen vor dem Büro der Staatsanwältin. Zorn zuckte die Achseln, klopfte kurz und trat ein, Schröder folgte ihm. Frieda Borck saß hinter ihrem Schreibtisch und studierte eine Akte.

»Nehmen Sie Platz«, sagte sie, ohne den Blick zu heben.

Zorn und Schröder setzten sich auf zwei Besucherstühle, die direkt vor ihrem Schreibtisch standen. Die Staatsanwältin machte keinerlei Anstalten, das Gespräch zu eröffnen, sondern studierte weiter ihre Papiere und kaute dabei konzentriert auf der Unterlippe. Das Haar hatte sie zu einem lockeren Zopf zurückgebunden, Zorn beobachtete fasziniert eine Ader, die oberhalb ihres Schlüsselbeins langsam pulsierte, und vertrieb sich die Zeit, indem er die Schläge mitzählte. Als er bei zwanzig war, wurde ihm langweilig, und er begann, mit den Fingern auf der Stuhllehne mitzutrommeln.

»Würden Sie das bitte lassen«, murmelte sie, noch immer mit ihrer Akte beschäftigt.

Zorn brummte eine Entschuldigung und verschränkte die Beine übereinander. Lass dir nur Zeit, dachte er. Ich liebe es, wie ein Volltrottel behandelt zu werden.

Eine weitere Minute verging. Zorn beschloss, in die Offensive zu gehen: »Ich störe Sie ungern bei Ihrer Lektüre, Frau Staatsanwältin. Aber meines Wissens wurde heute Morgen eine Leiche gefunden, und ich denke, wir sollten schnellstens mit den Ermittlungen beginnen, anstatt hier herumzusitzen. Verstehen Sie mich nicht falsch, ich sehe Ihnen gern beim Lesen zu, aber meiner Meinung nach vergeuden wir so unsere Zeit.«

Es gab einen leisen Knall, als Frieda Borck ihre Akte zuschlug. Sie lehnte sich in ihrem Sessel zurück, nickte Schröder zu und wandte sich dann an Zorn: »Gut, dass Sie das ansprechen, Herr Hauptkommissar. Ich wurde heute Morgen um sieben Uhr fünfzehn über den Fund unterrichtet. Seit dieser Zeit versuche ich vergeblich, Sie zu erreichen, das wären dann«, sie sah auf ihre Armbanduhr, »genau zwei Stunden, die wir bisher verloren haben.«

Scheiße, dachte Zorn und sagte: »Mein Handy liegt zu Hause, ich hab's vergessen. Ich denke, das kann mal vorkommen.«

»Natürlich, Herr Hauptkommissar. Aber nicht, wenn wir einen Mordfall haben.«

Himmelherrgott, bin ich Hellseher?, dachte Zorn wütend und sagte: »Immerhin haben Sie Schröder erreicht, oder nicht?«

Der Tonfall der Staatsanwältin wurde schärfer. »Es geht nicht um ihn, sondern um *Sie*, Kollege Zorn. Genauer gesagt, um Ihre Arbeitseinstellung. Er«, sie wies mit dem Kinn auf Schröder, der kerzengerade auf seinem Stuhl saß, »wird noch geschont, schließlich ist er in der Rekonvaleszenz.«

Während Zorn fieberhaft überlegte, was dieses Wort zu bedeuten hatte, warf Schröder ein: »Falls das jemanden interessiert: Ich bin vollständig arbeitsfähig.«

Frieda Borck beachtete ihn nicht.

»Ich möchte, dass Sie zuerst die Identität der Leiche herausfinden.«

»Da wär ich von allein nicht drauf gekommen«, knurrte Zorn leise.

»Wie bitte?«

Zorn schüttelte genervt den Kopf und schwieg.

»Der Tote ist ziemlich jung, wahrscheinlich ein Teenager«, fuhr die Staatsanwältin fort. »Die Fingerabdrücke werden bereits geprüft. Sie sollten sich zuerst das Fahrrad vornehmen. Ein relativ seltenes Modell, sagt die Spurensicherung.«

»Wer hat die Leiche gefunden?«

»Ein Jogger.«

»Wie originell«, entfuhr es Zorn.

Frieda Borck straffte unmerklich den Rücken. »Sie werden es nicht glauben«, blaffte sie, »auch im wirklichen Leben kommt es vor, dass ein Jogger eine Leiche findet. Wir drehen hier keinen Krimi, Herr Zorn!«

»Danke für den Hinweis, ich werd's mir merken.«

»Das hoffe ich. Und es wäre nett, wenn Sie diese alberne Sonnenbrille wenigstens im Präsidium abnehmen würden. Was glauben Sie, wo wir hier sind? Bei *CSI Miami*?«

»Ich hab eine Bindehautentzündung«, erwiderte Zorn, schob die Brille zurecht und hoffte, dass sie ihm seine Verunsicherung nicht ansah. Immerhin war das die dritte Lüge innerhalb einer Stunde.

Frieda Borck lächelte. »Wie tapfer, dass Sie sich nicht krankschreiben lassen, Herr Hauptkommissar.« Der Sarkasmus war nicht zu überhören.

Unwillkürlich wanderte Zorns Blick durch das kleine Büro, auf der Suche nach einem schweren Gegenstand, den er an die Wand werfen konnte. Er atmete tief durch, dann fragte er: »War's das jetzt?«

»Ich denke schon. Oder ist noch etwas unklar, Herr Schröder?«

Schröder schüttelte den Kopf. »Ich weiß alles, was ich wissen muss.« Er stand auf und schien einen Moment zu überlegen.

Dann fragte er: »Möchte jemand eine Weinbrandbohne?«

*

»Also, was haben wir, Schröder?«

Es war kurz nach drei, sie hatten sich zu einer ersten Besprechung in Zorns Büro getroffen. Schröder warf eine dünne Akte auf den Tisch: »Hier steht alles drin.«

»Erzähl's mir. Und mach es bitte kurz.«

»Das Opfer ist männlich, höchstens achtzehn. Keine besonderen Kennzeichen, weder Narben noch irgendwelche Tattoos. Dunkelhaarig, eins dreiundsiebzig groß, Gewicht einundachtzig Kilo.«

»Ganz schön schwer für einen Siebzehnjährigen.«

»Ja. Das Mountainbike ist übrigens wirklich sehr selten. Und so gut wie neu. Es gibt nur einen Laden in der Stadt, der ein solches Modell verkauft, die Kollegen sind gerade dort zur Befragung.«

»Vielleicht haben wir ja Glück und das Rad wurde da gekauft«, nickte Zorn. »Was war die genaue Todesursache?«

»Die halte ich in Anbetracht der Tatsache, dass dem Opfer fast der Kopf abgeschnitten wurde, für naheliegend.«

»Was ist mit dem Draht?«

»Der wird noch untersucht. Momentan wissen wir nur, dass er extrem widerstandsfähig und äußerst dünn ist. Er war quasi unsichtbar, wie er da zwischen den Bäumen gespannt in der Luft hing. Ein Techniker ist hineingelaufen und hat sich eine böse Schnittwunde zugezogen. Wir haben Glück, dass die Leiche so schnell gefunden wurde. Tagsüber ist der Weg ziemlich belebt. Wer weiß, was sonst noch passiert wäre.«

Eine Gänsehaut bildete sich auf Zorns Unterarmen. Er zog fröstelnd die Schultern hoch und sagte: »Das war definitiv kein Dumme-Jungen-Streich.«

»Nein, Chef. Das war ein gut geplanter Mord.«

»Die Frage ist, ob das Opfer zufällig gewählt wurde oder ob der Täter es direkt auf den Jungen abgesehen hatte. Haben wir Fingerabdrücke?«

»Auf dem Draht logischerweise nicht, die Umgebung wird noch abgesucht. Frau Borck sagt ...«

»Frieda Borck ist eine dumme Kuh«, knurrte Zorn und klappte die Akte zu.

Schröder warf ihm einen amüsierten Blick zu.

»Also ich mag sie.«

»Das wundert mich nicht«, schnaubte Zorn verächtlich und fügte nach einer kurzen Pause hinzu: »Arschkriecher.«

*

Zwei Stunden später stand Claudius Zorn unschlüssig vor einem Obstregal im Supermarkt in der Bahnhofspassage. Der Kühlschrank daheim war so gut wie leer, er hatte zwei Flaschen Wein, zwei Tiefkühlpizzen und drei Packungen Fertiggerichte im Korb. Unentschlossen trat er von einem Bein aufs andere, schließlich hatte er sich schon vor Wochen vorgenommen, seine Ernährung umzustellen und wenigstens ab und zu etwas Gesundes zu essen. Leider relativ erfolglos, denn er kaufte die Dinge zwar, aß sie allerdings so gut wie nie. So hatte er sich mittlerweile daran gewöhnt, beim Aufräumen regelmäßig ein paar verfaulte Äpfel vom Küchentisch oder eine verschimmelte Grapefruit (manchmal auch den ein oder anderen abgelaufenen Molkedrink) aus dem Kühlschrank direkt in den Mülleimer zu befördern.

Der Supermarkt war voll, an den Kassen hatten sich lange Schlangen gebildet. Es war kalt, die Klimaanlage lief auf Hochtouren, sie schien nicht richtig zu funktionieren, denn sie klapperte wie ein alter russischer Traktor. Aus versteckten Lautsprechern in den Decken säuselte leise Musik, Zorn biss die Zähne zusammen, als er eine billige Instrumentalversion von *My heart will go on*, dem Titelsong aus *Titanic*, erkannte. Er hatte sich schon oft gefragt, was er mehr hasste: das Lied oder den Film, war aber nie zu einem befriedigenden Ergebnis gekommen, bis er irgendwann kapituliert und beides – sowohl den Song als auch den Film – zu den schlimmsten Verbrechen gegen die Menschlichkeit erklärt hatte.

Es knackte in den Lautsprechern, die Musik wurde unterbrochen und eine aufgeregte Männerstimme verkündete, dass die verehrte Kundschaft *unbedingt* zum Kühlregal müsse, denn da gebe es jetzt *Leckermäulchen*-Quark im Hundertfünfzig-Gramm-Becher für sage und schreibe einundvierzig Cent, was einer Ersparnis von unglaublichen fünfundzwanzig Prozent gleichkomme. Eine weibliche Stimme meldete sich und säuselte, dass das absolut phantastisch sei und dass es hier, im Supermarkt, *jeden Tag ein bisschen besser* werde.

Ich gehe nie wieder ohne Ohrstöpsel aus dem Haus, dachte Zorn und warf lustlos drei Kiwi und einen Topf mit frischem Basilikum in den Einkaufswagen (er hatte keine Ahnung, was er mit dem Basilikum anstellen würde, aber es sah irgendwie *gesund* aus).

Er beschleunigte das Tempo, eilte am Saftregal vorbei, schnappte sich eine Flasche Bananensaft, zögerte, ging zurück und warf zwei Flaschen Cola in den Korb. Als er dann in Richtung Kasse ging, hätte er fast einen kleinen Jungen umgerannt, der mit rotem Kopf vor seiner Mutter stand und schrie, dass er keine Prinzenrolle, sondern gefälligst ein Eis wolle.

Zorn warf seine Einkäufe auf das Laufband, der Kassierer, ein durchtrainierter Jüngling mit Dreitagebart und Ohrring, grüßte höflich und zog die Sachen routiniert über den Scanner, wobei jede Bewegung einen nervenzerfetzenden Piepston erzeugte.

Knorr-Suppenliebe zum Aktionspreis! Jeder Vier-Suppen-Beutel kostet unglaubliche 48 Cent!, plärrte es aus den Lautsprechern.

Ich muss hier raus, dachte Zorn. Schnell.

Eine Kiwi rollte vom Laufband und fiel dem Verkäufer vor die Füße. »Herrje«, sagte er und bückte sich, »ich hol Ihnen sofort eine neue.«

»Macht nichts«, presste Zorn hervor, »die landen eh im Müll.«

»Das wär aber schade«, lachte der Verkäufer. »Die sind verdammt gesund.«

Am Kragen trug er einen Button, der verkündete, dass er Herr Kieling heiße und jederzeit für die werte Kundschaft zur Verfügung stehe.

»Flutschfinger! Ich will einen Flutsch-fin-ger!«, plärrte das Kind aus vollem Hals.

Herr Kieling schien den Lärm nicht zu registrieren. »Macht vierzehn dreiundachtzig«, lächelte er.

Zorn reichte ihm seine Geldkarte.

Knorr Suppenliebe-Suppen! Von raffiniert würzig bis herzhaft lecker!, trällerte es aus der Decke.

Zorn sah nach oben. Lieber Gott, dachte er, ich habe heute bereits dreimal gesündigt, denn ich habe gelogen. Ich weiß, ich habe nicht das Recht, Forderungen zu stellen, und eigentlich bin ich sicher, dass du gar nicht existierst, aber wärst du trotzdem so freundlich und würdest etwas für mich tun? Ausnahmsweise? Ich halte es hier wirklich nicht mehr lange aus, o Herr. Du könntest mir zum Beispiel irgendwas auf den Kopf fallen lassen, damit ich die Besinnung verliere. Das würde im Augenblick helfen.

»Möchten Sie Bargeld abheben?«, fragte der Verkäufer.

»Nein«, erwiderte Zorn und stopfte seine Einkäufe hektisch in eine Plastiktüte. »Ich möchte nur hier raus, bitte.«

Der Verkäufer reichte ihm seine Geldkarte.

Zorn sah ihn an. Sag jetzt nicht, was ich denke, das du jetzt sagen wirst.

Der Verkäufer öffnete den Mund. »Sammeln Sie …«

»Deine Treuepunkte kannst du dir in den Arsch schieben«, knurrte Zorn und stapfte zum Ausgang.

Jeden Tag ein bisschen besser!, säuselte es von oben.

»Schönen Tag noch!«, rief ihm der Verkäufer nach.

»Du mich auch«, murmelte Zorn, als er endlich draußen vor dem Supermarkt stand. Noch immer war es heiß und stickig, und doch schien ihm die Luft hier tausendmal besser als drinnen.

Dieser Verkäufer mag seinen Job, überlegte Zorn, als er den Einkaufswagen zurück in die Reihe stellte. Wie lange ist er täglich da drin? Sieben Stunden? Acht? Neun? Zwischen all dem Lärm, dem bunten, größtenteils sinnlosen Krimskrams und den schreienden Menschen? Immer nett, immer freundlich? Was würde ich an seiner Stelle machen? Ich würde durchdrehen, so viel ist klar, aber wieso habe ich ihn so angeblafft? Er kann schließlich nichts dafür, er versucht nur, seine Arbeit gut zu machen.

Irgendetwas rumorte in seinem Magen, als er über den Parkplatz zum Wagen ging. War das Neid? Er wusste es nicht genau, jedenfalls etwas, das er öfter fühlte, wenn er Menschen begegnete, die mit sich und der Welt zufrieden schienen.

Plötzlich wurde er aus seinen Gedanken gerissen, als ihm von hinten jemand auf die Schulter tippte. Er drehte sich um, vor ihm stand ein bulliger, höchstens achtzehnjähriger Jüngling, der mindestens einen Kopf kleiner war als Zorn. Er trug halblange, in Tarnfarben gefleckte Shorts und ein schwarzes T-Shirt mit aufgedrucktem Totenkopf und der Aufschrift: *BOMBENSTIMMUNG!* Seine kleinen Augen flackerten unruhig hin und her, sie schienen ständig auf der Suche nach einem Punkt zu sein, an dem sie sich festhalten konnten.

»Du fühlst dich wohl besonders cool mit deiner Sonnenbrille, was, Meister?«

Zorn stellte die Tüte auf die Erde und musterte sein Gegenüber betont gelangweilt. Der Junge war nicht nur bullig, er war regelrecht *quadratisch*. Zorn schätzte, dass er spätestens in zehn Jahren ein dicklicher, untersetzter Kerl mit dünnem Haar sein würde. Im Moment allerdings schien er ausschließlich aus Muskeln zu bestehen. Und sehr wenig Hirn, setzte Zorn in Gedanken hinzu.

»Was soll die Scheiße?«, fragte Zorn. Sie standen mitten auf dem Parkplatz, ein dicker schwarzer BMW näherte sich langsam. Er trat einen Schritt zurück, um den Wagen vorbeizulassen.

»Du gehst mir auf den Sack, Opa.« Der Junge kam näher und sah zu Zorn auf. Winzige Schweißtropfen hatten sich auf seiner Stirn gebildet. Er roch nach Knoblauch und feuchter, ungewaschener Bettwäsche. Zorn nahm die Sonnenbrille ab und erwiderte den Blick. Das hatte er irgendwo gelesen. Wo genau, wusste er nicht, wahrscheinlich in einer der unzähligen polizeilichen Richtlinien zur Gewaltprävention. Vielleicht auch im Ratgeberteil einer Frauenzeitschrift: *Behalten Sie Ihren Gegner im Visier. Treten Sie selbstsicher auf und lassen Sie sich Ihre Angst niemals anmerken.*

Nun, Angst hatte er nicht, aber unwohl fühlte er sich schon.

»Du stinkst, Dicker«, meinte Zorn. »Wann warst du das letzte Mal unter der Dusche?«

»Pass auf, was du sagst, du Opfer.«

Das war in breitem Sächsisch vorgetragen (*Passuffwasdesagstduopfa*) und klang fast erfreut. Und es war klar, warum das so war: Der Kerl suchte nach einem Grund, um zuschlagen zu können. Den hatte er jetzt. Er kam einen Schritt näher.

Zorn spürte, wie sich ein heißer Klumpen in seinem Magen bildete.

Wann hatte er sich das letzte Mal ernsthaft geprügelt? Vor dreißig Jahren? Das war in der fünften Klasse gewesen, damals hatte er einen Mitschüler, den gutmütigen, aber etwas zurückgebliebenen Robert Hieber so lange gehänselt, bis dieser ihm in seiner Verzweiflung die Schnalle seines Schulranzens in den Handballen gerammt hatte. Die Narbe hatte Zorn noch immer.

Ich werde vor diesem schwitzenden Jungbullen garantiert nicht klein beigeben, dachte er und sagte: »Du bist entweder besoffen oder beknackt, Schwabbelkopf. Ich tippe allerdings eher auf Letzteres.«

Der Jungbulle grinste und versetzte Zorns Einkaufstasche einen Tritt. Sie kippte um, und Zorns mühsam erworbenes Obst holperte über den heißen Asphalt.

»Ups!«, sagte er gedehnt und verschränkte die Arme vor der Brust. Zorn sah, wie die Muskeln unter seinem Bizeps vibrierten.

Die Türen des Supermarkts öffneten sich. Ein blonder, schlanker Junge trat heraus, in der linken Hand hielt er ein Sixpack mit Jever. Mit der anderen schirmte er das Gesicht gegen die Sonne ab und sah sich suchend um. Als er sie erblickte, stöhnte er auf. Er schien zu wissen, was hier vor sich ging, denn er rief: »Lass den Scheiß, Udo!«

»Halts Maul, Max«, rief der, der Udo hieß, über die Schulter. Er ließ Zorn keine Sekunde aus den Augen. »Der Typ hat mich angemacht!«

»Jetzt reicht's, du Nuss!« Zorn verlor die Geduld und ging zum Angriff über. Beziehungsweise zu dem, was er dafür hielt. »Verzieh dich, solange du noch kannst, ich hab schon ganz andere Typen als dich auseinandergenommen!«

Dies war nun die vierte und letzte Lüge des Claudius Zorn an diesem Donnerstag, dem 2. August. Eigentlich nichts Besonderes, denn er log oft. Doch dieser Tag war in anderer Beziehung ungewöhnlich: Wie er später feststellen sollte, war dies das erste Mal in seinem Leben, dass eines seiner Gebete erhört wurde (wenn auch mit einiger Verspätung). Noch vor wenigen Minuten hatte er Gott angefleht, er möge ihn ohnmächtig werden lassen.

Und der liebe Herrgott tat ihm den Gefallen, wenn auch in einer Form, mit der Zorn nicht gerechnet hatte.

Der Junge holte aus und verpasste ihm einen heftigen Leberhaken, dem ein Tritt in den Magen folgte. Zorn spuckte kurz und sackte zusammen.

»O Herr, du bist ein unberechenbares Arschloch«, dachte er noch. Dann wurde ihm schwarz vor Augen.

Vier

Auf dem Küchentisch lagen eine Birne, eine Kiwi und eine Zigarette. Draußen war es bereits hell, es war sieben Uhr morgens. Tief unten duckte sich die Stadt, als bereite sie sich auf den Ansturm eines neuen, heißen Tages vor. Davon bekam Claudius Zorn nichts mit, er saß in der Küche, hatte das Kinn auf die linke Hand gestützt und betrachtete die Dinge auf seinem Tisch.

Ich habe mich also zusammenschlagen lassen, dachte er und rieb sich gähnend das verschlafene Gesicht. Von einem Kerl, der locker mein Sohn sein könnte. Und damit nicht genug: Er war auch noch gut einen Kopf kleiner als ich. Okay, dafür war er doppelt so breit, aber trotzdem: Warum um alles in der Welt habe ich mich nicht gewehrt? Warum?

Die Antwort lag nahe, und er konnte sie sich selbst geben: Er hatte sich fast in die Hosen gemacht, so einfach war das. Natürlich, er hatte versucht, den Überlegenen zu spielen (zumindest das, so hoffte er inständig, war ihm halbwegs gelungen), aber dann, als es ernst wurde, hatte er gekniffen. Und es lag nicht nur daran, dass es so schnell gegangen war. Niemals (*never*, wie Schröder sagen würde) hätte er zuerst zugeschlagen.

Vielleicht war es die Müdigkeit, sein Geist war noch mürbe vom Schlaf, trotzdem hatte er in diesem Augenblick einen seiner wenigen hellsichtigen Momente.

Ich bin ein Sesselfurzer, dachte er, ein Theoretiker, der nur eine große Klappe hat, solange er hinter seinem Schreibtisch hockt. Anscheinend bin ich eines von diesen Arschlöchern, die sich sprücheklopfend durchs Leben schummeln und nie im Traum daran denken würden, auch nur den kleinen Finger krumm zu machen, wenn etwas getan werden muss.

Er stand auf und stellte die Kaffeemaschine an. Während er ins Bad schlurfte, fuhr er sich mit der Hand prüfend über den Magen und stellte fest, dass er so gut wie keine Schmerzen hatte. Nur ein leichtes Pochen erinnerte an die schmachvolle Niederlage des Vortages.

Beim Pinkeln stützte er sich mit der Hand an die Wand neben der Toilette. Hörte das Plätschern in der Kloschüssel, ein vertrautes Geräusch, das sich mit dem Blubbern der Kaffeemaschine im Nebenzimmer mischte. Normalerweise dachte er in diesen Momenten gar nichts, doch jetzt schoss ihm etwas anderes durch den Kopf:

Niederschmetternd war nicht nur die Einsicht, dass er offensichtlich ein sehr feiger Mensch war. Claudius Zorn fühlte sich gekränkt, in seiner Ehre verletzt, schlimmer noch, das Ganze war ihm peinlich. Ein erwachsener Mann, ein Polizist, der sich zu Füßen eines aufgepumpten Teenagers in Naziklamotten im Dreck wälzt! Nur zu gut erinnerte er sich an seine Erleichterung, als er wieder zu sich gekommen war und festgestellt hatte, dass anscheinend niemand etwas von dem Zusammenstoß auf dem Parkplatz mitbekommen hatte. Warum war ihm das so wichtig gewesen? War er nichts weiter als ein Prolet, ein Macho, gefangen im vormittelalterlichen Männlichkeitswahn? Schon immer? Und er hatte es sich nur nicht eingestanden? Und was, verdammt nochmal, hätte er getan, wenn dieser durchgeknallte Udo jemand anderen angegriffen hätte? Eine junge Frau oder einen alten Mann? Hätte er, Zorn, dann auch den Schwanz eingezogen (um im Bild vom mittelalterlichen Macho zu bleiben) und getan, als hätte er nichts bemerkt?

Zorn seufzte, als er sich die Hände wusch. Na ja, brummte er seinem zerknitterten Spiegelbild zu, vielleicht hatte ich einfach nur einen schlechten Tag.

Er ging zurück in die Küche und hockte sich wieder an den Tisch. Der Kaffee war noch nicht durchgelaufen. Gelangweilt sah er sich um. Dann fiel sein Blick wieder auf das, was da vor ihm lag: die Birne, die Kiwi und die Zigarette.

Es stimmte: Er hatte sich fest vorgenommen, auf seine Ernährung zu achten, *bewusster* zu leben, mehr als eine Mahlzeit am Tag zu sich zu nehmen, die er, meist am frühen Abend, hastig und lustlos in sich hineinstopfte. Es konnte nicht schaden, so hatte er gedacht, wenn er bereits am Morgen etwas aß. Etwas Kleines würde reichen. Etwas Gesundes, mit Vitaminen und so.

Er nahm die Birne in die Hand und beäugte sie misstrauisch. Sie lag schon seit geraumer Zeit in der Küche, hatte Druckstellen und braune, an den Rändern grünliche Flecken. Zorn roch vorsichtig daran und verzog das Gesicht.

Nein, gesund sah das nicht aus. Weg damit.

Aus dem Handgelenk warf er die Birne in Richtung Spüle und lachte kurz auf, als sie in perfekter Kurve durch die Küche segelte und mit einem satten *Plopp* im Mülleimer landete.

Er griff zur Kiwi und wog sie prüfend in der Hand. Sie fühlte sich pelzig an, die feinen Härchen auf der Schale erinnerten ihn an Spinnenbeine. Auch sie war übersät mit dunklen Druckstellen. Kein Wunder, schließlich hatte sie gestern einiges mitgemacht: Erst war sie unter eine Supermarktkasse und dann ein gutes Stück über den Parkplatz gerollt.

Wie macht man das Ding auf?, überlegte Zorn. Mit dem Messer? Oder mit dem Löffel? Dazu müsste ich aufstehen, und dazu habe ich jetzt keine Lust.

Das tat er dann aber doch, denn im Nebenzimmer klingelte sein Handy. *Like a virgin!*, plärrte Madonna, er hasste diesen Klingelton mittlerweile, wusste aber nicht, wie er ihn ändern sollte. Sofort sprang er auf, Malina schoss ihm durch den Kopf, etwas, das er sich in den letzten Monaten noch immer nicht hatte abgewöhnen können. Auf dem Weg ins Schlafzimmer warf er einen Blick auf die Uhr: Gleich Viertel vor acht, das konnte nur Schröder sein. So war es denn auch.

»Hast du gut geschlafen, Chef?«

»Rufst du deshalb an? Um zu fragen, ob ich gut geschlafen habe?«

»Natürlich.«

»Nun, ich habe beschissen geschlafen. Sonst noch was?«

»Ja. Wir haben die Identität des toten Radfahrers. Sein Bike ist tatsächlich in der Innenstadt gekauft worden. Er heißt Björn Grooth, wohnte in der Villenkolonie am Stadtwald. Ich fahre jetzt los und unterrichte die Eltern. Wahrscheinlich komme ich später zum Dienst.«

»Beeil dich«, knurrte Zorn und legte auf.

Die Kaffeemaschine gab ein langes, gedehntes Fauchen von sich. Er hatte die Kiwi noch immer in der Hand und bedachte sie mit einem schrägen Blick. Heute nicht, überlegte er, vielleicht morgen. Es heißt ja, man sollte auf seinen Körper hören. Und mein Körper sagt mir, dass er keinen Appetit auf dieses Zeugs hat. Er will Kaffee. Und er will rauchen.

Tja, da sind wir uns einig, mein Körper und ich.

Scheiß aufs Essen.

*

Das Grundstück der Grooths war von einer mannshohen, weiß verputzten Mauer umgeben. Ein Namensschild war nirgends zu entdecken, es dauerte eine Weile, bis Schröder die Klingel gefunden hatte. Über dem Tor war eine Überwachungskamera befestigt, er wandte ihr den Rücken zu, steckte die Hände in die Hosentaschen und wartete.

Die schmale Straße war ruhig. Ein weißhaariger Mann in einem dunkelblauen Mantel lief gebeugt vorbei, er erwiderte Schröders Gruß nicht. Irgendwo bellte ein Hund.

Es knackte in der Gegensprechanlage.

»Ja?«, fragte eine blecherne Stimme. Unmöglich zu sagen, ob sie zu einem Mann oder einer Frau gehörte.

»Guten Morgen, mein Name ist Hauptkommissar Schröder, ich hätte Sie gern gesprochen.«

Der Summer ertönte, Schröder betrat das Grundstück. Eine asphaltierte, von weißen Kieselsteinen eingefasste Zufahrt führte hinauf zu einer zweigeschossigen Villa. Der Rasen war kurz und gepflegt, direkt vor dem Haus stand eine Blautanne, in deren Schatten ein schwarzes Mercedes-Coupé parkte.

Die Frau mochte um die fünfzig sein und schien einen großen Teil ihrer Zeit im Fitnessstudio zu verbringen. Sie war schlank, trug einen weißen Hosenanzug, ihr Gesicht war gebräunt, die schmalen, zusammengepressten Lippen dezent geschminkt. Das Haar war kurz geschnitten und von einer Farbe, die irgendwo zwischen einem hellen Blond und dem Grau eines alternden Rauhaardackels angesiedelt war. Sie stand in der Tür und machte nicht den Eindruck, als ob sie Schröder hineinbitten wolle.

Der zückte seinen Ausweis. »Frau Grooth, nehme ich an?«

Ein knappes Nicken.

»Hauptkommissar Schröder, ich …«

»Das habe ich verstanden. Was wollen Sie? Ich habe zu tun.«

»Ja, das haben wir alle«, lächelte Schröder, »und es ist nett, dass Sie so direkt sind, Frau Grooth. Ich bin allerdings keiner von Ihren Dienstboten, obwohl ich es gewohnt bin, wie ein Trottel behandelt zu werden. Trotzdem denke ich, wir sollten das nicht hier draußen besprechen.«

Ihre Augen verengten sich kaum merklich. Einen Moment schien sie unschlüssig, dann machte sie auf dem Absatz kehrt und ging wortlos ins Haus. Schröder folgte ihr in ein Wohnzimmer, welches das komplette Erdgeschoss einzunehmen schien. Der Fußboden bestand aus breiten, polierten Eichendielen, die Rückwand des Raums war komplett verglast und bot den Blick auf eine Terrasse und einen Swimmingpool, dessen Wasser in der morgendlichen Sonne glitzerte.

Vor einem großen, mit Porphyr verkleideten Kamin blieb sie stehen. Schröder sah sich um, dann ging er zur Wand und betrachtete eine kleine Grafik, die in einem schlichten Rahmen über einem Wildledersofa an der Wand hing, das einzige Bild in diesem Raum. Schröder stieß einen leisen Pfiff aus.

»Ist das ein Feininger?«

»Sind Sie hier, um mit mir über Kunst zu reden? Dass Sie einen Feininger erkennen, macht Sie mir nicht sympathischer, Herr Kommissar.« Sie warf ihm einen spöttischen Blick zu. »Und bevor Sie fragen: Ja, es ist ein Original.«

»Etwas anderes hätte ich hier auch nicht erwartet.«

Die Frau verschränkte die Arme vor der Brust und holte tief Luft. »Könnten wir dann zur Sache kommen? Und bitte zügig, wenn es Ihnen recht ist, niemand hat gern die Polizei im Haus.«

»Das weiß ich, Frau Grooth. Sie können davon ausgehen, dass es der Polizei ähnlich geht. Was mich betrifft: Ich bin ebenfalls ungern in fremden Häusern. Eigentlich nur, wenn es sich nicht vermeiden lässt.« Er deutete mit dem Kinn auf das Sofa. »Sie sollten sich setzen.«

»Ich stehe lieber.«

»Setzen Sie sich«, wiederholte Schröder sanft. »Bitte.«

Sie nahm achselzuckend Platz. »Wenn es um Björn geht, muss ich Ihnen sagen, dass ich ihn seit gestern nicht gesehen habe, wahrscheinlich ist er …«

»Frau Grooth«, unterbrach er sie leise, »hören Sie mir zu. Ich glaube nicht, dass Sie so abgebrüht sind, wie Sie vorgeben.« Dann fügte er den Satz hinzu, der alles vorwegnahm, was nun folgen würde: »Ich fürchte, ich habe keine guten Nachrichten für Sie.«

Die Frau fasste sich mit der Hand an die Kehle. Sie trug eine rote Korallenkette, ihre Finger verhakten sich im Verschluss. Die Kette riss, es prasselte leise, als Dutzende winzige Korallen über die Dielen rieselten und sich im Zimmer verteilten. Sie schien es nicht zu bemerken. »Ist er …?«

»Ja.«

Sie sah Schröder mit großen Augen an. Öffnete den Mund, schloss ihn wieder. Es würde noch eine Weile dauern, bis sie wirklich begriff, dass ihr Sohn tot war. Dann gab sie einen erstickten Laut von sich. Es klang wie das Schluchzen eines Kindes, das noch nicht ins Bett will.

»Mein Gott, ich dachte, Sie hätten ihn beim Kiffen erwischt!«

»Ich wünschte, es wäre so. Es tut mir leid.«

Ihre Nase begann zu laufen. Sie fuhr sich mit dem Handrücken darüber, mit zitternden, regelrecht flatternden Fingern. »Wie ist es passiert?«

»Das kann ich Ihnen noch nicht genau sagen. Es war jedenfalls kein Unfall, und wir müssen von Fremdverschulden ausgehen.« Schröder redete weiter, er wusste, dass sie im Moment kein klares Wort herausbringen würde. »Wir stehen erst am Anfang unserer Ermittlungen, Frau Grooth. Aber wenn wir herausfinden wollen, was passiert ist, brauchen wir Ihre Hilfe. Wir müssen uns mit seinen Freunden unterhalten, und ich würde gern sein Zimmer sehen, wenn Sie nichts dagegen haben. Außerdem muss ich Sie bitten, Ihren Sohn so schnell wie möglich zu identifizieren, wir brauchen absolute Gewissheit.«

Ihre Augen waren trübe geworden, als hätte sich ein dünner Film über ihre Pupillen gelegt. Blicklos starrte sie Schröder an, keine drei Meter entfernt und doch meilenweit weg. Dann begann sie, an den Fingernägeln zu kauen.

Er ging einen Schritt auf sie zu. Die Korallen lagen überall verstreut, sie knirschten unter seinen Sandalen. »Haben Sie verstanden, was ich gesagt habe, Frau Grooth?«

Sie schwieg. Und kaute weiter an den Fingern.

»Soll ich einen Arzt holen, oder jemanden, den Sie kennen?«

Irgendwo im Haus klingelte ein Telefon.

»Ich brauche eine neue Kette«, sagte sie. »Schade, jetzt ist sie kaputt.«

*

»Die Mutter des Jungen hatte einen Zusammenbruch, Chef. Ich musste einen Arzt rufen, sie hat eine Spritze bekommen, zwei Stunden später konnte sie wenigstens ein paar Fragen beantworten.«

Das Fenster in Zorns Büro war weit geöffnet. In einer Ecke neben der Tür ratterte ein Ventilator leise vor sich hin.

»Sie muss ihn identifizieren.«

»Ich weiß, Chef. Wir sollten ihr noch einen Tag Zeit lassen, damit sie sich wenigstens halbwegs wieder beruhigen kann.«

»Okay«, nickte Zorn. Schaudernd stellte er sich vor, wie die Frau vor ihrem Sohn stand, der mit halb abgetrenntem Kopf auf einer verchromten Bahre in der Pathologie lag. »Vielleicht können sie den Jungen bis dahin ein wenig herrichten. So, dass er nicht mehr ganz so schlimm aussieht.«

Sie schwiegen einen Moment.

»Also, was wissen wir über den Jungen?«, fragte Zorn dann.

»Er hieß Björn Grooth, vor zwei Monaten ist er achtzehn geworden. Die Familie scheint sehr wohlhabend zu sein, der Vater hat einen Baustoffhandel.«

»Wo ist er jetzt?«

»Angeblich auf einer Tagung in Amsterdam.« Schröder nahm sein Notizbuch und blätterte darin. »Der Junge hat das Thomas-Münzer-Gymnasium besucht, er wäre jetzt in die zwölfte Klasse gekommen. Die Mutter sagt, er hatte nie Probleme in der Schule, das habe ich aber noch nicht gecheckt. Das Fahrrad hat er zum Geburtstag bekommen, er ist jeden Morgen vor der Schule eine Stunde im Stadtwald gefahren, der liegt ja direkt in der Nähe der Wohnung.«

»Auch jetzt, in den Ferien?«

»Offensichtlich«, nickte Schröder. »Der Junge war ein wenig übergewichtig, er wollte wohl abnehmen.«

Unwillkürlich warf Zorn einen Blick auf Schröders noch immer stattlichen Bauch, verkniff sich aber eine Bemerkung. »Er ist also jeden Morgen zur selben Zeit dort langgefahren«, sagte er stattdessen. »War es immer die gleiche Strecke?«

»Das weiß ich noch nicht, aber wir können vorerst davon ausgehen.«

»Dann können wir ebenfalls davon ausgehen, dass der, der den Draht gespannt hat, Björn Grooth erwischen wollte. Und niemand anderen.«

»Ja«, stimmte Schröder zu, »es sollte mich sehr wundern, wenn der Junge ein zufälliges Opfer war. Er wurde morgens um sechs getötet, er war so ziemlich der Einzige, der um diese Zeit im Stadtwald unterwegs war. Das war ein kaltblütiger, vorsätzlicher Mord.«

»Wir müssen die Schule informieren. Und wenn wir einmal dabei sind, die Lehrer befragen. Und die Kids aus seiner Klasse.«

»Natürlich, Chef. Die Mutter sagt, er war ein Einzelgänger, nicht sonderlich beliebt in der Schule.«

»Vielleicht bringt uns das ja weiter.« Zorn stand auf und ging zum Fenster. »Dann wissen wir erst mal, wo wir anfangen müssen.«

»Da wäre noch was, Chef.«

»Ja?«

»Seine Mutter sagt, dass er öfter bei Freunden übernachtet hat, das muss so eine Art Clique gewesen sein.«

Zorn horchte auf. »Haben wir die Namen?«

»Allerdings, Chef.«

»Herrgott, nun lass dir doch nicht alles einzeln aus der Nase ziehen, Schröder!«

»Ich habe in seinem Zimmer ein Foto gefunden. Björn Grooth ist darauf und noch vier andere Kids, ungefähr in seinem Alter. Seine Mutter hat mir ihre Namen und Adressen gegeben. Zwei von ihnen waren sogar brav zu Hause. Sie warten im Vernehmungsraum.«

»Warum hast du das nicht gleich gesagt?«

Schröder zuckte die Achseln. »Ich dachte, ich erzähle das Wichtigste zum Schluss.«

»Manchmal gehen mir deine Späße wirklich auf den Sack«, knurrte Zorn und öffnete die Tür.

»Das würde mir sehr leidtun, Chef.« Schröder lächelte. »Zumal ich noch nicht ganz fertig bin.«

Zorn verdrehte die Augen. »Was ist denn jetzt noch?«

»Wir haben die Fingerabdrücke von Björn Grooth geprüft. Routinemäßig.«

Schröder machte eine Pause. Er hatte die Arme auf dem Rücken verschränkt und wippte auf den Fußsohlen vor und zurück. Zorn ballte die Fäuste.

»Mach den Mund auf, Schröder, oder es setzt was!«

»Erinnerst du dich an die Einbrüche in der Kleingartensparte?«

»Natürlich, ich bin doch nicht senil!«

»Wir haben dort Fingerabdrücke von mindestens fünf Personen gefunden. Eine davon war Björn Grooth. Der Junge ist in seiner Freizeit nicht nur Rad gefahren. Er hat auch den ein oder anderen Bruch begangen.«

*

»Wissen die beiden, warum sie hier sind?«

»Nein, Chef. Wir haben das gesagt, was wir immer sagen: dass es sich um eine routinemäßige Befragung handelt.«

Sie waren unterwegs zu den Vernehmungszimmern. Ihre Schritte hallten von den kahlen Wänden des Flurs wider. Rechts von ihnen waren große Fenster in die Wände eingelassen, davor hingen Jalousien, die den Einblick in das Innere verwehrten.

Schröder blieb stehen. »Hier ist es, Chef.«

»Okay.« Mit Daumen und Zeigefinger schob Zorn die Jalousien ein wenig auseinander und spähte hinein. »Wir vernehmen sie getrennt, in einer halben Stunde treffen wir uns und sehen, was wir ...«

Er stockte. Warf einen weiteren Blick durch das Fenster. Wich ein wenig zurück und blieb mit dem Rücken an der gegenüberliegenden Wand stehen.

»Was ist los? Du bist total blass, Chef.«

Zorn fuhr sich mit der Hand über die Augen. Schluckte, dachte einen Moment nach und entschied dann: »Wir machen es anders.«

Schröder hob die Augenbrauen. »Wie darf ich das verstehen?«

»Nehmt ihre Fingerabdrücke und vergleicht sie mit denen aus den Gartenlauben. Trennt sie voneinander und lasst sie eine Nacht hier schmoren. Wir nehmen sie uns morgen früh vor.«

»Damit brechen wir die Vorschriften. Ich glaube nicht, dass Frau Borck ...«

»Du hast gehört, was ich gesagt habe. Tu es einfach. Ich fahr jetzt nach Hause.«

Und bevor Schröder etwas erwidern konnte, stampfte Zorn davon.

Er kannte die beiden, die da im Vernehmungszimmer saßen. Den blonden, hageren Jungen hatte er gestern vor dem Supermarkt gesehen. Der andere war der, der ihn mit einem wohlgezielten Schlag in die Waagerechte befördert hatte.

Fünf

»Guten Morgen, mein Freund. Ich hoffe, du hast gut geschlafen?«

Zorn trat ein, der Junge saß mit dem Rücken zur Tür an einem kleinen Tisch. Er drehte sich nicht um, sein breiter Rücken ragte über die Stuhllehne hinaus. »Ihr könnt mich mal, ihr blöden Penner. Ich sag hier überhaupt nix.«

»Origineller Spruch. Wo hast du den gehört? Auf Super RTL?« Zorn nahm ihm gegenüber Platz. Er hatte eine dünne Akte bei sich, sie landete mit einem leisen Klatschen auf dem Tisch.

Der Junge sah auf und erkannte Zorn. Sein Unterkiefer sackte herab, das Blut schoss ihm in den Kopf, sein Blick flackerte unstet durchs Zimmer. Schließlich beugte er sich vor und sah auf seine Hände, die er vor sich auf den Tisch legte.

Zorn tat, als würde er es nicht bemerken, sondern hantierte mit einem altertümlichen Aufnahmegerät, das zwischen ihnen auf dem Tisch stand. Es funktionierte nicht, er hatte es aufstellen lassen, um der Vernehmung eine härtere Note zu verleihen. Er hatte lange überlegt, wie er die Befragung durchführen würde, und dann beschlossen, sofort aus allen Rohren zu schießen.

»Heute ist Samstag, der 4. August«, sagte er in offiziellem Ton und drückte auf den Aufnahmeknopf. »Es ist jetzt«, ein kurzer Blick auf die Uhr, »10 Uhr 30, anwesend sind Hauptkommissar Claudius Zorn und«, er schlug die erste Seite der Akte auf, »Udo Kempff, geboren am 1. Mai 1994, wohnhaft Südstadtring 22. Möchten Sie etwas trinken, Herr Kempff? Einen Kaffee?«

Udo Kempff schien nachzudenken, dann nickte er stumm.

»Der Befragte schüttelt den Kopf«, sprach Zorn in das imaginäre Mikro.

»Arschloch«, murmelte der Befragte.

Zorn lächelte ihm zu.

*

Ein paar Meter weiter saß Schröder mit dem anderen Jungen in einem ähnlichen Raum. Auch er hatte eine dünne Akte vor sich liegen, auf das Aufnahmegerät allerdings hatte er verzichtet.

»Sie heißen Max Brandt, sind 19 Jahre alt und wohnen in der Straße der Befreiung Nummer 9, ist das richtig?«

Max Brandt nickte. Er hatte weiche, fast feminine Gesichtszüge. Seine Haut war blass, im grellen Licht der Neonlampen schien der Junge fast durchsichtig zu sein.

»Es gibt zwei Gründe, weswegen wir Sie hergebeten haben«, begann Schröder. »Das eine sind die Einbrüche in der Gartenanlage, das andere ist der Mord an Björn Grooth. Fangen wir mit den Einbrüchen an. Haben Sie dazu etwas zu sagen?«

»Ich weiß nicht.« Max Brandt sprach leise, fast flüsternd. Seine Stimme war hoch, sie kratzte ein wenig, als wäre er vor kurzem erst in den Stimmbruch gekommen. Er nahm einen Stift vom Tisch und drehte ihn in den Händen. Seine Finger waren schlank, feingliedrig, die Nägel kurz geschnitten.

»Was wissen Sie nicht, Herr Brandt?«

Max blickte auf. Seine Augen waren von einem intensiven, durchdringenden Blau. Die Wimpern waren lang, es schien, als würden sie Schatten unter seine Augen werfen.

»Dürfen Sie uns überhaupt hier festhalten, Herr Kommissar?«

»Ja, das dürfen wir. Sie sind volljährig. Es gibt schwerwiegende Verdachtsmomente. Wir haben Fingerabdrücke. Sowohl Ihre als auch die von Björn Grooth und Udo Kempff. Was sagen Sie dazu?«

»Ich würde gern mit einem Anwalt reden.«

»Natürlich. Das wird allerdings leider erst am Montag möglich sein, bis dahin müssten wir Sie hierbehalten.«

Das war eine Lüge, aber sie funktionierte. Der Junge rutschte unruhig auf seinem Stuhl hin und her.

Schröder beugte sich über den Tisch. »Es ist sinnlos, die Einbrüche zu leugnen, Herr Brandt. Die Fakten sind eindeutig, und wir werden noch weitere Spuren finden. Hab ich recht?«

Keine Antwort.

»Hab ich recht?«, wiederholte Schröder.

Eine Weile war es still. Nur die Klimaanlage rauschte leise.

Max Brandt sah auf. Dann nickte er.

*

Zorn räusperte sich, näherte sich dem Mikrofon und tat, als würde er weiter auf Band sprechen. »Thema der Vernehmung ist die Beteiligung des anwesenden Verdächtigen Kempff, Udo, an der Einbruchserie in der Kleingartensparte am Nordbad, belegt durch das Auffinden diverser Fingerabdrücke, sowie dessen Beteiligung, respektive Verwicklung in die Ermordung von Grooth, Björn, vom 2. August dieses Jahres.«

Auf diesen Satz war Zorn besonders stolz, er hatte lange gebraucht, um ihn sich auszudenken.

Wenn es denn möglich war, klappte die Kinnlade von Udo Kempff noch weiter herunter als beim ersten Mal.

Zorn drückte auf den Ausschaltknopf.

»Stimmt was nicht?«, fragte er heiter.

Kempff starrte Zorn mit weit aufgerissenen Augen an. Aber er schwieg.

»Ach, jetzt verstehe ich!« Zorn hob theatralisch die Hände. »Du denkst, ich hätte dich herholen lassen, weil du mir vorgestern eine reingehauen hast? Nee, Dicker, du bist Beschuldigter in einer Einbruchserie und in einem Mordfall.« Das letzte Wort betonte Zorn besonders. »Was die Sache vor dem Supermarkt betrifft, bin ich noch unsicher.« Er kratzte sich am Hinterkopf und tat, als müsse er nachdenken. »Was meinst du, soll ich machen? Das war tätlicher Angriff auf einen Polizisten, dafür wanderst du locker ein paar Monate ein. Andererseits ist das ein Witz, wenn man bedenkt, dass ich dich ja wegen Mordes drankriegen werde. Da fällt das nicht so ins Gewicht.«

Zorn stand auf, ging um den Tisch herum und trat dicht an Kempff heran. Beugte sich vor, bis seine Lippen nur noch Zentimeter von dessen Ohr entfernt waren. »Was unser kleines Treffen vor dem Supermarkt angeht: Vielleicht sollten wir das ja unter uns klären, was denkst du?«

Kempffs Fäuste ballten sich auf dem Tisch. Ein dünner Schweißfilm hatte sich auf seinen Oberarmen gebildet. Sie hatten ungefähr den Umfang von Claudius Zorns Oberschenkeln.

»Eins würde ich gern wissen«, fuhr Zorn leise fort. »Wo liegt eigentlich deine Grenze? Schlägst du auch Kinder? Frauen? Oder alte Männer, wenn dir mal besonders langweilig ist?« Er ging zurück und setzte sich wieder. »Es interessiert mich wirklich, wie du so tickst. Ich habe selten Gelegenheit, mich mit einem waschechten Mörder zu unterhalten.«

»Ich habe niemanden nich umgebracht«, knurrte Kempff.

»Das war eine doppelte Verneinung«, lachte Zorn. »Ist dir klar, was du da eben gesagt hast?«

»Was?«

»Das war ein Geständnis, du Kuckuck.«

*

»Wer war noch dabei?«, fragte Schröder.

»Dazu möchte ich wirklich nichts sagen.«

»Sie wollen niemanden beschuldigen, das verstehe ich.« Es quietschte auf dem Linoleum, als Schröder seinen Stuhl ein wenig zurückschob. »Ich sehe das so: Sie sind in die Lauben eingebrochen, weil Sie ein bisschen Party machen wollten. Es ist ja auch kaum Schaden entstanden, aufgebrochene Schlösser, ein paar zertrampelte Beete, der ein oder andere zerbrochene Gartenzwerg, und wenn ich das richtig sehe«, Schröder blätterte in der Akte, »ist außer zwei DVD-Playern und einem Fotoapparat nichts entwendet worden. Was denken Sie, wo wir die finden werden? Im Keller von Udo Kempff?«

Ein weiterer Schuss ins Blaue.

»Bitte, Herr Kommissar. Ich möchte wirklich nichts dazu sagen.«

Volltreffer.

»Nun gut.« Schröder entnahm der Akte ein Foto mit einer Gruppe Teenager. Sie hatten sich umarmt, hielten Bierflaschen in den Händen und lachten in die Kamera. »Auf diesem Bild sind fünf Personen. Sie, Udo Kempff, Björn Grooth und zwei weitere, ein Junge und ein Mädchen.« Er schob das Foto über den Tisch und tippte mit seinem kurzen Finger darauf. »Können Sie mir ihre Namen sagen?«

Max Brandt zögerte.

»Keine Angst, damit belasten Sie niemanden, Herr Brandt.«

»Sie heißen Martha und Eric Haubold.«

»Danke. Das wussten wir bereits, aber jetzt ist wenigstens klar, dass Sie die Wahrheit sagen. Die beiden sind Geschwister, richtig?«

»Ja. Wir hängen oft zusammen ab.«

»In Gartenlauben?«

Keine Antwort.

Schröder wartete einen Moment. »Können Sie mir sagen, wo sich die beiden im Moment aufhalten?«

Max strich sich das blonde Haar aus der Stirn. Dann schüttelte er den Kopf. »Nein.«

Schröder steckte das Foto zurück in die Akte. Zögerte, holte es wieder heraus und betrachtete es noch einmal. »Wer hat das Bild eigentlich aufgenommen?«

»Pastor Giese.«

»Ein Priester?«

»Wir sind oft bei ihm. Er ist …«, Max suchte einen Moment nach dem richtigen Wort, »ein netter Kerl. Er hat sich immer um uns gekümmert.«

»Eins verstehe ich nicht.« Schröder lehnte sich in seinem Stuhl zurück, die Lehne gab ein gequältes Knacken von sich. »Sie sind klug, wenn ich das richtig sehe. Sie haben Abitur, und Sie wollen studieren, richtig?«

»Psychologie. Im Herbst fange ich an.«

»Wieso gibt sich jemand wie Sie mit einem Typen wie Udo Kempff ab? Wir haben eine ordentliche Akte über ihn: Schlägereien, kleine Einbrüche und so weiter. Er hat seine Lehre abgebrochen und ist seit einem halben Jahr arbeitslos. Björn Grooth stammte, wie man so schön sagt, aus gutem Hause, Sie werden Psychologe und ich wette, dass die anderen beiden, Martha und Eric Haubold, ebenso wenig zu Udo Kempff passen wie Sie.«

»Wir kennen uns seit dem Kindergarten. Udo sieht zwar nicht so aus, aber eigentlich ist er kein schlechter Kerl.«

»Was Sie nicht sagen«, erwiderte Schröder mit einem feinen Lächeln.

*

»Wo warst du am Donnerstag zwischen fünf und sieben Uhr morgens?«

Udo Kempff starrte verbissen auf seine Hände. Sein Mund war geschlossen, die Kiefer mahlten, als würde er an einem zähen Stück Gummi kauen.

»Ich sag nichts mehr.«

»Das sagtest du bereits.«

»Was?«

»Dass du nichts sagst.«

»Sag ich ja.«

Zorn wartete geduldig. Frieda Borck fiel ihm ein, die gesagt hatte, er solle sich nicht so aufführen wie bei *CSI Miami*. Warum eigentlich nicht?, überlegte er, ein bisschen Kasperletheater kann nicht schaden.

Er seufzte übertrieben, schlug sich mit den Handflächen auf die Oberschenkel und stand auf. »Okay, offensichtlich bist du noch bescheuerter, als ich dachte. Ich lasse dich jetzt in eine Zelle bringen. Ich glaube nicht, dass du so schnell wieder rauskommst. Du wirst eingebuchtet, bis du schwarz wirst, Dicker. Mindestens für die nächsten fünfzehn Jahre. Kannst du schon bis fünfzehn zählen? Oder muss ich dir erklären, wie lange das dauern wird?«

Ihre Blicke kreuzten sich über dem Tisch. Eine Sekunde, zwei, drei. Dann schlug Udo Kempff die Augen nieder. Zorn wartete noch einen Moment, dann fügte er leise hinzu: »Jetzt würdest du mir am liebsten eine reinhauen. Ist doch so, oder?«

Udo Kempff sah auf. Seine kleinen Augen verengten sich. »Ja. Genau das brauchst du, Inspektor.«

»Hauptkommissar«, verbesserte Zorn lächelnd. »Inspektor nennen mich nur Idioten.«

Später würde er sich eingestehen, dass er die Situation genossen hatte. Die Macht, die er über den anderen hatte, auskostete. Die Lage ausnutzte, um es ihm heimzuzahlen. Nicht ausschließlich, es handelte sich hier ja um eine offizielle Vernehmung. Das änderte nichts an der Tatsache, dass er Rache nahm. Gemeine, niederträchtige Rache an einem, der schon am Boden lag, der hoffnungslos unterlegen war.

Er ging zur Tür und öffnete sie. »Abführen!«, rief er in den Flur. Ein uniformierter Beamter trat ein.

»Ich war im Bett«, sagte Udo Kempff leise.

Zorn gab dem Beamten einen Wink, dieser ging wieder hinaus und schloss die Tür.

»Lauter bitte, ich kann dich nicht verstehen.«

»Am Donnerstagmorgen, da war ich im Bett.«

»Allein?«, fragte Zorn. Jetzt hatte er Udo Kempff wirklich da, wo er ihn haben wollte. Er beschloss, noch ein wenig nachzutreten: »Entschuldige, was für eine blöde Frage, natürlich warst du allein. Jemand wie du hat keine Freundin.« Er tat, als würde er überlegen. »Oder hast du einen Freund?«

Ein kurzer Blick zu Zorn. Dann wieder auf die Hände.

»Ich bin keine Schwuchtel. Max ist eine Schwuchtel. Ich nicht.«

»Und Björn? War der auch eine Schwuchtel?«

»Björn war mein Kumpel. Ich hab ihm nichts getan.«

»Hast du eine Ahnung, wer ihn getötet haben könnte?«

»Nein.«

Zorn öffnete die Tür ein zweites Mal.

»Du kannst gehen.«

»Was?«

»Verpiss dich, bevor ich's mir anders überlege.«

*

»Ich glaube nicht, dass Udo Kempff unser Mörder ist«, sagte Zorn. Sie hatten sich in seinem Büro getroffen, um die Vernehmungen noch einmal durchzusprechen. »Ich hab ihn ziemlich hart rangenommen, aber ich bin sicher, er war's nicht. Jedenfalls nicht alleine. Er würde niemals auf die Idee mit dem Draht kommen, dazu ist er einfach zu doof.«

»Man muss kein Genie sein, um jemanden auf diese Weise zu töten, Chef.«

»Stimmt. Aber der Kerl ist dermaßen bescheuert, er würde wahrscheinlich selbst in die Falle laufen und sich die eigene Rübe abtrennen.«

»Man könnte fast meinen, du hättest eine persönliche Rechnung mit ihm offen.«

»Blödsinn.«

Zorn griff eine Zigarette und steckte sie in den Mund. Nahm sie wieder heraus, betrachtete sie kurz und legte sie dann auf den Tisch. Seit ein paar Wochen rauchte er nicht mehr im Büro, oder wenn, dann heimlich am offenen Fenster. Eine Zeitlang hatte Frieda Borck ihn regelrecht verfolgt, war zu den unmöglichsten Zeiten in seinem Zimmer aufgetaucht und hatte ihm jedes Mal die Hölle heißgemacht, wenn sie ihn beim Rauchen erwischte. Schließlich hatte er aufgegeben. Nein, er mochte die Staatanwältin nicht. Ganz und gar nicht.

»Frieda Borck wird stinksauer sein«, meinte Schröder, als hätte er Zorns Gedanken gelesen. »Wir haben die beiden ohne besonderen Grund festgehalten, das kann Ärger geben.«

»Schreib einen Bericht. Von wegen dringender Tatverdacht, oder«, Zorn wedelte mit der Hand durch die Luft, »Gefahr in Verzug, du weißt schon. Dir wird schon was einfallen.«

Schröder nickte seufzend. »Sehr wohl, Chef.«

»Wir haben geblufft, Schröder. Wir haben ins Blaue geschossen, und wir wussten vorher, dass die Aktion in die Hose gehen könnte.«

»Immerhin hat Max Brandt die Einbrüche zugegeben. Er wollte die anderen nicht belasten, aber das sollte schnell geklärt sein.«

»Die Einbrüche sind im Moment scheißegal, Schröder. Wir können den Kids damit ein wenig Druck machen, aber im Vordergrund steht der Mord. Und da sind wir nicht viel weiter. Was denkst du über diesen Max Brandt?«

»Er hat jedenfalls kein Alibi.«

»Der Muskelprotz auch nicht.«

»Das sollten wir nicht überbewerten, Chef. Ich denke, es gibt Tausende in dieser Stadt, die an einem Donnerstag morgens um sechs allein im Bett liegen.«

Das stimmt, dachte Zorn. Ich gehöre auch dazu. Er nahm die Zigarette und drehte sie nachdenklich in der Hand. »Wir sollten abwarten, was die Vernehmung der anderen beiden ergibt.«

»Martha und Eric Haubold.«

»Ja. Vielleicht haben sie es alle zusammen getan, eine Art Abrechnung, wer weiß, was sie außer den Einbrüchen noch so getrieben haben. Wir sollten ihre Handys überwachen.«

»Ich weiß nicht Chef. Heute ist Samstag, dazu müssten wir einige Leute aus dem Bett holen.«

»Dann kümmere dich am Montag drum.« Zorn rieb sich gähnend den Nacken. »Ich werde einfach nicht schlau aus der Sache. Es passt irgendwie nicht zusammen, vor allem verstehe ich nicht, was diese Kids untereinander verbindet.«

»Sie kennen sich, seit sie klein sind, waren im selben Kindergarten. Max Brandt will Psychologie studieren, die beiden anderen machen noch ihr Abitur, allerdings an einer anderen Schule als Björn Grooth. Nach dem, was wir über ihn wissen, war er ein verhätscheltes Einzelkind.«

»Was wollen die von einem debilen Schläger wie Udo Kempff?«

Schröder zuckte die Achseln. »Keine Ahnung. Es gibt einen Geistlichen, mit dem sie sich wohl oft getroffen haben. Den sollten wir mal besuchen.«

»Das machen wir am Montag. Dann werden wir auch die beiden anderen vernehmen«, entschied Zorn und stand auf. Sein linkes Knie gab ein entrüstetes Knacken von sich.

Schröder erhob sich ebenfalls. »Du bist der Boss, Chef.«

»Der bin ich. Und der Boss sagt, dass er Feierabend hat«, erwiderte Zorn, schnappte sich die Zigarette vom Tisch, winkte Schröder zu und ging nach Hause.

*

Schröder stand noch unentschlossen in Zorns Büro. Dachte einen Moment nach, ging zum Fenster und schloss es. Dann wandte er sich wieder zum Tisch. Als er sich setzte, stöhnte er leise und hielt sich den schmerzenden Bauch, etwas, das er nur tat, wenn er allein war. Er hatte behauptet, wieder völlig gesund zu sein, doch das war er nicht. Das würde er nie wieder sein, während der Notoperation vor drei Monaten hatte man ihm eine Niere und einen großen Teil des Dünndarms entfernt. Er hatte darauf bestanden, dass niemand davon erfuhr.

Eine Weile saß er nur da und starrte vor sich hin. Dann holte er das Foto aus der Aktentasche und betrachtete es noch einmal. Es war höchstens ein halbes Jahr alt: fünf glückliche, zufriedene Teenager.

Selbst Udo, der Schläger, grinste in die Kamera. Er hatte die Hand um die Schulter des Mädchens gelegt, eine blasse junge Frau mit kurzen schwarzen Haaren. Sie wirkte ernster als die anderen, nur um ihre Lippen spielte ein spöttisches Lächeln. Der Junge rechts neben ihr musste ihr Bruder sein, Eric, er hatte dieselben dunklen, fast schwarzen Augen. Björn Grooth hielt sein Bier lachend in die Höhe. Am linken Bildrand stand Max Brandt, er war der Einzige, der nicht in die Kamera blickte, sondern seitlich, auf das Mädchen.

Fünf Menschen, wie sie unterschiedlicher nicht sein könnten, murmelte Schröder. Was verbindet euch? Und wer, verdammt nochmal, hat einen von euch fast geköpft?

Sechs

ich bin anders als ihr
natürlich sehe ich euch ähnlich, auf den ersten blick jedenfalls –
ich esse, ich trinke, ich schlafe – manchmal gehe ich sogar ins
kino und mache andere dinge, die ihr auch tut – aber das sind
kleinigkeiten, nicht mehr als hauchdünne fäden, die mich
mit euch verbinden, mit euch und eurer so genannten realität
niemand von euch kann verstehen, was ich getan habe,
ihr werdet nie begreifen, was noch geschehen wird, es gibt
keinen unter euch, der dazu auch nur annähernd fähig wäre
ihr wisst nicht, wozu ich imstande bin – woher auch?
nehmt euch vor mir in acht und wagt es ja nicht, mir im weg
zu stehen – ich komme aus einer anderen dimension –
ich lebe in der hölle
ab und zu steige ich herauf und zeige euch, wie meine welt
beschaffen ist – dann tauche ich wieder ab
versucht nicht, mir zu folgen, ihr werdet mich nicht finden
nicht, wenn ich es nicht will
ich bin anders als ihr
vergesst das niemals

*

Was das Wetter betraf, brachte der Sonntag wenig Abwechslung: Die Sonne strahlte, keine Wolke stand am stahlblauen Himmel, einzig ein leichter Westwind versprach ein wenig Abkühlung für die schwitzende Stadt.

Claudius Zorn hatte schlecht geschlafen, sehr schlecht. Immer wieder war er aufgewacht, er hatte geträumt, schräges, unheimliches Zeug. Einmal hatte Udo Kempff in Radfahrerkleidung vor seinem Bett gestanden, sein Kopf war fast vollständig abgetrennt, mit einem großen Messer hatte er sich immer wieder in den Bauch gestochen und dabei gemurmelt, dass er *niemanden nich umgebracht* habe. Später war Malina erschienen, sie stand im Wohnzimmer vor seiner Plattensammlung und fragte lachend, ob er denn nicht etwas anderes als dieses uralte Zeugs im Angebot hätte.

Schlechte Träume. Sehr schlechte Träume.

Er war zeitig aufgestanden, hatte gepinkelt, geraucht, Kaffee getrunken und geduscht. Wie immer. Jetzt war er halbwegs munter, wanderte unentschlossen durch die Wohnung und wusste nicht, was er mit seinem freien Tag anfangen sollte.

Schließlich hatte er eine Idee, nahm das Telefon und rief Schröder an.

»Ja, Chef?« Das klang verschlafen.

»Ich will die Kleingartensparte unter die Lupe nehmen.«

»Das ist …«, jetzt war ein deutliches Gähnen zu hören, »eine tolle Idee.«

»Kommst du mit?«

Eine kurze Pause.

»Natürlich, Chef. Mit dem größten Vergnügen.«

»Gut. Wir nehmen Schwimmzeug mit, das Bad ist ja gleich nebenan. Ein bisschen Sonne kann dir nicht schaden. Ich fahr jetzt los und hol dich ab.«

»Gib mir noch eine halbe Stunde.«

»Aber keine Sekunde länger«, meinte Zorn und legte auf.

*

»Ist das nicht ein wundervoller Tag, Chef?«

»Wenn du das Wetter meinst: Da gebe ich dir recht.«

Zorn blinkte und nahm die Ausfahrt zum unteren Knoten. Er hätte auch geradeaus über die Hochstraße zum Kreisverkehr am Bahnhof und von dort aus weiter nach Norden fahren können. Diese Strecke allerdings mochte er nicht, sie war zwar schneller (da sie zum großen Teil vierspurig war), führte aber durch verwitterte Industriebrachen und halb leer stehende Wohngebiete. Da war ihm die schmale, geteerte Straße, die sich parallel zum Fluss durch die Stadt schlängelte, wesentlich lieber.

Auf dem Rücksitz hatte Schröder einen Picknickkorb, eine braune Decke und einen großen Sonnenhut deponiert. Er trug ein buntes Hawaiihemd, seine Cordhose hatte er gegen halblange Shorts getauscht, die den Blick auf eine gewagte Kombination aus karierten Kniestrümpfen und braunen Ledersandalen lenkten. Hatte er am Telefon noch verschlafen geklungen, so machte er jetzt ganz den Eindruck eines vergnügten Sommerfrischlers, der sich auf den lange geplanten Familienausflug freut.

»Sag mal«, meinte er dann auch, »müssen wir denn unbedingt heute in die Gartensparte? Ich habe irgendwie überhaupt keine Lust zu arbeiten.«

»Was ist denn mit dir los? Bist du krank?«

»Nein«, lachte Schröder. »Ich denke nur, dass wir eigentlich frei haben.«

Zorn brummte zustimmend. »Na ja, wenn ich's mir recht überlege, bin ich auch nicht sonderlich scharf auf eine Horde verschwitzter Kleingärtner samt Frau und Kittelschürze. Ich kann mir eh nicht vorstellen, dass wir da was Nützliches zu hören bekommen.«

»Dann lass uns gleich ins Bad fahren«, schlug Schröder vor und klang, als hätte er einen besonders verwegenen Plan ausgeheckt.

Warum eigentlich nicht?, dachte Zorn und nickte. »Gut, wenn du meinst.«

»Fein. Weißt du, was mir daran am besten gefällt?«

»Was?«

»Wir können endlich mal über was anderes reden. Und nicht nur über den Job.«

»Stimmt«, sagte Zorn und überlegte, wann er das letzte Mal mit Schröder ein privates Wort gewechselt hatte. Es fiel ihm nicht ein, und während sie schweigend weiterfuhren, fragte er sich, ob das überhaupt jemals der Fall gewesen war.

Sie näherten sich jetzt der Burg, deren Ruine auf einem Felsen hoch über dem Fluss thronte. An einer roten Ampel bremste Zorn ab. Eine Weile standen sie still.

»Ich habe noch nie erlebt, dass diese Scheißampel grün ist, wenn ich hier langfahre«, sagte Zorn. Leise tuckerte der Diesel im Leerlauf.

»Ach«, erwiderte Schröder. Er sah nachdenklich aus dem Fenster, ein paar Sekunden später fügte er hinzu: »Das ist ja verrückt.«

Zorn schaltete die Lüftung eine Stufe höher.

Schröder begann leise vor sich hinzupfeifen.

Zorn räusperte sich.

Bin ich ein Misanthrop? Ein Einsiedler, der verlernt hat, ein normales, beiläufiges Gespräch zu führen? Nein, entschied Zorn. Ich bin vielleicht ein wenig wortkarg, aber ansonsten völlig normal.

Die Ampel sprang auf Grün, sie fuhren an, die Reifen quietschten ein wenig, Zorn blinkte und bog nach rechts ab. Wieder fuhren sie schweigend dahin.

»Soll ich das Radio anmachen, Chef?«

»Nee. Ich kann dieses Gedudel nicht ertragen.«

»Du hast recht, unterhalten kann man sich dabei auch nicht.«

Sie passierten eine Eisdiele, kurz darauf den Hintereingang des Zoos und kamen dann zu einer Kreuzung, an der es links Richtung Nordbad ging. Zorn wollte abbiegen, aus der Gegenrichtung kam ihnen ein dunkler BMW entgegen, hupte durchdringend und fuhr haarscharf an Zorns Volvo vorbei. Schröder richtete sich auf und prüfte unauffällig den Sitz seines Sicherheitsgurtes.

»Verfickter BMW! Scheißkarre!«, schrie Claudius Zorn und trat auf die Bremse.

»Er hatte Vorfahrt, wenn die Bemerkung gestattet ist.«

»Mir doch egal«, knurrte Zorn. »Trotzdem Scheißkarre.«

Zorn gab Gas, und ihm fiel auf, dass sie soeben doch über etwas anderes als ihre Arbeit gesprochen hatten. Nur kurz, aber immerhin.

*

Das Nordbad war vor über fünfzig Jahren gebaut worden. Es lag in einer Senke unweit des Flusses, umgeben von Porphyrfelsen und uralten Pappeln. Heute war Sonntag, es war Sommer und die Sonne schien, was bedeutete: Das Bad war voll.

In einem Anfall von Großmut hatte Zorn für sie beide den Eintritt (7 Euro) bezahlt, jetzt standen sie ein wenig unentschlossen auf einer kleinen Erhebung hinter dem Eingang. Links von ihnen befand sich das Kinderbassin, zu ihren Füßen erstreckte sich das große Becken, umgeben von einer Liegewiese. Direkt vor ihnen reckte sich der Sprungturm in den blauen Himmel. Es roch nach Sonnencreme und frisch gechlortem Wasser.

Zorn, der außer einem großen Handtuch nichts dabei hatte, wandte sich nach links, in Richtung Kinderbecken. Nach ein paar Metern blieb er stehen und sah sich um. Schröder zögerte, dann folgte er ihm mit kurzen, tippelnden Schritten. Seine Sandalen klapperten über den Betonweg, unter den linken Arm hatte er die Decke geklemmt, in der rechten Hand hielt er den Picknickkorb. Die breite Krempe des Strohhutes hing ihm tief ins Gesicht.

Wir sind schon ein tolles Paar, wir beide, dachte Zorn. Fehlt nur noch, dass er sich einen Esel zulegt. Dann würden wir aussehen wie Don Quichotte und Sancho Pansa.

»Warum lachst du, Chef?«

»Ach, nur so.«

Er sieht aus wie ein italienischer Weinbauer aus dem vorletzten Jahrhundert, überlegte Zorn weiter und schob die Sonnenbrille mit dem Daumen zurecht. Auf jeden Fall ist er hier ungefähr genauso fehl am Platz wie ein Gnu in einem Einkaufszentrum. Wahrscheinlich gibt es auf der ganzen weiten Welt keinen einzigen Ort, an den er passen würde. Vielleicht mag ich ihn deshalb so. Weil es mir ähnlich geht.

Sie liefen am Kiosk vorbei und erreichten das Kinderbecken. Der Lärm war ohrenbetäubend. Wasser spritzte, Bälle flogen durch die Gegend, halbnackte, kreischende Kinder sprangen umher, es mussten Hunderte sein. Auf einem Hügel entdeckte Zorn eine freie Stelle, er ging hinauf, ließ das Handtuch fallen und machte Anstalten, sich zu setzen.

Schröder folgte ihm, sah sich um und blieb unentschlossen stehen.

Zorn zog sich das T-Shirt über den Kopf. »Was ist denn?«

»Ich weiß nicht ...« Schröder schien ein wenig außer Atem. »Können wir nicht woanders hin?«

Zorn hielt in der Bewegung inne. »Wie jetzt? Hier ist es genauso gut wie überall.«

»Lass uns da rübergehen.«

Schröder deutete auf die andere Seite des Bades, dahin, wo ein Zaun die Grenze zur Gartenanlage bildete.

Zorn blinzelte und sagte achselzuckend: »Wenn du meinst. Vielleicht ist es da ja wirklich ein wenig ruhiger.«

»Auf jeden Fall haben wir dort ein bisschen Schatten, Chef.«

Sie schlängelten sich durch herumliegende Handtücher, Badetaschen und schwitzende Menschen, bis sie endlich das andere Ende des Bades erreichten. Direkt am Zaun blieb Schröder stehen und ließ Decke und Picknickkorb zu Boden fallen.

»Hier ist es doch nett, oder?«

Zorn nickte schweigend.

Durch die Zaunlücken erkannte man undeutlich die Dächer der Lauben, links von ihnen wuchs ein mannshoher Holunderbusch, rechts lag eine dicke weißblonde Frau in dunkelbraunem Badeanzug auf einem geblümten Handtuch und schlief. Letzteres schloss Zorn aus dem leisen, aber unüberhörbaren Schnarchen, das unter der zusammengefalteten Bild-Zeitung, die sie sich über das Gesicht gelegt hatte, hervordrang. *JAHRHUNDERTSOMMER! MANDY WIRD GANZ HEISS!*, stand unter dem Foto einer halbnackten, debil grinsenden Frau mit enormen Brüsten.

Schröder breitete die Decke aus, zog die Ecken sorgfältig gerade und ließ sich mit einem zufriedenen Ächzen niedersinken. Als Zorn die Jeans auszog, verlor er kurz das Gleichgewicht und wäre um ein Haar über die Füße seiner schlafenden Nachbarin gefallen.

Schröder saß im Schneidersitz auf der Decke und kramte in seinem Picknickkorb. Er sah kurz auf, als Zorn sein Handtuch neben ihm ausbreitete und darauf Platz nahm. »Komm her, Chef«, sagte er und klopfte mit der flachen Hand neben sich auf den Boden, »hier ist genug Platz. Ich hab die Decke für uns beide mit. Magst du eine Erdbeere?«

»Nee«, sagte Zorn und rutschte zu Schröder hinüber. »Danke.«

»Selbstgepflückt, die sind lecker.«

Er hielt ihm eine Erdbeere entgegen. Sie sah wirklich verlockend aus. Rot und saftig, wesentlich appetitlicher als eine schnöde Kiwi aus dem Supermarkt. Oder eine matschige Birne.

»Na gut«, meinte Zorn und steckte sie in den Mund.

»Und?«

»Hervorragend.«

»Sag ich doch«, erwiderte Schröder zufrieden. »Ich hab Kaffee mit, leider nur schwarz. Und es gibt Brote, Salami und Käse, wie du magst.«

»Toll«, sagte Zorn kauend. Langsam bekam er tatsächlich Hunger. »Gehst du nicht ins Wasser?«

»Warum?«

»Du hast dich gar nicht ausgezogen.«

»Das ist besser so.«

Zorn dachte an die Narbe, die irgendwo unter dem geblümten Hemd verborgen sein musste, und nickte schweigend. Schröder holte ein zerlesenes Buch aus dem Korb, stützte den Kopf auf den Arm und schlug es auf. »Ich krieg sofort Sonnenbrand. Und auf Baden hab ich keine richtige Lust.« Er griff sich eine Erdbeere und begann zu lesen.

Jetzt fiel Zorn der demütigende Abend ein, als Schröder ihn vor einem Vierteljahr in der Schwimmhalle so vernichtend geschlagen hatte. Nun, ein Wettschwimmen war heute sowieso nicht möglich, registrierte er befriedigt und warf einen Blick auf das völlig überfüllte Becken.

»Was liest du da eigentlich?«, fragte er und schielte nach der Schale mit den Erdbeeren. Nach kurzem Zögern zündete er sich eine Zigarette an.

»Immanuel Kant.« Schröder klappte das Buch zusammen und hielt ihm den zerknickten Einband entgegen.

Kritik der reinen Vernunft, las Zorn. Davon hatte er noch nie gehört. »Und? Ist es gut?«

»Ich bin noch nicht sicher, Chef. Ich les es erst zum dritten Mal.«

»Ach so.« Zorn ließ sich zurücksinken und stützte sich auf die Ellenbogen. Stieß den Rauch aus, spitzte die Lippen und versuchte, ein paar Ringe zu erzeugen, was ihm wie immer nicht gelang. Es war Mittag, die Sonne stand senkrecht über ihnen. Zorn blinzelte, Schweißtropfen bildeten sich auf seinen Schläfen und rannen langsam an seinem Hals hinab. Er fühlte sich wohl, aber ein wenig langweilig war ihm auch.

»Morgen vernehmen wir erst mal diesen Priester, oder was sagst du?«

»Hm«, machte Schröder, vollständig in seine Lektüre vertieft.

»Danach wissen wir bestimmt mehr.«

»Hm.«

Schröder blätterte um.

Im großen Becken drängten sich die Badenden, links, vom Sprungturm, flogen die Menschen im Sekundentakt in das aufspritzende Wasser.

Schröder ließ ein anerkennendes Brummen vernehmen. »Dieser Kant war wirklich nicht dumm. Hör mal«, sagte er und las vor: *»Das, was uns notwendig über die Grenze der Erfahrung und aller Erscheinungen hinaus zu gehen treibt, ist das Unbedingte, welches die Vernunft in allen Dingen an sich selbst notwendig und mit allem Recht zu allem Bedingten, und daher die Reihe der Bedingungen als vollendet verlangt.«*

Er drehte sich um, schob den Hut aus der Stirn und sah zu Zorn auf. »Interessant, oder?«

Das Schnarchen der Frau neben ihnen ging in ein tiefes Grunzen über.

Zorn nahm die Sonnenbrille ab und überlegte. Entschied dann, dass er absolut nichts verstanden hatte, drückte die Zigarette im Gras aus, stand auf und streckte den Rücken.

»Ich hüpf mal ins Wasser.«

Schröder wandte sich wieder seinem Buch zu.

»Du solltest dich eincremen, Chef.«

*

Direkt hinter dem Zaun, keine fünfzig Meter von Zorn und Schröder entfernt, saß ein altes Ehepaar auf einer Bank im Schatten vor seiner Gartenlaube und genoss den Sonntag. Besser gesagt, die beiden versuchten es, denn die Bäume und das Unterholz boten zwar einen passablen Sichtschutz, doch der Lärm, der vom Bad herüberschwappte, war nicht zu überhören.

»Kaum scheint ein bisschen die Sonne, muss sich die gesamte Stadt in dieses Bad bewegen, oder?«, sagte Frau Kalze vorwurfsvoll und faltete die Hände über ihrem üppigen Bauch.

Herr Kalze, ein dünner Mann mit dünnem Haar und noch dünnerem Schnauzbart, schwieg. Trank einen Schluck Kaffee, betrachtete die Tasse stirnrunzelnd, brummte etwas Unverständliches und schwieg dann weiter.

»Oder etwa nicht?«, hakte Frau Kalze nach.

»Es ist eben Sommer, da gehen alle baden«, sagte Herr Kalze.

»Aber warum unbedingt hier? Man kann doch auch in ein anderes Bad. Oder an einen See. Es gibt doch auch schöne Seen in der Nähe, oder?«

»Die Seen sind bestimmt auch voll.«

»Trotzdem.«

Frau Kalze blieb störrisch.

Herr Kalze kratzte sich den mageren Oberarm, zupfte den Schnurrbart und trank noch einen Schluck Kaffee. Früher hatten ihn seine Freunde Tetzlaff genannt, nach einer Fernsehserie aus den Sechzigern, die Hauptfigur hieß Alfred, Ekel Alfred. Alle hatten behauptet, er würde diesem Alfred ähnlich sehen. Obwohl er, Herr Kalze, überhaupt nicht eklig war. Er wollte nur seine Ruhe, mehr nicht. Aber das war egal. Die meisten seiner Freunde hatte er sowieso seit Jahren nicht mehr gesprochen.

»Wahrscheinlich gefällt's den Leuten dort besser«, brummte Herr Kalze.

»Wo?«

»An einem von den Seen. Da ist es doch ruhiger.«

»Sag ich doch! Was wollen die Leute dann hier?«, fragte Frau Kalze.

»Vielleicht denken sie, dass es an den Seen zu voll ist, und gehen deshalb lieber hierher.«

»Aber hier ist es doch *noch* voller!«

Er legte die Zeitung beiseite. Seit sieben Jahren war er jetzt in Rente, doch noch immer las er zuerst den Wirtschaftsteil, schließlich war er sein ganzes Leben Rechnungsprüfer gewesen, genauer gesagt, leitender Buchhalter in einem Baukombinat. Er vermisste seine Arbeit, vor allem aber vermisste er das Rechnen.

»Oder etwa nicht?«, fuhr Frau Kalze fort, die die unschöne Angewohnheit hatte, jede Feststellung mit einer Frage zu beenden.

»Wenn du meinst«, sagte Herr Kalze und rechnete in Gedanken nach. Sie waren jetzt seit zweiundvierzig Jahren verheiratet. Das waren zweiundvierzig Sommer, in denen sie so gut wie jeden Sonntag hierher in ihren Garten gefahren waren. Wenn er davon ausging, dass das Bad an zwölf Sonntagen im Jahr geöffnet hatte, dann hatten sie dieses Gespräch … er rechnete kurz nach … ungefähr fünfhundertmal geführt. Nein, korrigierte er sich, wenn schlechtes Wetter war, kam natürlich niemand ins Bad, diese Sonntage musste man abziehen, da war es ruhiger. Wie oft regnete es im Schnitt? Nun, ungefähr drei, vier Tage waren das bestimmt, also blieben acht Sonntage, die er …

»Hast du die Tomaten gegossen?«, unterbrach ihn Frau Kalze.

»Mach ich nachher.«

Dreihundertmal. Dreihundert nahezu wortgleiche Dialoge. Mindestens. Na ja, auch das war mehr als genug.

Rumms! Rumms! Rumms!

Ohne Unterbrechung donnerten die Springer ins Becken, einer Explosion folgte die nächste. Dazu das Geschrei der Kinder, die schrille Pfeife des Bademeisters.

»Und die Erdbeeren, vergiss die Erdbeeren nicht.« Frau Kalze griff hinter sich, wo ihr Strickzeug auf einem kleinen Tischchen lag. Die

Bank knarrte bedenklich unter ihrem Gewicht. »Morgen mach ich uns eine schöne Torte, was meinst du?«

»Das ist fein«, erwiderte Herr Kalze und nahm seine Zeitung.

*

Claudius Zorn trabte leichtfüßig, die Schultern gestrafft, den Bauch ein wenig eingezogen, Richtung Sprungturm. Nach ungefähr fünfzig Metern stolperte er über ein muskulöses Beinpaar (was nicht weiter verwunderlich war, schließlich sah er ohne Brille nur verschwommene Umrisse). Er wollte eine Entschuldigung murmeln, diese blieb ihm jedoch im Halse stecken, denn plötzlich erkannte er das breite Gesicht, das zu den kurzen, kräftigen Waden gehörte: Udo Kempff lümmelte auf dem Rücken, die Augen hatte er mit der Hand gegen die Sonne abgeschirmt. Neben ihm lagen zwei braungebrannte Teenager, Zorn erkannte sie sofort, er hatte sie bereits auf einem Foto gesehen: Eric Haubold hatte die Kopfhörer eines iPods aufgesetzt und schien zu schlafen. Seine Schwester, Martha Haubold, las, den Kopf in die Hand gestützt, in einer Modezeitschrift.

»Scheiße«, knurrte Kempff gedehnt, »hat man denn nirgends Ruhe vor die Bullen?«

»*Den* Bullen«, korrigierte Zorn höflich und überlegte fieberhaft, wie er sich verhalten sollte. Schließlich beschloss er, in die Offensive zu gehen. »Wir haben dich immer im Auge, Dicker. Nur, dass du das weißt.«

Kempff schnaubte kurz und schloss demonstrativ die Augen. »Ist mir scheißegal.«

Das Mädchen setzte sich auf, zündete eine Zigarette an und musterte Zorn über den Rand ihrer Sonnenbrille unverhohlen von oben bis unten. Sie schien gerade erst im Wasser gewesen zu sein, das nasse schwarze Haar hatte sie straff nach hinten gekämmt. Wassertropfen glitzerten an ihren langen Wimpern. Zorn konnte nicht anders, automatisch hielt er die Luft an und zog den Bauch noch ein wenig mehr ein.

»Sie sind also der Kommissar? Udo hat mir von Ihnen erzählt.«

»Ich hoffe, nur Gutes.«

Sie war schlank und trug einen knappen, schwarzweiß gestreiften Bikini. Zwischen ihren kleinen Brüsten baumelte eine Kette mit einem silbernen Kreuz.

»Wie man's nimmt«, erwiderte sie und blies den Rauch langsam aus. Die Zigarette hielt sie mit leicht abgewinkeltem Handgelenk zwischen den Fingern. Dann nahm sie die Sonnenbrille ab und sah Zorn direkt an. »Udo sagt, Sie wären ein ganz harter Hund. Das kann man sich gar nicht vorstellen, wenn man Sie so anschaut.«

Sie ist höchstens siebzehn, dachte Zorn verwirrt. Ihr Körper ist der einer Zwanzigjährigen, ihre Augen aber sehen aus, als gehörten sie einer vierzigjährigen Hure. Nein, korrigierte er sich, *Hure* ist zu hart, aber sie wirken so verdammt alt, diese Augen. So abgeklärt. Als wäre sie schon mit der halben Stadt im Bett gewesen. Aber vielleicht tut sie ja nur so?

»Wo ist eigentlich Ihr Freund? Max Brandt?«

Martha Haubold schürzte die Lippen. »Max ist nicht mein Freund. Und ich habe keine Ahnung, wo er ist. Sollte ich das?«

Das bringt nichts, überlegte Zorn. Ich stehe hier in Badehose und versuche, eine Vernehmung durchzuführen. »Ich erwarte Sie morgen im Präsidium, ich denke, Sie wissen, wo das ist. Wenn nicht, müsste ich Sie abholen lassen, Frau Haubold.« Er wies auf ihren Bruder, der noch immer mit geschlossenen Augen auf seinem Handtuch lag. »Es wäre nett, wenn Sie ihm das ebenfalls ausrichten würden.«

»Natürlich. Ich freu mich drauf, Herr Kommissar. Ehrlich gesagt, kann ich es kaum erwarten, von Ihnen«, sie machte eine winzige Pause, »verhört zu werden.«

Zorn wandte sich wortlos ab und lief zum Sprungbecken. Ich glaub es nicht, die flirtet tatsächlich mit mir. Dieses kleine, frühreife Früchtchen will mich tatsächlich anbaggern. Jemand sollte ihr mal ordentlich den kleinen Hintern versohlen.

Vorsichtig lief er über die nassen Stufen zum Sprungturm. Überlegte kurz, ob er bis hoch zum Fünfer klettern sollte, entschied dann aber, dass vorerst drei Meter reichten. Ohne nachzudenken nahm er Anlauf und landete mit einem perfekten Hechtsprung im überfüllten

Becken. Genoss das kalte, klare Wasser und die plötzliche Stille, tauchte prustend auf und schwamm in drei Zügen zur Leiter, an der ihn der Bademeister, ein braungebrannter, durchtrainierter Sportstudent, bereits erwartete.

»Netter Sprung. Das nächste Mal gehen wir aber vorher unter die Dusche, Kollege.«

»Du mich auch«, murmelte Zorn und schüttelte das Wasser von den Armen.

»Bitte?«

Zorn setzte zu einer Erwiderung an, zögerte dann aber und beschloss, lieber den Mund zu halten. Schließlich hatte nicht er, sondern der Bademeister hier das Sagen. Eine Tatsache, die nicht schön, aber unumstößlich war. Wortlos ging er zur Leiter und kletterte erneut empor. Vorbei am Dreimeterbrett, auch bei fünf Metern hielt er nicht an, bis er schließlich ganz oben, bei zehn Metern Höhe, angekommen war. Er bemerkte nicht, dass der Bademeister ihm gefolgt war.

Hier oben wehte ein leichter, angenehmer Wind. Außer ihm waren noch vier magere Jungen auf der Plattform, die großen Badehosen schlotterten um ihre dünnen Beine. Lautstark stritten sie, welchen Sprung sie als nächstes ausführen würden.

Vorsichtig trat er an den Rand. Früher war er oft hier oben gewesen, doch das war lange her. Konnte es sein, dass der Turm damals niedriger gewesen war? Das war natürlich Quatsch, aber die Gänsehaut, die sich auf seinen Armen ausbreitete, war unübersehbar. Und auch das mulmige Gefühl im Bauch.

»Was ist? Springst du?«

»Nee, macht ihr erst mal.«

Die vier nahmen Anlauf, stießen jeder einen durchdringenden Schrei aus und sprangen gleichzeitig los. Es dauerte lange, sehr lange, bis sie unten auf das Wasser klatschten, fand Zorn. Eine Fontäne ergoss sich über das Becken, vereinzelt wurde geklatscht.

Das muss ich wirklich nicht mehr haben, dachte Zorn und wandte sich um. Eigentlich hatte er vorgehabt, wieder hinunterzuklettern, doch er prallte zurück. Vor ihm stand der Bademeister, er hatte die Leiter mit einer rotweißen Kette abgesperrt.

Er lächelte Zorn an. »Wir müssen den Turm schließen, wegen Überfüllung.«

Sie waren allein. Von unten zeichneten sich ihre dunklen Silhouetten deutlich vor dem strahlenden Himmel ab. Wie im Showdown eines alten Westerns.

Claudius Zorn wurde blass. Das bemerkte der Bademeister: »Sie können natürlich die Leiter runter, wenn es Ihnen lieber ist« sagte er, nahm Anlauf und sprang. Zorn sah ihm nach und erkannte einen anderthalbfachen Salto, der den Bademeister in tadelloser Haltung ins Wasser brachte.

Diesmal brandete unten Applaus auf. Es schien, als habe sich das halbe Bad auf den Stufen um das Sprungbecken versammelt. Schlimmer war, dass jetzt sämtliche Augen (es mussten Hunderte sein) auf Zorn gerichtet waren, der einsam auf der Plattform stand.

Die Leiter? Nein, das kam nicht in Frage. Nicht, wenn alle Welt zusehen konnte, wie er, Claudius Zorn, schlotternd wie der letzte Feigling, vom Turm klettern würde. Er musste springen, er hatte keine Wahl. Aber wie? Mit den Füßen voran? Niemals, das war weibisch, uncool, fehlte nur noch, dass er sich die Nase dabei zuhielt!

Er würde einen Kopfsprung hinlegen, einen perfekten, eleganten Kopfsprung. Schließlich wusste er, wie's geht, er hatte das schon oft gemacht. Klar, vor langer Zeit, und noch nie aus dieser Höhe, aber er war fit, er war sportlich und es war einfach: Arme strecken, abstoßen, ein kleines Stück nach oben, dann in der Hüfte abknicken, Hände nach vorn und mit durchgestreckten Beinen, den Kopf voran, nach unten. Kein Problem.

*

»Also ich würde zu gern wissen, was da drüben los ist. Du nicht?«

Frau Kalze legte ihr Strickzeug beiseite. Die plötzliche Stille im Bad hatte sie hellhörig werden lassen, doch die Bäume versperrten ihr die Sicht. »Willst du nicht mal nachsehen?«

»Nee.«

»Nun hab dich nicht so.«

Sie hob den Ellenbogen und gab Herrn Kalze einen leichten Stupser in die Seite.

»Aua«, sagte Herr Kalze, ohne von seiner Zeitung aufzusehen.

Sie rückte ein Stück näher und warf einen Blick über seine Schulter. Die Bank gab ein gequältes Ächzen von sich. »Was steht denn eigentlich so Interessantes drin?«

»Wo?«

»In der Zeitung!«

»Weiß ich nicht. Ich komm ja nicht zum Lesen, wenn du die ganze Zeit redest.«

»Dann kannst du ja auch mal nachsehen, was da grad passiert, oder?«

»Ich muss mich um die Tomaten kümmern«, sagte Herr Kalze und blätterte um.

*

Zorn holte tief Luft. Ein kurzer Blick nach unten, alles sah zu ihm auf. Kurz glaubte er, den gestreiften Bikini von Martha Haubold zu erkennen, war sich aber nicht sicher.

Er schloss die Augen, lockerte die Knie und hob ab.

Und es funktionierte. Zorn flog nach oben, knickte vorschriftsmäßig ab und schoss, die Arme voran, in Richtung Wasser. Der Wind rauschte ihm in den Ohren, beglückt erwartete er den Moment, in dem er kerzengerade ins Becken tauchen würde.

Doch dieser Moment ließ auf sich warten.

Langsam, ganz langsam kam sein Körper in eine Schräglage, er spürte, wie sich seine Beine unaufhaltsam in die Waagerechte bewegten.

Scheiße, dachte Zorn.

Verzweifelt ruderte er mit den Armen, krümmte den Rücken, was seine Lage noch verschlimmerte und dann, eine Ewigkeit später, schlug Claudius Zorn mit der Eleganz einer übergewichtigen Elchkuh auf dem Wasser auf, zuerst war es der Hintern, dann folgte der restliche, wild fuchtelnde Hauptkommissar, dessen Unterarme und

Waden noch stundenlang brennen sollten, als wäre er in einem Ameisenhaufen gelandet.

Ich werde nie wieder auftauchen dachte Zorn, als er benommen unter der Wasseroberfläche trieb. Das ist der peinlichste Moment in meinem ganzen zweiundvierzigjährigen Leben. O Herr, tu mir einen Gefallen und lass es wenigstens Schröder nicht gesehen haben.

*

Drüben im Bad erscholl Gelächter, gefolgt von unverkennbar höhnischen Rufen, vereinzeltes Klatschen war zu hören. Frau Kalze verschränkte die Arme unter ihrem üppigen Busen, reckte den Hals und versuchte, durch die Blätter der Bäume hindurch einen Blick hinüber ins Freibad zu erhaschen. »Vielleicht ist ja sogar was Schlimmes passiert?«

Das klang fast ein wenig hoffnungsvoll.

Herr Kalze war noch immer in seine Zeitung vertieft. Eine dicke Hummel flog heran, landete auf dem Tisch und begann, ein Stück Streuselkuchen zu inspizieren. Er sah auf und griff neben sich, wo eine grüne Plastikfliegenklatsche auf der Bank lag.

»Wer weiß«, sagte er und hob die Fliegenklatsche, »wahrscheinlich ist es nichts Besonderes.«

Die Hummel krabbelte über das geblümte Tischtuch und nahm Kurs auf die Zuckerdose. Herr Kalze spitzte die Lippen und nahm sie ins Visier.

FLATSCH!

Das Kaffeegeschirr klapperte, die Hummel strampelte kurz mit den Beinchen, dann war sie still. Herr Kalze stieß einen zufriedenen Grunzer aus.

»Bestimmt ist nur einer von diesen Idioten vom Sprungturm gefallen.«

Sieben

Nachts.

Der Mond hängt am Himmel wie ein löchriger Käse. Die obere Plattform des Sprungturms scheint in der Luft zu schweben, umgeben von einem trüben, unwirklichen Licht.

Früher haben sie sich zu fünft hier oben getroffen, doch jetzt sind sie nur noch vier. Die Nacht ist warm, die Jungen haben T-Shirts an, Martha trägt ein schwarzes, ärmelloses Kleid. Sie sitzen im Kreis, zwischen ihnen stehen zwei Weinflaschen, eine ist noch zu, die andere fast leer. Bis auf Max Brandt rauchen alle, ihre Gesichter glühen kurz auf, wenn sie an den Zigaretten ziehen. Vom Fluss dringt das Rauschen des Wehres zu ihnen hinauf.

Es ist ein Kinderspiel, nachts in das Bad einzubrechen, jedenfalls, wenn man die Wege kennt: Am Haupteingang, neben der Kasse, ist der Zaun so niedrig, dass man problemlos hinüberklettern kann, dann jedenfalls, wenn man zuerst auf einen der Fahrradständer steigt. Wenn dann noch jemand dabei ist, der einem hilft, dauert es nur ein paar Sekunden. Unten, am Flussufer, ist es noch einfacher, da ist es dunkel, das versteckte Loch im Zaun hinter einem Fliedergebüsch kennt außer ihnen kein Mensch.

»Wo warst du den ganzen Tag?«, fragt Martha und reicht Max die Flasche.

Er trinkt, dann wischt er sich den Mund ab. »Ich hatte keine Lust. Auf die Hitze, die Menschen und den ganzen Trubel.«

Udo nimmt ihm die Flasche schweigend aus der Hand und trinkt einen tiefen Schluck, dann rülpst er laut.

»Lass das! Du weißt, dass ich das nicht leiden kann!«, zischt Martha.

Udo lässt die breiten Schultern hängen und murmelt eine Entschuldigung. Er, der Schläger, der sich in Gegenwart des Mädchens in einen schüchternen Chorknaben verwandelt.

Eine Weile sitzen sie schweigend da. Unten, irgendwo am Kinderbecken, schreit eine Eule. Oder ein anderer Nachtvogel.

»Dieser Bulle wollte mich anmachen, habt ihr das mitgekriegt?«, fragt Martha.

Eric, ihr Bruder, lacht. »Das wollen sie alle, Schwesterchen. Langsam solltest du dich dran gewöhnt haben.« Er ist ein knappes Jahr älter als sie, man sieht sofort, dass sie Geschwister sind. Auch er hat dunkles, glänzendes Haar, seine Stimme ist ebenfalls ähnlich, tiefer zwar, aber mit demselben spöttisch-arroganten Unterton.

»Er hat mich gefragt, ob ich mit dir zusammen bin«, sagt sie leise zu Max.

»Max ist 'ne Schwuchtel«, wirft Udo ein.

»Bin ich nicht. Und wenn's so wär, würde das niemanden was angehen.« Max spricht leise, fast gelangweilt. Als sei er es gewohnt, so etwas zu hören. Er nimmt einen tiefen Schluck aus der Flasche. »Weiß jemand, wann Björn beerdigt wird?«

Martha zuckt zusammen. »Ich will nicht über Björn reden!«

»Ich auch nicht«, bestätigt Udo.

»Er war unser Kumpel, und wir sollten …«

»Sei still!«, wird Max von Martha unterbrochen. Ihre Hände zittern, als sie sich eine neue Zigarette anzündet. »Ich will nicht darüber sprechen, wie er gestorben ist, und auch nicht darüber, wie es passiert ist und wer ihn umgebracht hat!«

»Wir werden nicht drum rumkommen«, wirft Eric ein. »Die Bullen werden uns morgen nach ihm fragen.«

Sie schüttelt den Kopf. »Na und? Sie werden uns wegen der Brüche vernehmen. Die werden wir zugeben, es ist mir scheißegal, wozu sie uns verknacken. Und über Björn werden wir das sagen, was wir wissen: nichts. Dieser Bulle wird mir glauben.«

Eric lacht auf. »Das wird er, Schwesterchen. Du hast bisher noch jeden um den Finger gewickelt.«

Martha beachtet ihn nicht. »Wir reden nur über die Brüche. Und vielleicht ein bisschen über Björn. Aber über das andere werden wir niemals sprechen.« Sie sieht sie an, einen nach dem anderen. Ihre Augen glitzern im Mondlicht. »Hört ihr? Niemals. Das haben wir so abgemacht. Wir haben es in unseren Herzen vergraben, für immer.«

Unten, im Maschinenraum neben dem Kiosk, springt eine Pumpe

an. Martha nimmt die volle Flasche und reicht sie Udo. »Mach die auf.«

Er gehorcht, dann trinken sie, einer nach dem anderen. Langsam, bedächtig.

»Auf Björn«, sagt Udo, als er an der Reihe ist. Als er die Flasche abgesetzt hat, fügt er leise hinzu: »Ich will nicht in den Knast.«

»Das wird schon nicht passieren«, sagt Max. »Brauchst du Geld?«

Udo nickt wortlos. Eric beugt sich vor und tippt ihm mit dem Finger auf die Brust. »Wie wär's, wenn du dir einen Job suchst, Compadre?«

»Arschloch.«

Max reicht Udo einen Geldschein. »50 Euro, mehr hab ich im Moment nicht.«

Martha steht auf und zieht sich mit einer raschen Bewegung das Kleid über den Kopf. Ihr nackter Körper glänzt wie eine griechische Statue. »Lasst uns schwimmen, Jungs.«

Kurz darauf stehen sie alle am Rand des Turms. Sie haben sich an den Händen gefasst, das Wasser unter ihnen ist still, eine dunkle, träge Masse.

»Du darfst mich nachher ficken«, sagt Martha und sieht Udo an.

Ein Windstoß kommt auf.

Dann springen die vier in die schwarze Tiefe.

Acht

ihr seht mich nicht, aber ich bin da
ich bin immer in eurer nähe, auch dann, wenn ihr nicht damit rechnet – vor allem dann – das solltet ihr nicht vergessen
jetzt bin ich müde, ich muss schlafen, aber bald werde ich euch besuchen, bald bin ich da, vergesst das nicht

*

»Ich danke Ihnen, dass Sie sich Zeit für mich nehmen, Herr Pastor.«

»Das müssen Sie nicht, Herr Kommissar. Das gehört zu meinem Beruf.«

Pastor Giese lebte in einer gemütlichen Drei-Zimmer-Wohnung im obersten Stockwerk des Gemeindehauses. Schräg gegenüber, auf der anderen Straßenseite, stand die spätromanische, aus Bruchsteinen errichtete protestantische Sankt-Petri-Kirche.

»Sie wissen, warum ich hier bin?«, fragte Claudius Zorn.

Der Pastor dachte einen Moment nach. Ein ruhiger, bedächtiger Mann um die fünfzig, das graue Haar war sorgfältig zu einem akkuraten Scheitel gekämmt. Er war kräftig gebaut, sein breiter Brustkorb schien eher zu einem ehemaligen Ringer zu passen als zu einem Geistlichen.

»Ja«, sagte er. »Es geht um Björn. Schrecklich, was mit ihm passiert ist.«

»Angeblich haben Sie ihn gut gekannt. Was war er für ein Mensch?«

Es war stickig in dem kleinen Zimmer. Der Pastor stand auf und öffnete ein Fenster. »Ich habe Ihnen noch gar nichts angeboten. Möchten Sie vielleicht einen Kaffee?«

»Nein danke.« Zorn hatte Kopfschmerzen, wahrscheinlich hatte er sich gestern einen Sonnenbrand geholt, vielleicht waren es aber auch die Folgen seines unbedachten Sprungs. Egal, sein Kopf dröhnte, und der Rücken schmerzte, als hätte er die letzte Nacht in einem Bett aus Brennnesseln verbracht. »Ein Wasser wäre nett, aber nur, wenn es keine Umstände macht.«

Pastor Giese ging zu einer kleinen altmodischen Anrichte und kehrte mit einer Wasserflasche und zwei Gläsern zurück. Er schenkte ein und stellte die Gläser zwischen ihnen auf dem Couchtisch ab.

»Sie leben allein?«, fragte Zorn, nachdem er sein Glas in einem Zug geleert hatte.

Giese nickte. »Der Herrgott hat wohl nicht vorgesehen, dass ich mir eine Frau nehme. Er wird schon seine Gründe haben«, er lächelte ein wenig, »schließlich habe ich auch so mehr als genug zu tun. Es gibt viele Menschen, um die ich mich kümmern muss.«

»Gehörte Björn Grooth auch dazu?«

Jetzt waren sie wieder beim Thema.

»Ich kannte Björn. Ob ich ihn gut kannte, kann ich nicht genau sagen. Das ist bei Kindern in seinem Alter schwierig.« Giese öffnete den obersten Knopf seines weißen Hemds. Zorn sah, wie sein Adamsapfel beim Sprechen auf und ab hüpfte. »Sie waren jedenfalls regelmäßig hier, er und seine Freunde.«

»Mit seinen Freunden meinen Sie Max Brandt, Udo Kempff und die Geschwister Martha und Eric Haubold, richtig?«

»So ist es. Dienstags haben wir unsere Gesprächskreise, sie waren fast immer da. Ein paarmal waren wir zusammen zelten, im Sommer, an den Wochenenden, machten wir Fahrradtouren. Manchmal am Fluss entlang, manchmal fuhren wir auch weiter.«

»Auch jetzt noch?«

»Nein, seit ein paar Monaten sind sie nicht mehr dabei. Ich weiß nicht, was passiert ist, vielleicht waren ihnen die Gesprächskreise zu langweilig. Möchten Sie noch etwas Wasser?«

»Gern.«

Giese schenkte nach. »Anfangs haben sie noch an den Gottesdiensten teilgenommen, das hat dann aber auch irgendwann aufgehört.«

Vor Zorns innerem Auge erschien ein Bild: Fünf Jugendliche, darunter der muskelbepackte Udo Kempff und eine frühreife Göre in engem, schwarzem Kleid saßen andächtig, mit gesenkten Köpfen, psalmensingend auf einer Kirchenbank. Der Gedanke war so absurd, dass Zorn auflachen musste. Der Priester warf ihm einen erstaunten Blick zu. »Was ist so lustig, Herr Kommissar?«

»Nichts, entschuldigen Sie.« Zorn räusperte sich und überlegte. »Wie war Ihr Verhältnis zu den Jugendlichen?«

Der Pastor sah einen Moment aus dem Fenster. »Wie meinen Sie das?«

»Ich könnte mir vorstellen, dass sie in Ihnen eine Art Vertrauensperson gesehen haben.«

»Natürlich. Sonst wären sie wohl nicht zu mir gekommen.«

Jetzt glaubte Zorn, einen anderen Unterton in den Worten des Geistlichen wahrzunehmen. Nicht unbedingt überheblich, aber sehr selbstbewusst. Zorn beschloss, aufs Ganze zu gehen. »Sie wissen, wonach ich suche, Herr Pastor. Ich brauche ein Motiv für den Mord an Björn. Haben Sie irgendetwas erfahren, was mir weiterhelfen könnte?«

Giese trank ebenfalls von seinem Wasser. Sah zur Wand, an der ein großes hölzernes Kreuz hing. »Nein, Herr Kommissar. Ich habe keine Ahnung, warum diese furchtbare Sache geschehen ist.«

Zorn nickte bedächtig. »Angenommen, Sie würden etwas wissen. Irgendetwas, ich habe keine Ahnung, was. Würden Sie es mir erzählen?«

Der Pastor lehnte sich in seinem Sessel zurück, faltete die Hände vor dem Bauch und überlegte. »Es kommt drauf an. Wenn sich mir jemand in meiner Funktion als Seelsorger anvertraut, dann darf ich nicht darüber sprechen. Auch nicht mit Ihnen.«

»Und? Haben die Jugendlichen sich Ihnen anvertraut?«

Wieder wanderte Gieses Blick zu dem Kreuz an der Wand. Als würde er dort nach einer Antwort suchen. »Da war nichts, was Ihnen weiterhelfen würde.«

»Auch nichts über die Einbrüche in der Gartensparte?«

Jetzt schien Gieses Blick kurz zu flackern. Er setzte zu einer Antwort an, doch Zorn unterbrach ihn: »Darüber müssen Sie nicht reden, Herr Pastor. Wir wissen, dass sie's waren. Obwohl es im Moment nebensächlich ist.«

»Es sind gute Kinder, Herr Kommissar.«

Zorn hob die Stimme. »Eines Ihrer *guten Kinder*, wie Sie es nennen, hat mich vor ein paar Tagen zusammengeschlagen, Herr Giese. Völlig grundlos. Ein anderes liegt in einem Leichensack in der Pathologie. Martha habe ich gestern kennengelernt, über die beiden anderen, ihren Bruder Eric und Max Brandt, kann ich noch nicht viel sagen, aber eins ist sicher: Es gibt nichts, was diese fünf Menschen verbindet, jedenfalls nichts, was mir einleuchten würde. Und die Fragen, die ich mir stelle, sind folgende: Warum sind sie ausgerechnet zu Ihnen gekommen, Herr Pastor? Was haben sie bei Ihnen gesucht?«

Zorn wartete lange auf eine Antwort. Doch Giese antwortete mit einer Gegenfrage. »Sind Sie gläubig, Herr Kommissar?«

»Warum?«

»Weil Sie sich Ihre Fragen dann selbst beantworten könnten.«

Zorn wusste, was jetzt kommen würde.

»Diese Kinder sind nicht zu mir gekommen, sondern zu Gott.« Giese trank einen Schluck Wasser. »Und sie haben das gesucht, was alle Menschen wollen, die Gott aufsuchen. Trost, Beistand, Hilfe. Nennen Sie es, wie Sie wollen. Sie brauchten jemanden, der ihnen den Weg zeigt, einen Sinn, sie waren wie Schafe, die sich verirrt hatten, auf der Suche nach dem Hirten, der sie zurück auf die Weide bringt.«

»Wohin hatten sie sich *verirrt*, wie Sie eben so schön sagten?«

»Das war metaphorisch gemeint, Herr Hauptkommissar.«

Zorns Gesichtsausdruck schien Bände zu sprechen, denn der Pastor hob entschuldigend die Hände. »Ich weiß, das klingt abgegriffen und unmodern. Aber genau das ist es, weswegen ich hier bin. Deswegen kommen die Menschen zu mir.«

Abgegriffen traf es ganz gut, fand Zorn, obwohl er zugeben musste, dass das Bild vom Hirten und den verirrten Schafen aus dem Mund dieses Priesters nicht ganz so banal geklungen hatte, wie er vermutet hätte. Trost, Beistand, Hilfe: Worte, die schon immer von der Kirche für sich in Anspruch genommen wurden, Begriffe, die immer zu passen schienen, nett, aber nutzlos, wie Kieselsteine, die seit Jahrhunderten im Meer liegen, vom Wasser abgeschliffen, glänzend, schön anzusehen, aber allenfalls dazu geeignet, als hübsche Staubfänger im Regal zu liegen, ohne einen praktischen Sinn.

Dieser Mann verschweigt mir etwas, dachte Zorn, und er versteckt sich hinter seinen Floskeln. Er spürte, dass er so nicht weiterkommen würde, also stand er auf und verabschiedete sich.

Vor dem Gemeindehaus reichte Giese ihm die Hand. »Sie haben meine Frage nicht beantwortet, Herr Kommissar.«

»Welche?«

»Ob Sie an Gott glauben.«

»Nein«, erwiderte Zorn schnell. »Das tue ich nicht.«

»Das tut mir leid für Sie«, erwiderte Giese. Noch immer hielt er Zorns Hand in der seinen. »Sehr leid.«

*

Claudius Zorn verlor seinen Glauben an Gott kurz vor elf Uhr morgens an einem warmen Frühlingssonntag. Es war zwei Tage nach seinem zwölften Geburtstag, die Schulferien waren gerade zu Ende und er war glücklich. Sehr glücklich sogar, denn er hatte ein Tarzan-Buch (eine deutsche Erstausgabe aus dem Jahre 1921, welche er zwei Jahre später gegen eine Genesis-Platte tauschen sollte) und einen Walkman geschenkt bekommen. Dazu hatte ihm sein Vater eine Nena-Kassette überspielt, die er täglich mindestens dreimal hörte. Doch das war noch nicht alles, denn das Größte war: Heike Seidel, das mit Abstand schönste Mädchen aus seiner Parallelklasse, hatte ihm ein buntes Briefchen geschickt, in dem sie in krakeligen Großbuchstaben anfragte, ob er *MIT IHR GEHEN* wolle. So war es nicht verwunderlich, dass sich der kleine Claudius Zorn zu den zufriedensten Menschen auf Erden zählte.

Was auch der Tatsache geschuldet war, dass er über einen starken, schier unerschütterlichen Glauben verfügte. Die Zorns waren seit jeher katholisch gewesen, und auch seine Eltern gingen jeden Sonntag in die schmale Backsteinkirche, die in einer holprigen Nebenstraße in der Nähe des Stadtparks stand. Claudius war immer dabei, zuerst im Kinderwagen, später tippelte er – sorgfältig gekämmt, im frisch gebügelten Sonntagsanzug – an der Hand seiner Mutter zum Gottesdienst. Er mochte die Gesänge, die Ruhe, den Duft von Weihrauch und das Licht, das schräg durch die bunten Bleiglasfenster fiel und die Staubkörner im Innenraum der Kirche tanzen ließ. Selbst das unbeholfene Spiel der Organistin (sie war über siebzig, noch immer ledig und gleichzeitig Putzfrau im Gemeindehaus) konnte seine Freude nicht trüben.

Gott war eine Tatsache. Er kannte es nicht anders, ging regelmäßig zur Beichte, wenngleich er nicht wusste, was genau unter einer *Sünde* zu verstehen war, schließlich hatte er kaum Gelegenheit, gegen die Zehn Gebote zu verstoßen (bis auf das neunte, wonach man nicht lügen durfte). Jeden Abend lag er brav in seinem Bett und betete *(Lieber Gott, lass mich vor Mama und Papa sterben und mach, dass Heike Seidel meine Freundin wird)*, und es gab nichts, was ihn hätte zweifeln lassen.

Bis zum Mauerfall sollte es noch ein paar Jahre dauern. Zorns

Eltern hielten nicht viel von diesem Staat, leisteten aber niemals offenen Widerstand. Sein Vater, der fünf Jahre später bei einem Verkehrsunfall in Polen ums Leben kommen sollte, drückte seinen Unmut gegen die *kommunistischen Dünnbrettbohrer* (wie er sie nannte) dadurch aus, dass er an staatlichen Feiertagen keine Flagge aus dem Fenster hängte – das war alles. Überdies schärfte er seinem Sohn ein, den Mund zu halten, und sorgte dafür, dass Claudius Zorn Mitglied in sämtlichen Jugendorganisationen wurde. So bekam der Junge niemals Probleme in der Schule. Im Gegenteil, er fühlte sich nicht ausgegrenzt, sondern eher als Teil einer heimlichen Elite.

Alles war gut, bis zu diesem Sonntag im Frühling.

Es geschah während des Familiengottesdiensts, die Kirche war bis auf den letzten Platz besetzt. Claudius Zorn war zum ersten Mal Ministrant. Und er war aufgeregt. Sie waren zu zweit, und sie mussten dem Vikar während der Messe assistieren, was bedeutete, dass sie zum richtigen Zeitpunkt aufstehen, sich hinsetzen oder niederknien mussten. Der Höhepunkt bestand darin, dem Vikar den Kelch mit Wein und das Gefäß mit den Hostien zum Altar zu bringen. Das klang komplizierter als es war, denn zum einen hatten sie vorher geübt, zum anderen war er nicht allein.

»Tu einfach das, was ich mache«, hatte Gernot, der andere Messdiener, in wichtigem Ton gesagt. Er war zwei Jahre älter als Claudius, auf seinen Wangen blühten die ersten Aknespuren und er war bereits ein alter Hase im Ministrantengeschäft. »Es gibt zwei Dinge, auf die du aufpassen musst. Das erste habe ich dir gesagt.«

»Ich mache das, was du machst«, hatte der kleine Claudius brav bestätigt.

»Genau. Und jetzt hör mir genau zu.« Gernot senkte die Stimme. »Das zweite ist: Sieh nicht in den Kelch. Niemals, verstehst du?«

Das hatte Claudius nicht verstanden, aber er hatte genickt.

Zunächst hatte alles geklappt. Der Altarraum der Kirche war ein wenig erhöht, eine Bühne, auf der er für jeden sichtbar war. Alle, insbesondere die Mädchen (da war er sicher) sahen zu ihm auf. Er kam sich zwar ein wenig albern vor in seinem rotweißen Messgewand, aber es war immer noch besser als der Anzug, den er sonst an den

Sonntagen tragen musste. Aus den Augenwinkeln behielt er Gernot ständig im Blick und tat das, was Gernot tat.

Die Predigt war vorbei, die Orgel brauste auf. *Großer Gott, wir loben Dich!*, sang die Gemeinde. Gernot kniete neben Claudius seitlich vor dem Altar und krähte aus vollem Hals mit, er war vollständig unmusikalisch und noch dazu im Stimmbruch, eine unheilvolle, fast schmerzhafte Mischung für die, die sich in seiner Nähe befanden.

Dann kam der Höhepunkt, die Wandlung von Brot und Wein. Der Vikar, ein massiger Mann um die dreißig mit schütterem, nach hinten gekämmtem Haar, Hängebacken und Dackelblick (er erinnerte ein wenig an eine traurige Dogge, die Ministranten nannten ihn *Waldi* – natürlich nur, wenn er nicht in der Nähe war), gab ihnen unauffällig ein Zeichen und sie schritten feierlich zum Altar, Claudius reichte ihm die Schale mit den Hostien, Gernot trug den Kelch mit dem Messwein.

Das ist mein Leib, der für Euch hingegeben wird, sang Waldi, der Vikar, und hielt eine Hostie in die Höhe. Er hatte eine schöne, volltönende Stimme, und Claudius bekam ein wenig Gänsehaut, denn es war ein feierlicher, unerklärlicher Moment, in dem sich ein Stück Oblate in etwas Heiliges, Mystisches verwandelte. Dann griff der Vikar zum Kelch: *Das ist der Kelch des neuen und ewigen Bundes, mein Blut, das für Euch und für alle vergossen wird.*

Die Orgel dudelte einen leisen, etwas stockenden Choral, der Priester trat neben den Altar und wandte sich an die Ministranten. Jetzt kam das Wichtigste, die Kommunion. Sie beide, Claudius und Gernot, waren die Ersten, die eine Hostie bekamen.

Und das Coolste war: Sie waren die einzigen, die auch noch von dem Wein trinken durften.

Tu das, was ich mache, hatte Gernot gesagt. Claudius hatte sich daran gehalten.

Es wurde still in der Kirche. Der Vikar legte jedem von ihnen eine Hostie auf die Zunge, erklärte, dass dies der Leib Christi sei, ging zurück zum Altar und holte den Wein.

Sieh nicht in den Kelch, hatte Gernot gesagt.

Er trank als Erster, der Priester wischte den Rand des Kelches mit einem weißen Leinentuch ab und reichte ihn an Claudius weiter.

Das Blut Christi, sagte Waldi, der Vikar und hielt ihm den Kelch vor das Gesicht.

Natürlich sah der kleine Claudius hinein.

Nicht, weil er gegen irgendetwas aufbegehren wollte (das war eine Eigenschaft, die er erst später erhalten sollte), sondern weil er neugierig war.

Das Innere des Kelches bestand aus poliertem Messing, auf dem Boden schwappte ein kleiner Schluck Weißwein. Das war zu erwarten gewesen. Womit er nicht gerechnet hatte, war der Anblick seines eigenen Spiegelbilds.

Etwas Ähnliches hatte er schon einmal auf dem Jahrmarkt erlebt, da gab es Hohlspiegel, die so verzerrt waren, dass man klein, dick, dünn oder lang erschien, wenn man hineinblickte. Das war ganz lustig gewesen, aber sonderlich beeindruckt hatte es ihn nicht.

Jetzt allerdings erschien sein Spiegelbild in wenigen Zentimetern Abstand, seine Nase hatte plötzlich die Größe eines Luftballons, als er den Mund öffnete, um zu trinken, glänzten ihm riesige, groteske Hasenzähne entgegen. Das, was ihn da anstarrte, war kein katholischer Ministrant, sondern eine absurde Mischung aus Bugs Bunny und Kermit, dem Frosch. Als er dann den überdimensionalen Popel in seinem linken Nasenloch bemerkte, konnte er nicht mehr anders.

Claudius Zorn fing an zu lachen.

Kurz nur, es waren eigentlich nur zwei, drei helle Kiekser, doch plötzlich war es sehr still in der Kirche. Bis auf dieses Lachen, das bis hinauf zur Orgelempore drang, von den hohen Wänden zurückgeworfen wurde und dann wieder verklang. Doch es hallte lauter nach als ein Donnerschlag.

Der Priester schien kurz zu erstarren, von den hinteren Bänken erklang ein Husten, weiter vorn scharrte jemand mit den Füßen. Dann setzte die Orgel ein, und alles nahm seinen gewohnten Gang.

Gehet hin in Frieden!, sang der Vikar zum Schluss und ging gemessenen Schrittes nach links durch eine kleine Tür in die Sakristei. Claudius und Gernot bekreuzigten sich und folgten ihm.

»Alles gutgegangen«, sagte der kleine Claudius erleichtert und rieb sich die klammen Hände. Es war kühl in der engen Sakristei. Der

Vikar stand mit dem Rücken zu ihm, nahm die Stola ab, küsste sie und hängte sie in einen kleinen Schrank. Claudius wollte an ihm vorbeigehen und sich umziehen, doch der Priester drehte sich zu ihm um.

Der Junge sah zu ihm auf, lächelte, denn er erwartete ein Lob, ein paar nette Worte, schließlich war dies sein erster Gottesdienst gewesen, und er hatte alles richtig gemacht.

Der Priester schwieg.

Dann schlug er Claudius mit voller Kraft ins Gesicht.

Der Junge taumelte ein paar Schritte zurück, ein greller Blitz nahm ihm die Sicht. Zwei, drei Blutstropfen fielen auf das weiße Ministrantenhemd. Er hielt sich die pochende Wange und sah auf. Das Gesicht des Priesters war unbewegt. Nur seine Augen hatten sich verändert: Das war nicht mehr der Ausdruck einer traurigen Dogge. Sondern der Blick eines Kampfhundes. Dann wandte er sich schweigend ab und zog sich um.

Es dauerte ein paar Sekunden, bis Claudius Zorn verstand, was soeben geschehen war, schließlich hatte man ihn noch nie in seinem Leben geschlagen. Er kämpfte mit den Tränen, doch irgendwie schaffte er es, nicht zu weinen.

Jetzt, dachte der kleine Claudius und sah nach oben, trifft ihn gleich ein Blitz. Er ist Priester, er hat mich geschlagen, weil ich gelacht habe. Das kann ihm Gott nicht durchgehen lassen.

Der Priester streifte die Soutane ab. Der Junge wartete, doch nichts geschah.

Okay, vielleicht hast du ja grade zu tun, lieber Gott, dachte Claudius, zog das Messgewand über den Kopf und wischte sich das Blut aus dem Gesicht. Ich gebe dir genau eine Woche. Wenn du ihn dann nicht bestraft hast, siehst du mich nie wieder.

Er erzählte niemandem von dem Vorfall, sondern behauptete, in der Sakristei gestolpert und sich am Kopf gestoßen zu haben. Dann wartete er sieben Tage.

Am folgenden Sonntag erklärte er seinen Eltern, dass er nie mehr eine Kirche betreten werde.

Was er dann auch nicht wieder tat.

Neun

Zorn war auf dem Rückweg ins Präsidium. Es fiel ihm schwer, sich auf den Verkehr zu konzentrieren, das Gespräch mit dem Pastor wollte ihm einfach nicht aus dem Kopf gehen. Er war nicht sicher, ob (und vor allem *was*) er Giese glauben konnte. Aber das war er nach solchen Gesprächen nie, schließlich hielt er sich nicht für einen sonderlich guten Beobachter, was wiederum keine gute Voraussetzung für eine Vernehmung war. Was er mit Sicherheit wusste: Der Priester verschwieg ihm etwas. Dazu allerdings gehörte keine große Menschenkenntnis, schließlich hatte Giese keinen Hehl daraus gemacht. Dies wiederum war sein gutes Recht als Geistlicher, überlegte Zorn und seufzte ein wenig, als er den Volvo auf dem Parkplatz vor dem Präsidium abstellte.

Später, als er durch das Foyer lief, war er immerhin so weit, Giese aus dem Kreis der Verdächtigen auszuschließen, was ihn kurz darauf auf den Gedanken brachte, dass es diesen *Kreis* überhaupt nicht gab – bei näherer Betrachtung kam nämlich im Moment überhaupt niemand für den Mord an Björn Grooth in Frage.

Ganz so ist es nicht, brummte Zorn vor sich hin und bog in den engen, dämmrigen Flur ein, von dem sein Büro abging. Da gibt es noch die, die angeblich mit ihm befreundet waren, vor allem diesen aufgepumpten Udo-Arsch, den dürfen wir nicht vergessen, wir sollten ihn …

Er stockte.

Schräg gegenüber von seinem Büro standen ein paar graue Plastikstühle. Auf einem von ihnen saß Martha Haubold.

Zorn stutzte, ließ sich jedoch nichts anmerken. Er übersah die Hand, die sie ihm entgegenstreckte, öffnete stattdessen wortlos die Tür und bedeutete ihr mit einer Handbewegung, ihm zu folgen. Ging zum Fenster und riss es sperrangelweit auf. Setzte sich hinter den Schreibtisch und verzog kurz das Gesicht, als er das Leder des Bürostuhls an seinem wunden Hintern spürte.

Das Mädchen trug einen knielangen Rock und eine helle, bis zum Hals geschlossene Bluse, bis auf ein wenig Lippenstift war sie ungeschminkt. Sie stand in der Mitte des kleinen Zimmers und wusste offensichtlich nicht, was sie sagen sollte.

Zorn deutete auf einen Stuhl. »Nehmen Sie Platz, Frau Haubold.«

»Danke.« Sie setzte sich, zog sorgfältig den Rock glatt und faltete die Hände auf dem Schoß. Zorn nahm einen Brieföffner vom Tisch und betrachtete ihn nachdenklich.

»Ist Ihr Bruder ebenfalls hier?«

»Ja, wir sind zusammen hergekommen. Eric ist bei einem Kollegen von Ihnen.« Als sie ihn ansah, huschte ein kleines Lächeln über ihr Gesicht. »Ich habe gesagt, dass ich nur mit Ihnen sprechen möchte, Herr Kommissar.«

»Ihre Aussage hätte ebenso gut von einem anderen Kollegen aufgenommen werden können. Sind Ihnen die Fingerabdrücke abgenommen worden?«

»Ja. Obwohl das nicht nötig gewesen wäre.«

»Weil?«

»Weil wir die Einbrüche nicht abstreiten.«

»Das wäre auch nicht sonderlich klug.« Zorn schob ein paar Papiere zur Seite. »Dann fangen wir mit den Einbrüchen an. Sie waren immer zu viert?«

»Nein, zu fünft.«

Einen Moment war Zorn verwirrt. »Richtig«, sagte er dann, »Björn Grooth war auch dabei.«

Sie nickte, ohne ihn anzusehen.

»Können Sie mir erklären, warum Sie in die Lauben eingebrochen sind, Frau Haubold?«

»Martha.«

»Was?«

»Nennen Sie mich Martha. Das gefällt mir besser.«

Als sie diesmal lächelte, blitzten ihre kleinen, ebenmäßigen Zähne auf.

»Aber mir nicht.« Zorn legte den Brieföffner beiseite. »Beantworten Sie bitte die Frage.«

»Natürlich.« Das Mädchen zupfte eine Fussel von ihrem Rock. »Wissen Sie«, begann sie stockend, fast schüchtern, »wir haben lange darüber gesprochen, wie das mit den Einbrüchen angefangen hat. Ich glaube, den ersten haben wir begangen, weil uns langweilig war. Wir haben ja nichts kaputt gemacht, und die Laube war noch nicht mal abgeschlossen. Im Kühlschrank haben wir eine Flasche Schnaps gefunden, die haben wir ausgetrunken. Mehr war da nicht.« Sie saß ganz vorn auf der Kante des Stuhls, hatte die Knie zusammengepresst und knetete die Hände in ihrem Schoß. »Aber wir hatten Spaß, vielleicht lag es daran, dass wir etwas Verbotenes gemacht haben, und weil es so einfach war, haben wir's dann wieder getan. Ich weiß, dass das ein Fehler war, Herr Kommissar. Und Sie können mir glauben, dass wir das nie wieder tun werden. Nie wieder.«

Als sie diesmal aufsah, waren ihre Augen feucht.

Sie weiß, dass sie höchstens ein paar Sozialstunden aufgebrummt bekommt, schließlich ist sie nicht volljährig, dachte er. Und sie spielt ihre Rolle perfekt. Die kleine, unschuldige Abiturientin, die sich beim Klassenlehrer entschuldigt, weil sie ihre Hausaufgaben vergessen hat. Für wie blöd hält die mich eigentlich?

»Aber wir werden dafür geradestehen«, fuhr sie leise fort.

»Wir sind hier nicht im Sozialkundeunterricht, und Sie halten hier auch keinen Kurzvortrag, Frau Haubold. Im Übrigen interessieren mich die Einbrüche nur am Rande, es sei denn, sie haben etwas mit dem Tod von Björn Grooth zu tun.«

Martha rieb sich mit dem Handrücken über die Augen. »Ich weiß nicht, was Sie meinen.«

»Würden Sie bitte etwas lauter sprechen?«

Sie räusperte sich. »Ich sagte, dass ich keine Ahnung habe.«

»Haben Sie denn eine Ahnung, wer Björn ermordet haben könnte?«

»Ist es denn sicher, dass er ermordet wurde?«

»Wir werden heute die Presse informieren. Spätestens morgen können Sie in der Zeitung lesen, wie er gestorben ist. Jemand hat ein Drahtseil gespannt, da, wo er frühmorgens immer mit dem Rad gefahren ist. Dem Jungen wurde fast der Kopf abgerissen.« Zorn machte eine Pause, um seine Worte wirken zu lassen. »Und Sie haben immer noch keine Ahnung? Es gibt nichts, was Sie mir dazu sagen können?«

Sie ließ einen Laut hören, der eine Art Schluchzen zu sein schien. Dann schüttelte sie den Kopf. Zorn wartete noch eine Weile. »Sie langweilen mich«, sagte er, erhob sich halb aus seinem Sessel und ließ sich dann wieder zurücksinken. Unwillkürlich begann er, sie zu duzen. »Nein, es ist schlimmer. Du langweilst mich nicht nur, du nervst mich tierisch. Die Nummer mit der Unschuld vom Lande kaufe ich dir nicht ab. Wenn du Spielchen spielen willst, kannst du das mit den Jungs aus deiner Klasse tun, aber nicht mit mir.«

Die Veränderung, die mit ihr vorging, war so radikal, dass Zorn einen Moment der Atem stockte. Innerhalb einer Sekunde schien ein anderer Mensch vor ihm zu sitzen. Sie stieß ein Zischen aus, ihr Gesicht verzerrte sich, wurde hart, kantig und als er ihr in die Augen sah, waren es wieder die Augen einer alten Frau, die mehr als genug vom Leben gesehen hat.

»Denkst du, ich weiß nicht, was du von mir willst, Kommissar?« Ihre Stimme war heiser, fast ein Flüstern. »Ich seh doch genau, wie du mir auf die Titten starrst. Du willst mich vögeln, das ist alles! Das habe ich gestern schon gemerkt, bevor du deine nette Vorstellung auf dem Sprungturm gegeben hast. Apropos«, sie zog die Mundwinkel ein wenig nach oben, ihr Lächeln glich eher einem Zähnefletschen, »hast du dich sehr verletzt? Es sah aus, als hättest du dir weh getan.«

Zorn verzog keine Miene, doch er spürte, wie er rot im Gesicht wurde. Sie nahm den Brieföffner vom Tisch und drehte ihn langsam zwischen den Fingern.

»Du willst Spielchen spielen, Kommissar? Das können wir gerne, aber wenn, dann richtig.«

Sie krempelte die Ärmel hoch und fuhr sich mit der Spitze des Brieföffners langsam über die Unterarme. Dabei ließ sie ihn nicht aus den Augen. Zorn sah kleine, senkrechte Narben an ihren Handgelenken. Er hatte keine Ahnung, was sie vorhatte.

»Was soll die Scheiße?«

»Wir spielen jetzt ein Spiel, das du verlieren wirst.«

Ihre Augen verengten sich, sie drückte stärker zu. Der Brieföffner war nicht sehr scharf, aber es reichte, dass kleine, rote Striemen auf ihrer Haut erschienen. Erst an einem, dann am anderen Arm. Zorn saß wie gelähmt hinter seinem Schreibtisch.

»Hör auf damit.«

»Willst du wissen, wie es heißt?«, sagte sie nachdenklich, fast fröhlich, »das Spiel, meine ich.« Mit einem Ruck riss sie die Bluse am Hals auseinander, zwei, drei Knöpfe fielen leise klackernd zu Boden und rollten unter den Schreibtisch. Sie saß mit nacktem Oberkörper vor ihm, noch immer dieses wölfische Lächeln im Gesicht.

»Ich nenne es sexuelle Belästigung.«

Die Spitze des Brieföffners näherte sich ihrem Hals.

»Oder Verführung Minderjähriger.«

Zwei schnelle Schnitte.

»Vielleicht auch versuchte Vergewaltigung?«

Blut tropfte aus einer kleinen Wunde über ihrem Schlüsselbein. Zorn war aufgesprungen, sie warf den Brieföffner auf den Tisch. Automatisch griff er danach. Martha Haubold trat dicht an ihn heran.

»Und jetzt kommt das Finale.«

Sie holte tief Luft.

Dann begann sie zu schreien.

*

ich habe geschlafen, jetzt bin ich wach, es wird zeit, dass ich mich aufmache
bald werde ich euch besuchen in eurer kleinen welt
lauft mir nicht über den weg
ich habe alles besorgt, was ich brauche

*

Schröder, der nur ein paar Meter entfernt in seinem Zimmer saß, war einer der Ersten, der die Schreie hörte. Ein paar Sekunden später stand er in Zorns Büro und sah seinen Chef im Kampf mit einem halbnackten Mädchen, das sich mit Händen und Füßen gegen ihn zu wehren schien.

»Kann ich helfen, Chef?«

Zorn machte sich von ihr los und trat schweratmend einen Schritt zurück. Martha Haubold griff nach ihrer zerrissenen Bluse und hielt sie sich vor den Oberkörper. »Dieses Schwein wollte mich vergewaltigen!«, schluchzte sie.

Zorn hob die Hand. Einen Moment sah es aus, als wolle er zuschlagen.

Schröder trat einen Schritt näher. »Was ist hier los?«

»Schaff mir die vom Hals«, knurrte Zorn und stürmte aus dem Zimmer.

*

»Was haben Sie sich eigentlich dabei gedacht, Herr Kommissar?«

Frieda Borck saß mit verschränkten Armen auf der Kante ihres Schreibtischs, ihr linkes Bein baumelte in der Luft. Claudius Zorn stand vor ihr, unter den Achseln seines T-Shirts hatten sich dunkle Schweißflecken gebildet. Er schäumte vor Wut.

»Was ich mir dabei gedacht habe? Wären Sie so gut, und würden mir das erklären, Frau Staatsanwältin?«

»Wenn dieses Mädchen Anzeige gegen Sie erstattet, dann …«

»Es ist mir scheißegal, ob die mich anzeigt!« Er wies mit zitterndem Zeigefinger in die Richtung, in der er ungefähr sein Büro vermutete. »Wenn ihr dieses Balg mit so einer beschissenen Nummer durchkommen lasst, dann kündige ich. Diese Rotzgöre ist zu allem fähig.«

»Sie kennen das Mädchen näher?«

»Was?«

»Ich fragte, ob Sie sie näher kennen.«

Die Staatsanwältin ließ Zorn keine Sekunde aus den Augen. Er atmete tief durch und versuchte, sich zu beruhigen. »Ich habe sie gestern das erste Mal gesehen, im Nordbad.«

»Was wollten Sie im Bad, Herr Zorn?«

»Unkraut zupfen!« Er hob verzweifelt die Arme. »Himmelherrgott, warum geht man wohl ins Bad? Ich war schwimmen. Ist das jetzt verboten?«

Frieda Borck schwieg einen Moment und spielte an ihrer Halskette. »Waren Sie mit ihr im Bett? Ich muss das jetzt fragen.«

»Entschuldigung, ich muss jetzt auch mal was fragen: Haben Sie noch alle Nadeln an der Tanne? Die ist siebzehn, noch ein Kind! Ich bin zweiundvierzig! Was in aller Welt sollte ich von der wollen?«

»Sagen Sie's mir, Herr Hauptkommissar.«

»Das war eine rhetorische Frage, verdammt!«

»Ich habe auch keine Antwort erwartet.«

»Was würden Sie an meiner Stelle tun? Wenn irgendeine Nachwuchs-Lolita behauptet, belästigt worden zu sein, und es gibt nichts, was Sie dagegen tun können? Scheiße, ich habe nicht die geringste Chance, mich zu wehren! Ich komme mir vor wie ein Schwerverbrecher!«

»Sind Sie jetzt fertig?«

Zorn lief wütend im Zimmer auf und ab. »Wenn ihr dieser Göre mehr glaubt als mir, bitteschön, ich kann's nicht ändern.«

»Ich fragte, ob Sie jetzt fertig sind«, wiederholte Frieda Borck ruhig.

Er stand mit verschränkten Armen vor ihr, sein Puls raste. Die Staatsanwältin stieß sich mit den Händen von der Tischplatte ab und trat dicht an ihn heran. Sie trug hohe Absätze und war nur ein paar Zentimeter kleiner als Zorn.

»Wenn das Mädchen Sie anzeigt, wird dieser Fall bearbeitet wie jeder andere auch. Ich werde von einer anderen Dienststelle einen Kollegen anfordern, der unabhängig ermittelt. Das ist Vorschrift, und daran werde ich mich halten.«

»Natürlich, die Vorschriften.« Zorn lachte freudlos auf. »Ob jemand über die Klinge springt, ist völlig egal.«

»Würden Sie mich bitte ausreden lassen?«

Frieda Borck hatte hellgraue Augen mit gelben, leuchtenden Flecken um die Pupillen. Das war Zorn bisher nicht aufgefallen.

Er zuckte die Achseln. »Von mir aus.«

»Wir wissen beide, dass Sie nicht dumm sind, Herr Zorn. Allenfalls emotional ein wenig unterbelichtet, aber das gibt Ihnen nicht das Recht, hier rumzujammern wie ein altes Waschweib.«

Zorn öffnete empört den Mund, die Staatsanwältin brachte ihn mit einer Handbewegung zum Schweigen. Er roch den Duft ihres frisch gewaschenen Haars. »Ich habe Sie vorhin ausreden lassen, jetzt bin ich dran, Herr Zorn. In meinen Augen sind Sie ein egozentrischer Angeber, der es gewohnt ist, alles flachzulegen, was einen Rock trägt. Der Melancholiker, der kurz mit den Augen klimpert und alles bekommt, was er will. Sie glauben, dass Frauen auf Sie abfahren, und vielleicht war das ja in den letzten fünfundzwanzig Jahren so. Ich finde diese Art zum Kotzen, wenn die Bemerkung gestattet ist.«

»Diesen Mist muss ich mir nicht anhören.« Zorn wandte sich zum Gehen.

»Ich bin noch nicht fertig«, sagte sie leise.

Seine Hand lag bereits auf der Klinke, er drehte sich schweigend wieder um.

»Was ich persönlich für Sie empfinde, ist nebensächlich«, fuhr Frieda Borck fort, »aber was diesen Vorfall betrifft, sage ich Ihnen Folgendes: Ich glaube Ihnen. Und ich bin sicher, dass Sie sich absolut korrekt verhalten haben. Einerseits, weil Sie nicht der Typ sind, der einer Frau körperlich weh tut. Andererseits müssten Sie komplett durchgedreht sein, jemanden während der Dienstzeit in Ihrem Büro vergewaltigen zu wollen. Wir werden das in Ruhe prüfen, und wir werden die Aussage des Mädchens ernst nehmen. Ich müsste mich sehr täuschen, wenn sie recht hätte. Sollte sie Anzeige erstatten und es stellt sich heraus, dass sie uns veralbert, kann sie sich auf was gefasst machen.«

Er dachte kurz nach. »Sonst noch was?«

»Ja. Sie sollten dringend unter die Dusche.«

Während Zorn draußen im Flur unauffällig unter seiner Achsel roch, stand Frieda Borck noch einen Moment in ihrem Büro. Dann lächelte sie kurz und setzte sich wieder an ihren Schreibtisch.

*

»Dieser Job kotzt mich an. Er kotzt mich einfach nur an.«

»Wenn du meinst, Chef.«

Die Nachmittagssonne fiel schräg ins Büro. Schröder stand in der Tür, die Aktentasche klemmte unter seinem Arm. Zorn ging ans Fenster, sah hinaus und atmete tief ein. Noch immer glaubte er, den süßlichen Geruch von Martha Haubolds Parfum wahrzunehmen. Er war hundemüde.

»Findest du, dass ich stinke?«, fragte er, ohne sich umzusehen.

»Wie meinen?«

»Ach, schon gut.« Zorn seufzte, stützte sich mit der Hand im Fensterrahmen ab und wandte sich Schröder zu. »Immerhin glaubt die Borck mir.«

»Dass du dem Mädchen nichts getan hast?«

»Ja.«

»Das tu ich auch.«

»Ich weiß, Schröder. Trotzdem, es ist frustrierend, dass man so wehrlos ist. Dieser beschissene Gedanke, dass irgendeine Scheißgöre daherkommen und solch absurde Scheiße behaupten kann, ist …«, er überlegte, fand aber nicht das richtige Wort.

»… Scheiße?«, half Schröder.

»Ja. Danke.«

»Keine Ursache. Eines ist mir nicht ganz klar.« Schröder kratzte sich am Kopf und überlegte. »Hättest du sie nicht aufhalten können? Wenigstens verhindern, dass sie sich die Arme aufschneidet?«

»Das hätte ich wahrscheinlich.« Zorn ging zum Schreibtisch, bückte sich und hob den Brieföffner auf, der während des Handgemenges zu Boden gefallen war. Er drehte ihn nachdenklich zwischen den Fingern. »Ich war einfach nicht schnell genug. Und hab wohl nicht erwartet, dass sie so kaltschnäuzig ist.«

»Hast du ihre Handgelenke gesehen, Chef?«

»Du meinst die Narben? Ja, hab ich.«

»Sie hat mindestens einen Suizidversuch hinter sich.«

»Das denke ich auch. Aber es erklärt nicht diese durchgeknallte Aktion.«

»Nicht unbedingt, aber vielleicht hilft uns das im Mordfall Björn Grooth weiter.«

»Wieso?«

»Das weiß ich selbst noch nicht, Chef. Aber wir sollten das nicht vergessen.«

»Ich bin sicher, dass du das im Auge behalten wirst.« Zorn warf dem Brieföffner einen angewiderten Blick zu, dann ließ er ihn in den Papierkorb fallen. »Was ist eigentlich bei der Vernehmung ihres Bruders herausgekommen?«

»Das lässt sich in einem Wort sagen.«

»Lass mich raten: *Nothing?*«

»*Yes*, Chef.« Schröder lächelte bedauernd. »Jedenfalls nichts Neues.«

Zorn fuhr sich mit der Hand über die Augen. »Lass uns Schluss machen, morgen sehen wir weiter. Jetzt brauch ich erst mal ein Bier.«

»Versuch's mit einem Kamillentee, der beruhigt. Alkohol ist keine Lösung, Chef.«

»Kamillentee aber auch nicht«, erwiderte Zorn ernst.

Dann fuhren sie nach Hause.

*

jetzt bin ich unterwegs, passt auf, bleibt, wo ihr seid, ich komme näher

Zehn

Nachts.

Udo Kempff sitzt auf der oberen Plattform des Sprungturms. Seine Beine baumeln von der Kante, unter ihm glänzt das Wasser wie ein schwarzer Spiegel. Es ist warm, der Beton hat die Sonnenhitze gespeichert und strahlt sie nun wieder ab. Der Abend ist sternenklar, Udo erkennt den Großen Wagen und den Polarstern, der nach Norden hin über der Stadt flimmert. Von rechts, da, wo die Gartenlauben liegen, dringt Musik heran, irgendjemand scheint eine Party zu veranstalten. Ein Technobeat wummert, dazu fragt eine Männerstimme jammernd, warum Liebe immer weh tun muss. Udo Kempff presst die Lippen aufeinander, er hasst Schlagermusik.

Die Flamme des Feuerzeugs flackert auf, er schirmt sie mit der Hand gegen den Wind ab, dann leuchtet die Glut seiner Zigarette. Er ist gern hier, nachts, allein, es ist still und doch scheint es, als würden die Schreie und das Lachen der Menschen auch jetzt noch in den Bäumen hängen, genau wie der Geruch von Pommes, Gras und Sonnenmilch.

Er atmet tief ein. Früher war er ein Niemand, immer der Kleinste, der Zwerg, den keiner ernst nahm, im Kindergarten, in der Schule, in der Lehre. Dann hat er angefangen zu trainieren, erst hat er Liegestütze gemacht, dreißig, vierzig, hundert. Später kamen die Hanteln, er spürte, wie er täglich stärker wurde, sein Körper veränderte sich, ebenso die Blicke der anderen, in denen er seit ungefähr einem Jahr etwas sieht, das er bisher nicht kannte.

Respekt. Manchmal auch Angst, auch das ist gut. Es gefällt ihm.

Jetzt ist er stark, er kann sich wehren. Nicht mit Worten, nein, reden konnte er noch nie gut. Aber er hat andere Mittel. Er kann zuschlagen, wenn ihm etwas nicht passt.

Die Betonkante kneift in seinen Oberschenkeln, er verlagert das Gewicht und rutscht ein wenig nach vorn. Ein feiner Funkenregen leuchtet auf, als er die Zigarette davonschnippt, eine kleine Sternschnuppe, die langsam vom Turm segelt und im Sprungbecken verlischt. Es zischt leise, doch er hört es nicht. Ebenso wenig wie das leise Klappern des Metalls, als jemand vorsichtig die letzten Stufen der Treppe erklimmt, hinter ihm auf der Plattform erscheint und sich langsam aufrichtet. Ein Rascheln der Kleidung, dann drei, vier schnelle Schritte auf dem Beton, jetzt hört er etwas, das Geräusch von Gummisohlen auf rauem Beton, nun allerdings ist es zu spät, denn bevor er sich umdrehen kann, legt sich das Seil um seinen Hals und schnürt ihm in Sekundenschnelle die Luft ab.

*

Gar nicht weit entfernt liegt Frau Kalze auf einer altertümlichen Klappcouch in ihrer Laube und ist äußerst gereizt. »Jetzt hat man nicht mal mehr in der Nacht seine Ruhe, oder nicht?«

»Ich dachte immer, du magst Schlagermusik«, brummt Herr Kalze und dreht sich auf die andere Seite. Es ist eng auf der Couch, obwohl er damals das größte Sofa besorgt hat, das er auftreiben konnte. Das ist nun auch schon wieder zehn Jahre her, überlegt er. Sie wollte unbedingt im Garten schlafen, wenigstens ab und zu. Jetzt hat er den Salat. Keinen Platz und keine Ruhe.

Nun ja, Ruhe hat er zu Hause auch nicht.

Frau Kalze setzt sich auf, die Matratze reagiert mit einem vorwurfsvollen Quietschen. »Aber doch nicht diese *Hottentottenmusik*, und dann noch in dieser Lautstärke! Eine Frechheit, hab ich nicht recht?«

Das hat sie ausnahmsweise wirklich. Um diese Zeit herrscht sonst Nachtruhe. Der Lärm kommt vom anderen Ende der Gartensparte, woher genau allerdings, kann man unmöglich sagen.

»Ich wette«, sagt Frau Kalze, »das sind die Kerns, die haben nichts anderes als Feiern im Kopf.«

Herr und Frau Kern sind die neuen Pächter, Frau Kalze kann die beiden nicht ausstehen. Vor allem die Frau nicht, sie ist zwanzig Jahre jünger und mindestens dreißig Kilo leichter als Frau Kalze.

Das Wummern wird lauter.

»Würdest du vielleicht mal rübergehen?«, fragt Frau Kalze. »Und gucken, was los ist?«

Nein, dazu hat Herr Kalze überhaupt keine Lust. Eine Variante wäre, sich tot zu stellen. Das würde sie ihm nie abnehmen, also stellt er sich nicht tot, sondern schlafend. Und gibt ein schüchternes Schnarchen von sich.

Frau Kalze tippt ihren Mann auf die Schulter.

»Tu nicht so.«

»Was?« Herr Kalze versucht, verschlafen zu klingen.

»Mach gefälligst was!«

Sie zieht ihrem Mann die Bettdecke weg.

Er setzt sich ebenfalls auf. »Ich hör nix mehr.«

Die Musik ist aus.

»Die wissen genau, wie sie einen zur Weißglut treiben«, sagt Frau Kalze, klopft energisch das Kopfkissen zurecht und legt sich wieder hin.

»Schlaf jetzt«, sagt Herr Kalze und zieht sich die Decke über den Kopf.

*

»Ruhig, Udo. Es hat keinen Sinn, wenn du dich wehrst.«

Diese Stimme, dicht an seinem Ohr. Er kennt sie. Natürlich, sie ist ihm vertraut, er hat sie schon tausendmal gehört, aber sie klingt anders. Kehlig, heiser, nur ein paar Zentimeter entfernt. Nicht viel mehr als ein Flüstern. Aber es schwingt etwas mit, das ihn frösteln lässt. Wut, Hass. Und Wahnsinn.

Sein Kopf dröhnt, es fühlt sich an, als wäre er bis unter die Schädeldecke mit einer staubigen Masse gefüllt. Mehl vielleicht. Weit, ganz weit entfernt am Horizont, flimmernd wie eine Fata Morgana, erscheint die verschwommene Frage nach dem *Warum*. Die alles entscheidende Frage nach dem, was hier eigentlich passiert. Doch sein Hirn, von Natur aus schon nicht mit Schnelligkeit gesegnet, hat den Dienst eingestellt. Weigert sich, ihm zu erklären, was hier mit ihm geschieht.

Er sitzt da, die Beine sind leicht angewinkelt, die Hände weit ausgestreckt. Seine Handgelenke sind gefesselt und mit Stricken an den Geländern befestigt, die links und rechts an der Plattform angebracht sind und verhindern sollen, dass einer der Badegäste seitlich in die Tiefe stürzt. Er kann nichts sehen, seine Augen sind mit Klebeband verschlossen, ebenso der Mund. Es juckt fürchterlich, er bewegt die Augenbrauen, versucht, den Mund zu öffnen. Sinnlos, das Klebeband sitzt fest.

»Steh auf.«

Udo Kempff schnaubt, schüttelt heftig den Kopf. Er weiß nicht, was hier geschieht, vielleicht ist es ein Spiel, aber irgendetwas sagt ihm, dass es ernst ist. Und dass er versuchen muss, sich zu wehren.

Im nächsten Moment kommt der Schmerz, als würden seine Nieren explodieren. Der Tritt ist so heftig, dass er ein paar Sekunden die Besinnung verliert.

»Steh auf, Udo. Ich sag's dir nicht noch mal.«

Er schafft es, auf die Knie zu kommen. Es fällt ihm schwer, er kann sich nicht mit den Händen abstützen. Schließlich steht er schwankend auf der Plattform. Ein Ruck, erst links, dann rechts, die Fesseln werden gestrafft, seine Arme sind jetzt weit vom Körper abgespreizt. Als hätte er die Hände zum Gebet ausgebreitet. Plötzlich fällt ihm auf, dass es still ist im Bad. Die Musik aus der Gartenanlage ist verstummt.

»Ich hab etwas mitgebracht, Udo. Zwei Sachen, eine wird dir gefallen. Die andere nicht, fürchte ich.«

Er hört seinen eigenen, panischen Atem. Dann ein Scharren, Plastik auf Beton, Flüssigkeit schwappt in einem Kanister.

»Fangen wir mit dem an, was du magst.«

Ein Klicken, eine Taste wird gedrückt, wahrscheinlich ein Ghettoblaster oder etwas Ähnliches, denn plötzlich erklingt direkt neben ihm Musik. Nicht sehr laut, aber er erkennt die Band sofort.

»Das magst du, nicht wahr?«

Es stimmt, das ist sein Lieblingssong. Eine Akustikgitarre, nur zwei Akkorde, sie wechseln ständig: G-Dur und e-Moll. Das weiß Udo nicht, er ist völlig unmusikalisch. Doch selbst, wenn er es wüsste, es wäre ihm im Moment völlig egal.

Die erste Strophe beginnt.

The roof, the roof, the roof is on fire.

Die Bloodhound Gang. Jetzt wird die Angst zur Panik, flattert in seiner Brust wie ein verletztes Küken. Er kennt den Refrain. Sein Englisch ist beschissen, aber er weiß, was da gesungen wird. Er hat oft genug mitgegrölt.

»Ich hab's dir nie gesagt, aber ich hasse diese Musik.«

Die Stimme kommt jetzt von der anderen Seite, er spürt den warmen Atem direkt an seinem Ohr. Er zerrt an den Seilen, seine Armmuskeln sind bis zum Zerreißen gespannt. Rotz läuft aus seiner Nase, dieses Jucken macht ihn fast verrückt. Und die Angst.

Das Schlagzeug setzt ein. Und eine E-Gitarre, der Beat stampft wie eine Lokomotive in voller Fahrt.

»Das gefällt dir, oder?«

Udo Kempff kneift die Augen zusammen, so fest er kann, dann reißt er sie so weit wie möglich auf, immer und immer wieder, Öffnen,

Schließen, in der Hoffnung, dass sich das Klebeband löst. Er will etwas sehen, er will richtig atmen. Vergeblich.

»Ich fragte, ob dir das gefällt, Udo.«

Wieder ein Tritt, diesmal von vorn, in den Magen. Seine Knie geben nach, die Seile verhindern, dass er zusammenbricht.

»Komm wieder hoch. Der nächste Tritt geht in deine verdammten Eier.«

Udo Kempff nimmt alle Kraft zusammen und richtet sich wieder auf. Er hört zwei Schritte, dann wird etwas aufgeschraubt. Der Kanister. Das Schwappen einer Flüssigkeit. Er kennt diesen Geruch. Und er weiß, was jetzt passieren wird.

Das Schlagzeug stampft. Die Band wird schneller.

But if I go to hell I hope I burn well.

Er wird nicht jammern, und auch nicht betteln.

»Jetzt kommen wir zum unangenehmen Teil.«

Etwas wird ihm über den Kopf geschüttet, das Klebeband verhindert nicht, dass ihm der Inhalt des Kanisters in die Augen dringt, in die Nase und in den Mund. Der beißende Gestank raubt ihm den Atem. Die Dämpfe, die über die Nase den Weg in seinen Kopf finden, ätzend wie Säure, töten auch noch den letzten klaren Gedanken ab. Er versucht sich abzuwenden, dreht sich hin und her, doch es hört erst auf, als der leere Kanister mit einem hohlen Ploppen wieder abgestellt wird. Udo Kempff ist völlig durchnässt, die Haare, das T-Shirt, auch die Shorts.

»Du hast natürlich keine Ahnung, warum ich das tue. Und ich habe keine Lust, es dir zu erklären, du würdest es doch nicht kapieren. Bist du bereit?« Eine kurze Pause. »Natürlich bist du das.«

Die Musik wird lauter. Trotzdem ist das Klicken des Feuerzeugs deutlich zu hören.

We don't need no water let the motherfucker burn!

»Mach's gut, Udo.«

Im ersten Moment geschieht nichts. Und eine letzte, glückliche Sekunde glaubt er, dass das alles nur ein böser Scherz ist. Dann gibt es eine leise Verpuffung, und die Plattform erstrahlt in hellem, gelblichem Licht.

Burn, motherfucker, burn.

Udo Kempff steht in Flammen.

Der plötzlich einsetzende Luftzug reißt seine Haare in einem feurigen Orkan nach oben, allerdings nur kurz, denn im Bruchteil einer Sekunde sind sie verbrannt, ebenso seine Augenbrauen. Das T-Shirt, die Shorts hängen in glühenden Fetzen an seinem Körper, werden emporgerissen, rieseln als feuriger Regen aus Ruß und Asche vom Turm und verteilen sich unten auf der Liegewiese rund um den Kiosk. Udo Kempff zerrt an den Fesseln, kugelt sich im Todeskampf den linken Arm aus, seine Blase entleert sich, er schreit, brüllt, bettelt, schließlich geht sein Winseln im Tosen des Feuers unter, gedämpft vom Klebeband vor seinem Mund, das den Flammen vorerst standhält und nur an den Rändern verkohlt.

Das Feuer lodert höher, ein, zwei Meter über dem Kopf von Udo Kempff schlagen die Flammen zusammen, eine riesige, rauchende Fackel steht oben auf dem Turm, sie bewegt sich, bäumt sich ein letztes Mal auf, der Widerschein erleuchtet das Kinderbecken und die Kronen der Pappeln, die über die Wiese verteilt sind.

Dann ändern sich die Farben. Die Flammen werden kleiner, das Gelb wird zu einem fluoreszierenden Blau, eine schwarze, fettige Rauchwolke hängt über dem Turm und verdeckt den Mond, der wie ein entzündetes Auge am Nachthimmel steht.

Oben, auf dem Turm, kommt die Band langsam zum Ende.

C'mon party people, throw your hands in the air.

Es wird still im Bad.

Irgendwo beginnt eine Grille zu zirpen.

Im Sprungbecken, am Fuß des Turms, ist ein leises Zischen zu hören.

Als würde kochendes Fett in kaltes Wasser tropfen.

*

Von Norden her ist ein leichter Wind aufgekommen. Die Rauchwolke treibt nach Süden, bald, wenn sie die alte Burg am Flussufer erreicht hat, wird sie sich auflösen. Doch vorher schwebt sie über der Liegewiese, erreicht den Zaun, dann die ersten Lauben der Gartenanlage.

Frau Kalze liegt auf dem Rücken und schnarcht leise. Ihr Schlaf ist unruhig, sie träumt von einer Kochshow, die sie neulich, wahrscheinlich im ZDF, gesehen hat. Den Namen des Kochs vergisst sie immer wieder, irgendetwas mit Lafer oder Lichter, egal, sie mag vor allem seinen feschen Schnäuzer. In der letzten Sendung ging es um Fleisch.

Draußen hält der Wind kurz inne. Die Wolke steht jetzt direkt über der Laube.

Frau Kalze schnüffelt im Schlaf.

Schweinebraten, denkt sie. Morgen mach ich Schweinebraten.

Sie schnüffelt noch einmal und dreht sich auf die Seite.

Aber ich muss aufpassen, dass er mir nicht anbrennt.

Elf

Sie standen auf dem Parkplatz vor dem Präsidium. Zorn hatte die Besprechung unterbrochen und war mit Schröder nach draußen gegangen. Er musste nachdenken, und dazu musste er rauchen, dringend. Was er auch tat, eine nach der anderen.

»Weißt du, was mich am meisten nervt?« Zorn blies Schröder eine Rauchwolke ins Gesicht. Der hustete kurz und wandte das Gesicht ab.

»Nein, Chef.«

»Dass es nie bei einem Mord bleibt. Ich meine, monatelang geschieht gar nichts, und dann kracht's gleich zweimal innerhalb einer einzigen Woche. Das ist doch bekloppt! Eine Leiche hätte doch genügt, oder nicht?«

»Mir persönlich hätte es gereicht, wenn überhaupt niemand gestorben wäre.«

Der Notruf war um sieben Uhr morgens eingegangen, ein Bademeister hatte die Leiche auf dem Sprungturm entdeckt. Zorns erste Überlegung war gewesen, dass es sich hoffentlich um denselben Bademeister handelte, der ihn am Sonntag zum Sprung vom Zehnmeterturm veranlasst hatte. Für diesen Gedanken hatte sich Hauptkommissar Claudius Zorn ein wenig geschämt. Aber nur kurz.

Dann war alles so gelaufen, wie es in solchen Fällen immer lief. Zorn hatte das Bad nach einem kurzen Blick auf die verkohlten Überreste von Udo Kempff mit blassem Gesicht und einer wenig überzeugenden Ausrede verlassen, Schröder übernahm die Koordination der Ermittlungsarbeiten. Fünf Stunden später war die Leiche bereits identifiziert, dank Schröder war vorerst alles getan, was getan werden musste. Nun begannen die Fragen.

Zorn trat die Zigarette aus und fischte eine neue aus der Packung. »Wenn zwei Menschen einer kleinen Gruppe getötet werden, muss es Zusammenhänge geben.«

»Davon sollten wir ausgehen, Chef.«

»Wir müssen uns die Kids noch einmal vornehmen, diesmal ein wenig härter.«

»Und die Pächter in der Gartensparte befragen. Bisher haben wir keinen einzigen Zeugen, aber irgendjemand muss etwas bemerkt haben. Es wäre schon sehr komisch, wenn mitten in der Stadt ein Mensch verbrennt, und niemand kriegt was davon mit.« Schröder strich sich eine rötliche Locke aus der Stirn und sah nach oben. Es war früher Nachmittag, der Himmel hatte sich ein wenig bedeckt, dünne Schleierwolken trieben wie riesige durchsichtige Vögel über der Stadt. »Das Umfeld von Udo Kempff muss abgeklopft werden. Es war eindeutig Mord, er war an das Geländer gefesselt.«

»Ich weiß.« Der Gedanke an das, was Udo Kempff in der letzten Nacht widerfahren sein musste, ließ Zorns Magen rebellieren.

»Und ich denke«, fuhr Schröder fort, »dass wir bei dem toten Radfahrer noch mal von vorn beginnen sollten.«

»Da kommt einiges an Arbeit auf uns zu.« Zorn spürte, wie seine Laune sank. »Wie machen wir weiter?«

»Ich würde sagen, wir teilen uns auf, Chef.«

»Okay«, nickte Zorn.

Ein Streifenwagen bog auf den Parkplatz, zwei Uniformierte stiegen aus und liefen hastig ins Präsidium. Schröder trat einen Schritt beiseite und machte ihnen Platz. »Jetzt müssen wir nur noch klären«, sagte er und grüßte die beiden Beamten mit einer Handbewegung, »wer von uns was übernimmt.«

»Ich übernehme den Radfahrer«, entschied Zorn.
»Und ich?«
»Du? Du machst den Rest.«
Schröder schwieg einen Moment.
Zorn schnippte die Zigarette weg. »Ist irgendwas?«
»Nein. Ich denke, das ist mehr als gerecht, Chef.«

*

das, was geschehen ist, war erst der anfang, es ist noch nicht vorbei – langsam beginnt es, spaß zu machen, ihr seid so lächerlich, so unglaublich dumm – ihr seid mir nicht gewachsen
ich bin noch nicht fertig
denkt das bloß nicht

*

Das Erste, was ihm auffiel, war das Licht. Und dass es ihm hier gefiel.

Zorn hatte den Volvo am Waldrand geparkt und war dann zu der Stelle gelaufen, an der Björn Grooth vor fünf Tagen getötet worden war. Er wusste nicht genau, was er hier wollte, warum er hier war. Wahrscheinlich brauchte er nur einen ruhigen Ort, an dem er nachdenken konnte.

Es war still, Zorn traf kaum einen Menschen. Er mochte diesen Duft von Laub, Erde und Kiefernnadeln. Das Licht fiel schräg durch die Baumwipfel, Insekten tanzten in den goldfarbenen Strahlen, alles schien irgendwie gedämpft, in einer Art Zeitlupe, als würde er auf dem Grund eines Sees stehen.

Am Fuß des Baumes, dort, wo man Björn Grooth gefunden hatte, stand ein kleines Holzkreuz. Blumen lagen daneben, Fotos, Zettel, auf denen stand, wie sehr man den Jungen vermisste. *WARUM?*, stand darauf. Und: *WIR HABEN DICH GELIEBT.* Er hatte also doch Freunde gehabt. Zumindest gab es neben seinen Eltern weitere Menschen, denen er etwas bedeutet hatte.

Zorn nahm sein Handy.

»Ja, Chef?«

»Wo bist du?«

»In der Kleingartensparte, ich frage noch einmal nach Zeugen. Und du?«

»Im Stadtwald.«

»Hoffentlich hast du genauso viel Spaß wie ich.«

»Wie man's nimmt. Die haben hier einen regelrechten Altar errichtet.«

»Ich würde eher sagen, eine Art Gedenkstätte, Chef.«

»Habt ihr das überprüft?«

»Natürlich. Das waren seine Klassenkameraden.«

»Niemand sonst?«

»Nein.«

Zorn beendete das Gespräch und lehnte sich an eine dünne Kiefer. Was war mit den Freunden des Jungen? Mit Max Brandt, mit Martha und Eric Haubold? So hatten sie sich jedenfalls bezeichnet: als seine Freunde. Sie hatten die Einbrüche zusammen begangen und einen großen Teil ihrer Zeit miteinander verbracht. Doch niemand von ihnen schien hier im Wald gewesen zu sein, um Abschied von dem Toten zu nehmen. Nun gut, es gab andere Arten, seine Trauer zu zeigen. Und natürlich war es denkbar, dass sie hergekommen waren, ohne etwas an der Unglücksstelle zu hinterlassen.

Trotzdem, dachte Zorn. Ich hatte die ganze Zeit das Gefühl, als seien sie nicht allzu bestürzt über Björns Ermordung. Aber vielleicht täusche ich mich.

Auch Udo Kempff hatte zu ihrer Gruppe gehört, jedenfalls noch bis gestern. Jetzt war er ebenfalls tot. Verbrannt, auf dem Sprungturm einer öffentlichen Badeanstalt.

Fünf Menschen. Zwei davon tot, in weniger als einer Woche.

Was würde als Nächstes passieren?

Würde *überhaupt* etwas passieren?

Natürlich würde es das.

Er seufzte und sah nach oben. Die Baumwipfel bewegten sich kaum merklich, Wolken zogen vorbei, ein paar Nadeln rieselten herab. Zorn wurde ein wenig schwindlig, er schloss die Augen, öffnete sie wieder, hörte das Rauschen des Windes, irgendwo klopfte ein Specht. Direkt über ihm schwankte ein Ast, ein Eichhörnchen erschien und sah auf ihn hinab.

Du hast mir grade noch gefehlt, brummte Zorn. Es ist ja nett hier, aber jetzt wird's mir eindeutig zu kitschig.

*

sie haben blumen dorthin gebracht und plüschtiere und alberne zettelchen geschrieben, auf denen steht, wie ach so doll sie ihn liebgehabt haben – diese dummheit, diese naivität schreit zum himmel, ich weiß nicht, ob ich lachen oder weinen soll
ich werde wohl keines von beidem tun, sondern einfach noch jemanden töten
ich muss mir die hände waschen, sie stinken nach benzin

*

Zorn sah, wie das Eichhörnchen über ihm in der Baumkrone verschwand. Die Frage ist ja, setzte er zu einer neuen Überlegung an, mit wem wir es hier eigentlich zu tun haben. War es ein und derselbe, der die beiden getötet hat? Oder gibt es möglicherweise zwei Mörder?

Nein, das war einfach zu unwahrscheinlich. Die Chance, dass in einem solch verschlafenen Nest zwei Menschen, die sich auch noch gekannt hatten, von zwei verschiedenen Tätern umgebracht wurden, konnte höchstens im Promillebereich liegen. Vor allem, wenn man bedachte, auf welch bestialische Weise beide Morde begangen worden waren.

Er stand jetzt in der Mitte des Wegs, da, wo das Drahtseil gespannt gewesen war. Hinter ihm ging es steil bergauf zum Plateau mit dem Aussichtsturm. Zorn sah hinab, vor ihm senkte sich die Strecke, Wurzeln ragten aus dem sandigen Boden, weiter unten erkannte er zwischen den Bäumen das hölzerne Dach des Rastplatzes.

Ich muss mich konzentrieren, dachte er. Das Wichtige sehen, das, was dahintersteckt. Wie tickt jemand, der so etwas tut? Und vor allem:

Warum hat er das getan? Oder gibt es gar keinen Grund? Ist er einfach nur durchgeknallt, läuft durch die Gegend und killt wahllos Menschen, weil es ihm Spaß macht?

Hinter ihm klapperte etwas, ein kurzes, metallisches Geräusch. Zorn, der in seine Gedanken vertieft war, achtete nicht darauf.

Dann ging es rasend schnell.

Es klapperte wieder, diesmal nur wenige Zentimeter entfernt, jetzt hörte er es, doch bevor er sich umdrehen konnte, zischte etwas an ihm vorbei, streifte seinen Arm, er spürte den plötzlichen Luftzug, schrie auf, stolperte über die eigenen Füße, saß im nächsten Moment auf dem Hosenboden und glotzte mit offenem Mund auf den gebeugten Rücken eines Mountainbikers, der mit hüpfendem Hinterrad in irrwitzigem Tempo bergab zwischen den Bäumen verschwand.

»Arschloch!«, brüllte Zorn und spürte das Kribbeln, als ihm unter den Achseln der Schweiß ausbrach.

»Selber!«, erklang es von unten. Ein Quietschen, das Schleifen der Kette, der Biker trat in die Pedale und raste weiter. Zorn war wieder allein.

Er rappelte sich auf und klopfte den Sand von der Jeans. Das Ganze hatte höchstens zwei Sekunden gedauert. Langsam kam sein Puls wieder zur Ruhe, doch seine Knie schlotterten ein wenig, als er zum Rand des Wegs schlich. Dort sank er auf einen Baumstumpf und steckte sich eine Zigarette an.

Kurz stellte er sich vor, was mit dem Radfahrer soeben passiert wäre, wenn der Draht sich noch immer zwischen den Bäumen befunden hätte. Er wäre geradewegs in den sicheren Tod gerast.

Jetzt, dachte Zorn und inhalierte tief, habe ich ungefähr eine Ahnung, wie es Björn Grooth ergangen sein muss. Selbst, wenn er nur halb so schnell unterwegs war, er hatte nicht die geringste Überlebenschance.

Da, wo der Radfahrer verschwunden war, schwebte eine gelbliche Staubwolke über dem Weg, trieb langsam nach links und verschwand im Unterholz.

Konzentrier dich, mahnte sich Zorn. Denk nach. Du weißt nicht, wer diesen Draht gespannt hat. Du weißt auch nicht, warum er das getan hat. Aber du kannst versuchen, dich in ihn hineinzuversetzen. Herausfinden, wie er tickt.

Was würdest du an seiner Stelle tun?

Blödsinn, knurrte er leise vor sich hin. Psychologengewäsch. Ich bin gesund, wie soll ich da herausbekommen, was in solch einem kranken Hirn vor sich geht? Und krank muss man sein, um sich so etwas auszudenken. Wenn *ich* so etwas tun würde, dann …

Er stutzte.

Was würde ich tun?

Ich würde zusehen wollen.

Ja. Genau so ist es. Ich schleiche mich nachts in den Wald, ich kenne die Stelle, an der Björn Grooth vorbeikommen wird. Ich hasse ihn. Aus tiefstem Herzen, ich hasse ihn so sehr, dass ich mir diesen Draht besorge, ich gehe sogar das Risiko ein, dass mich jemand erwischt. Oder dass jemand anderes, ein Unschuldiger, vielleicht sogar ein Kind, in die Falle rast und getötet wird. Aber es ist mir egal.

Was mache ich dann? Nachdem ich alles vorbereitet habe?

Gehe ich nach Hause und lege mich ins Bett?

Nein. Ich warte.

Ich will sehen, wie es geschieht. Ich habe alles penibel geplant, mir vorgestellt, wie es passiert, ich habe ausgerechnet, in welcher Höhe ich den Draht spannen muss, damit er genau den Hals trifft. Und jetzt will ich dabei sein. Will sehen, wie er stirbt. Das ist die Krönung, ich darf sie nicht verpassen.

Ich brauche einen sicheren Ort, von dem ich alles beobachten kann. Das ist einfach, ich bin im Wald, hier gibt es viele Verstecke. Vielleicht besorge ich mir ein Fernglas, dann kann ich aus sicherer Entfernung zusehen.

Zorn stand auf. Ging ein paar Schritte bergab, dahin, wo sich der Draht in den Hals von Björn Grooth gegraben hatte.

Ein Versteck. In sicherer Entfernung.

Links von ihm war dichter Wald. Nach rechts, direkt neben ihm, zweigte eine schmale Schneise vom Weg ab und führte schnurgerade schräg bergab. Hölzerne, stellenweise geborstene Masten standen in der Mitte, eine ehemalige Stromleitung, die direkt durch die Heide verlief.

Er schob die Sonnenbrille auf dem Kopf zurecht und kniff die Augen zusammen. Dann lief er los. Die Schneise war vielleicht fünfzehn Meter breit, abgestorbene Äste, hüfthohe Farne und stachelige Brombeeren versperrten ihm den Weg, links und rechts ragten die Baumstämme in die Höhe. Schritt für Schritt kämpfte er sich vorwärts, bog das Gestrüpp beiseite, kurz dachte er an die Zecken, von denen es hier wimmeln musste, doch das konnte ihn nicht abhalten. Denn Hauptkommissar Claudius Zorn hatte eine Ahnung, mehr noch, eine *Intuition*.

Nichts konnte ihn jetzt aufhalten.

Nach ungefähr fünfzig Metern blieb er stehen. Seitlich vor ihm erkannte er eine hölzerne Leiter, die am Stamm einer dicken Kiefer nach oben führte. Er sah auf.

Ein Hochstand.

Etwas verwittert zwar, aber offensichtlich stabil. Zwischen den Bäumen verborgen und von der Bikerstrecke aus nicht zu sehen.

Von dort oben hatte man einen wunderbaren Blick auf die Stelle, an der Björn Grooth gestorben war. Ein Logenplatz, sozusagen.

Zorn ballte triumphierend die Faust.

Hier hast du dich versteckt. So ist es doch, oder?

Ich bin ein Medium, ich hab den sechsten Sinn.

Scheiße, dachte Zorn. Ich bin genial. Einfach nur genial.

Dann stieg er hinauf.

*

ihr haltet euch für klug, aber ihr seid dumm, so dumm, ich will nicht mehr darüber nachdenken, nicht über euch, nicht über mich, ich mache die augen zu, ich will nichts mehr sehen, nicht denken, jetzt nicht
ich bin weg
ich komme wieder
ihr seid so dummdummdummdummdumm

*

Die Treppe war morsch, die Stufen bogen sich unter Zorns Gewicht, hielten aber stand. Er erreichte eine kleine, aus rohen Eichenbohlen zusammengenagelte Plattform. Am Rand blieb er stehen, bemüht, nichts anzufassen. Die Spurensicherung sollte diesen Ort so unberührt wie möglich vorfinden.

Zorn befand sich fünf Meter über der Erde. Unter ihm lief die Schneise direkt auf die Bikerstrecke zu. Ein großer Teil wurde von den Bäumen verdeckt, doch die Stelle, an der der Mord geschehen war, konnte man deutlich erkennen.

Tatsächlich, ein Logenplatz.

Und gleichzeitig ein ideales Versteck.

Hab ich dich, dachte Zorn. Hier hast du gestanden und gewartet, wie beim Zieleinlauf eines Formel-1-Rennens.

Zorn begann die Plattform abzusuchen, nach einer Zigarettenkippe oder etwas Ähnlichem. Da war natürlich nichts, nur in Filmen oder Büchern hinterließ der Täter an einem solchen Ort einen Hinweis auf seine Identität.* So dumm konnte niemand sein, es sei denn, er wollte spielen, seine Überlegenheit zeigen oder …

Da war etwas.

Der Boden des Hochsitzes bestand aus Brettern, die in kleinen Abständen auf zwei Querbalken genagelt waren. Etwas Rundes schimmerte grünlich auf dem vom Wetter geschwärzten Holz. Es war nicht groß, vielleicht zwei Zentimeter im Durchmesser. Fast sah es aus, als würde es leuchten.

Eine Brosche? Ein Anhänger?

Ich hab's gewusst, knurrte Zorn, bückte sich und griff zu.

Doch sein Griff ging ins Leere.

Das, was da zu ihm empor geleuchtet hatte, war ein schnödes Astloch. Der von unten hindurchschimmernde Waldboden hatte dem kurzsichtigen Hauptkommissar vorgegaukelt, ein Schmuckstück oder etwas Ähnliches entdeckt zu haben.

Zorns anfängliche Euphorie wich einer dumpfen Resignation.

Was bildete sich dieser Kerl ein? Er, Claudius Zorn, hatte sich

* Vergleiche: Zorn – Tod und Regen, Seite 208 f.

durchs Unterholz gekämpft, seine Schuhe waren zerkratzt, die Jeans staubig, jetzt stand er schnaufend auf diesem verdammten Hochsitz und was hatte er gefunden?

Nichts!

Trotzdem, dachte der genervte Hauptkommissar, nachdem er im Präsidium angerufen und einen Trupp der Spurensicherung herbestellt hatte, ich weiß, dass du hier warst. Genau hier hast du gestanden und zugesehen, wahrscheinlich hattest du ein Fernglas dabei.

»Pff!«, machte Zorn – ein trotziges Schnauben, das er schon als kleiner Junge von sich gegeben hatte, wenn etwas nicht nach seinem Willen lief.

Irgendwas werden wir finden. Wenn nicht ich, dann die Leute von der Spurensicherung.

Dann stieg er hinab und fuhr nach Hause.

*

Und nun?, dachte Zorn, als er daheim auf seinem Sofa hockte. Was mach ich jetzt? Er hatte die Post ungelesen auf den Tisch geworfen, ein sinnloser, bunter Haufen Papier, den er später durchsehen würde.

Er hatte Hunger, aber er war zu faul, in die Küche zu gehen. Im Kühlschrank war eh so gut wie nichts zu finden, außer ein paar Kiwis (ein Anblick, auf den er nicht sonderlich scharf war, geschweige denn auf den Geschmack) und zwei, drei Eiern. Immerhin, wenn es gar nicht anders ging, konnte er sich wenigstens ein Omelett braten.

Nein, brummte er und legte die Beine hoch, ich werde jetzt nicht an die Morde denken. Morgen ist auch noch ein Tag, ich hab Feierabend, soll sich Schröder um den ganzen Krempel kümmern.

Beim Gedanken an den dicken Schröder erfasste ihn leichtes Unbehagen. Nicht etwa, weil dieser wieder einen Großteil der Arbeit zu erledigen hatte, das war normal.

Schröder hatte sich verändert. Seit er aus dem Krankenhaus zurück war, stimmte etwas nicht. Er war stiller geworden, ernster. Vor allem, wenn er sich unbeobachtet glaubte. Als würde ihn etwas quälen. Und es schien, als wäre er mit seinen Gedanken nicht immer bei der Sache.

Das konnte, nein, das musste mit dem Messerangriff zu tun haben, den er nur knapp überlebt hatte. Eine Art Trauma, eine andere Erklärung gab es nicht. Oder doch?

Vielleicht sollte ich mit ihm reden, überlegte Zorn. Aber wahrscheinlich bilde ich mir das alles nur ein. Ich bin ein schlechter Menschenkenner, und Schröder weiß am besten, wie er sich helfen muss.

Ächzend richtete er sich auf und langte nach dem Stapel mit der Post. Eine kostenlose Wochenzeitung, die er kurz durchblätterte und dann beiseite warf. Ein Brief des städtischen Stromanbieters, in dem ihm mitgeteilt wurde, dass die Stadtwerke bundesweit zu den günstigsten Anbietern gehörten und vor allem die Zufriedenheit ihrer Kunden im Auge hätten. Im Brief lagen Rabattmarken für ein Gartencenter und die Mitteilung, dass sich die Strompreise im nächsten Jahr um zwei Prozent erhöhen würden. Dann folgten einige Werbeprospekte, die er einen nach dem andern achtlos zu Boden fallen ließ. Bis er plötzlich auf eine Postkarte stieß. Es musste Monate, wenn nicht Jahre her sein, dass er die letzte erhalten hatte. Auf der Vorderseite ein buntes Foto: Wellen, Strand und ein paar Möwen. Am rechten Bildrand eine Palme, wahrscheinlich irgendwo am Mittelmeer.

Zorn drehte die Karte um.

Er erkannte die Handschrift sofort. Steile, etwas strenge Großbuchstaben, rechts seine Adresse und auf der linken Seite drei Worte:

ICH VERMISSE DICH
M

Zorn schnappte nach Luft, verschluckte sich und bekam einen Hustenanfall. Sprang auf, rannte zum Kühlschrank, nahm sich ein Bier, trank es zur Hälfte aus und wankte mit weichen Knien zurück ins Wohnzimmer, um sofort wieder aufs Sofa zu sinken. Nahm die Karte und sah sie noch einmal an.

Sie hatte ihm geschrieben.

Malina.

Seine Hand zitterte. Vor Wut.

Was bist du doch für eine blöde Kuh, dachte Zorn. Wie lange bist du jetzt verschwunden? Drei Monate? Und jetzt, wo ich gerade dabei bin, dich zu vergessen, meldest du dich? Jetzt, wo ich's fast geschafft hab? Und erklärst mir, dass ich dir fehle? Was hast du in den letzten beschissenen zwölf Wochen gemacht? Ich sitze hier und geh vor die Hunde, hab keine Ahnung, was los ist, und die feine Dame lässt sich gemütlich die Sonne auf den Arsch brennen? Was bildest du dir ein, verdammt?

Sorgfältig begann er, die Karte in kleine Stücke zu zerreißen.

Fick dich, Malina.

Die Fetzen segelten zu Boden.

Du kannst mich mal, du Eule.

Landeten zwischen Prospekten und Werbebriefchen.

Ich brauch dich nicht, du Ziege.

Er warf alles in den Papierkorb.

Lass mich in Ruhe, du Schnepfe.

Es sollte lange dauern, bis Claudius Zorn an diesem Abend schlafen konnte. Als es endlich so weit war, hatte er Malina mit sämtlichen Schimpfwörtern bedacht, die er kannte. Irgendwann fielen ihm keine mehr ein, und so erfand er neue. Zunächst spielte er sämtliche Variationen des menschlichen Hinterteils durch *(Arschkrampe, Kackwurst)*, dann ging er zu Tiernamen *(bekloppte Saftschnecke)* über, es folgten Berufsgruppen *(grenzdebile Klofrau)*, Haushaltsgeräte *(mistbescheuerter Quirl)* und als ihm auch da nichts mehr einfallen wollte, landete er wieder im Tierreich *(beknackte Zimtzicke)*.

Das Schimpfwort-Repertoire des so grundlos verlassenen Hauptkommissars war äußerst begrenzt, nichts davon war sonderlich originell.

Aber eines hatten all diese Wörter gemeinsam: Nett waren sie definitiv nicht gemeint.

Zwölf

Am folgenden Vormittag erschien ein hellblonder junger Mann im Präsidium und meldete sich an der Hauptpforte. »Mein Name ist Max Brandt, ich möchte bitte zu Hauptkommissar Schröder.«

Der Diensthabende sah kurz von seiner Zeitung auf.

»In welcher Sache?«

»Das würde ich ihm gern selbst sagen.«

Der Beamte griff zum Telefon, wählte eine dreistellige Nummer und wartete schweigend auf eine Verbindung. Er hielt den Hörer ans linke Ohr, konzentrierte sich aber auf das andere, denn nach wenigen Sekunden begann er, mit dem kleinen Finger darin herumzupuhlen.

Der Hörer knallte auf die Gabel. »Kollege Schröder ist nicht da.«

»Könnten Sie ihm etwas ausrichten?«

»Natürlich.« Der Pförtner überlegte. Dabei betrachtete er stirnrunzelnd seinen Fingernagel, unter dem jetzt eine verdächtige, rotbraune Masse klebte. »Wenn ich ihn sehe.«

»Sagen Sie ihm bitte, dass ich hier war?«

»Wenn ich ihn sehe«, wiederholte der Polizist geistesabwesend und wandte sich wieder seinem Ohr zu.

Max Brandt sah sich unentschlossen um, erst nach links, dann nach rechts. Schließlich wandte er sich zum Gehen. Die Glastüren des Präsidiums schoben sich lautlos hinter ihm zusammen, dann lief er, die Hände in den Hosentaschen, über den Parkplatz. Es würde ein warmer Tag werden, schon jetzt schwebte die Hitze über dem Asphalt, als wäre sie mit den Händen greifbar.

»Max? Max Brandt?«

Er sah sich um.

Der langhaarige Kommissar stand neben einem dunklen Volvo und kam jetzt mit großen Schritten auf ihn zu. Er trug ein weißes Leinenhemd, das er bis über die Ellenbogen aufgekrempelt hatte. Es war fast zehn, und doch wirkte er übernächtigt, zerknittert, als habe er wenig geschlafen.

»Wolltest du zu mir?«

»Nein, Herr Kommissar. Zu Herrn Schröder, aber der ist nicht da.«

»Tja, dann wirst du wohl mit mir vorliebnehmen müssen.«

»Eigentlich ist es gar nicht so wichtig, außerdem ist es spät, ich muss …«

»Es sind Ferien, du hast genug Zeit. Lass uns in den Schatten gehen«, erklärte Zorn, griff Max am Oberarm und zog ihn sacht zu einer

Bank, die ein paar Meter vor dem Eingang unter einer großen Kastanie stand. Dort setzte er sich und streckte die langen Beine aus. Max nahm auf der äußersten Kante Platz.

Zorn hielt ihm seine Zigaretten entgegen.

»Auch eine?«

Der Junge schüttelte den Kopf.

»Du hast recht. Am besten, man fängt gar nicht erst an.« Zorns Feuerzeug klickte. »Also, was wolltest du von Hauptkommissar Schröder?«

»Das würde ich ihm gern selbst sagen.«

»Wie du meinst. Das Problem ist«, Zorn schob die Sonnenbrille in die Stirn und hielt das Gesicht mit geschlossenen Augen in die Sonne, »dass Kollege Schröder im Moment unterwegs ist. Ich glaube, er sucht jemanden. Hast du eine Ahnung, wer das sein könnte?«

Max stützte die Ellenbogen auf die Knie und sah hinab auf seine Turnschuhe.

»Ich kann's mir denken. Sie suchen den, der Udo getötet hat.«

»Du bist ein Blitzmerker. Man merkt, dass du Abitur hast. Aber das ist noch nicht alles. Wir denken, dass der, der Udo getötet hat, auch der Mörder von Björn Grooth ist. Du erinnerst dich doch an die beiden? Ihr wart befreundet, wenn ich das richtig verstanden habe. Und deswegen könnte ich mir vorstellen, dass Hauptkommissar Schröder im Moment nach Martha und Eric Haubold sucht.« Zorn legte einen Arm um die Schulter des Jungen. »Und nach dir, mein Lieber.«

Max rückte unmerklich ein Stück von Zorn ab. »Ich weiß nicht, was Sie wollen. Gestern kam in den Nachrichten, dass im Nordbad ein Toter gefunden wurde. Ich habe bei Ihnen angerufen, und Kommissar Schröder hat gesagt, dass es Udo ist. Er hat mich für heute herbestellt, und ich bin hier.« Max schluckte. Dann sah er zu Zorn hinüber. »Also, was hab ich falsch gemacht?«

»Wahrscheinlich nichts. Es sei denn, du bist der Mörder.«

»Sie sind ein Arschloch, Herr Kommissar.«

Zorn unterdrückte ein Gähnen.

»Das behaupten viele. Und wahrscheinlich haben sie recht.«

Der Junge stand auf.

»Ich gehe jetzt.«

Er war kurz davor, in Tränen auszubrechen.

»Setz dich wieder, bitte.« Zorn klopfte mit der flachen Hand neben sich auf die Bank. »Das war jetzt vielleicht ein bisschen hart, aber es musste sein. Willst du, dass ich mich entschuldige?«

»Nein. Ich würde Ihnen sowieso nicht glauben.«

Zorn nickte lächelnd. »Mit Recht. Und jetzt setz dich.«

Max gehorchte. Er schniefte, seine Nase lief. Zorn reichte ihm ein Taschentuch.

»Woher wusstest du, dass der Tote Udo Kempff ist? Sein Name wurde nirgends erwähnt.«

»Das wusste ich nicht. Aber ich hab's geahnt. Oder befürchtet. Der Sprungturm war unser Lieblingsplatz, wir haben uns oft dort getroffen. Udo ist dort auch allein hingegangen. Als ich gehört habe, dass dort oben jemand gestorben ist, hab ich sofort an Udo gedacht.« Er sah Zorn an. »Was genau ist passiert? Kommissar Schröder wollte es mir am Telefon nicht sagen.«

Zorn schob die Sonnenbrille wieder auf die Nase.

»Er wurde gefesselt, mit Benzin übergossen und angezündet.«

Eine Weile war es still.

»Mein Gott«, sagte Max dann.

»Gott hat mit dieser Sache nichts zu tun.« Zorn griff nach einer neuen Zigarette. »Das hoffe ich zumindest.« Die Schachtel war leer, er zerknüllte sie in der Faust und warf sie zu Boden. »Ehrlich gesagt, weiß ich nicht, was ich von euch halten soll, Max. Von dir und deinen Freunden. Ihr passt nicht zusammen, und ich verstehe nicht, was euch verbindet. Zwei von euch sind jetzt tot, drei sind übrig: Eric, Martha und du. Weißt du, was ich dir sagen will?«

Max nickte.

»Gut.« Zorn nickte ebenfalls. »Ihr drei seid in Gefahr, das muss euch klar sein. Wenn wir den Mörder finden wollen, müssen wir sein Motiv kennen, und das liegt irgendwo bei euch. Hast du eine Ahnung, was das sein könnte?«

»Nein.«

»Ist es das, was du Hauptkommissar Schröder erzählen wolltest?«

»Nein.«

Max war blass, er wirkte fast zerbrechlich, wie er da so saß, am äußersten Ende der Bank, so weit wie möglich von Zorn entfernt, der sich zurückgelehnt hatte und beide Arme auf der Lehne ausstreckte.

»Wie du meinst, Max. Könnte es etwas mit den Einbrüchen zu tun haben?«

»Das glaube ich nicht, Herr Kommissar.«

»Was glaubst du dann?«

Max rutschte unruhig auf der Bank hin und her.

»Ich weiß es nicht.«

»Das sagtest du bereits. Ich kapier einfach nicht, wie jemand wie du bei dieser Scheiße mitgemacht hat. Udo Kempff brauchte das Geld. Man soll nicht schlecht über die Toten reden, aber ich glaube, er war ein wenig zurückgeblieben. Bei Martha und Eric Haubold ist es anders. Die beiden sind verwöhnt, sie haben alles, was sie brauchen. Ich denke, den beiden war einfach nur langweilig. Aber du? Du bist keins von beidem, oder?«

»Was bin ich nicht?«

»Du bist weder verwöhnt noch zurückgeblieben.«

Der Junge zuckte die Achseln und schwieg.

»Es ist wegen Martha, oder?«

»Was soll mit Martha sein?«

»Es bringt nichts, wenn du jede Frage mit einer Gegenfrage beantwortest. Ich bin von uns beiden der Bulle. Ich frage. Du antwortest, kapiert?«

»Jaja, ich hab's kapiert«, murmelte Max.

»Du magst sie, hab ich recht?«

»Ist das verboten?«

»Nein. Aber wenn du wegen ihr bei diesen Einbrüchen mitgemacht hast, bist du weder verwöhnt noch zurückgeblieben. Sondern einfach nur doof, mein Lieber.«

Max öffnete den Mund, schloss ihn dann wieder. Wie ein Fisch, der nach Luft schnappt.

»Ist bei den Einbrüchen etwas passiert? Können die Morde etwas damit zu tun haben?«

»Das kann ich mir nicht vorstellen. Wir haben Schnaps geklaut und ein bisschen gekifft. Mehr war da nicht.«

»Ich kann dich nicht zwingen, mit mir zu reden.« Zorn machte eine Pause. »Noch nicht. Aber du solltest mich nicht für blöder halten, als ich bin. Wo warst du Montagnacht?«

Max überlegte.

»Zu Hause. Ich hab geschlafen.«

»Okay.« Zorn stand auf. »Wir werden uns heute noch bei dir melden.«

»Kommissar Schröder hat meine Handynummer.«

Max erhob sich ebenfalls. Er schien erleichtert und wollte offensichtlich so schnell wie möglich weg. »Kann ich jetzt gehen?«

»Gleich. In der Nähe der Bikerstrecke, da, wo Björn Grooth getötet wurde, ist ein alter Hochstand. Kennst du den?«

Der Junge dachte nach.

»Nein. Ich bin so gut wie nie im Stadtwald. Das letzte Mal ist bestimmt ein paar Jahre her.«

»Okay.« Zorn gab ihm die Hand. »Du kannst abhauen. Aber vergiss nicht: Ich kann dich nicht schützen, wenn du nicht redest.«

»Ich habe alles gesagt, Herr Kommissar.«

Max nickte ihm zu und ging langsam davon.

Zorn sah ihm einen Moment nach.

»Wer's glaubt, wird selig«, murmelte er.

Nahm die Sonnenbrille ab und ging ins Präsidium.

*

»Schröder hier.«

»Wo bist du?«

»Auf dem Weg zu Martha und Eric Haubold, Chef.«

»Max Brandt war eben hier, er wollte dich sprechen.«

»Gut. Ich hatte ihn angerufen und zu uns bestellt. Hast du was Neues erfahren?«

»Nee, eigentlich nicht. Ich werde aus dem Jungen nicht richtig schlau. Außerdem wollte er mit dir reden und nicht mit mir.«

»Ein äußerst sensibler Mensch, wie mir scheint. Hoffentlich ist er dir nicht zur Last gefallen.«

»Denkst du, ich kann damit nicht umgehen? Ich kann auch sensibel sein, Schröder!«

»*Of course*, Chef. Wer, wenn nicht du.«

»Was ist mit seinen Eltern?«

»Die sind geschieden. Die Mutter lebt in Bayern, der Vater arbeitet irgendwo an der Uni.«

»Schick mir mal die genaue Adresse, da fahr ich jetzt hin.«

»Zur Uni?«

»Nee, nach Bayern!«

Eine Weile war es still in der Leitung.

»Was ist?«, fragte Zorn.

»Ich überlege, Chef.«

»Was?«

»Ich glaube, deine Witze waren früher besser.«

»Oh, das tut mir leid.«

»Wir sollten Schluss machen, ich bin gleich da.«

»Okay. Frag Martha und Eric nach ihrem Alibi für Montagnacht. Und ob sie den Hochsitz im Stadtwald kennen.«

»Zu Befehl.«

»Und noch was.«

»Ja?«

»Sei einfühlsam, die beiden sind sensibel.«

»Wenn das ein Witz sein sollte, war er noch schlechter als der erste. Und das will was heißen, Chef.«

Sie legten auf.

*

Zorn wartete in der Universitätsbibliothek, einem hohen Saal, in dessen Mitte Dutzende Tische mit Computern standen. Durch die riesigen Oberlichter an der geschwungenen Decke fiel das Sonnenlicht und tauchte den Raum in gleißende Helligkeit. Es war auffällig still, obwohl sich hier mindestens dreißig, vierzig Studenten aufhielten.

Aus dem Hintergrund näherte sich ein schlanker Mann und kam eilig näher. Peter Brandt war in den Fünfzigern und trug eine randlose Brille. Das graue, lockige Haar war dünn und hatte wohl schon vor einiger Zeit begonnen auszufallen. Seine Stirn war bereits vollständig kahl, Leberflecken wuchsen auf der faltigen Haut. Er reichte Zorn die Hand.

»Wenn ich ehrlich bin, wäre es mir lieber gewesen, wenn Sie sich angemeldet hätten, Herr Kommissar.«

»Das hätte ich getan, wenn ich Zeit dazu gehabt hätte.«

Brandt nickte. Trotz der Hitze trug er einen hellgrauen Wollpullunder über einem gestreiften Hemd. Sein Atem roch nach frischem Kaugummi und nach etwas anderem, möglicherweise Alkohol, Zorn war nicht sicher. Egal, dachte er, es geht mich nichts an, was dieser Mann während seiner Arbeit macht.

»Hier entlang, Herr Kommissar.«

Sie folgten einem turmhohen Regal, das bis unter die Decke reichte und mit Büchern vollgestopft war. Schließlich erreichten sie eine Tür, Brandt öffnete und bat Zorn einzutreten. Das Büro war klein, ein heller Raum mit weiß gestrichenen Wänden. Brandt öffnete ein Fenster und setzte sich dann hinter den Schreibtisch. Ein kurzer Blick auf seine Armbanduhr, dann deutete er auf einen Plastikstuhl.

»Nehmen Sie bitte Platz. Ich habe leider nicht viel Zeit.«

Zorn setzte sich. Der Stuhl schabte über das helle Linoleum.

»Warum nicht?«

»Wie meinen Sie das, Herr Kommissar?«

»Warum haben Sie keine Zeit?«

»Nun, ich habe zu tun.« Brandt deutete ein Lächeln an. »Auch wenn es für einen Außenstehenden nicht so aussehen mag.«

Vater und Sohn sahen sich ähnlich, jetzt, aus der Nähe, gab es keinen Zweifel. Der Mann hatte dieselben weichen, fast femininen Gesichtszüge wie Max. Einen Unterschied gab es allerdings: Max war unsicher, schien von Selbstzweifeln geplagt (was natürlich an seinem Alter liegen konnte). Sein Vater hingegen schien von der eigenen Wichtigkeit überzeugt. Ein wenig zu sehr, fand Zorn und beschloss, den Mann nicht zu mögen. Er lächelte ebenfalls.

»Ihre Arbeit ist zweifellos bedeutsam, Herr Brandt. Was genau tun Sie hier?«

Brandt straffte sich ein wenig.

»Ich leite diese Bibliothek. Das klingt einfach, aber es ist eine Menge zu tun. Sie befinden sich hier in einem der größten wissenschaftlichen Archive Europas. Ich habe drei Mitarbeiter, da geht es nicht nur um unseren Bestand an Büchern, sondern auch um Öffentlichkeitsarbeit, Internet, ich muss die Datenbanken kontrollieren und so weiter. Und ich muss mich um die Studenten kümmern, die sind manchmal schlimmer in Schach zu halten als der berühmte Sack mit den Flöhen.«

Zorn schwieg. Brandt bedachte ihn mit einem Blick, der beinahe mitleidig wirkte. »Wie gesagt, ich erwarte nicht, dass Sie als Außenstehender das verstehen.«

Das tat Zorn tatsächlich nicht, fragte aber stattdessen: »Sie wissen, warum ich hier bin?«

»Ich kann es mir denken.«

»Es geht unter anderem um Ihren Sohn.« Zorns Lächeln wurde breiter. »Wenn Sie jetzt zu beschäftigt sind, komme ich nächste Woche wieder. Bis dahin können Sie in Ruhe Ihre Bücher sortieren.« Er stand auf, legte die Hand auf den Türgriff und drehte sich noch einmal um. »Ich weiß allerdings nicht genau, ob Max dann noch lebt.«

Das war natürlich übertrieben, aber es verfehlte seine Wirkung nicht.

»Bleiben Sie bitte.«

Der Bibliothekar war blass geworden. Die Selbstgefälligkeit war aus seinem Gesicht gewichen, als hätte jemand mit einem Schwamm darübergewischt. Zorn stellte den Stuhl dicht vor den Schreibtisch und setzte sich wortlos. Brandt nahm die Brille ab.

»Glauben Sie wirklich, dass Max in Gefahr ist, Herr Kommissar?«

»Das sage ich Ihnen, wenn Sie mir erzählt haben, was Sie wissen.«

»Ich weiß nicht mehr als das, was in den Zeitungen steht.«

»Das ist eine ganze Menge. Zwei seiner besten Freunde sind innerhalb kürzester Zeit ermordet worden. Wollen Sie mir sagen, dass Sie sich keine Sorgen machen?«

»Moment.« Brandt hob die Hand. »Wieso zwei? Ich weiß, dass Björn tot ist, aber ...«

»Udo Kempff ist vorgestern Nacht getötet worden.«

»Was?«

Die Verblüffung war echt. Zweifellos.

»Wie ist das passiert?«

»Das erfahren Sie früh genug. Jetzt erklären Sie mir bitte, was Sie davon halten, Herr Brandt.«

»Ich verstehe das nicht.« Der Bibliothekar öffnete eine Schublade und stellte eine Flasche Wodka und ein Glas auf den Tisch. Goss sich ein und trank es in einem Zug aus. »Herrgott, ich verstehe das nicht«, wiederholte er und wischte sich den Mund ab.

»Trinken Sie immer, wenn Sie auf Arbeit sind?«, fragte Zorn verwundert.

Brandt war empört. »Natürlich nicht!«

»Es geht mich auch nichts an. Also, was denken Sie, könnte passiert sein?«

»Ich muss Max anrufen«, erwiderte Peter Brandt abwesend und kramte in den Hosentaschen nach seinem Handy.

»Das wird nicht nötig sein, ich habe heute Vormittag mit ihm gesprochen.«

Brandt griff erneut zur Flasche.

»Lassen Sie das bitte.« Zorn wurde wütend. »Wenn ich weg bin, können Sie sich betrinken, so viel Sie wollen. Im Moment würde ich gern mit Ihnen reden. Nüchtern, wenn's geht.« Er stand auf, nahm die Flasche und stellte sie neben sich auf den Boden.

»Sie haben nicht das Recht, so mit mir zu sprechen, Herr Kommissar!«

»Reißen Sie sich zusammen und beantworten Sie verdammt nochmal meine Frage! Hier geht es nicht um Sie, sondern um Ihren Sohn!«

Brandt holte ein großes weißes Taschentuch hervor und wischte sich übers Gesicht. »Ich habe keine Ahnung.«

»Das sagten Sie bereits. Max war mit den beiden Toten befreundet. Es gibt noch zwei weitere, die zu dieser Gruppe gehören, einen Jungen und ein Mädchen.«

»Martha und Eric«, nickte der Bibliothekar. Er schien sich jetzt ein wenig gefangen zu haben.

»Richtig. Die fünf haben eine Art Jugendgang gebildet.«

»Das halte ich für übertrieben.«

»Wirklich? Immerhin haben sie diverse Einbrüche auf dem Kerbholz.«

Brandt lachte auf.

»Werden Sie nicht albern, Max würde niemals etwas Ungesetzliches tun!«

»Er hat es zugegeben.«

Der Bibliothekar schüttelte verwirrt den Kopf. »Das ist völlig absurd. Es muss ein Irrtum sein, mein Sohn ist kein Dieb. Sind Sie sicher?«

Zorn wischte die Frage mit einer Handbewegung fort.

»Die fünf kennen sich seit ihrer Kindheit, Herr Brandt. Woher?«

»Durch mich.«

Zorn horchte auf. »Das müssen Sie mir erklären.«

»Ich war früher Grundschullehrer. Eric und Björn waren in meiner Klasse, Udo Kempff ist älter und war eine Stufe höher, Max ging in die Parallelklasse. Er konnte ja schlecht vom eigenen Vater unterrichtet werden. So haben sie sich kennengelernt.«

»Was ist mit Martha?«

»Sie war ständig mit ihrem Bruder zusammen. Ich habe damals einen Lesezirkel geleitet, einmal die Woche. Da waren alle dabei.«

»Entschuldigung, aber der Gedanke, dass Udo Kempff sich für Literatur interessiert haben soll, erscheint mir gelinde gesagt etwas abwegig.«

Brandt zuckte die Achseln. »Richtig, er war nicht sonderlich schlau. Udo war wohl dabei, weil er die anderen mochte.«

Zorn dachte nach.

»Warum hat Max mir nichts davon erzählt?«, überlegte er laut.

»Vielleicht haben Sie ihn nicht danach gefragt, Herr Kommissar?«

Es stimmte. Das hatte Zorn nicht.

»Wann haben Sie Ihren Sohn eigentlich zum letzten Mal gesprochen?«

Brandt zögerte. »Ich bin nicht sicher. Vorgestern, glaube ich. Er hat sein Zimmer bei mir, aber er kommt und geht, wann er will. Der Junge lebt sein eigenes Leben, ich sehe ihn relativ selten.«

Zorn stand auf. Dann fiel ihm noch etwas ein. »Wieso haben Sie eigentlich aufgehört, als Lehrer zu arbeiten?«

Die Antwort kam schnell.

»Ich hatte persönliche Probleme.«

Natürlich, dachte Zorn. Du brauchtest deine Ruhe. Hier kannst du dich ungestört besaufen, zwischen all deinen Büchern. Das ist es doch, oder?

»Danke für Ihre Zeit. Ich lasse Sie jetzt allein.« Er wies auf den Boden. »Sie und Ihre Flasche. Wohl bekomm's.«

Dreizehn

Kurz vor Mitternacht.

Hauptkommissar Schröder sitzt daheim in seiner kleinen Dachwohnung auf einem abgewetzten Ledersofa, aus der Stereoanlage klingt leise Musik. Paganini.

Schröder ist müde. Seine Eltern, die eine Etage tiefer wohnen, schlafen längst.

Er war den ganzen Tag unterwegs, hat Martha und Eric Haubold verhört (ein Gespräch, das zu nichts geführt hat und im Endeffekt sinnlos war), dann, im Präsidium, hat er stundenlang telefoniert, erst mit der Spurensicherung, anschließend mit dem Pathologen. Später hat er die Akten mit den Zeugenbefragungen durchgelesen.

Ohne Erfolg. Sie haben nichts Neues.

Es ist dunkel, nur eine Kerze flackert auf dem niedrigen Glastisch. Man sieht nicht, dass Schröder die Augen geschlossen hat, das Licht ist zu schwach, um sein Gesicht zu erreichen. Er hat sich zurückgelehnt, die linke Hand liegt auf dem Bauch und streicht vorsichtig über das karierte Hemd, da, wo die Narbe ist. Sein Atem geht langsam, im Takt mit der Musik. Das dünne Haar, auf das er sonst so sorgfältig achtet, hängt ihm in wirren rötlichen Strähnen ins Gesicht.

Als Schröder aufsteht, tanzt seine gedrungene Gestalt als grotesker Schatten an der Wand.

*

Zur selben Zeit steht Martha Haubold im Badezimmer. Eric ist nebenan und sieht fern, spitze Frauenschreie und das dumpfe Geballer eines Actionfilms dringen durch die dünnen Wände.

Ihre Eltern sind nicht da, mal wieder. Vielleicht sitzen sie gerade beim Italiener, vielleicht auch im Theater, es ist ihr egal. Gestern hat ihre Mutter erzählt, dass sie in die Oper wolle, zu irgendeiner Premiere (sie liebt Opern), wahrscheinlich haben sie stundenlang in einer Loge gesessen und dieses erbärmliche Gejaule angehört. Jetzt werden sie im Foyer herumstehen, der Vater im Anzug, die Mutter im Abendkleid, ein Glas Sekt in der Hand, dummes, nichtssagendes Zeug redend. Mit dem Regisseur oder einem der Sänger. Oder jemandem, der wichtig aussieht.

Jetzt fällt es ihr wieder ein: Komm doch mit, hat ihr Vater, der Architekt, gesagt. Es wird dir gefallen. Wir haben früher so viel zusammen unternommen, jetzt sehen wir uns kaum noch.

Martha lacht leise.

Es ist ihr egal, was ihre Eltern tun. Scheißegal, schließlich kümmert es Vater und Mutter auch nicht, was sie, Martha, den ganzen Tag treibt.

Sollen sie verrecken, die Heuchler.

*

Schröders Küche ist nur durch einen Vorhang vom Wohnzimmer getrennt. Eigentlich ist es eher eine Kochnische, sie bietet gerade genug Platz für die Spüle und den schmalen Elektroherd mit den zwei Platten.

Auch hier macht er kein Licht. Er nimmt eine Teekanne aus dem Regal und setzt Wasser auf. Holt einen Löffel, den Zucker, eine Tasse. Ruhige, routinierte Bewegungen auf engem Raum, die er schon tausendmal ausgeführt hat. Aber er ist langsamer als sonst, irgendwie steif, als wäre er zehn Jahre älter. Die ausgebeulte Hose hängt ihm tief auf den Hüften, er ist dünner geworden.

Die Kontrolllampe am Herd glüht und lässt sein Gesicht rötlich schimmern, als stünde es in Flammen. Er lehnt sich an die Spüle und wartet, dass das Wasser zu kochen beginnt.

Leise klingt die Musik aus dem Nebenzimmer.

Paganini. Schröder mag ihn.

Angeblich war er verrückt.

*

Es ist heiß im Bad. Martha hat gerade geduscht. Sie hat den Bademantel ihrer Mutter an, um das nasse Haar hat sie ein Handtuch geschlungen und zu einem Turban aufgerollt. Ihr Körper ist gerötet, das liegt nicht nur am heißen Wasser. Sie hat sich überall geschrubbt, mit einer harten Bürste. So lange, bis sie glaubte, das Blut unter der dünnen Haut pulsieren zu sehen. Bis sie den Schmerz kaum noch aushielt.

Das macht sie immer, seit sie denken kann.

Sie wischt mit der Handfläche über den beschlagenen Spiegel. Sieht ihr Gesicht, ein wenig verschwommen, aber doch klar genug. Einen Moment hält sie dem eigenen Blick stand, dann verzieht sie den Mund und wendet sich ab. Setzt sich auf den Wannenrand und putzt die Zähne.

Eric scheint zu schlafen, den Fernseher jedenfalls hat er ausgeschaltet, das Geballer nebenan hat aufgehört. Es ist still, bis auf das Kratzen der Zahnbürste. Dann springt die Lüftung an. Martha geht zum Waschbecken und spült den Mund aus.

Dabei fällt ihr Blick auf die Nagelschere.

*

Das Wasser auf dem Herd fängt langsam zu brodeln an. Schröder bemerkt es nicht, er lehnt an der Spüle und starrt vor sich hin. Ein kleiner Mann, der wirkt, als wäre er überall fehl am Platz, selbst hier, in seiner eigenen Küche. Er scheint weit weg zu sein, irgendwo, an einem Ort, an den ihm niemand folgen kann. Auch seine Gedanken sind woanders, und es sieht nicht so aus, als ob es gute Gedanken wären: Seine Kiefer mahlen, er hat die Arme vor der Brust verschränkt, seine Hände umklammern die Ellenbogen, so fest, dass die Fingerknöchel weiß hervortreten. Er murmelt vor sich hin, einen Satz, der nicht zu verstehen ist, er wiederholt ihn immer und immer wieder. Wie ein Mantra, eine Beschwörungsformel.

Das Brodeln wird lauter.

Jetzt kocht das Wasser.

*

Die Nagelschere ist leicht, sie wiegt fast nichts in ihrer Hand. Die Spitze ist ein wenig rostig, Martha steht am Waschbecken und betrachtet sie nachdenklich.

Sie hat es schon einmal versucht. Es hat nicht geklappt, weil sie unterschätzt hatte, wie gut die Hauptschlagader an ihrem Handgelenk geschützt ist. Sehnen liegen darüber, und Knorpel. Man braucht Kraft, um das alles zu durchtrennen. Und das muss man, wenn man die Arterie treffen will. Außerdem muss man längs schneiden. Nicht quer zum Handgelenk, sonst ritzt man die Ader nur ein wenig. Auch das wusste sie noch nicht. Damals, bei ihrem ersten Versuch.

Sie hebt den linken Arm. Bewegt die Finger ein wenig und sieht, wie unter der Haut die Muskeln zucken. Irgendwo da drunter verläuft die Arterie, man spürt den Puls, wenn man mit dem Daumen daraufdrückt.

Die Schere hält sie in der anderen Hand, sie hat die Finger zur Faust geballt, nur die Metallspitze schaut ein wenig hervor.

Nicht schneiden, sondern stechen. Ein kleines Loch, mehr nicht. Tief muss es nicht sein, ein, zwei Zentimeter sollten reichen. Es wird weh tun, aber es wird nicht lange dauern, wenn sie die richtige Stelle trifft. Dann muss sie nur ein wenig warten, ein paar Minuten vielleicht, bis sie ohnmächtig wird. Danach ist alles vorbei. Kein Nachdenken mehr, keine Fragen. Nie mehr Dinge tun, die sie eigentlich gar nicht tun will. Endlich Ruhe.

Sie hebt die Hand.

Die Neonröhre über dem Spiegelschrank flackert. Das Relais klickt, die Röhre geht aus, dann leuchtet sie wieder.

Die Schere blitzt auf.

*

Schröder legt zwei Teebeutel in die Kanne. Noch immer ist er mit den Gedanken woanders, er bewegt sich, als wäre er unter Wasser, langsam, mit fließenden, wie ferngesteuerten Gesten.

Das Teewasser kocht, Blasen steigen auf, der Dampf verteilt sich in der winzigen Küche. Der Topf ist halbvoll, er hat ihn vor zwei Jahren von seiner Mutter geschenkt bekommen.

Er bückt sich, greift nach einem Topflappen, plötzlich richtet er sich auf. Sein Körper strafft sich, als habe er einen Entschluss gefasst.

Ich halte es nicht aus, sagt er laut.

Das sind die Worte, die er die ganze Zeit vor sich hingemurmelt hat: Ich halte es nicht aus. Ich muss mich dagegen wehren.

Er hebt die linke Hand.

Ich werde bis fünf zählen, murmelt er. Fünf Sekunden sollten reichen.

*

Ein leises Klirren. Die Schere fällt ins Waschbecken.

Ich kann es nicht, flüstert Martha Haubold. Scheiße, ich kann es einfach nicht.

*

Hauptkommissar Schröder schließt die Augen.

Dann hält er die Hand in das kochende Wasser.

Vierzehn

Der Waldkater befand sich direkt am Rand des Stadtwalds. Seit über hundert Jahren trafen sich die Menschen an diesem niedrigen Backsteinbau, um von hier aus einen Ausflug zum See oder zum Aussichtsturm zu machen. Besonders im Sommer war die Kneipe beliebt. Direkt vor dem Eingang begann ein asphaltierter Radweg, der quer durch den Wald verlief.

Zorn und Schröder saßen hinten, im Biergarten, unter hundertjährigen Kastanien an einem wackeligen Holztisch. Außer ihnen waren etwa ein Dutzend verspätete Ausflügler im Garten, tranken Bier, unterhielten sich oder lauschten der Schlagermusik, die blechern aus kleinen, im Astwerk der Bäume versteckten Lautsprechern drang. Es war bereits Abend, ein weiterer heißer Tag war vergangen. Jetzt, da die Dämmerung einsetzte, war es angenehm kühl.

Zorn warf Schröder einen Blick zu. Dessen linke Hand war bandagiert.

»Was ist mit deiner Hand passiert?«

»Nichts weiter, ein kleiner Unfall, Chef.«

Schröder sah müde aus, unter den kleinen Augen lagen tiefe Schatten. In der letzten Zeit schien er schlecht zu schlafen, er war unrasiert und, schlimmer noch, Zorn meinte, einen leichten Schweißgeruch wahrzunehmen. Dinge, die so ganz und gar nicht zu Schröder passen wollten.

»Was für ein Unfall?«

»Ein Unfall eben!«

Der Kellner, ein älterer Herr mit zerknittertem Gesicht und ebensolchem Anzug, trat heran. Ein fleckiger silbergrauer Schlips hing ihm ein wenig schief um den dünnen Hals. Zorn wusste nicht, warum, aber irgendwie erinnerte er ihn an einen arbeitslosen Opernsänger.

»Die Herren wünschen?«

»Ich nehm ein Bier«, sagte Zorn.

»Weißwein«, beschied Schröder knapp. »Trocken, bitte.«

Der Zerknitterte deutete eine Verbeugung an und verschwand im Inneren der Kneipe.

»Seit wann trinkst du Alkohol, Schröder?«

»Ich bin volljährig, Chef.«

Zorn kramte seine Zigaretten hervor. Er hatte keinen Schimmer, wie er auf Schröders Einsilbigkeit reagieren sollte. Irgendetwas stimmte nicht, das war klar. Aber was?

»Ist alles okay bei dir?«

Ein reichlich hilfloser Versuch, um ein persönliches Gespräch zu beginnen. Zorn, der Einzelgänger, konnte es leider nicht besser.

»Natürlich.« Schröder kratzte die bandagierte Hand. »Ich weiß nicht, was du meinst.«

»Ich meine«, Zorn sah zu den Baumwipfeln empor, »irgendwie habe ich das Gefühl, dass du«, ein Blick zum Nachbartisch, an dem ein junges Pärchen händchenhaltend die Köpfe zusammensteckte, »dass du nicht ganz bei der Sache bist.« Ein tiefer Zug aus der Zigarette. »Du wirkst so abwesend, und ...«

»Ja, Chef?«

»Ich meine, du musst mir Bescheid sagen.«

»Wobei?«

»Na ja.« Zorn verlor den Faden und fuchtelte hilflos mit der Zigarette durch die Luft.

Der Kellner brachte die Getränke. Zorn wäre ihm fast um den Hals gefallen, so dankbar war er für die Unterbrechung.

»Kann ich sonst noch etwas für die Herren tun?«

Zorn schüttelte den Kopf und griff hastig nach dem Bier.

»Was hätten Sie denn im Angebot?«, fragte Schröder den Kellner.

»Knabbergebäck, zum Beispiel.«

»Knabbergebäck?«

»Ja«, bestätigte der Zerknitterte. »Wir haben Knabbergebäck.«

Schröder hob die Augenbrauen.

»Möchtest du Knabbergebäck, Chef?«

Zorn wischte sich den Mund ab.

»Ich? Nee, ich will kein Knabbergebäck.«

»Nein, danke«, wandte sich Schröder an den Kellner. »Wir möchten nicht knabbern.«

»Dann kein Knabbergebäck. Sehr wohl.«

Der Kellner rauschte von dannen.

Aus den Lautsprechern drang ein uralter Schlager. Udo Jürgens teilte schluchzend mit, dass eine gewisse Gabi im Park auf jemanden warte, der aber nie kommen würde. Schröder horchte auf, lächelte und summte leise mit.

»Gefällt dir der Mist?«, wunderte sich Zorn.

»Warum nicht? Es gibt Tausende Menschen, die das mögen. Sie werden ihre Gründe haben.«

Darauf wusste Zorn keine Antwort. Eine halbe Minute saßen sie schweigend da und tranken. Schröder trommelte im Takt mit den Fingern auf der Tischkante, während Zorn überlegte, wie er sich ausdrücken sollte. Er wälzte die Worte in seinem Kopf, sie gehorchten nicht, es wollte ihm nicht gelingen, sie in die richtige Reihenfolge zu bringen, sie waren wie Sand, er konnte nur zusehen, wie sie ihm durch die Finger rannen.

Dann wusste er endlich, was er sagen sollte, jetzt musste es nur noch heraus. Er konzentrierte sich wie ein Sprinter, der auf den Startschuss wartet. Zählte bis drei und nahm allen Mut zusammen. Es war schlimmer als eine Liebeserklärung.

»Du musst mir sagen, wenn ich dir helfen kann. Ich bin da, wenn du mich brauchst.«

Endlich. Jetzt war es geschafft.

Schröder hörte auf zu klopfen. Seine Finger schwebten über der Tischkante.

»Chef«, sagte er sanft. »Ich weiß das zu schätzen. Vor allem, weil ich weiß, wie schwer dir das fällt. Danke. Aber ich brauche keine Hilfe.«

»Wirklich?«

»Sagen wir's so: Wenn es jemanden gäbe, wärst du der Erste, zu dem ich gehen würde.«

Scheiße, dachte Zorn und spürte einen Kloß im Hals. Warum ist mir der Typ so wichtig?

Schröder lächelte und hob sein Glas. »Lass uns anstoßen.«

»Worauf?«

»Auf uns.«

Ein leises Klirren, als die Gläser aneinander schlugen.

»Und jetzt wollen wir über die Arbeit reden, Chef. Dazu sind wir doch hier, oder?«

»Ja«, nickte Zorn erleichtert. »Lass uns über die Arbeit sprechen.«

*

ich bin wach ich bin unterwegs vorsicht

*

»Insgesamt können wir also sagen, dass wir nichts wissen, richtig?«

»Das trifft es auf den Punkt, Chef.«

Es war kurz vor zehn. Zorn nippte an seinem zweiten Bier. Er trank langsam, irgendwie hatte er keine Lust auf Alkohol. Im Gegensatz zu Schröder, der bereits das dritte Glas Wein trank. Sein Gesicht hatte merklich Farbe bekommen. »Wir haben jeden befragt, der mit den Fällen in Verbindung stehen könnte. Die Lehrer, die Klassenkameraden, alle, die mit der Gruppe zu tun hatten. Dann sind wir sämtliche Alibis durchgegangen, einige sind natürlich löchrig, aber es gibt keine offensichtlichen Widersprüche in den Aussagen. Keine Zeugen, weder im Wald noch im Nordbad. Auch die Gartensparte haben wir noch mal abgeklappert, ohne Erfolg.«

Ein Kastanienblatt segelte herab und landete zwischen ihnen auf dem Tisch. Zorn nahm es und zerpflückte es langsam zwischen den Fingern.

»Was ist mit den Eltern?«

»*Niente.* Die Eltern von Martha und Eric Haubold sind völlig ahnungslos. Er ist Architekt, sie arbeitet als Physiotherapeutin, selbständig, mit eigener Praxis. Das klassische gutsituierte Elternhaus. Die beiden sind ständig unterwegs und wissen wahrscheinlich gar nicht, was die lieben Kleinen den ganzen Tag so anstellen. Auf jeden Fall sind sie aus allen Wolken gefallen, als sie von den Einbrüchen erfahren haben.«

»Das ist der Vater von Max Brandt auch. Er hat die fünf an der

Grundschule unterrichtet, in einem Leseklub. Der Mann war früher Lehrer.«

»Und jetzt?«

»Jetzt ist er Alkoholiker.«

»Was du nicht sagst«, meinte Schröder und trank sein Glas aus. »Denkst du, er hat deshalb etwas mit den Morden zu tun?«

»Quatsch. Der Typ ist einfach nur ein unsympathisches Arschloch.«

Schröder winkte den zerknitterten Kellner heran und wandte sich dann an Zorn: »Es gibt Menschen, die sind Arschlöcher, obwohl sie nichts trinken.«

»Wo hast du das denn her? Aus einem Glückskeks?«

»Nein, auf diese Weisheit bin ich von allein gekommen.« Schröder nuschelte jetzt kaum merklich. »Ich war sogar noch einmal bei der Mutter von Björn Grooth. Du weißt schon, der tote Radfahrer.«

»Lass mich raten, auch sie wusste von nichts.«

»Weder sie noch ihr Mann, Chef.«

»Was ist mit den Eltern von Udo Kempff?«

»Die Mutter ist tot, der Vater arbeitet im Chemiewerk, als Schichtarbeiter. Er sagt, er hatte seinen Sohn seit Monaten nicht gesehen.«

»Glaubst du ihm?«

»Ja.«

»Wie hat er auf den Tod seines Sohnes reagiert?«

Schröder drehte sein Glas in der Hand.

»Er war traurig, Chef.«

Der Ober brachte die Getränke. Schröder nahm ihm den Wein aus der Hand, trank einen großen Schluck und sagte: »Sie können mir gleich noch ein Glas bringen.«

»Sehr wohl, der Herr.«

Eine weitere Verbeugung, dann trabte der Kellner davon.

Zorn nippte an seinem Bier. »Ich glaube, wir sollten uns den Priester noch einmal vornehmen.«

»Das sollten wir«, nickte Schröder. »Denkst du, er könnte unser Mörder sein?«

»Das kann ich mir nicht vorstellen. Aber er kannte beide Opfer.« Zorn seufzte. »Den einen finden wir fast geköpft im Wald, der andere verbrennt auf dem Sprungturm. Das sind schon groteske Todesumstände, oder? Da muss man erst mal drauf kommen.«

»Du meinst, dass der Mörder sich das nicht allein ausgedacht hat, Chef?«

»Er könnte so was gelesen haben.«

»In der Bibel?«

»Vielleicht«, sagte Zorn. »Da steht ja so einiges schräge Zeugs.«

»Womit wir wieder bei dem Priester wären.« Schröder hob sein Glas und betrachtete es nachdenklich. »Ich weiß, dass es in der Bibel ordentlich zur Sache geht, da werden die Leute gekocht, zerhackt und zerstückelt, Schwangere werden aufgeschlitzt und was weiß ich noch alles.«

»Ich bin nicht sonderlich bibelfest. Aber an einiges kann ich mich noch erinnern.« Zorn überlegte einen Moment und zitierte dann: *»Und er zerstückelte seine Frau Glied für Glied in zwölf Stücke und sandte sie in das ganze Gebiet Israels.«*

»Äußerst unappetitlich«, bestätigte Schröder. »Obwohl ich keinen Zusammenhang zu den beiden Mordfällen sehe.«

»Ich auch nicht.« Zorn lehnte sich zurück und streckte die Beine. »Irgendwie wär's ganz schön öde, wenn ausgerechnet in diesem langweiligen Kaff jemand nach der Bibel morden würde, oder? Das gab es schließlich oft genug. In schlechten Thrillern, im Fernsehen oder was weiß ich, wo.«

»Trotzdem sollte man mal mit jemandem sprechen, der sich in der Bibel auskennt.« Schröder überlegte kurz. »Obwohl ich mich beim besten Willen nicht erinnern kann, dort etwas von einem Schwimmbad oder einem geköpften Radfahrer gelesen zu haben.«

»Sehr witzig, Schröder.«

»Danke für das Kompliment, Chef.«

Aus den Lautsprechern säuselte ein weiterer Schlager. Zorn erkannte einen alten Hit von Roland Kaiser, etwas, das in seiner persönlichen Wertigkeitsskala kurz hinter Völkermord rangierte.

Santa Maria! Insel, die aus Träumen geboren!

Er kratzte sich im Nacken und versuchte, an etwas anderes zu denken.

Ich hab meine Sinne verloren, in dem Fieber, das wie Feuer brennt!

»Beide Opfer waren ungefähr im gleichen Alter, außerdem befreundet«, sagte Zorn. »Irgendwas muss es da doch geben, verdammt! Ich wäre froh, wenn wir erst mal so etwas wie einen Verdächtigen hätten.«

»Da wären die Kids. Martha, Eric oder Max. Einer von ihnen könnte es gewesen sein.«

»Haben wir ihre Handys überprüft? Auch die der beiden Opfer?«

»Natürlich, Chef. Du wirst es nicht glauben, sie haben ständig miteinander telefoniert. Ich glaube allerdings nicht, dass sie das verdächtig macht. Schließlich waren sie befreundet.«

»Ach nee.«

Zorn zuckte zusammen, als Roland Kaiser erneut aufjaulte.

Santa Maria! Nachts an deinen schneeweißen Stränden …

Schröder summte mit.

… hielt ich ihre Jugend in den Händen ….

Zorn schluckte.

… Glück, für das man keinen Namen kennt!

»Gibt es irgendwas Neues von der Spurensicherung, Schröder?«

»Na ja. Wir haben den Laptop von Björn Grooth auseinandergenommen. Die Kollegen sind noch dabei, aber sie glauben nicht, dass sie was Besonderes finden.«

»Was ist mit Udo Kempff?«

»Der hatte keinen Computer.«

»Und der Hochsitz?«

»Da gibt's Dutzende Spuren, Chef. Fasern, Haare, Hautpartikel. Die sind allerdings alt, mehrere Wochen mindestens. Wir haben einen relativ frischen Kaugummi gefunden, wir werden Speichelproben von allen Beteiligten nehmen, vielleicht haben wir Glück. Und dann wären da noch die frischen Fußabdrücke.«

»Fußabdrücke?« Zorn richtete sich auf. »Warum hast du das nicht gleich gesagt?«

»Es sind deine, Chef. Die bringen uns nicht weiter.« Schröder kicherte in sein leeres Glas. »Es sei denn, du bist der Mörder.«

»Klapskopp.«

Wehrlos trieb ich dahin, im Zauber ihres Lächelns gefangen!

Schröder sah Zorn an. Seine Augen waren groß und glasig.

»Manchmal muss man ein Klapskopf sein, um das alles zu ertragen.«

»Was?«

»Das Leben.«

Ich habe keine Ahnung, was du meinst, dachte Zorn. Aber so, wie ich dich kenne, hast du bestimmt recht.

Die Nacht war fast vollständig hereingebrochen. Lichterketten flammten auf, der Biergarten leuchtete in quietschbunten Farben. Mittlerweile waren sie die einzigen Gäste. Schröder deutete auf ein Plakat, das hinter ihnen am Zaun hing.

»Vielleicht sollte man da mal hingehen.«

Zorn sah sich um. Er erkannte nicht mehr als ein paar bunte Flecken.

»Was steht da?«

»Tanz der einsamen Herzen. Eine Einladung zur Single-Flirtparty am Samstag.« Schröder beugte sich vor, um besser lesen zu können. »Es gibt Fingerfood und Spezialdeko. Was haben wir heute?«

»Donnerstag.«

»Also übermorgen. Das wär doch was, Chef.«

Zorn dachte an Malina. Die Kuh. Die Schnepfe. Die Eule.

»Nee. Ich flirte nicht.«

»Ich auch nicht. Nur in Notfällen.«

Wieder erschien der Kellner, seine Schritte knirschten über den Kies. Er stellte eine Kerze und zwei neue Gläser auf den Tisch. Zorn hob sein halbvolles Bierglas.

»Danke, ich möchte nicht mehr.«

»Aber ich!«, nuschelte Schröder und griff zu.

»Darf es sonst noch was sein, die Herren?«

»*Oui.* « Schröder unterdrückte ein Rülpsen. »Ich hab Hunger. Gibt es hier noch was anderes als …« Er dachte kurz nach. Dann stieß er einen undeutlichen Haufen Konsonanten hervor. Es klang wie *Knbbrrgbck*.

»Wie meinen?«, fragte der Kellner.

»Er meint Knabbergebäck«, half Zorn.

Der Kellner schniefte beleidigt.

»Ich sagte den Herren bereits, dass wir Knabbergebäck im Angebot haben.«

»Isch will kein verdammtes Knabbergezeugs!« lallte Schröder.

»Wie bitte?«

»Er möchte nicht knabbern«, ergänzte Zorn. »Und er fragt, ob Sie noch etwas anderes hätten.«

Der Kellner dachte nach.

»Erdnussflips.«

»Hä?«

»Erd-nuss-flips!«, wiederholte der Kellner, jede einzelne Silbe betonend.

»Ekelhaft«, murmelte Schröder.

»Oder vielleicht noch ein Glas Wein?«

»*Yes!* Nochnglaswein!«

Zorns Handy klingelte, Madonna meldete sich zu Wort. Er kannte die Nummer nicht. »Ich glaube«, sagte er und drückte den Anruf weg, »der Herr hat genug. Rufen Sie bitte ein Taxi.«

»Chef«, lallte Schröder. »Gib mir mal dein Handy. Du brauchst einen neuen Klingelton. Madonna ist total aus der Mode, das solltest sogar du wissen!«

»Ich weiß«, erwiderte Zorn.

Schröder streckte die Hand aus und versuchte, Zorn in die Augen zu sehen, schielte aber auf einen Punkt, der irgendwo ein paar Meter hinter dessen rechter Schulter zu sein schien. »Gib mir das Telefon, isch ändere das im Handumdrehen.«

»Das machen wir morgen. Jetzt sollten wir gehen.«

Schröder dachte nicht daran, sondern konzentrierte sich wieder auf den Schlager, der aus den Lautsprechern in den Bäumen plärrte.

Santa Maria! Niemals mehr hab ich so empfunden!

»Scheiß auf Madonna! Isch liebe Roland Kaiser!« Schröder schlug mit der flachen Hand auf den Tisch und begann, aus vollem Halse mitzusingen: »Wie im Rausch der nächtlichen Stunden!«

Er ist hackedicht, stellte Zorn verwundert fest. Von einer Minute auf die andere, wie macht er das? Aber er hat eine tolle Stimme.

Die Erinnerung, sie wird nie vergehn!

Der Kellner war sichtlich unangenehm berührt. »Wenn sich die Herren bitte nach draußen bemühen würden, dort steht bereits ein Taxi.«

Zorn ließ sich die Rechnung geben und lotste den lauthals trällernden Schröder behutsam zum Ausgang. Draußen vor der Kneipe war es dunkel. Zorn atmete erleichtert auf: Von Roland Kaiser war hier nichts mehr zu hören. Das Taxi startete den Motor.

»Chef.« Schröder stand schwankend da und hielt sich mit der gesunden Hand am Türgriff fest. »Du sollst eines wissen.«

»Ja?«

Er sah zu Zorn auf. Seine hellen Augen glänzten im Licht einer einzelnen Laterne. »Ich liebe dich. Egal, was noch passiert.«

»Was sollte denn passieren?« Zorn lächelte.

»Ich weiß es nicht.« Schröder sah zu Boden, schüttelte den Kopf, dann ließ er den Griff los und trat einen Schritt näher. Zorn hielt ihn an der Schulter fest, sonst wäre er gefallen. »Ich weiß es wirklich nicht, Chef. Es kann sein, dass du mich irgendwann jagen musst. Und wenn das passiert, musst du daran denken, dass ich dich liebe.«

Zorn verstand kein Wort.

Er verträgt so gut wie nichts, dachte er. Drei, vier Gläser Wein, und schon ist er hinüber und redet Unsinn. Was meint er damit: dass ich ihn irgendwann *jagen* muss? Egal, wahrscheinlich hab ich mich verhört. Und wer weiß, was in seinem benebelten Hirn vor sich geht?

»Okay. Ich werde dran denken.« Er nahm Schröders Arm und bugsierte ihn behutsam ins Auto. »Schlaf gut, Schröder. Wir sehen uns morgen.«

»Das werden wir.«

»Und pass auf deine Hand auf.«

Zorn sah dem davonfahrenden Taxi nach. Die Bremslichter leuchteten auf, kurz darauf verschwand es um die Ecke. Dann klingelte sein Handy wieder.

*

alles ist vorbereitet, ihr könnt es nicht aufhalten, niemand kann das, selbst ich nicht – der stein rollt, man weicht ihm aus oder man wird unter ihm begraben

*

»Max? Bist du das? Scheiße, ich versteh kein Wort!«

Das Telefonat dauerte nur ein paar Sekunden. Die Verbindung war miserabel, Zorn bekam nicht viel mehr als ein paar abgehackte Satzfetzen mit. Diese allerdings reichten aus, um seinen Puls in die Höhe zu treiben.

»Herr Zorn? Hören Sie mich? «

Das war Max Brandt, zweifellos. Mit schriller, vor Panik zitternder Stimme, nicht viel mehr als ein Flüstern.

»Sie müssen mir helfen, Herr Kommissar! Er ist hinter mir her!«

»Wo bist du?«

Keine Antwort. Nur Rauschen.

»Wo, Max?«

»… Aussichtsturm. Er kommt hoch. Ich … versteckt … kommt … näher.«

»Wer ist hinter dir her, verdammt?«

Wieder keine Antwort. Nur keuchende, gequälte Atemzüge.

»Helfen Sie mir!«

Die pure Angst. Todesangst.

»Wer kommt näher, Max?«

Nichts.

»Max?«

Die Verbindung war tot.

*

Das Taxi bog auf die Einfahrt zur Hochstraße ein. Der Fahrer beschleunigte, Schröder saß auf dem Rücksitz und kämpfte gegen die Übelkeit. Die Lichter der entgegenkommenden Autos blendeten ihn. Er sah zur Seite, aus dem Fenster, suchte einen Punkt, an dem er sich festhalten konnte. Die Stadt raste vorbei, links der Markt, rechts das Stadtkrankenhaus, die alten Fachwerkbauten des historischen Waisenhauses, dann erreichten sie den Kreisverkehr am Bahnhof. Das Taxi ordnete sich rechts ein und fuhr in Richtung Süden.

»Sind wir hier richtig?«, fragte der Fahrer über die Schulter.

»Ich denke schon.«

Nein, murmelte Schröder vor sich hin, ich bin nirgendwo richtig.

Seine Hand schmerzte, der ungewohnte Alkohol vernebelte ihm den Kopf, aber es half nichts. Die Gedanken blieben, er konnte tun, was er wollte.

»Haben Sie was gesagt?«, fragte der Fahrer.

»Nein. « Schröder sah wieder aus dem Fenster. »Es ist nichts.«

*

»Scheiße!«, fluchte Zorn und steckte das Handy in die Hosentasche. Er stand auf dem Asphaltweg vor der Kneipe, dort gingen gerade die Lichter aus. Das Taxi mit Schröder war eben erst um die Ecke verschwunden und doch schien es, als seien Ewigkeiten vergangen.

»Kann ich Ihnen helfen?«

Der Kellner lehnte rauchend neben dem Eingang an der Wand, er musste die ganze Zeit zugesehen haben.

Zorn brauchte zwei Sekunden, um einen Entschluss zu fassen.

»Rufen Sie die Polizei, über den Notruf. Sagen Sie, Hauptkommissar Zorn ist im Stadtwald, am Aussichtsturm. Sie sollen eine Streife schicken. Nein, besser ein Einsatzkommando. Sagen Sie, es sei dringend.«

Der Kellner starrte ihn verständnislos an und rührte sich nicht von der Stelle.

Zorn verlor die Geduld.

»Mach schon, du Suppenkasper!«

Dann rannte er in den dunklen Wald.

Fünfzehn

Nach zweihundert Metern begann das Seitenstechen. Zorn drosselte das Tempo und verfiel in einen lockeren Trab. Es hatte keinen Sinn, die ohnehin kaum vorhandene Ausdauerkraft bereits am Anfang aufzubrauchen und womöglich auf der Hälfte der Strecke geschwächt zusammenzubrechen. Im Laufen angelte er das Handy aus der Hose und drückte die Rückruftaste. Ohne Erfolg, hier im Wald hatte er keinen Empfang.

Der schmale Asphaltweg glänzte im Mondlicht, links und rechts ragten die schwarzen Bäume in den Nachthimmel, weit und breit war keine Menschenseele zu sehen. Es war still, bis auf Zorns hektische Schritte und seinen Atem, der an das Rumpeln einer altersschwachen Dampflok erinnerte.

Er hatte keine Ahnung, was ihn auf dem Turm erwartete, sicher war nur, dass Max Brandt in Gefahr war. Die Furcht und das Entsetzen in der Stimme des Jungen waren unverkennbar gewesen.

Helfen Sie mir. Er ist hinter mir her.

Jemand verfolgte Max, das war klar. Es ging ums nackte Überleben.

Zorn dachte an die beiden Mordopfer und beschleunigte.

Der Aussichtsturm war etwa zwei Kilometer von der Kneipe entfernt, tagsüber hätte Zorn keine Probleme gehabt, dorthin zu finden. Der Asphaltweg führte fast schnurgerade auf den Turm zu und endete auf einer Lichtung, von der mehrere Wege sternförmig abzweigten. Dort befand sich auch der überdachte Picknickplatz. Wenn er ihn erreicht hatte, war er direkt am Fuß des Bergs, auf dem der Turm stand.

Bei Tageslicht nicht schwer zu finden. Jetzt bei Nacht war es nicht ganz so einfach. Seine einzige Orientierung war der Asphalt zu seinen Füßen. Solange er den Weg nicht verließ, konnte nichts schiefgehen.

Eigentlich.

Das Seitenstechen wurde schlimmer, es war wie ein Krampf, der seine Eingeweide zusammenzog. Die Lunge brannte, die Oberschenkel schmerzten, sein Mund war trocken, als wäre er mit Sägemehl gefüllt.

Zorn spürte, wie seine Kräfte nachließen. Er hatte jegliches Zeitgefühl verloren. Wie lange lief er jetzt schon? Der Weg lag verschwommen vor ihm, es ging stetig bergab. Selbst bei Tag hätte er ohne Brille wenig erkannt. Die allerdings lag wohlverstaut im Volvo.

Stimmte die Richtung? Müsste es nicht eigentlich bergauf gehen? War er vielleicht aus Versehen in einen der Seitenwege abgebogen und rannte in die Irre?

Der Weg war schmaler, als er ihn in Erinnerung hatte. Eindeutig zu schmal, wie er jetzt feststellte. Abgestorbenes Laub und kleine Äste bedeckten den Boden, langsam bekam er Panik. Er hätte längst da sein müssen. Wie sollte das enden? Würde es eine weitere Leiche geben, weil der ehrenwerte Hauptkommissar Claudius Zorn zu spät kam? Weil er zu blöd gewesen war, sich in einem winzigen Waldstück zurechtzufinden?

Selbst wenn ich auf dem richtigen Weg bin, werde ich es nicht schaffen, dachte Zorn und schnappte nach Luft. Ich werde vorher ohnmächtig zusammenbrechen.

Er begann wie ein Betrunkener nach rechts und links zu torkeln, es ging nicht mehr. Jetzt wollte er aufgeben, Ruhe, das war das einzige, was er jetzt brauchte, er musste zu Atem kommen. Einen Moment nur, dann würde er weiterlaufen.

Kurz bevor er schnaufend auf dem Weg zusammensank, sah er es. Da, direkt vor ihm, wurde es heller. Endlich, da war sie!

Die Lichtung.

Zorn schickte ein kurzes, ausnahmsweise ehrlich gemeintes Dankgebet zum Himmel. Die letzten Meter schaffte er mit Mühe und Not, schließlich stand er taumelnd auf der Lichtung, ihm wurde schwindlig, er drehte sich um die eigene Achse, was zur Folge hatte, dass er augenblicklich die Orientierung verlor. Er schüttelte den Kopf wie ein angezählter Kickboxer, stützte die Hände auf die Oberschenkel und versuchte, sich zu konzentrieren.

Links von ihm war der Picknickplatz, geradeaus musste es nach seiner Berechnung zum Turm gehen. Oder?

In der Mitte der Lichtung stand ein hölzerner Wegweiser, Pfeile zeigten in die Richtungen der verschiedenen Wanderziele. Er wankte näher und sah nach oben. Einer der Pfeile wies in Richtung Turm. Aber welcher? Wo um alles in der Welt war dieser verfickte Turm?

Die Beschriftungen waren im Mondlicht deutlich zu erkennen. Jedenfalls für jemanden, der mit halbwegs gesunder Sehkraft ausgestattet war. Zorn (zur Erinnerung: links minus 1,6 und rechts minus 2,75 Dioptrien) sah nichts. Selbst als er sich auf die Zehenspitzen stellte, erkannte er nicht viel mehr als ein paar verschwommene Umrisse, die eventuell entfernt an etwas Ähnliches wie Buchstaben erinnern mochten.

»Fuck!«

Er lehnte sich mit dem Rücken an den Wegweiser, die Beine gaben nach, langsam sackte er in sich zusammen, bis er schließlich mit dem Hosenboden auf dem sandigen Kies landete.

Dort saß er nun neben einer zerbeulten Plastikflasche und hielt sich die stechende Seite.

Nein, aufgeben würde er nicht, nur kurz warten, bis sich sein Puls ein wenig beruhigt hatte. Dann würde er aufstehen und in aller Ruhe eine Runde über die Lichtung laufen, bis er wusste, wo er war. So einfach war das, er war hier nicht im Urwald, sondern in der Stadt, es musste doch mit dem Teufel zugehen, wenn er nicht …

Da. Ein Schrei.

Fast klang es wie ein Tier, doch das war es nicht, was da schrie.

Das war ein Mensch.

Max Brandt.

Ja, das war der Junge. Eine Sekunde nur, mit schriller, sich überschlagender Stimme, die in Todesangst um Hilfe rief.

Claudius Zorn sprang auf, die Müdigkeit war mit einem Schlag verflogen. Er schloss die Augen und lauschte angestrengt. Jetzt war es wieder still, bis auf das Rauschen des Blutes in seinem Kopf. Egal, er hatte genug gehört. Er war zwar fast blind, doch sein Gehör funktionierte ausgezeichnet, er wusste, woher der Ruf gekommen war: Direkt hinter ihm, höchstens hundert Meter entfernt.

Er raste los und richtig, nach wenigen Schritten erkannte er den kleinen, verwahrlosten Spielplatz am Fuß des Bergs. Drei, vier Paar unbehauene Stämme, eine schmutzige Sandkiste, zwei im rechten Winkel stehende Bänke. Rechts daneben führte der Weg steil nach oben, das war die Strecke, auf der vor genau einer Woche der unglückselige Björn Grooth ums Leben gekommen war.

Jetzt war Claudius Zorn hellwach. Einen kurzen Moment dachte er an das Einsatzkommando, die Truppe musste längst hier sein. Überlegte, dass er (wie immer) unbewaffnet war, dass er sich in Gefahr begab, wer wusste schon, was da oben zwischen den Bäumen vor sich ging? Dinge, die ihm in Sekundenbruchteilen gleichzeitig durch den Kopf schossen, die er aber genauso schnell beiseite schob. Das alles führte zu nichts.

Wieder rannte er los.

Augenblicklich schrie sein Körper nach Sauerstoff, doch jetzt, kurz vor dem Ziel, achtete er nicht darauf. Es ging steil nach oben, die Turnschuhe rutschten über den sandigen Boden, immer wieder verlor er den Halt, er wandte sich nach rechts, lief jetzt neben dem Weg, dort ging es besser. Kurz darauf passierte er die Stelle, an der das Seil gespannt gewesen war, er bekam es nicht mit. Den Blick stur zu Boden gerichtet, war er ausschließlich damit beschäftigt, den zahlreichen, unter dem Laub verborgenen Wurzeln auszuweichen.

Was ihm leider nicht ganz gelang.

Sein rechter Fuß verfing sich in einer Brombeerranke, er stolperte, versuchte, den Sturz abzufangen, trat mit dem linken Bein auf einen Stein und knickte um. Der kurze Schrei, den er nun ausstieß, war eine Mischung aus Schmerz- und Wutgeheul, augenblicklich biss er die Zähne aufeinander, hockte sich hin und tastete schweigend nach dem linken Sprunggelenk. Der stechende Schmerz war eindeutig: Gebrochen war wohl nichts, aber eine Zerrung war momentan völlig ausreichend und in etwa so nützlich wie ein Kropf.

Zorn sah auf. Die letzten Meter führten fast senkrecht nach oben, zwischen den Baumstämmen erkannte er bereits die stählernen Pfeiler des Turms.

Er stützte sich mit der Hand an den Stamm einer jungen Eiche und richtete sich vorsichtig auf. Als er den Fuß ein wenig belastete, schossen ihm Tränen in die Augen, der Schmerz raste bis zur Hüfte empor.

Das kann doch alles nicht wahr sein, dachte er resigniert. Erst finde ich den Weg nicht, dann fliege ich kurz vor dem Ziel auf die Fresse. Ich sollte den Beruf wechseln und Komiker werden.

Dies alles hatte nur ein paar Sekunden gedauert und als er sich dann auf alle viere niederließ und das letzte Stück nach oben kroch, überlegte Zorn, dass es jetzt eh zu spät war, dass er seinen Beruf schon vor Jahren hätte aufgeben sollen oder, besser noch, gar nicht erst hätte ergreifen dürfen.

Er griff nach einer hervorstehenden Wurzel, zog sich nach oben und erreichte schließlich die Kante des Plateaus.

Dort, verborgen hinter einem Holunderstrauch, stand er nun, schweratmend, auf einem Bein schwankend wie ein angetrunkener Storch. Jetzt, da er endlich angekommen war, wusste er nicht, was er tun sollte.

Er befand sich am Rand einer kleinen Wiese. In der Mitte erhob sich der Turm, eine fünfzehn Meter hohe Konstruktion aus blauen Stahlstreben, um die sich eine Eisentreppe im Zickzack nach oben schlängelte, gekrönt von einer Aussichtsplattform, die hoch über den Baumwipfeln zu schweben schien.

Hier, hinter dem Holunder, war er vom Turm aus nicht zu sehen. Wollte er hinaufsteigen, musste er über die Wiese, die hell im Mondlicht lag. Dann würde er entdeckt werden, vorausgesetzt, Max und sein Verfolger befanden sich oben, auf der Plattform. Davon ging Zorn aus, er wusste nicht warum, aber er war sicher, dass es sich so verhielt.

Er hielt den Atem an und lauschte.

Nichts.

Kann ich denn sicher sein? Was ist, wenn Max ganz woanders ist?, überlegte er und wischte sich den Schweiß aus dem Gesicht. Okay, der Schrei kam aus dieser Richtung. Aber genauso gut kann der Junge hier unten irgendwo gefesselt zwischen den Bäumen liegen. Angenommen, ich laufe los. Mist, dann gebe ich ein wunderbares Ziel ab. Während ich gemütlich über die Wiese latsche, kann man mich in Ruhe abknallen.

Ist das eine Falle?

Egal, dachte Zorn und humpelte los. Etwas muss ich tun. Ich bin sowieso längst entdeckt worden, bestimmt hab ich mehr Lärm gemacht als ein Elefant, als ich hier raufgekrochen bin.

In zehn Metern Entfernung, ungefähr auf halber Strecke zum Turm, wuchs eine verkrüppelte Kiefer, ihre Äste reckten sich wie die gichtigen Finger eines alten Mannes in den Himmel. Dorthin hinkte Zorn jetzt und hoffte inständig, nicht gesehen zu werden. Zum einen, weil er nicht erschossen werden wollte, der andere, wichtigere Grund bestand aus der ausgesprochen peinlichen Vorstellung, dabei beobachtet zu werden, wie er, Hauptkommissar Claudius Zorn, auf einem Bein im Mondschein durch die Gegend hüpfte.

Er erreichte die Kiefer und verzog sich in den Schatten.

Das Hemd klebte ihm am Körper, Sand knirschte zwischen seinen Zähnen. Zorn schloss die Augen. Der Stamm der Kiefer war angenehm kühl, er lehnte die Wange an die Rinde, schloss die Augen und versuchte erneut, sich nach dem Gehör zu orientieren:

Das Rauschen des Windes in den Baumwipfeln.

Der Flügelschlag eines Vogels, der über die Lichtung strich.

Ein Knacken. Wahrscheinlich ein Fuchs. Oder ein Igel.

Und noch etwas.

Gemurmel? Stimmen? Oben, von der Plattform? Waren das Schritte, die über den Stahl klapperten? Noch immer pochte das Blut zwischen seinen Schläfen. Er konnte nicht sicher sein, das ging nur, wenn er hinaufkletterte.

Scheiße.

Jetzt hörte er das Einsatzkommando. Drei, vier Wagen kamen in voller Fahrt angerast. Aufgeblendete Scheinwerfer leuchteten zwischen den Bäumen, Blaulicht zuckte von unten herauf. Bremsen quietschten, Türen schlugen, leise Kommandos ertönten.

Endlich, dachte Zorn. Ihr habt euch ganz schön Zeit gelassen. Und einen Lärm macht ihr, als würdet ihr in den Dritten Weltkrieg ziehen. Immerhin habt ihr keine Sirenen an, wahrscheinlich wollt ihr die Rehe nicht erschrecken.

Trotzdem, er war erleichtert. Zwei, drei Minuten, und die Kollegen würden hier oben auf dem Berg sein. Sie trugen Schusswesten und waren bewaffnet. Und sie waren für solche Fälle ausgebildet. Jetzt musste er nur noch warten.

Ein guter Plan, der leider einen kleinen Makel hatte: Er ging nicht auf.

»Bitte, tun Sie das nicht!«

Das kam wieder vom Turm.

Max Brandt flehte um sein Leben.

»Ich werde nichts sagen, glauben Sie mir!«

Eine Männerstimme antwortete, ein tiefes, undeutliches Brummen. Oder war das ein Lachen?

»O Gott, nein!«

Wieder Max, mit schriller, sich überschlagender Stimme.

Das, was nun folgte, ereignete sich in weniger als einer Minute.

Schwere, schnelle Schritte polterten durch den Wald, das Einsatzkommando war unterwegs. Taschenlampen flammten auf, die Schatten der Bäume tanzten über die Lichtung.

Dann ein weiterer Schrei. Lauter als der erste, ein kreischendes Gurgeln, das abrupt endete, als hätte jemand eine Tür zugeschlagen. Zorn erkannte, dass er nicht mehr warten konnte, und humpelte los.

Er erreichte den Fuß des Turms. Die Treppe führte außen an den Stahlstreben entlang. Mit der rechten Hand stützte er sich am Geländer ab und hinkte nach oben. Nach zehn Schritten erreichte er einen kleinen Absatz, die Stufen bogen im rechten Winkel ab, folgten der Außenkante des Turms, um weiter oben erneut abzuknicken.

Zorn blieb kurz stehen und lauschte. Von Max Brandt war nichts mehr zu hören.

Scheiße, ich komme zu spät.

Er hastete vorwärts, seine Schritte klangen wie Glockenschläge auf den eisernen Stufen. Der nächste Absatz, vorsichtig lugte er um die Ecke. Verfluchte seine Angst vor Schusswaffen, jetzt hätte er sich wesentlich besser gefühlt, wenn er die Sig-Sauer dabei gehabt hätte.

Von oben ertönte ein metallischer Schlag, ein erstickter Schrei, dann die Geräusche eines Kampfs. Ein Körper, der mehrfach gegen das Geländer krachte. Stöhnen, unterdrückte Ausrufe. Sehen konnte Zorn nichts, er hatte noch nicht einmal die Hälfte des Turms erreicht.

Die nächsten Stufen nahm er in doppeltem Tempo, versuchte, den Schmerz zu ignorieren, der sich wie eine tollwütige Ratte in seinem Knöchel verbissen hatte.

Vor dem letzten Absatz blieb er stehen. Rechts von ihm ging es zehn, fünfzehn Meter in die Tiefe. Zu seiner Linken die Stahlkonstruktion, senkrechte Pfeiler, die im Abstand von zwei Metern durch horizontale Querstreben miteinander verbunden waren. Ein paar Meter über ihm der hölzerne Boden der Plattform.

Plötzlich ein hohes Sirren, als würde ein Seil gespannt, dann ein Ruck, der Turm erzitterte. Etwas fiel von oben herab.

Zuerst ein Schuh. Er gehörte Max Brandt.

Die nächsten Sekunden sollte Zorn für den Rest seines Lebens nicht vergessen. Denn was nun folgte, war Max Brandt selbst.

Urplötzlich kam er herabgesaust, mit den Füßen voran, so schnell, dass Zorn keine Chance hatte zu reagieren. Das musste er auch nicht, denn im nächsten Augenblick zappelte der Junge direkt neben ihm zwischen den Pfeilern. Zorn verstand nicht, was da geschah, wich vor Schreck zurück, um ein Haar wäre er rückwärts über das Geländer gestürzt, dann sah er den Strick um den Hals des Jungen. Die weit aufgerissenen Augen, in denen das Mondlicht glänzte, die Fäuste, die sich um den Strick ballten und versuchten, die Schlinge zu lockern. Die Füße, die ein paar Zentimeter über einer Querstrebe im Todeskampf zappelten. Max gab keinen Laut von sich, verzweifelt schielte er nach unten, streckte die Zehen in dem vergeblichen Versuch, mit dem Fuß auf der Querstrebe Halt zu finden.

Zorn stieß einen Schrei aus, sein erster Gedanke war, den Jungen zu stützen, er beugte sich nach vorn, sein Fußgelenk protestierte mit einem schrillen Kreischen, er achtete nicht darauf, streckte die Hand aus, doch Max, der wie eine Puppe am Strick baumelte und sich langsam um die eigene Achse drehte, war ein paar Zentimeter zu weit entfernt.

Sinnlos, hier konnte er nichts tun. Sollte er einfach zusehen, wie Max stranguliert wurde? Er musste den Strick lösen, irgendwo musste er befestigt sein. Wahrscheinlich würde der Junge zwischen den Querstreben nach unten fallen und auf den Betonfundamenten landen, doch wenn er ihn hängen ließ, bedeutete das seinen sicheren Tod. Und vielleicht, wenn er Glück hatte, würde sein Sturz von den Streben aufgefangen.

Zorn rannte weiter, bog um den letzten Absatz und hielt abrupt inne. Direkt über ihm stand eine Gestalt. Er erkannte den breiten Rücken sofort, die kräftigen Schultern, die einem Ringer zu gehören schienen. Das dünne, sorgfältig gescheitelte Haar.

Der Strick lief direkt unter der Plattform über eine Querstrebe, von dort wieder hinunter und endete genau da, wo der Mann stand und damit beschäftigt war, den Strick noch fester am Geländer zu verknoten.

Pastor Giese.

Diesmal zögerte Claudius Zorn nicht.

Zwei, drei Stufen, dann war er da. Der Priester wandte ihm noch immer den Rücken zu, Zorn hob ohne Warnung die Faust und rammte sie ihm zwischen die Schulterblätter. Giese schrie auf, doch er ließ den Strick nicht los.

Von unten ertönte ein Poltern. Max, der im Todeskampf mit den Füßen gegen die Pfeiler stieß.

Zorn legte den Arm von hinten um den Hals des Priesters und drückte mit aller Kraft zu, keuchend standen sie auf dem Absatz und rangen miteinander. Die Nackenhaare des Priesters kitzelten in seiner Nase, sein durchdringender Schweißgeruch nahm Zorn den Atem. Giese stieß ein paar gurgelnde Laute aus, versuchte, ihn abzuschütteln, doch Zorn ließ nicht locker, drängte ihn an das Geländer, langte mit der freien Hand nach vorn und versuchte verzweifelt, den Strick zu fassen.

Es gelang ihm nicht. Zwei Meter unter ihm erstickte ein Junge, und er, Zorn, war nicht in der Lage, ihm zu helfen! Es gab nur eine Möglichkeit, er hatte keine Wahl.

Er ließ den Hals seines Gegners los und trat einen Schritt zurück.

Giese schnappte nach Luft. Zorn sah über die Schulter des Priesters und erkannte, dass der Strick bisher nur zweimal um das Geländer geschlungen war, zwei, drei Handgriffe, und er war gelöst.

Vielleicht war Max noch zu retten. Es ging um Sekunden.

Die dunkle Gestalt des Pastors hob sich deutlich gegen den Nachthimmel ab. Er stand am Geländer, hielt sich den schmerzenden Hals. Zorn sah die schwarzen Baumwipfel unter ihnen aufragen. Wie tief ging es hinunter? Zehn Meter? Fünfzehn? Jetzt war keine Zeit, über die Konsequenzen nachzudenken.

Zorn nahm Anlauf.

Warf sich mit aller Gewalt nach vorn.

Giese schwankte, dann kippte er über das Geländer und fiel in die Tiefe.

Kein Geräusch. Kein Schrei, kein Aufprall, nichts. Der Priester verschwand in der Nacht wie ein großer schwarzer Vogel.

Zorn sah ihm nicht nach, sein Kopf war leer, es war egal, was da unten passierte. Aus weiter, unendlicher Entfernung hörte er Schritte auf der Treppe, laute, hektische Rufe, die schnell näherkamen. Das Einsatzkommando.

Zu spät.

Der Strick saß fest. Mit fliegenden Fingern zerrte er an der Schlinge, rutschte ab, stieß einen Wutschrei aus, dann war es endlich geschafft. Der Strick schoss nach oben, unter ihm sauste der leblose Körper des Jungen in die Tiefe.

Zorn sank zusammen. Wie lange er ohnmächtig war, konnte er unmöglich sagen, es konnten nur Sekunden gewesen sein, denn er kam zu sich, als sich schwere Schritte näherten.

Eine unförmige Gestalt beugte sich über ihn, er erkannte den Helm und die schusssichere Weste. Es roch nach Leder und Gummi, eine Taschenlampe leuchtete ihm ins Gesicht. Er legte den Arm über die Augen und wandte sich ab.

»Wir haben den Jungen.«

»Sehr gut«, murmelte Zorn. »Jetzt würde ich gern ein bisschen schlafen.«

Sprach's und erbrach sich zwischen die angewinkelten Beine.

TEIL ZWEI

Sechzehn

Er erwachte vom hartnäckigen Klingeln an der Wohnungstür. Ein ungewohntes Geräusch, er bekam so gut wie nie Besuch. Zorn stöhnte, zog das Kissen über den Kopf und drehte sich auf die andere Seite.

Scheißegal, wer das war.

Claudius Zorn wollte niemanden sehen, und er wollte nicht reden. Denken wollte er auch nicht. Schlafen, das war das Einzige, was ihm jetzt helfen konnte. Einfach nur daliegen und nie wieder aufstehen.

In der Nacht war er immer wieder hochgeschreckt, der verletzte Fuß hatte ihn ständig geweckt. Ganz zu schweigen von den Träumen, in denen der Priester immer und immer wieder über die Brüstung gestürzt war.

Zorn wusste nicht, wie er selbst vom Turm hinunter und später nach Hause gekommen war, er hatte wohl unter Schock gestanden, jedenfalls konnte er sich nicht erinnern, irgendeine Frage beantwortet zu haben. Das stand ihm heute bevor, und der Gedanke, sich für den Tod eines Geistlichen rechtfertigen zu müssen, war alles andere als verlockend. Egal ob er richtig gehandelt hatte oder nicht.

Das Klingeln verstummte.

Geht doch, dachte Zorn.

Jetzt klopfte es.

Verflucht nochmal!

Er quälte sich aus dem Bett, natürlich mit dem kranken Fuß zuerst, und jaulte auf. So ist es also, wenn man mit dem linken Bein zuerst aufsteht, dachte Zorn und stieß ein kurzes, freudloses Lachen aus. Das kann ja nur ein toller Tag werden.

Das Klopfen steigerte sich in einem Crescendo zum wütenden Donnern, es klang, als würde jeden Moment die Türfüllung aus dem Rahmen gesprengt. Er humpelte über den Flur, stieß sich die Hüfte an einer Kommode und verlor endgültig die Nerven.

»Fick dich!«, brüllte er und riss die Tür auf. »Hast du nicht mehr alle …«

»Guten Morgen, Chef. Hab ich dich geweckt?«

Schröder sah lächelnd zu ihm auf.

»Du?«

Zorn stand konsterniert in der Tür. Soweit er sich erinnern konnte, hatte Schröder ihn noch nie besucht.

»Hast du jemand anderen erwartet, Chef?«

»Ich wohne hier. Ich erwarte nie jemanden.«

Noch immer grinste Schröder. Zorn trug ein giftgrünes Poloshirt und geblümte Unterhosen, Sachen, die ihm seine Mutter geschenkt hatte, die er aber niemals in der Öffentlichkeit tragen würde. In der untersten Schublade seines Kleiderschranks lagerte ein ganzes Arsenal geschmackloser Pullover (pinkfarben, mit aufgestickten Wappen), Strümpfe (weiße Tennissocken, meist im praktischen Zehnerpack), Bettbezüge (mit Drachenmotiven) und Schlüpfer (teilweise mit Wochentagen bedruckt). Doch er brachte es nicht übers Herz, etwas davon wegzuwerfen. Um den Sachen wenigstens den Anschein einer Daseinsberechtigung zu geben, benutzte er einige davon zum Schlafen, dann, wenn sie niemand sehen konnte. Er hasste Schlafanzüge.

»Kann ich reinkommen?«

Zorn zuckte die Achseln.

»Aber nur, wenn du mir keine Versicherung aufschwatzst.«

Er hinkte zurück in den Flur, Schröder folgte ihm.

»Schicke Shorts, Chef. Sind das Maiglöckchen?«

»Du kannst mich mal. Geh vor, ich komm gleich.« Zorn wies nach links ins Wohnzimmer und schlurfte weiter aufs Klo.

»Wie spät ist es?« rief er, um das Plätschern zu übertönen.

»Gleich halb zwölf.«

Mist, ich hab verschlafen, dachte Zorn, wusch die Hände und spritzte sich etwas kaltes Wasser ins Gesicht. Nun, das erklärte immerhin, warum Schröder nach dem gestrigen Abend so frisch und ausgeschlafen wirkte und keinerlei Anzeichen eines Katers zeigte.

Im Wohnzimmer warf er sich aufs Sofa, schob sich ein Kissen in den Rücken und legte das Bein hoch. Schröder stand mit dem Rücken zu

Zorn und sah aus dem Fenster. Die kleine kugelförmige Silhouette zeichnete sich deutlich vor dem strahlenden Mittagshimmel ab.

»Du hast es schön hier, Chef.«

»Hab ich das?«

»Ja. Ich würde mich hier wohlfühlen. So hoch oben über all dem Dreck, dem Gestank und dem Lärm.«

Zorn schwieg.

»Und die Aussicht ist phantastisch.«

»Das ist mir bewusst, ich wohne hier schon ein paar Jahre.«

»Ist das das neue Stadion da hinten?«

»Nee, der Schiefe Turm von Pisa.«

Schröder lachte auf, dann machte er kehrt und lehnte sich gegen das Fensterbrett.

»Was ist eigentlich mit deinem Bein passiert?«

»Dasselbe wie mit deiner Hand.«

»Wie meinst du das?«

Zorn rieb die verquollenen Augen.

»Nichts Besonderes, das hattest du doch gestern gesagt, oder? Und genauso wenig, wie du über deine Hand redest, rede ich über meinen Fuß.«

»Okay«, nickte Schröder ohne das geringste Anzeichen von Verlegenheit. »Darf ich mal sehen?« Er ging zum Sessel neben dem Sofa, setzte sich und streckte die rechte Hand aus. Die linke war noch immer bandagiert. »Ich werd dir schon nicht weh tun, Chef.«

Zorn richtete sich ächzend auf, hob den Fuß und legte ihn vorsichtig neben Schröder auf den Couchtisch. »Es ist nichts weiter. Nur ein bisschen geschwollen.«

»Du müsstest dir die Fußnägel schneiden, Chef.«

»Das geht dich nichts an!«, blaffte Zorn. »Du sollst dich um den Knöchel kümmern, nicht um meine Zehennägel!«

»Natürlich.«

Schröder tastete behutsam über das Fußgelenk.

»Aua, verdammt!«

»Eine Zerrung. Hast du Verbandszeug?«

»Über dem Waschbecken, im Spiegelschrank.«

Schröder verschwand im Bad. Zorn angelte seine Zigaretten vom Tisch und murmelte halblaut: »Klasse, Hobbychirurg ist er also auch noch.«

»Was sagst du?«, kam es aus dem Bad. Zorn hörte, wie Schröder den Schrank durchsuchte.

»Nichts!«, rief er, gähnte und fuhr sich durch die verstrubbelten Haare. Es ist fast Mittag, dachte er, ich sollte langsam wach werden.

»Na bitte.« Schröder erschien, mit einer weißen Mullbinde und Heftpflaster in der Hand. »Ich hab mir ein Aspirin genommen, wenn's recht ist.«

»Ach, du hast doch nicht etwa einen Kater?«

»Es hält sich in Grenzen.«

»Du hast gestern Abend gesungen, mein Lieber.«

»Ich weiß. Als Kind wollte ich Opernsänger werden.«

»Und du wolltest meinen Klingelton ändern.«

»Auch das weiß ich noch. Aber du hast mich nicht gelassen.«

»Zum Schluss hast du gesagt, dass ich dich irgendwann jagen würde.«

»Tatsächlich?« Schröder sah auf. Zorn bemerkte, dass seine Augen graublau waren. Und dass sie sehr klar waren, glänzend, wie Glasmurmeln, als würden sie zu einem Kind gehören.

»Genau das hast du gesagt«, wiederholte Zorn. »Dass ich dich vielleicht jagen müsste.«

»Dann war ich offensichtlich doch betrunken. Wahrscheinlich meinte ich nicht jagen, sondern tragen.«

»Dass ich dich *tragen* müsste?«

»Das wäre doch naheliegend.«

Ja, wahrscheinlich hab ich mich verhört, dachte Zorn. Er war ja wirklich ziemlich hinüber. Trotzdem frage ich mich, warum er eigentlich hergekommen ist.

Mit schnellen, sicheren Bewegungen begann Schröder, den Fuß zu verbinden. Zorn verzog das Gesicht. »Was machst du hier eigentlich?«

»Erste Hilfe, Chef.«

»Du weißt genau, was ich meine.«

»Weiß ich das?«

»Warum bist du hergekommen? Du warst noch nie bei mir in der Wohnung. Du hast mich geweckt, Freundchen. Normalerweise bringe ich jeden um, der das versucht.«

Schröder war vollständig mit seiner Arbeit beschäftigt. Routiniert wickelte er die Mullbinde um den Fuß. Die eigene verletzte Hand schien ihn dabei nicht zu stören.

»Ich wollte, dass du es von mir erfährst«, sagte er, ohne aufzublicken.

»Was?«

»Der Junge lebt.«

Zorn zuckte die Achseln.

»Das weiß ich. Zumindest habe ich das noch mitbekommen. Wie geht's ihm?«

»Den Umständen entsprechend. Er wird zwar eine Weile einen steifen Nacken haben, aber das Krankenhaus hat er bereits verlassen. Er hat unglaubliches Glück gehabt.« Schröder sah kurz auf, dann wandte er sich wieder dem Knöchel zu. »Du hast ihm das Leben gerettet.«

Ja, dachte Zorn, das hab ich wohl. Dafür habe ich jetzt jemand anderen auf dem Gewissen. Ich rette einen Teenager und töte dafür einen Priester. Toller Tausch. Ich hätte eine Pistole dabei haben müssen, dann hätte ich zumindest einen Warnschuss abgeben können.

Verdammt.

Er spürte, wie etwas in ihm aufstieg, etwas Dunkles, Trauer vielleicht. Schüttelte widerwillig den Kopf und schob es beiseite. Ihm war klar, dass er sich für den Rest seines Lebens Vorwürfe machen würde. Doch dazu war später genug Zeit.

»Bist du hergekommen, um mir das zu sagen? Dass Max Brandt lebt? Das hättest du mir auch im Präsidium erzählen können.«

»Fertig, Chef.« Schröder gab Zorn einen leichten Klaps auf den Unterschenkel. »Der Verband ist nicht dick, du solltest damit in deine Schuhe passen. Richtig laufen allerdings kannst du frühestens übermorgen wieder. Und du solltest den Fuß kühlen. Hast du Kühlakkus?«

»Ich hab dich was gefragt, Schröder.«

»Du könntest dich wenigstens bedanken.«

»Danke. Also?«

Schröder rutschte im Sessel nach hinten und schlug die Beine übereinander.

»Max Brandt ist nicht der Einzige, der überlebt hat.«

Zorn richtete sich auf.

»Was?«

»Der Priester lebt auch.«

Hätte Zorn gestanden, wäre er wohl buchstäblich aus den Latschen gekippt. Jetzt, da er saß, sackte er nur gegen die Sofakissen und starrte Schröder mit offenem Mund an.

»Nee.«

»Doch, Chef. Ich dachte mir, dass du das gleich wissen solltest, deshalb bin ich sofort zu dir. Mir ist bewusst, dass du nicht gern geweckt wirst, aber ich hoffe, du machst eine Ausnahme und verschonst mich.«

Wieder stieg etwas in Zorn empor, diesmal war es etwas anderes. Erleichterung. Ja, er fühlte sich leicht. So leicht, dass er kurz befürchtete, abzuheben und eine Runde durch sein kleines Wohnzimmer zu schweben. Dieses Gefühl war so stark, dass er kurz zum Fenster sah, um zu überprüfen, ob es auch geschlossen war.

»Danke, Schröder.«

»*De nada*, Chef. Genau genommen solltest du dich bei niemandem bedanken. Nach allem, was ich weiß, hast du richtig gehandelt. Dir blieb keine Zeit, und du hattest keine Wahl. Wenn jemand sich bedanken sollte, dann der Priester.«

Zorn lachte auf. »Bei mir?«

»Nein, beim lieben Gott.«

»Das wäre naheliegend, aber sinnlos.«

Zorn sah Pastor Giese vor sich. Die kräftige Gestalt, die von einer Sekunde auf die andere lautlos über das Geländer verschwand. Er schüttelte den Kopf.

»Das waren mindestens zehn Meter, er muss doch unten auf dem Betonfundament gelandet sein. Wie konnte er das überleben?«

»Direkt neben dem Turm wächst eine Kiefer. Ihre Äste haben den Sturz abgefangen.«

»Ist er vernehmungsfähig?«

»Nein. Die Ärzte wissen noch nichts Genaues, momentan darf niemand zu ihm.«

Zorn sah Schröder an.

»Ich dachte tatsächlich, ich hätte diesen Pastor eigenhändig getötet.«

»Das hast du nicht, Chef. Und selbst, wenn es so wäre …«

»Ich weiß, ich konnte nicht anders. Aber trotzdem, das ist leichter gesagt als getan.« Zorn schluckte und fügte leise hinzu: »Du kannst dir nicht vorstellen, wie froh ich bin, dass dieses Arschloch lebt.«

»Doch, das kann ich.« Schröder schlug sich mit den flachen Händen auf die Oberschenkel und stand auf. »Ich fahr zurück ins Präsidium, ich würde vorschlagen, du machst heute frei.«

Zorn hob die Hand. »Das entscheide immer noch ich, mein Lieber. Vor fünf Minuten dachte ich noch, ich hätte einen Menschen getötet. Der Pastor lebt, jetzt wird gefeiert!«

Schröder wich ein wenig zurück.

»Chef, ich habe gestern genug Alkohol getrunken.«

Zorn sah Schröder verwundert an.

»Wer redet von dir? Und von Alkohol? Geh in die Küche und mach mir einen Kaffee!«

»Bitte?«

»Sieh's mal so«, Zorn klopfte umständlich die Kissen zurecht und legte sich wieder aufs Sofa, »ich hab ein sehr, sehr schlimmes Bein, ich kann nicht laufen.«

»Und ich hab eine schlimme Hand!«

»Ja«, nickte Zorn ernst. »Aber ich bin dein Chef. Und ich bestimme, wer von uns beiden schwerer verletzt ist. Das bin eindeutig ich. Jetzt will ich feiern, und weil ich keinen Sekt hab, nehm ich Kaffee. Den kann ich mir aber nicht selbst machen, womit wir wieder beim Thema wären: Ich bin der Chef. Und der Chef will Kaffee. Also mach hin.«

Schröder schob die Unterlippe vor.

»Bekomm ich auch einen?«

»Ich fürchte, dazu ist keine Zeit.« Zorn schüttelte bedauernd den Kopf. »Du musst ins Präsidium, mein Lieber.«

Schröder schlug die Hacken zusammen und verließ das Zimmer.

»Komplett?«, rief er aus der Küche.

»Logisch, und zwei Stück Zucker, wenn ich bitten darf! Ach, und Schröder?«

»Ich höre?«

»Im Schlafzimmer liegt mein Handy, kümmere dich doch um den Klingelton, ja? Dann hast du was zu tun, bis das Wasser kocht!«

»Es ist mir eine Freude, Chef!«

Zorn hörte, wie Schröder mit dem Geschirr klapperte.

Er legte den Fuß hoch und grinste in sich hinein.

*

»Möchte noch jemand Suppe?«

»Danke Mama, ich hab genug.«

Martha Haubold saß mit ihren Eltern am Küchentisch. Die Sonne schien durch die geöffnete Balkontür, draußen, im Garten, lag Eric in einem Liegestuhl und las. Neben ihm döste ein dunkelgrauer Schäferhund. Auf der Anrichte dudelte ein Küchenradio leise vor sich hin. Es roch nach verbrannten Zwiebeln und frischem Kaffee.

Herr Haubold wischte sich mit einer Serviette den Mund ab. »Ich bin total satt, Schatz.« Er legte seiner Frau die Hand auf den Arm. »Es hat super geschmeckt.«

Das war eine Lüge, Eva Haubold war eine miserable Köchin. Die Suppe war lauwarm, fad und schmeckte nach nichts. Freitags nahm sich Frau Haubold immer frei, so konnte sie mehr Zeit mit ihrer Familie verbringen. Wenn Ferien waren, kochte sie an diesen Tagen, ihr Mann kam dann mittags aus dem Büro zum Essen nach Hause. Sie stieß ihn mit dem Ellenbogen in die Seite.

»Ach komm, Klaus, das sagst du nur, um dich einzuschmeicheln.«

Er schob die Nickelbrille zurecht und sah sie aus kurzsichtigen Augen an. Obwohl er fast vierzig war, hatte Klaus Haubold ein glattes, faltenfreies Gesicht. Das Haar hing ihm in widerspenstigen Locken in die Stirn, was ihn ebenfalls mindestens zehn Jahre jünger erscheinen ließ. Er gab seiner Frau einen Kuss auf die Wange.

»Mich einschmeicheln? Würde ich niemals tun!«

»Du stachelst, Klaus«, kicherte sie.

»Du bist die beste Köchin der Welt, Mama.«

Klaus Haubold zwinkerte seiner Tochter zu. Niemand von ihnen hätte je zugegeben, dass das Essen nicht schmeckte.

Eva Haubold schob die Teller zusammen.

»Was ist mit Eric? Will er wirklich nichts essen?«

»Eric?«, rief Herr Haubold durch die offene Tür. »Was ist mit Essen?«

»Ich hab keinen Appetit!«, kam es von draußen.

»Der feine Herr hat keinen Hunger.« Herr Haubold zuckte die Achseln. Dann wandte er sich an seine Tochter. »Wann seid ihr letzte Nacht eigentlich nach Hause gekommen, ich hab euch gar nicht gehört?«

»Spät, Papa. Wir waren im Kino, danach noch tanzen.«

»Ihr hättet anrufen können.«

»Ach komm«, Frau Haubold fuhr ihrem Mann mit den Fingern durch die Locken, »du hättest sowieso nichts mitbekommen. Du hast geschnarcht wie ein Bär.«

»Hab ich nicht!«

»Hast du doch«, grinste Martha. »Die ganze Bude hat gewackelt, als wir nach Hause gekommen sind.«

»Das ist eine Verschwörung«, knurrte ihr Vater und versuchte vergeblich, ein ernstes Gesicht zu machen.

»Jemand Kaffee?«, fragte Eva Haubold.

»Klar«, sagte Martha.

»Ich muss zurück ins Büro.« Herr Haubold stand auf. »Die warten bestimmt schon.«

»Du hast Suppe auf der Krawatte«, sagte seine Frau vorwurfsvoll und strich ihm das Hemd glatt. »Wirst du denn jemals erwachsen, Klaus? Musst du dich denn immer bekleckern?«

»Du weißt doch, wie ungeschickt ich bin.« Er ging zu Martha und strich ihr übers Haar. »Bis später, Schatz. Ich hab dich lieb.«

Martha rührte in ihrer Kaffeetasse.

»Ich dich auch, Papa.«

*

Gegen halb zwei saßen Zorn, Schröder und Frieda Borck im Präsidium beisammen. Die Staatsanwältin hatte beide in ihr Büro bestellt. Zorn, der erst vor einer Stunde bei der Arbeit erschienen war, erwartete nichts Gutes.

Er hatte sich (vorerst zumindest) getäuscht, wie sich bald herausstellen sollte.

»Sie hätten heute freinehmen sollen, Herr Zorn. Sicherlich, Sie haben hervorragende Arbeit geleistet, aber ich könnte mir vorstellen, dass die gestrige Nacht nicht spurlos an Ihnen vorübergegangen ist.« Die Staatsanwältin warf Zorn einen Blick zu, der besorgt, nein, schlimmer noch, fast mütterlich zu nennen war.

Zorn rutschte unbehaglich auf seinem Stuhl hin und her. Schröder saß neben ihm, die Aktentasche zwischen den Beinen, die kurzen Arme baumelten an der Seite herunter. Gesagt hatte er bisher nichts.

Mein Gott, dachte Zorn. Diese Frau könnte fast meine Tochter sein. Warum tut sie ständig so, als könne ich nicht selbst auf mich aufpassen? Okay, sie ist meine Vorgesetzte. Doch das gibt ihr noch lange nicht das Recht, mich wie einen unmündigen Trottel zu behandeln.

»Sie haben recht«, sagte er, »jedenfalls damit, dass die letzte Nacht anstrengend war. Das ist aber auch schon alles.«

Frieda Borck hob die Augenbrauen.

»Wie meinen Sie das?«

»Nun, Sie sagten etwas von hervorragender Arbeit.«

»Allerdings, Herr Zorn.«

»Ich würde das eher als Glück bezeichnen. Der Junge hat mich angerufen, zufällig war ich in der Nähe und deshalb als Erster am Turm. Mehr nicht.«

Die Augenbrauen der Staatsanwältin hoben sich ein weiteres Stückchen.

»Ihre Bescheidenheit ehrt Sie, zumal ich mich wundere, dass Sie zu dieser Art von Selbsterkenntnis überhaupt fähig sind.«

»Ja«, nickte Zorn ernst. »Wenn ich's mir recht überlege, bin ich selbst völlig von den Socken. Aber so ist es nun mal. Ein Zufall.«

»Wie Sie meinen.« Frieda Borck schob ihren Stuhl zurück. »Im Endeffekt ist es auch egal, jetzt, wo Sie den Fall so gut wie gelöst haben.«

Nun war es an Zorn, die Brauen zu heben.

»Haben wir das denn?«

»Aber sicher. Zumindest haben wir einen dringend Verdächtigen. Dieser Priester …«

»Pastor Giese«, warf Schröder ein.

»Ja, dieser Pastor Giese war dabei, den dritten Jungen zu töten. Sie haben den Mann auf frischer Tat ertappt.«

»Richtig. Die anderen beiden Fälle müssen wir ihm allerdings erst noch nachweisen.«

Die Staatsanwältin wandte sich an Schröder.

»Das sollte nicht allzu schwer werden, oder?«

»Nun ja«, Schröder kratzte sich im Nacken. »Ein Geständnis werden wir so schnell nicht bekommen, Giese ist noch immer nicht ansprechbar. Wie Sie wissen, haben wir in den ersten beiden Fällen so gut wie keine Spuren.«

»Das mag ja sein, Herr Hauptkommissar. Aber jetzt, wo wir den Priester im Visier haben, kann die Spurensicherung noch einmal gezielt nach Hinweisen suchen.«

»Was wir auf jeden Fall tun werden«, nickte Schröder. »Aber das wird dauern.«

»Ich habe eine Hausdurchsuchung veranlasst. Wir werden seine Wohnung auf den Kopf stellen, und ich kann nur hoffen, dass wir dort etwas finden. Spätestens morgen Mittag muss ich eine Pressemitteilung rausgeben.«

Frieda Borck streckte den Rücken. Zorn sah die Umrisse ihres BHs unter der weißen Bluse.

»Ist das nicht ein wenig vorschnell?«, fragte er und wandte schuldbewusst den Kopf ab.

»Mag sein. Aber die Presse wird bald Wind von der Sache bekommen, dann muss ich reagieren. Lieber wäre es mir allerdings, wenn ich denen zuvorkommen könnte.«

Das ist mir klar, dachte Zorn. Und es wäre toll, wenn Giese auch die beiden anderen auf dem Gewissen hätte. Ich weiß nicht, warum, aber ich glaube nicht daran. Es ist einfach zu naheliegend. Leider kann ich es nicht begründen, verdammt. Wieder mal so ein Gefühl, mehr nicht.

»Wir geben uns Mühe, Frau Borck«, sagte Schröder. »Irgendetwas werden wir bis morgen Vormittag schon finden. Nachher vernehmen wir erst einmal Max Brandt, ich denke, danach sind wir einen großen Schritt weiter.«

»Ich verlass mich auf Sie.« Die Staatsanwältin überlegte, dann fiel ihr noch etwas ein. »Wo waren Sie eigentlich gestern Abend, Herr Schröder?«

»Ich?«

»Ja.«

»Nun, ich habe ...«

»Schröder war zu Hause«, unterbrach Zorn. »Er hat den Laptop von Björn Grooth untersucht. Auf dem Aussichtsturm konnte ich ihn nicht gebrauchen, da waren mehr als genug Leute.«

Schröder warf Zorn einen Blick zu. Die Staatsanwältin registrierte es, sagte aber nichts. »Wie dem auch sei«, meinte sie, »es wird einigen Rummel geben. Die Morde sind durch die Bank äußerst spektakulär, und die Presse wird garantiert durchdrehen, wenn wir einen Verdächtigen präsentieren.« Sie nahm einen Bleistift vom Tisch und wies auf Zorn. »Da kommt einiges auf Sie zu, Herr Hauptkommissar.«

»Ja?«

»Ja. Und ich fürchte, es wird Ihnen nicht gefallen. Fototermine, Interviews und so weiter. Aber da müssen Sie durch. Schließlich sind Sie es, der die Ermittlungen leitet.«

»Nee«, wehrte Zorn ab. »Ich mach so was nicht. Da soll sich Schröder drum kümmern.«

»Ich?« Der dicke Schröder riss die Augen auf. »Das würd ich gern, aber diese Ehre gebührt eindeutig dir, Chef. Ich war ja gar nicht anwesend.«

Dieser kleine, treulose Verräter! Zorn spürte eine unangenehme Wärme in seinen Wangen aufsteigen. Ist das der Dank? Ich hab dir eben den Arsch gerettet, und du lässt mich hier im Regen stehen!

»Herr Schröder hat recht«, entschied die Staatsanwältin.

Du kannst mich mal. Ihr beide könnt mich, dachte Zorn und erwiderte höflich: »Wie Sie meinen, Frau Borck.«

»Dann sind wir uns also einig. Sie kriegen das schon hin, Herr Hauptkommissar. Wenn Anfragen von der Presse kommen, werde ich Sie informieren. Ich erwarte, dass Sie sich bereithalten. Wir haben selten Gelegenheit, in der Öffentlichkeit gut dazustehen, dies ist eine. Das müssen wir nutzen. Sie werden das nicht vermasseln.« Frieda Borck stand auf und reichte erst Schröder, dann Zorn die Hand. »Das wäre erst einmal alles. Wenn wir Glück haben, ist die Sache morgen Abend ausgestanden. Dann können Sie sich mit Ihrem nächsten Fall befassen.«

Zorn hatte nicht das geringste Interesse, fragte aber trotzdem: »Was wäre das?«

»Pfandflaschenbetrug.«

»Wie bitte?«

»Man kopiert die Strichcodes von Mehrwegflaschen und klebt sie auf alles Mögliche, um das Pfand zu kassieren. Ein besonders cleverer Bursche hat auch alte Spraydosen benutzt, so ein Ding ist explodiert und hat den Automaten in einem Supermarkt an der Magistrale zerstört.«

»Haben wir einen Verdächtigen?«

»Ja, es gibt eine Videoüberwachung. Es handelt sich wohl um einen Klavierstimmer, der nebenbei als Kinderclown auftritt.«

Schröder warf sich in die Brust.

»Auch dieses Verbrechen werden wir lösen, Frau Staatsanwältin.«

»Ja«, bestätigte Zorn. »Ich kann's kaum erwarten.«

Frieda Borck öffnete die Tür zum Zeichen, dass die Besprechung beendet war.

Nun geschah etwas, mit dem Claudius Zorn selbst in seinen wildesten Träumen nicht gerechnet hätte. Zunächst registrierte er das Vibrieren in seiner Hosentasche. Dann erklang etwas, das ihm das Blut in den Adern gefrieren ließ.

Ein bisschen Frieden, ein bisschen Sonne, für diese Erde, auf der wir wohnen!

Der neue Klingelton. Dumpf, aber unüberhörbar, auf volle Lautstärke gestellt.

Schröder wich unauffällig ein paar Schritte zurück.

Das kann nicht sein, dachte Zorn. Er hat mir das schlimmste Lied der Welt aufs Handy geladen. Nein, das kann er sich nicht getraut haben.

Ein bisschen Frieden, ein bisschen Freude, ein bisschen Wärme, das wünsch ich mir!

»Ihr Telefon klingelt.« Frieda Borck schloss die Tür wieder. »Das ist doch Ihr's, oder? Wollen Sie nicht rangehen?«

Zorn war völlig perplex und holte das Handy hervor.

Sing mit mir ein kleines Lied!

Jetzt war es doppelt so laut. Zorn starrte aufs Display, als gäbe es nichts Wichtigeres auf der Welt. Die Nummer war unterdrückt, aber das war egal.

Dass die Welt in Frieden lebt!

Lass es aufhören, dachte Zorn. Lieber Gott, lass es aufhören. Ich tue alles, was du willst, ich werde wieder katholisch. Ich geh auch ins Kloster, ich fasse nie wieder eine Frau an, aber lass diesen Moment vergehen. Jetzt!

Dieses Angebot schien den lieben Herrgott wenig zu interessieren, denn das Telefon plärrte weiter:

Ein bisschen Frieden, ein bisschen Träumen, und dass die Mensch…

Dann war es endlich vorbei.

Zorn nahm alle Kraft zusammen. Jetzt kam es darauf an, sich nichts anmerken zu lassen, das war die einzige Möglichkeit, wenigstens halbwegs unbeschadet aus diesem Albtraum davonzukommen. Er zuckte die Achseln, steckte das Telefon ein und sagte nebenbei: »Meine Mutter. Ich ruf sie später zurück.«

Frieda Borck musterte ihn misstrauisch von Kopf bis Fuß.

»Sie haben einen ausgefallenen Musikgeschmack, Herr Hauptkommissar.«

»Mir gefällt's!«, rief Schröder freudestrahlend.

»Wirklich?«, wunderte sich die Staatsanwältin.

»Ach, Sie meinen den Klingelton?« Zorns Verwunderung wirkte

fast echt. »Was haben Sie denn gegen Schlager? Und Nicole ist eine tolle Frau.«

»Wer?«

»Nicole«, half Schröder aus dem Hintergrund. »Sie hat mit dem Song den *Grand Prix d'Eurovision de la Chanson* gewonnen.« Er zog die französischen Worte genüsslich in die Länge. »Das war 1982, glaub ich. Damals ist sie immer mit einer weißen Gitarre aufgetreten.«

»Ach!« Dies schien einer der seltenen Momente zu sein, in denen es Frieda Borck die Sprache verschlug. Sie schüttelte den Kopf. »Ein bisschen Frieden? Was für ein Schwachsinn.«

»Hauptkommissar Zorn ist eigentlich Pazifist«, meldete sich Schröder wieder. »Er gibt es nur ungern zu.«

Ein, zwei Schritte und ich hab dich an der Gurgel, dachte Zorn. Aber ich muss warten. Bald bin ich mit dir allein, Schröder. Dann bist du fällig, du Ratte!

Er räusperte sich. »Wir machen uns dann mal an die Arbeit, würde ich sagen.«

»Tun Sie das, meine Herren.« Die Staatsanwältin schien noch immer verwirrt. Sie öffnete die Tür, Zorn schob sich an ihr vorbei. Er musste raus hier, schnell.

»Wie geht's eigentlich Ihrem Fuß, Herr Hauptkommissar?«

»Ach, das ist nicht weiter schlimm«, antwortete Zorn tapfer. »Eine Zerrung, mehr nicht.«

»Passen Sie auf sich auf.«

»Natürlich.« Er zwang sich zu einem Lächeln, dann wandte er sich an Schröder und fragte zuckersüß: »Kommst du? Wir haben einiges zu besprechen.«

*

Martha Haubold lag auf ihrem Bett und las in einem zerfledderten Taschenbuch. Ihr Zimmer befand sich im Dachgeschoss, es war heiß und stickig. Die schrägen Wände waren türkisfarben gestrichen, neben der Tür klebte ein altes Justin-Timberlake-Poster. Es musste schon seit einer ganzen Weile dort hängen, die Farben verblichen bereits, die Ränder waren eingerissen und wellten sich nach innen. Überhaupt machte ihr Zimmer den Eindruck, als sei es seit Jahren nicht verändert worden, es schien, als gehöre es nicht einem Teenager, sondern einer Zwölfjährigen. Puppen, Plüschtiere waren überall verteilt, im Regal an der Wand standen Kinderbücher, vor den Fenstern hingen rosafarbene Gardinen mit aufgedruckten Schmetterlingen.

Martha trug ein großes weißes Männerhemd, das sie bei ihrem Vater im Kleiderschrank gefunden hatte. Sie lag auf der Seite, hatte den Kopf auf den Arm gestützt und war völlig in ihr Buch vertieft, beim Lesen bewegten sich ihre Lippen ein wenig.

Als ihr Bruder leise eintrat, reagierte sie nicht.

»Scheiße, ist das heiß hier.«

Eric schloss die Tür und setzte sich neben sie aufs Bett. Er trug halblange Shorts, das schwarze, feuchte Haar war streng nach hinten gekämmt, sein magerer Oberkörper glänzte von der Sonnenmilch, mit der er sich eingecremt hatte.

»Was hast du da, Schwesterchen?«

Er beugte sich über sie und nahm ihr das Buch weg.

Martha richtete sich auf: »Lass das.«

»Der Steppenwolf«, las Eric auf dem Einband. »Wie oft willst du das eigentlich noch lesen?«

»Das geht dich einen Dreck an.« Sie riss ihm das Buch aus der Hand, drehte sich wieder auf die Seite und las weiter. Er strich ihr vorsichtig mit dem Handrücken über das linke Bein.

»Warum so zickig, Schwesterchen?«

Sie schob seine Hand beiseite.

»Lass mich in Ruhe.«

»Wie du meinst.«

Unten im Garten bellte der Hund.

»Das Vieh hat Durst«, sagte Eric.

Martha blätterte um.

»Dann gib ihm was.«

»Soll er aus dem Pool saufen. Rutsch mal ein Stück.« Das Bett knarrte, als er sich neben sie legte. »Mama ist unten und kocht Lammbraten.« Er kicherte leise. »Ich könnte jetzt schon kotzen, wenn ich dran denke.«

»Ich hab gesagt, dass ich meine Ruhe will.« Martha blätterte um, viel zu schnell. Sie konnte die Seite unmöglich schon gelesen haben. Er legte einen Arm um ihre Hüfte und sah über ihre Schulter.

»Wir müssen reden, Schwesterchen.«

»Müssen wir nicht.«

»Doch, über die Bullen. Und über das, was du ihnen erzählt hast.«

»Ich hab nichts erzählt.« Plötzlich klang ihre Stimme belegt, als hätte sie Schnupfen. Vielleicht kämpfte sie auch mit den Tränen. »Die wissen nichts.«

»Auch nicht, dass du sie beide gefickt hast?« Sein Atem kitzelte an ihrem Hals. »Dass du Björn und Udo gefickt hast, kurz bevor sie gestorben sind?«

»Fick dich selbst!« Mit einem Ruck setzte sie sich auf und stieß ihn vom Bett. Die Dielen knarrten, als er unsanft auf dem Boden landete.

»Ich hab gesagt, dass du mich allein lassen sollst«, sagte Martha leise. Tränen glitzerten auf ihren Wangen. »Und jetzt verpiss dich, Eric. Sofort.«

Er sah sie einen Moment nachdenklich an. »Okay«, nickte er dann, stand auf, strich sich die Shorts glatt und ging langsam zur Tür. Dort drehte er sich noch einmal um. »Ich meinte nur, wenn ich Bulle wär …«

»Du bist aber kein Bulle, verdammt!«

»Stimmt. Und ich hab auch nicht vor, einer zu werden. Aber *wenn* ich einer wär, dann würde ich mich schon fragen, warum zwei Typen, mit denen du gevögelt hast, so kurz nacheinander die Hocke machen.«

Martha saß auf dem Bett, sie hatte das Kissen fest umklammert, als müsse sie sich daran festhalten. »Red nicht so, du Arsch. Ich hatte die beiden gern.«

»Ich weiß«, lächelte Eric. »Sonst hättest du sie ja nicht gevögelt.« Dann schloss er die Tür.

Wieder bellte der Hund. Martha hörte, wie ihr Bruder die Treppe hinunterging. Sie griff neben sich und warf das Buch mit aller Kraft gegen die Tür. Dann sank sie zur Seite und zog die Decke über den Kopf.

»Ich will, dass es vorbei ist«, schluchzte sie leise.

Doch das war es noch lange nicht.

*

Draußen, vor dem Büro der Staatsanwältin, standen zwei Kollegen der Spurensicherung und unterhielten sich. Zorn kannte die beiden flüchtig, nickte ihnen zu und hinkte eilig davon. Schröder folgte ihm mit einem halben Meter Abstand.

Sie bogen um die Ecke, ihre Schritte hallten über den engen Flur. Bürotür reihte sich an Bürotür, sie passierten ein giftgrünes Plakat mit dem sternförmigen Emblem der Polizeigewerkschaft, darunter stand:

UNSERE LEISTUNGEN: STÄRKE. SCHUTZ. KOMPETENZ.

Zorn sah sich unauffällig um. Als er bemerkte, dass niemand in der Nähe war, blieb er stehen, drehte sich um, stemmte die Hände in die Hüften und versperrte Schröder den Weg.

»So, Freundchen.«

Schröder wäre fast mit ihm zusammengeprallt.

»Was ist denn, Chef?«

»Das fragst du?«, zischte Zorn, packte Schröder beim Kragen und presste ihn gegen die Wand. »Du hast mir soeben den peinlichsten Auftritt meines Lebens beschert, die Borck muss denken, ich hätte nicht mehr alle Latten am Zaun! Dafür wirst du büßen!«

»Ich verstehe nicht.« Schröder sah mit kugelrunden Augen zu Zorn auf. »Wie meinst du das, Chef?«

»Wie ich dich bestrafen soll?« Zorn tat, als müsse er überlegen. »Ich könnte dich vierteilen. Oder ertränken, was ist dir lieber?«

»Na ja, ertrinken wäre wohl angenehmer. Und weniger blutig, denke ich.«

Zorn drehte an Schröders Hemdkragen, dieser wurde puterrot und schnappte nach Luft. »Ich glaube«, knurrte Zorn, »ich erwürge dich. Und zwar hier, auf der Stelle.«

»Von Erwürgen war aber gar nicht die Rede!«, ächzte Schröder.

Zorn lockerte seinen Griff. »Vorher wirst du den Klingelton ändern.«

»Ach, darum geht's?«

»Was dachtest du denn, du Nuss?«

»Ich weiß nicht, Chef.« Schröder zog das Hemd glatt und steckte es sorgfältig in die Cordhose. »Ich habe doch nur deine Anweisung befolgt. Du wolltest einen neuen Klingelton, den hab ich dir hochgeladen, wie du befohlen hast.«

Im nächsten Augenblick hatte Zorn Schröder erneut an der Gurgel.

»Aber doch nicht diese Scheiße, du übergewichtiger Schlumpf!«

»Wieso? Das ist ein Klassiker, Millionen Menschen lieben dieses Lied!«

»Aber *ich* nicht!«

Direkt neben ihm öffnete sich eine Tür, eine blasse brünette Sekretärin in rosafarbener Bluse steckte den Kopf heraus.

»Wir haben eine Besprechung«, erklärte Zorn und zupfte Schröders Kragen glatt.

»Eine wichtige!«, ergänzte Schröder etwas außer Atem.

Die Sekretärin musterte die beiden misstrauisch.

»Geheim! Unter vier Augen!«, blaffte Zorn.

Die Tür schloss sich.

»Ich geh dann mal was essen.« Schröder versuchte, sich an Zorn vorbeizudrängeln. Der stützte sich mit der flachen Hand an der Wand ab und versperrte ihm erneut den Weg. Schröder hätte mit seinen 1,65 Metern Körpergröße bequem darunter durchlaufen können, Zorns Blick allerdings hielt ihn zurück.

»Und jetzt«, sagte Zorn drohend, holte das Handy hervor und hielt es Schröder dicht vor die Nase, »machst du das weg. Sofort.«

»Das geht nicht so einfach, Chef.«

»O doch. Spiel was anderes drauf!«

»Was denn?«

»Scheißegal, von mir aus ein pupsendes Reh!« Es fehlte nicht viel, und Zorn hätte mit den Füßen aufgestampft. »Mach, dass das aufhört!«

Schröder hob die verbundene Hand, als wäre er ein Schüler, der sich im Unterricht zu Wort meldet. »Tut mir leid, ich bin verletzt, Chef.«

»Was?«

»Ich kann die Finger schlecht bewegen.«

»Nee, mein Lieber, so ziehst du dich nicht aus der Affäre, vergiss es! Du hast den Mist hochgeladen! Jetzt machst du ihn wieder weg!«

Schröder wich dicht an die Wand zurück. »Dein Fuß ist natürlich viel schwerer verletzt, Chef.« Noch immer hielt er die Hand hoch, wackelte ein wenig mit den Fingern, verzog das Gesicht und sagte bedauernd: »Ich glaube, es ist gerade schlimmer geworden.«

»Du hast noch eine andere Hand!«

Jetzt schwang so etwas wie Verzweiflung in Zorns Worten.

»Tut mir leid, ich bin Linkshänder, Chef.«

Zorn sah den Flur auf und ab. Kein Mensch war außer ihnen zu sehen. Er senkte die Stimme. »Bitte, Schröder.«

»Ja?«

»Du musst das wegmachen.«

Das war fast ein Winseln. Noch nicht ganz, aber eindeutig ein Betteln.

Schröder nickte bedächtig. »Aber natürlich mach ich das, Chef. Das Dumme ist nur«, er sah auf seine Uhr, »dass ich jetzt zur Spurensicherung muss. Es ist gleich halb drei. Du solltest dich auch beeilen, du musst noch einen Bericht über den gestrigen Abend schreiben.«

»Wie jetzt? Ich dachte, das machst du!«

»Das könnte ich natürlich.« Schröder sah bedauernd auf. »Aber wann soll ich mich dann um dein Handy kümmern?«

Ach, daher weht der Wind, dachte Zorn. Du willst mich also zappeln lassen.

Schröder lief los. Nach ein paar Metern blieb er stehen, griff sich an den Kopf und überlegte, dann drehte er sich noch einmal um: »Und Max Brandt solltest du noch besuchen. Und wenn du einmal dabei bist, könntest du gleich noch im Krankenhaus vorbeifahren und dich nach dem Priester erkundigen.«

»Sonst noch was?«

Schröder schüttelte den Kopf. »Ich glaub nicht.« Er machte auf dem Absatz kehrt und tippelte eilig davon.

Zorn sah ihm verdattert nach.

»Und das Handy?«

»Morgen, Chef«, rief Schröder über die Schulter. »Dann geht's meinen Fingern bestimmt besser. Und sieh doch mal nach, ob du vielleicht was in der Bibel findest. Du weißt schon, vielleicht gibt es ja doch eine Verbindung zu den Morden, dann hätten wir einen weiteren Hinweis, der auf Giese deutet!«

Im nächsten Augenblick war er um die Ecke verschwunden. Zorn stand mit hängenden Armen da und wusste nicht, wie ihm geschah.

Das ist ein Komplott, dieser fettleibige Giftzwerg hat das von langer Hand geplant, jetzt sticht er mir das Messer in den Rücken, ich werde gemeuchelt wie Cäsar von diesem Brutus; er denkt, jetzt kann er mich erpressen und die ganze Arbeit machen lassen, aber da hat er sich getäuscht, ich werde es ihm heimzahlen, er wird sich wundern, dieser …

Die Tür ging auf.

Wieder steckte die Sekretärin den Kopf heraus, diesmal trug sie einen Aktenstapel unter dem Arm. Zorn stand direkt vor ihr, sie prallte erschrocken zurück. Ungefähr zwei Sekunden sahen sie sich in die Augen.

Die Frau trug eine geschwungene Hornbrille mit Glitzersteinen an den Bügeln. Langsam wanderte ihr Blick von seinem Gesicht zu den Füßen, verharrte dort und ging dann wieder zurück.

»Ist was?«, kläffte Zorn.

»Darf man fragen, was hier eigentlich los ist?«

»Nein, verdammt!«

Langsam, ganz langsam wich die Sekretärin zurück und schloss die Tür.

Claudius Zorn knurrte eine Verwünschung und stampfte in sein Büro. Später sollte er sich glücklich schätzen, dass ihm auf dem Flur niemand über den Weg gelaufen war. Zum einen, weil er wahrscheinlich jedem, der ein falsches Wort gesagt hätte, an die Gurgel gegangen wäre (selbst dem Polizeipräsidenten). Zum anderen machte Claudius Zorn nicht unbedingt den elegantesten Eindruck: Ein verschwitzter Hauptkommissar, der, das linke Bein hinter sich herziehend, wütend vor sich hinbrabbelnd über den Flur hinkte. Das alles erinnerte ein wenig an den Glöckner von Notre-Dame.

Aber wie gesagt: Niemand sah es. Und das war gut so.

Siebzehn

Zorn hing zurückgelehnt in seinem Sessel, die Beine lagen schräg über dem Schreibtisch. Dort befanden sich sein Handy, seine Dienstwaffe und zwei dicke gelbe Ermittlungsakten fein säuberlich in einer Reihe. Der Computer war an, er hatte das Schreibprogramm hochgefahren, auf dem Monitor leuchtete eine leere Seite, oben links blinkte ein kleiner schwarzer Strich.

Er musste einen Bericht verfassen. Er musste die Akten durchgehen. Und er musste seinen Klingelton ändern. Irgendwie.

Außerdem war da noch die Pistole. Das war das Unangenehmste, noch abstoßender als der Klingelton (und das wollte etwas heißen), er schob die Waffe ein wenig beiseite und überlegte stattdessen, was er als Nächstes tun sollte.

Bisher hatte er weder ein Wort geschrieben noch auch nur einen einzigen Blick in die Akten geworfen. Er saß jetzt seit einer halben Stunde so da, starrte abwechselnd zur Decke, auf den Monitor und ab und zu auf das Handy.

Dieses verflixte Mistding.

Zorn hatte sich längst damit abgefunden, in technischen Dingen ein absoluter Versager zu sein. Das Einzige, womit er sich auskannte, war seine Stereoanlage, und es hatte lange genug gedauert, bis er wusste, wie der Verstärker, der Plattenspieler und die Fernbedienung funktionierten. Computer, Auto, Telefon: Wenn etwas davon streikte, musste es repariert werden, logisch. Aber nicht von ihm. Dafür gab es Fachleute, Monteure, Mechaniker oder Techniker.

Und natürlich Schröder.

Diese miese, kleine …

Nein, ermahnte sich Zorn. Ich muss ruhig bleiben, und ich werde ihm diesen Triumph nicht gönnen. Ich bin nicht blöd, das krieg ich auch allein hin. Bisher hab ich's ja noch nicht mal versucht.

Er nahm das Handy vom Tisch, vorsichtig, als könne es jeden Moment in die Luft fliegen. Die Taste für das Menü fand er relativ schnell, er drückte weiter, hektisch klickte er sich durch Erscheinungsbild,

Privateinstellungen, Hintergrundfarben, dann, als er bei einem Menüpunkt namens »Anruftöne« landete, schöpfte er Hoffnung, fügte hier ein Häkchen hinzu, entfernte dort eins, landete im nächsten Menüpunkt und hatte endgültig die Übersicht verloren.

Kurz darauf lag das Handy wieder auf dem Tisch. Zorn beäugte es misstrauisch und überlegte. Hatte es geklappt? Nun, das ließ sich leicht herausfinden. Er nahm das Festnetztelefon und wählte seine Funknummer.

Ein bisschen Frieden, ein bisschen Träumen!

Verdammt!

Und dass die Men…

Er hieb den Hörer auf die Gabel.

Ich kann dieses hirnlose Gesülze nicht ertragen, jaulte Zorn innerlich auf.

Ein bisschen Frieden!

Wieder ging es los. Zorn glaubte, seinen Ohren nicht zu trauen. Machte dieses Ding sich jetzt selbständig? Dann sah er die Nummer auf dem Display: Schröder.

Ein bisschen Träumen!

Dieser Hund ruft nur an, um seinen Triumph zu genießen!

»Pass auf«, blaffte Zorn in den Hörer, »wenn du denkst, du kannst mich fertigmachen, dann hast du dich geschnitten!«

»Wo denkst du hin, Chef«, flötete Schröder. »Ich wollte nur hören, ob du mit dem Bericht vorankommst. Und ich wollte dir mitteilen, dass wir auf dem Turm eine Pistole gefunden haben, mit den Fingerabdrücken des Priesters, es deutet also alles darauf hin, dass …«

»Leck mich.« Zorn kochte vor Wut. Von dem, was Schröder da erzählte, bekam er nur die Hälfte mit. »Du hast dir heute einen Feind gemacht. Und du hast keine Ahnung, wie es ist, mich zum Feind zu haben, du mieser …«

Zorn fehlten die Worte.

»… übergewichtiger Schlumpf?« half Schröder. »So hast du mich jedenfalls vorhin genannt.«

»Leck mich.«

»Ach das bemerktest du berei…«

Zorn unterbrach die Verbindung, öffnete eine Schublade, warf das Handy hinein und schloss sie mit einem Knall. Da kannst du bleiben, bis du verschimmelst, du kannst mich mal, du Scheißteil! Und Schröder auch!

Jetzt ging es ihm besser. Ein bisschen jedenfalls.

*

Im Südflügel des städtischen Krankenhauses liefen die Klimaanlagen auf Hochtouren. Die Nachmittagssonne prallte mit voller Wucht auf die verglaste Fassade, die großen Aluminiumjalousien waren zur Hälfte geschlossen, konnten aber nicht verhindern, dass sich das Gebäude mehr und mehr aufheizte.

Die Intensivstation lag im vierten Stockwerk. Der Flur war blitzblank gewischt und glänzte im Schein der Neonröhren. Es roch nach Desinfektionsmitteln und frischem Kaffee.

Es war still, kein Mensch war zu sehen, bis auf den uniformierten Beamten, der vor Zimmer 403 auf einem Stuhl hockte und in einem roten Taschenbuch *(»Grundsätze der Kriminalpraxis«)* las.

Wachtmeister Bolldorf war Anfang zwanzig, doch er sah jünger aus. Auf seiner Oberlippe wuchs ein dunkler, kaum sichtbarer Flaum, es würde noch dauern, bis er sich regelmäßig rasieren konnte. Er hatte den obersten Knopf seines Hemds geöffnet, der picklige Hals war durch den Schlips wundgescheuert. Sein größter Traum war, eines Tages bei der Mordkommission arbeiten zu dürfen.

Die große Schiebetür mit der ovalen Milchglasscheibe war halb geöffnet, von drinnen hörte man das Piepsen der Monitore und das eintönige Pumpen eines Beatmungsgeräts.

Pastor Giese lag auf dem Rücken. Sein rechtes, dick verbundenes Bein schwebte in der Luft. Es war an einem Draht fixiert, der von einem unförmigen Metallgestell über dem Bett herabhing. Auch sein Kopf war mit Bandagen umwickelt, im Mundwinkel klebte der Schlauch des Beatmungsgeräts. Schläuche ringelten sich über das Bett, Elektroden überwachten den Herzschlag, eine Kanüle steckte in seinem Unterarm.

Giese lag absolut reglos. Er hatte die Augen geschlossen, langsam hob und senkte sich sein breiter Brustkorb im Takt mit dem Beatmungsgerät. Irgendwo ertönte ein tiefes Brummen, die Lampen der Kontrollmonitore flackerten kurz. Ein Zucken, nicht länger als eine Zehntelsekunde, als sich die Augen des Priesters hinter den geschlossenen Lidern bewegten.

Dann war es wieder vorbei.

Draußen, vor dem Fenster, flog eine Krähe vorüber.

Wachtmeister Bolldorf sah auf, lauschte kurz und wandte sich wieder seinem Buch zu.

*

alles ist verschwommen, die gedanken gehorchen nicht ich muss mich zusammenreißen ich bin noch nicht fertig verdammt es ist noch so viel zu tun ich darf jetzt nicht aufhören jetzt nicht ich darf nicht schlafen, ich muss wach sein, verdammt

*

Es war halb vier. Zorn hatte noch eine Stunde Zeit, dann musste er zu Max Brandt. Normalerweise hätte er jetzt einfach dagesessen und die Zeit totgeschlagen, ein wenig aus dem Fenster gesehen, Staubkrümel vom Tisch gewischt, ein paar Büroklammern verbogen (manchmal, wenn ihm extrem langweilig war, puhlte er auch ein bisschen an der Tapete), dann wäre er aufgestanden und auf den Parkplatz zum Rauchen gegangen. Auf dem Rückweg hätte er sich einen Kaffee geholt und mit ins Büro genommen, um den Rest der Zeit weiter aus dem Fenster zu starren und an die nächste Zigarette zu denken.

Aber da war noch etwas. Der Bericht.

Nun ja. Fertigstellen würde er ihn in der kurzen Zeit nicht, aber anfangen konnte er wenigstens damit.

Seufzend nahm Zorn die Füße vom Tisch, schob die Tastatur zurecht und versuchte, sich zu konzentrieren. Oben links blinkte der Cursor, er überlegte und begann:

Am Donnerstag, dem 9. August, befand sich Hauptkommissar Claudius Zorn in der öffentlichen Gaststätte Waldkater, um dort …

Ja, was? Er stockte.

… eine Zeugenbefragung durchzuführen.

Genau. Schließlich konnte er kaum schreiben, dass er mit Schröder getrunken hatte.

Die Zeugenbefragung ergab, dass …

Moment! Wenn er jetzt etwas von Zeugen schrieb, würde garantiert jemand nach dem Protokoll fragen! Und dann? Noch mehr Schreibkram!

Er löschte die letzten Worte. Okay, dann eben etwas anderes:

… um im Umfeld der o. a. öffentlichen Gaststätte weiterführende Ermittlungen im Todesfall Grooth, Björn, vom 2. August anzustellen.

Das klang besser. Aber stimmte das Datum? Und welche Aktennummer hatte der Mordfall Grooth? Egal, das konnte er später nachtragen.

Die Ermittlungen ergaben keine neuen Erkenntnisse.

Ha! Sehr gut! Das sparte Papierkram!

Am späten Abend erhielt Hauptkommissar Zorn einen Anruf.

Seine Finger verharrten über der Tastatur. Die genaue Uhrzeit? Er schielte nach der Schublade, da lag sein Handy. Selbst er, Claudius Zorn, war in der Lage, die Anrufliste zu finden, aber er hatte keine Lust. Er dachte kurz nach und schrieb dann:

Um 21 Uhr 42 erhielt Hauptkommissar Zorn einen Anruf.

Das war besser. Irgendwie konkreter. Und amtlicher.

Darin teilte ihm der in den Mordfällen Grooth, Björn, und …

Scheiße, wie hieß der andere?

… Kempf, Udo, bereits als Zeuge vernommene Brandt, Max, mit, dass …

Schrieb man »Kempf« nicht mit zwei F? Egal!

… er sich auf dem Aussichtsturm im Stadtwald (vgl. Anlage: Kartenausschnitt) …

Na ja, das mit der Karte klang zwar gut, aber es bedeutete zusätzliche Arbeit.

… befinde und bedroht werde. Auf Nachfrage konnte er keine ge-

nauen Angaben bezüglich der bedrohenden Person machen, was auch an der schlechten Verbindung lag.

Zorn hackte mit beiden Zeigefingern auf die Tastatur ein. Er wusste, dass er Blödsinn schrieb, aber er wollte das alles so schnell wie möglich hinter sich bringen.

Hauptkommissar Zorn wies daraufhin einen der anwesenden Kellner an, den Notruf zu betätigen, und begab sich umgehend zu o. a. Treffpunkt. Als er eintraf …

Die Uhrzeit?

Als er gegen 22 Uhr 17 eintraf, bemerkte er, dass der Anrufer (Brandt, Max) …

Zu Max Brandt musste es eine Extraakte geben, wie war die verflixte Nummer?

… nicht zu entdecken war. Stattdessen ertönte ein Ruf …

Oder Schrei?

… ein menschlicher Schrei, der erkennen ließ, dass der Anrufer sich in höchster Gefahr befand. Das angeforderte Einsatzkommando war noch nicht vor Ort. Hauptkommissar Zorn entschied, dass akute …

Wie hieß das noch?

… Gefahr in Verzug war.

Nein.

… sei, deswegen erklomm …

Erklomm? Was für ein Scheißwort!

… bestieg …

Noch schlimmer!

… erkletterte Hauptkommissar Zorn den Turm, um dem Anrufer zu Hilfe zu kommen und scheiße ich habkeinenbockaufdiesenmistverdammtdakannsichschröderk

Er schlug mit der flachen Hand auf den Tisch.

»Das nervt!«

Ein Becher mit Bleistiften und Kugelschreibern kippte um, der Inhalt rollte über die Tischplatte und fiel klappernd auf den Fußboden. Zorn sprang auf, der Bürosessel rollte nach hinten, ein stechender Schmerz im verletzten Fuß ließ ihn wieder zurücksinken, doch dort, wo sich soeben noch das warme Leder seines Stuhls befunden hatte, war jetzt gähnende Leere. Zorn kippte nach hinten, ruderte verzweifelt mit den Armen und räumte, bevor er auf dem Hosenboden landete, die Hälfte seines Schreibtischs ab. Im Fallen riss er das Festnetztelefon mit sich, die Tastatur krachte ihm gegen die Stirn, und als er endgültig zu Boden gegangen war, kippte noch eine halbleere Wasserflasche um. Dann folgte der Aktenstapel auf dem Schreibtisch, und Hauptkommissar Claudius Zorn, der nun in einer Pfütze auf dem Linoleum lag, konnte nur verdattert zusehen, wie die einzelnen Blätter herabsegelten und sich im Büro verteilten.

*

Wachtmeister Bolldorf sah auf die Uhr. Noch über vier Stunden bis Feierabend. Das rote Buch lag zusammengeklappt auf seinem Schoß, er seufzte, schlug es wieder auf und las weiter in einem nicht enden wollenden Kapitel über die *Aktenführung im strafprozessualen Ermittlungsverfahren.* Langweilig, aber da musste man durch, wenn man irgendwann zur Mordkommission wollte.

Die Schiebetür von Zimmer 403 stand offen. Vor zehn Minuten war eine junge Schwester in knappem blauen Kittel erschienen, hatte Bolldorf kurz zugenickt, einen Blick in das Zimmer geworfen und war dann davongerauscht. Er hatte ihr hinterhergesehen, und als er sich dann wieder seiner Lektüre widmete, waren seine Wangen leicht gerötet.

Drinnen war alles ruhig, die Klimaanlage erzeugte ein schleifendes, sirrendes Geräusch. Das bleiche Gesicht des Priesters leuchtete auf dem grünen Bettbezug, Schweißtropfen hatten sich auf seiner Stirn gebildet und liefen langsam an den Schläfen hinab. Am rechten Handgelenk war eine Manschette befestigt, Kabel führten zum Mittelfinger und maßen den Blutdruck.

Wieder bewegten sich seine Augen. Der Mittelfinger zuckte, lag wieder still, zuckte noch einmal. Am Monitor über dem Bett leuchtete eine Lampe auf, dann erklang ein leises, rhythmisches Pfeifen.

Weiter hinten öffnete sich eine Tür, die Schwester erschien, ihre schnellen Schritte hallten über den Flur. Wachtmeister Bolldorf richtete sich auf und lockerte den dunkelblauen Schlips.

»Da drin hat's grad gepiepst, Schwester.«

»Was Sie nicht sagen.«

Im Krankenzimmer beugte sie sich über das Bett, kontrollierte den Sitz einer Kanüle und wandte sich dann den Überwachungsgeräten zu, die sie mit routinierten Bewegungen überprüfte.

Hinter ihr lag Pastor Giese und bewegte lautlos die Lippen, als habe er einen lebhaften Traum.

Vielleicht betete er auch.

*

Zorn hockte hinter seinem Schreibtisch auf dem Boden und wusste nicht, was ihm am meisten weh tat. Die Stirn, der Hinterkopf? Oder doch der Fuß? Nun, so wichtig war es auch nicht. Zumindest lenkte das Puckern im Kopf von den stechenden Schmerzen im Knöchel ab. Und umgekehrt.

Ich sollte nach Hause gehen und mich ins Bett legen, murmelte er resigniert, rieb sich den nassen Hintern und betrachtete das Chaos in seinem Büro. Kann es sein, dass das heute nicht mein Tag ist?

Es klopfte.

Zorn versuchte, sich aufzurappeln, ließ sich dann aber wieder zurücksinken.

Ach, dachte er, ich bleib einfach hier unten sitzen, das muss ja niemand mitkriegen.

Ein leises Quietschen, die Tür ging auf. Zorn spähte unter dem Tisch hervor und erkannte zwei Füße in hellen, knöchelhohen Leinenschuhen mit roten Schnürsenkeln. Die hatte er irgendwo schon mal gesehen.

»Herr Zorn?«

Die Stimme kannte er ebenfalls. Max Brandt.

Früher oder später würde er ihn entdecken. Was soll's, dachte Zorn. Noch mehr blamieren kann ich mich sowieso nicht.

Sein Kopf erschien über der Schreibtischkante. Zuerst war nur ein verwuschelter, dunkler Haarschopf zu erkennen, dann folgten die Augen des Hauptkommissars.

»Hallo Max.« Zorn griff wie selbstverständlich hinter sich, schob den Sessel zurecht und setzte sich auf. »Wundere dich nicht über das Chaos, ich räume gerade ein wenig auf. Nimm dir einen Stuhl.«

Max kam näher. Es knackte laut, als er einen Kugelschreiber zertrat.

»Entschuldigung.«

»Macht nichts.«

Der Junge bewegte sich langsam. Er trug eine dicke Halskrause, auf seiner Stirn klebte ein Pflaster. Die Augen waren blutunterlaufen, als wäre er stundenlang in Chlorwasser geschwommen. Er war (wenn das denn möglich war) blasser als sonst. In der linken Hand hielt er einen Blumenstrauß. Er sah sich unentschlossen um, dann setzte er sich verlegen.

»Müsstest du nicht eigentlich im Bett liegen?«, fragte Zorn und versuchte, die unangenehme Nässe im Schritt zu ignorieren. »Du hättest nicht herkommen müssen, ich wollte dich in einer halben Stunde besuchen.«

»Ich möchte mich bei Ihnen bedanken.«

Max sprach undeutlich, viel mehr als ein heiseres Nuscheln brachte er nicht heraus. Er hielt Zorn die Blumen entgegen. »Sie haben mir das Leben gerettet.«

»Danke.«

Peinlich berührt drehte Zorn den Strauß in den Händen, er wusste nicht, wann ihm zum letzten Mal Blumen geschenkt worden waren. Eine Vase hatte er jedenfalls nicht, weder zu Hause noch im Büro. Er machte sich nichts aus diesem Grünzeug, trotzdem spürte er, wie ein Kloß in seinem Hals aufstieg. Er legte den Strauß beiseite und räusperte sich. »Ich hab nur meinen Job gemacht.«

»Ich weiß, Herr Zorn. Aber wenn Sie nicht gekommen wären, dann wäre ich jetzt tot.«

»Woher hattest du eigentlich meine Nummer?«, lenkte Zorn ab, dem es jetzt eindeutig zu persönlich wurde.

»Kommissar Schröder hat sie mir gegeben, falls ich ihn nicht erreichen sollte.«

»Du hattest Glück, dass ich zufällig in der Nähe war.«

»Ja«, nickte Max. »Das hatte ich.«

Er saß kerzengerade auf dem Stuhl, immer wieder fuhr er sich mit den Handflächen über die Oberschenkel, als wären sie feucht und er müsse sie am Stoff seiner Hose trocknen. Sein Blick wanderte unruhig durchs Zimmer.

»Hast du Schmerzen?«, fragte Zorn vorsichtig.

»Es geht. Der Hals tut verdammt weh, der Nacken auch. Und ich hab überall blaue Flecke.«

Zorn war nicht sicher, wie er weiter vorgehen sollte. Der Junge war völlig durcheinander, was weiß Gott nicht verwunderlich war.

»Kannst du mir ein paar Fragen beantworten, Max?«

»Ich glaube schon.«

Zorn dachte nach. Die nasse Hose klebte am Hintern, er rutschte ein wenig nach vorn.

»Giese ist vorerst nicht ansprechbar. Wir haben keine Ahnung, was er von dir wollte. Warum habt ihr euch auf dem Turm getroffen? Hat er dich hinbestellt?«

»Ja. Er rief mich an und sagte, dass er etwas mit mir besprechen müsse.«

»Was genau war das?«

»Keine Ahnung, das hat er nicht gesagt.«

»Aber warum auf dem Turm? Nachts, im Dunkeln? Habt ihr euch öfter dort getroffen?«

Max schüttelte den Kopf.

»Nein, vorher nie.«

»Kam dir das nicht komisch vor?«

»Irgendwie schon. Aber er war so aufgeregt und am Telefon wollte er mir nichts sagen. Er meinte nur, dass es etwas mit Björn und Udo zu tun hat.«

»Mehr nicht?«

»Nein.«

»Und dann?«

Max tastete über das Pflaster auf der Stirn. Seine Fingerknöchel waren mit blutigem Schorf bedeckt. Automatisch fasste sich auch

Zorn an den Kopf. Da, wo ihn die Tastatur getroffen hatte, bildete sich langsam eine Beule.

»Ich war vor ihm am Turm und hab gewartet«, fuhr Max leise fort. »Dann habe ich Angst bekommen und wollte Herrn Schröder anrufen, aber er ist nicht ans Telefon gegangen.«

Wie auch?, dachte Zorn. Der feine Herr saß besoffen im Taxi.

»Ich wollte mich bei Ihnen melden, aber das kam mir irgendwie blöd vor.«

»Nein«, widersprach Zorn. »Blöd war es, nicht sofort anzurufen.«

»Das weiß ich jetzt auch. Aber verstehen Sie denn nicht? Ich hätte nie gedacht, dass Pastor Giese mir etwas tun würde! Er kennt mich, seit ich klein bin, und er ist ...«, Max kniff die Augen zusammen, »das klingt jetzt bescheuert, aber er war wie ein Vater für mich. Ich habe ihm vertraut wie niemandem sonst.«

Zorn sah, wie eine Träne an der Nase des Jungen entlanglief. Wieder wanderten Max' Finger hoch zu dem Pflaster, als würden sie dort Halt suchen.

»Ich habe gleich bemerkt, dass da was nicht stimmt. Er war völlig anders als sonst, irgendwie total durchgeknallt, gelacht hat er und gesagt, dass er es jetzt endlich zu Ende bringen würde.«

»Was kann er damit gemeint haben? Was wollte er zu Ende bringen?«

»Ich weiß es nicht, Herr Kommissar.«

»Wirklich nicht?«

Max schüttelte den Kopf.

Zorn sah ihn einen Moment an. Er war nicht sicher, aber wenn der Junge log, lieferte er gerade eine oscarverdächtige Leistung ab.

»Und dann?«, fragte er einen Augenblick später.

»Dann habe ich die Pistole gesehen und bin einfach losgerannt, die Treppe hoch.«

»Er hat dich mit der Waffe bedroht?«

»Ja.«

»Du hättest in den Wald laufen sollen.«

»Klar. Aber ich war völlig panisch. Ich hab mir sogar in die Hose gepinkelt.«

Zorn dachte an seine eigene nasse Jeans und daran, wie er später unauffällig das Präsidium verlassen konnte.

»Was ist dann passiert?«

»Kurz, bevor ich ganz oben war, hab ich Sie angerufen, aber die Verbindung war unterbrochen. Er stand unten und hat gesagt, dass ich runterkommen soll. Das hab ich natürlich nicht gemacht, und irgendwann ist er mir hinterher. Vor dem letzten Absatz hat er mich erwischt, hat mir das Telefon abgenommen und gesagt, dass es ihm leidtun würde, dass es aber nicht anders ginge, dass er keine Wahl hätte, weil sonst alles noch schlimmer werden würde und lauter andere komische Sachen.«

»Was genau?«

»Ich weiß es nicht mehr.« Max schluchzte auf, jeden Augenblick schien seine Stimme zu versagen. »Ich habe mich gewehrt, hab ihm sogar die Pistole aus der Hand gerissen, sie ist dann runtergefallen. Da hat er gelacht und gesagt, dass das jetzt auch nicht mehr wichtig wäre. Und dann hab ich's gesehen.«

»Was?«

»Das Seil.«

»Giese hatte es in der Hand?«

»Ja. Und dann hab ich geschrien.«

»Ich hab's gehört.«

»Was dann passiert ist, weiß ich nicht genau. Wahrscheinlich hat er mir auf den Kopf geschlagen, jedenfalls tut's da ziemlich weh.« Max fuhr sich mit der Hand über den Hinterkopf. »Ich muss kurz ohnmächtig gewesen sein, als ich aufgewacht bin, hatte ich die Schlinge um den Hals, und er war dabei, mir die Hände zu fesseln. Ich hab mich wieder gewehrt, aber Herr Giese ist stark. Und dann sind Sie gekommen, jedenfalls hab ich Ihre Schritte gehört. Er wahrscheinlich auch, denn er hat mich angeguckt und gesagt, dass jetzt keine Zeit mehr sei. Und dann …«

»Ja?«

»Dann hat er mich runtergestoßen.«

Fröstelnd zog Zorn die Schultern hoch. Wieder sah er den Jungen zwischen den Stahlstreben baumeln. Hilflos, wie eine Marionette.

»Du hattest also die Hände frei.«

»Ja, er hat es nicht mehr geschafft, sie zu fesseln. Irgendwie hab ich die Finger zwischen das Seil und meinen Hals bekommen.«

»Ich muss dich das noch einmal fragen, Max. Hast du auch nur die geringste Ahnung, warum er das getan haben könnte? Du sagst, er sei wie ein Vater für dich gewesen, das bedeutet, dass du ihn gut gekannt hast.«

»Das dachte ich jedenfalls.«

»Was ist mit den anderen? Mit Eric und Martha? Und den beiden Toten, Udo und Björn? Hatten sie auch ein solches Verhältnis zu Giese?«

»Ich denke schon. Wir waren ja oft bei ihm, und wir waren gern da.«

»Verdammt nochmal, Max«, sagte Zorn eindringlich. »Es muss einen Grund für das alles geben. Niemand knallt einfach mal durch und läuft aus heiterem Himmel Amok!« Nicht mal ein Priester, fügte er in Gedanken hinzu. »Was steckt dahinter?«

Max blickte auf. Zorn sah ihm in die Augen, wonach er suchte, wusste er nicht genau. Das Einzige, was er im Blick des Jungen fand, war Ratlosigkeit. Pure Verwirrung, nichts sonst. Wahrscheinlich stand er noch unter Schock.

»Du kannst jetzt gehen. Ruh dich ein wenig aus, wir melden uns bei dir, okay?«

Max blieb sitzen. Er öffnete den Mund und setzte zum Sprechen an, schwieg dann aber.

»Was ist?«, fragte Zorn.

»Glauben Sie, dass Pastor Giese die beiden anderen ermordet hat? Björn und Udo?«

Zorn antwortete mit einer Gegenfrage.

»Was denkst du?«

Max schniefte. Plötzlich sah er aus, als wäre er zehn Jahre jünger. Ein verunsichertes, ängstliches Kind.

»Ich weiß nicht, was ich denken soll. Ich hoffe nur, dass das alles vorbei ist.«

»Das hoffe ich auch, Max. Wir werden Gieses Wohnung durchsuchen, vielleicht finden wir dort etwas. Aber ich glaube, dass du außer Gefahr bist.«

Wieder schniefte Max, dann wischte er sich mit dem Handrücken die Nase ab und stand auf. »Danke.«

»Das sagtest du bereits. Wenn irgendetwas ist, du hast meine Nummer, du kannst mich jederzeit anrufen.«

»Das mach ich.«

Plötzlich hatte Zorn eine Idee: »Warte mal.« Er öffnete die Schublade, kramte sein Handy hervor und legte es auf den Tisch.

»Kennst du dich mit diesen Dingern aus?«

Max trat näher.

»Klar, mein Vater hat so eins.«

»Kannst du mir den Klingelton ändern?«

Der Junge starrte Zorn an, als habe er ihn zum Tanzen aufgefordert.

»Logisch, jeder Vollidiot kann das.«

Schön wär's, dachte Zorn. Egal, soll er mich für einen unfähigen Knallkopf halten. Ich bring das jetzt hinter mich.

Er nahm das Handy und hielt es Max entgegen. »Ich will einen ganz normalen, profanen Klingelton. Irgendetwas, das alle haben. Kriegst du das hin?«

»Ich soll Ihnen …«

»Genau. Ich hab's versucht. Genauer gesagt, hab ich alles getan, was ich konnte. Aber ich bin zu blöd dazu.«

Das, dachte Zorn, war jetzt mehr als deutlich genug.

Die Wangen des Jungen hatten Farbe bekommen. Er sah auf das Handy, dann zu Zorn, dann wieder auf das Telefon. Langsam stahl sich ein Grinsen auf sein Gesicht.

»Sie wollen einen neuen Klingelton?«

»Du sagst es.«

»Und es soll unter uns bleiben?«

»Du wirst keinem Menschen davon erzählen. Oder ich bring dich für den Rest deines Lebens hinter Gitter.«

»Okay.« Max nahm das Handy. »Ich hab Sie eigentlich für ein Arschloch gehalten. Aber ich glaube, Sie sind ziemlich cool.«

»Vielleicht bin ich einfach nur ein cooles Arschloch.«

»Ja, vielleicht«, nickte Max. Sein Grinsen wurde breiter. »Soll ich?«

»Ich bitte drum.«

Zwei Minuten später saß Claudius Zorn allein in seinem Zimmer. Seine Hose war nass, um ihn herum herrschte ein Chaos, als wäre ein Jumbojet in seinem Büro gelandet. Aber das störte ihn nicht.

Er wählte Schröders Nummer.

»Wärst du so nett und würdest umgehend bei mir erscheinen?«, flötete er ins Handy. »Und beeil dich. Sonst zieh ich dir die Hammelbeine lang.«

Achtzehn

Claudius Zorn hasste seine Dienstwaffe, eine hässliche dunkelgraue Sig Sauer P225. Er verabscheute ihr plumpes Aussehen, den kurzen, wie abgesägt wirkenden Lauf, das kalte, irgendwie schmierige Metall, den Geruch nach Öl und Eisen, und er hasste das Gefühl der Schwere, wenn er die Pistole in die Hand nahm, das unangenehme, elektrische Kribbeln des geriffelten Metalls auf seiner Handfläche.

Ein klobiges kleines Ding, das keinen Sinn ergab. Etwas, das in den Händen eines halbwegs vernunftbegabten, zivilisierten Menschen nichts zu suchen hatte, denn was brachte es schon? Außer Lärm, Schmerz und Tod?

Dumm nur, dass Zorn Polizist war. Eigentlich war er verpflichtet, ständig eine geladene Waffe bei sich zu führen. Was er allerdings nie tat, allein das Gewicht dieses kleinen, gut ein halbes Kilo schweren Ungeheuers hätte ihm die Nerven geraubt. Außerdem war Claudius Zorn ein ungeschickter Mensch. Er war sicher, dass er sich in den mehr als zwanzig Jahren, die er jetzt Polizist war, garantiert ein halbes Dutzend mal ins eigene Bein geschossen hätte, Sicherheitstraining hin oder her.

Er hasste das Training, den Lärm, den Schweißgeruch, die schmuddeligen Ohrenschützer, den Korditgestank. In regelmäßigen Abständen mussten Schießübungen absolviert werden, eine Sache, vor der er sich nicht drücken konnte, die Ergebnisse wurden penibel dokumentiert.

Zorn war ein lausiger Schütze. Wenn er abdrückte, kniff er automatisch die Augen zu, und obwohl er wusste, was folgen würde, zuckte er jedes Mal zusammen, wenn der Schuss losging. Anfangs hatten seine Leistungen noch gerade so im Bereich des Akzeptablen gelegen. Doch seit einigen Jahren nahm er die Zielscheibe in der dämmrigen Schießhalle nur noch als verschwommenen Fleck wahr, und wenn er tatsächlich einmal traf, war das nichts anderes als purer Zufall.

Doch auch hier hatte er einen Weg gefunden, sich an den Vorschriften vorbeizumogeln. Die Leiterin der Schießhalle, eine vierzigjährige, burschikose Polizeiobermeisterin mit grober Gesichtshaut und enormem Hinterteil, mochte nicht nur Schusswaffen, sondern auch ihn, Claudius Zorn. Obwohl sie ihre Schwäche für Zorn hinter einem besonders barschen Auftreten zu verbergen suchte, erkannte er sofort, woran er war (ja, er war fast blind, aber für diese Dinge hatte er ein Auge) und nutzte es skrupellos aus. Ein Lächeln, ein kurzes, wie nebenbei gesagtes Kompliment, und bevor die arme Obermeisterin wusste, wie ihr geschah, fraß sie ihm aus der Hand. So war es denn nicht verwunderlich, dass sie ihn seine Schießergebnisse manipulieren ließ.

Laut Personalakte schoss Claudius Zorn besser als James Bond.

Wie lange das noch gutging, wusste er nicht. Irgendwann, wenn er gar nicht mehr traf, würde er sie ins Kino einladen müssen. Oder schlimmer, zum Essen. Aber bis dahin war noch Zeit, so hoffte er zumindest.

Zorn saß noch immer in seinem Büro und wartete auf Schröder. Die Waffe lag vor ihm auf dem Tisch, er nahm sie zwischen Daumen und Zeigefinger und hob sie an. Sofort spürte er diese unheimliche, nahezu körperliche Abscheu, als hielte er eine Vogelspinne in der Hand. Und doch war da etwas anderes, etwas, das ihm seit letzter Nacht immer wieder durch den Kopf spukte.

Was wäre geschehen, wenn er die Pistole auf dem Turm dabeigehabt hätte? Dann hätte er einen Warnschuss abgeben und den Priester in Schach halten können. Es war möglich, nein, es war sogar wahrscheinlich, dass Giese das Seil losgelassen hätte, vielleicht wäre er gar nicht erst dazu gekommen, Max den Strick um den Hals zu legen und ihn vom Turm zu stoßen.

Beide, sowohl Max als auch der Priester hatten überlebt, doch das war pures Glück. Sie hätten jetzt tot sein können. Und er, Claudius Zorn, wäre schuld. Weil er zu feige war, eine Waffe zu tragen.

Zorn machte sich selten Gedanken über Eventualitäten, doch dies waren Tatsachen. So sehr er sich auch mühte, er konnte sie einfach nicht ignorieren.

Er öffnete die obere Schublade seines Schreibtischs. Dort, in der hintersten Ecke, lag ein ledernes Schulterholster. Obwohl er es seit über zwanzig Jahren besaß, war es so gut wie neu – er hatte es noch nie benutzt.

Na ja, brummte Zorn, ich könnte es zumindest mal versuchen, oder?

Gedacht, getan: Es brauchte nur ein paar Handgriffe, und er hatte das Holster mit der Pistole um die Schultern geschnallt. Schließlich stand er im Büro, drückte die Schultern nach unten und lief probeweise ein paar Schritte auf und ab. Nein, das war kein gutes Gefühl, schlimmer noch, es war beschissen. Das Leder rieb im Nacken, unter der Achsel spürte er einen unangenehmen Druck, der linke Arm wurde in einem unnatürlichen Winkel nach außen gebogen. Die Waffe war nicht geladen, trotzdem fürchtete er, sie könne jeden Moment losgehen.

Was bin ich? Ein bekloppter Aushilfsrambo?, dachte Zorn und schnupperte. Etwas roch anders, und es war gar nicht mal unangenehm: Altes Leder, ein Duft, der ihn an seine Kindheit erinnerte. Sein Schulranzen hatte so gerochen, die kurze Lederhose mit den weißen Hirschhornknöpfen fiel ihm ein. Er hatte die Hose gehasst, trotzdem, die Erinnerung hatte etwas Tröstliches. Als kleiner Junge hätte er wahrscheinlich seine Seele dafür gegeben, die Sig Sauer auch nur kurz in den Händen halten zu dürfen.

An der Wand neben dem Fenster stand sein Spind, ein länglicher Schrank, in dem er im Winter seine Jacke aufbewahrte. Er öffnete die Tür, an der Innenseite hing ein hoher, schmaler Spiegel.

Langsam, wie im Western, trat er ein paar Schritte zurück, hielt die Arme seitlich gespreizt und schob sich einen imaginären Cowboyhut aus der Stirn.

»Redest du mit mir?«, fragte er sein Spiegelbild.

Zorn mochte Robert de Niro. Und *Taxi Driver*, das war einer seiner Lieblingsfilme.

»Du laberst mich an? *Mich?*«

Er stand mit dem Rücken zur Tür, kniff die Augen zusammen und versuchte, einen besonders gefährlichen Blick aufzusetzen. Dazu wippte er auf den Zehenspitzen vor und zurück. Er sprach leise, mit hoher, knarrender Stimme. Wie de Niro eben (glaubte er zumindest).

»Mit wem kannst du Arsch in diesem Ton reden, hä?«

Im Film zückte de Niro an dieser Stelle seine Waffe und tat, als würde er sein Spiegelbild erschießen. Zorn versuchte es ebenso, stieß den ausgestreckten nackten Zeigefinger nach vorn und ahmte das Geräusch eines Schusses nach.

»Peng, peng, peng!«

Er verschränkte die Arme vor der Brust und setzte ein dämonisches Grinsen auf.

»Das hast du nun davon, du widerliche, ekelhafte Sau.«

»Ratte, Chef.«

»Was?!«

Zu Tode erschrocken fuhr Zorn herum, Schröder stand in der Tür und musterte ihn interessiert.

»Ich korrigiere dich ungern, aber de Niro sagt nicht *Sau*, sondern *Ratte*.«

»Kannst du nicht klopfen, verdammt nochmal? Und überhaupt, wie lange stehst du da schon rum?«

»Ach, höchstens ein paar Minuten. Sehr eindrucksvolle Vorstellung, du solltest die Pistole öfter tragen, Chef.«

Na klasse, er hat mir die ganze Zeit zugesehen, überlegte Zorn. Ich hab mich geirrt, als ich vorhin dachte, dass es heute nicht mehr peinlicher werden könnte. O Gott, die nasse Hose sieht er auch, wahrscheinlich denkt er, ich hätte eingepinkelt!

»Ich hab ein bisschen trainiert«, meinte er und schlenderte betont lässig hinter seinen Schreibtisch, wobei er sorgfältig darauf achtete, dass Schröders Blick nicht auf seinen nassen Hintern fiel.

»Was gibt's?«, fragte er und nahm Platz.

»Das wollte ich eigentlich dich fragen. Du hast mich schließlich herbestellt.«

Schröder machte nicht den Eindruck, als wäre er auch nur im Geringsten verwundert. Zorns seltsamer Auftritt hatte ihn offensichtlich ebenso wenig aus der Ruhe gebracht wie die überall im Zimmer verstreuten Papiere.

»Richtig, das hatte ich fast vergessen«, erwiderte Zorn, der langsam, aber sicher wieder Oberwasser bekam. »Du warst bei der Spurensicherung?«

»Ja«, nickte Schröder und fügte mit einem leisen Lächeln hinzu: »Ich dachte, es geht um dein Telefon.«

»Wenn du den Klingelton meinst: Der ist nicht so wichtig. Eigentlich finde ich's jetzt ganz schick. Ist mal was anderes, verstehst du?«

»Natürlich. Manchmal braucht es seine Zeit, bis man die Schönheit gewisser Dinge erkennt«, erwiderte Schröder todernst.

»Genau.« Zorn faltete die Hände auf dem Tisch und wurde dienstlich. »Setz dich.«

»Sehr wohl.« Schröder nahm vor dem Schreibtisch Platz.

»Ich habe eben mit Max Brandt gesprochen«, begann Zorn. »Da gibt es ein paar Dinge, die wir klären sollten.«

»Ich höre?«

»Er behauptet, er hätte dich angerufen, bevor er zum Turm ist.«

»Das stimmt. Aber ich bin nicht rangegangen.«

»Weil du völlig hinüber warst.«

»Richtig. Weil ich völlig hinüber war. Sollte ich mir deswegen Vorwürfe machen?«

Zorn dachte an die Abende, die er selbst sturzbetrunken in irgendwelchen Kneipen verbracht hatte. Und daran, wie oft Schröder ihm aus der Patsche geholfen hatte.

»Nein«, erwiderte er knapp und fuhr fort: »Außerdem sagt Max, dass Giese versucht hätte, ihn zu fesseln. Wenn das wahr ist, müsste es einen zweiten Strick geben. Der Priester kann ihm ja schlecht ein und dasselbe Seil um Hals und Hände gebunden und ihn dann aufgehängt haben.«

»Stimmt«, nickte Schröder. »Der Junge sagt die Wahrheit. Die Spurensicherung hat am Fuß des Turms ein zweites, kurzes Seil gefunden. Direkt neben der Pistole. Die ist übrigens übersät mit Gieses Fingerabdrücken.«

»Keine anderen?«

»Von Max gibt es auch welche.«

Zorn dachte nach. »Er sagt, der Priester hätte ihn mit der Waffe bedroht. Dann hätten sie miteinander gerungen und die Pistole sei runtergefallen.«

»Das klingt logisch.«

»Ja.« Zorn rieb sich den Nacken. »Irgendwie *zu* logisch.«

»Kann es sein, dass du dem Jungen nicht traust, Chef?«

»Was ist mit dir?«

»Ob ich ihm traue?«

»Ja.«

Schröder kratzte sich am Doppelkinn. »Ich glaube schon. Aber du kennst ihn besser, du hast ihn schließlich schon zweimal vernommen.«

»Das mag sein. Und er kommt mir absolut vertrauenswürdig vor, da ist nichts gespielt. Er hat wirklich Angst, und ich kann mir nicht vorstellen, dass er gelogen hat.«

»Aber?«

Zorn hob die Schultern. »Ich weiß nicht. Natürlich, alles deutet auf den Priester, das war ein klarer Mordversuch. Aber hat er deshalb auch die anderen beiden Morde begangen?«

»Nun ja, die Tatorte sind jedenfalls ähnlich, Chef. Keinerlei Versuche, die Opfer zu verbergen, Max sollte ebenso wie Björn Grooth stranguliert werden.«

»Einen Unterschied gibt es«, gab Zorn zu bedenken. »Bei den ersten beiden Morden haben wir keine Spuren des Täters gefunden, richtig?«

»*Correctamente, señor.*«

»Aber auf dem Aussichtsturm gab's massenhaft davon.«

»Du hast Giese überrascht, Chef. Er ist einfach nicht dazu gekommen, sie zu beseitigen.«

»Vielleicht«, nickte Zorn. »Aber er hatte nicht mal Handschuhe an.«

»Hm«, brummte Schröder. »Das sollte man überprüfen.«

»Allerdings. Was ist mit der Bibel? Hast du irgendwelche Parallelen zu den Morden gefunden?«

Schröder richtete sich verwundert auf.

»Ich dachte, das übernimmst du, Chef?«

»Wer sagt das?«

»Du selbst!«

»Mein lieber Schröder.« Zorn legte die Füße auf den Tisch und verschränkte die Arme hinter dem Kopf. Noch immer trug er die Waffe unter der Achsel, doch das störte ihn nicht im Geringsten. »Es mag vorhin kurz so ausgesehen haben, als hättest du mich in der Hand. Ich verstehe, dass du die Gelegenheit beim Schopf packen und mich mit diesem Klingelton erpressen wolltest.«

»Ich habe keine Ahnung, was du meinst. Und es verletzt mich, dass du so etwas überhaupt nur denken kannst.« Schröder schlug traurig die Augen nieder.

»Falls es dich interessiert«, sagte Zorn triumphierend, »ich finde Nicole immer noch Scheiße. Aber ich habe den Klingelton geändert!«

»Allein?«

»Jawoll!«, log Zorn. »Das hast du nur gemacht, weil du mich unter Druck setzen wolltest. Du hast gedacht, du könntest mir die ganze Scheißarbeit in die Schuhe schieben, gib's zu!«

»Niemals, Chef!«

»Doch!«

»Wenn das so ist«, Schröder warf den Kopf zurück und strich sich eine dünne Haarsträhne aus der Stirn, »gehe ich jetzt.«

»Wir sind noch nicht fertig, Schröder!«

Jetzt, dachte Zorn, werde ich ihn bestrafen. Endlich.

»Wie geht's eigentlich deinen Fingern?«, fragte er lauernd.

Schröder warf ihm einen misstrauischen Blick zu.

»Besser, warum?«

»Das freut mich. Dann würde ich vorschlagen, du studierst heute Abend die Bibel ...«

Schröder stöhnte auf.

»… und wenn du fertig bist, wäre da noch ein kleiner Bericht zu verfassen.«

»O nein, Chef!«

»O doch, Schröder!« Zorn wies auf seinen Monitor. »Ich habe vorhin schon angefangen, du musst nur noch fertig schreiben. In zwei, drei Stunden solltest du das erledigt haben. Heute ist Freitag, du hast das ganze Wochenende Zeit. Ich würde das natürlich selbst übernehmen, ich bin keiner, der sich vor so etwas drückt.«

Schröder brummte etwas Unverständliches. Zorn meinte, etwas wie *wer's glaubt, wird selig* zu hören.

»Was sagtest du, Schröder?«

»Nichts.«

»Gut. Ich muss jetzt noch ein wenig aufräumen, dann fahr ich ins Krankenhaus und frage nach Giese.« Zorn hob die Hand und wedelte ein paarmal hin und her. »Du darfst dich jetzt entfernen.«

Schröder deutete einen Bückling an und tippelte mit kleinen Schritten rückwärts in Richtung Tür.

»Stets zu Diensten.«

»Das«, erwiderte Zorn gnädig, »wollte ich hören.«

Schröder schloss die Tür.

Tja, mein Lieber, du hättest dich nicht mit mir anlegen sollen, dachte Zorn, stand auf und hinkte ein paarmal auf und ab. Dann stellte er sich breitbeinig vor seinen Spind. Wieder schnellte sein Zeigefinger nach vorn, er ahmte das Geräusch eines Schusses nach, so, wie er es als Kind immer getan hatte.

»Niemand legt sich mit Claudius Zorn an«, knurrte er seinem Spiegelbild zu. »Niemand, du Ratte.«

Neunzehn

Es war früher Abend. Die Mauern der alten Burg leuchteten im rötlichen Licht der tiefstehenden Sonne, unten auf der Brücke staute sich der Verkehr in Richtung Innenstadt. Der Fluss strömte dahin, ein schmutzigweißer Ausflugsdampfer tuckerte nach Süden, fünf, sechs Rentner hockten auf dem Sonnendeck, starrten auf die geblümten Tischdecken und rührten mürrisch in ihren Kaffeetassen. Volksmusik plärrte aus einem Lautsprecher neben der Kapitänskajüte.

Einen Kilometer stromaufwärts teilte sich der Fluss und bildete eine schattige, baumbewachsene Insel, deren Kneipen und Spielplätze im Sommer oft besucht wurden. Eine alte Stahlbrücke führte über den Fluss, am östlichen, der Stadt zugewandten Ufer befand sich eine große Wiese mit einem künstlichen, kreisrunden See, in dessen Mitte der Wasserstrahl einer Fontäne fast fünfzig Meter in den dunkelblauen Himmel emporstieg. Jogger, Radfahrer und Spaziergänger drängten sich auf einem schmalen Asphaltweg, der am Ufer entlangführte. Die Wiese war dicht bevölkert, die Menschen lagen auf Decken und dösten vor sich hin, spielten Federball, grillten oder lasen. Vom nahegelegenen Spielplatz drang Kindergeschrei herüber. Es roch nach Algen, gebratenem Fleisch und frisch gemähtem Gras.

Sie saßen im Schatten einer Trauerweide auf einer Bank am Rande des Sees. Max hatte erzählt, was in der letzten Nacht geschehen war, Eric und Martha hatten schweigend zugehört.

»Ich kapier das nicht«, sagte Martha schließlich leise. Sie hockte in der Mitte, hatte die Beine hochgezogen und den Kopf auf die Knie gestützt. »Ich dachte immer, der Pastor wär okay. Was hat der von dir gewollt?«

»Keine Ahnung«, krächzte Max. Noch immer klang er, als habe er Sandpapier zwischen den Stimmbändern. »Ich hab euch erzählt, wie's war. Mehr weiß ich nicht.«

Martha nahm seine Hand. Ihre Finger waren warm und trocken. Er zuckte zusammen, sie schien es nicht zu bemerken. »Glaubst du wirklich, dass er dich umbringen wollte?«

»Ich wär jetzt tot, wenn dieser Zorn nicht gekommen wäre.«

»Und du hast wirklich keine Ahnung, was da passiert ist? Ich meine, wir kennen den Pastor schon ewig, wieso sollte der dich töten wollen, Max? Wieso?«

»Ich weiß es einfach nicht.«

»Krass.« Eric schüttelte den Kopf. »Das ist einfach nur krass.« Er hielt Max eine Zigarettenschachtel entgegen. Der wehrte schweigend ab. Martha griff zu, Eric gab ihr Feuer. Wortlos saßen sie da und rauchten.

Ein kleiner Junge, er konnte höchstens fünf oder sechs Jahre alt sein, kam schwankend auf einem viel zu großen Fahrrad angefahren. Er hatte Mühe, die Balance zu halten, direkt vor ihnen blieb er stehen und starrte Max mit großen Augen an. Sein T-Shirt starrte vor Schmutz, der Mund war mit Schokolade verklebt.

»Bist du krank?«

»Ja,« sagte Max, der noch immer seine Halskrause trug.

»Wie doll?«

»Sehr.«

»Bist du hingefallen?«

»Ja.«

»Hat dich jemand geschubst?«

»Ja.«

»Es reicht«, sagte Eric und trat seine Zigarette aus. »Verpiss dich, Säugling.«

Der Kleine musterte ihn von Kopf bis Fuß. Dann hob er einen dreckverkrusteten Mittelfinger. »Du bist ein Blödkopf, ich mag dich nicht.« Er brauchte mehrere Versuche, bis er wieder auf dem Rad saß, dann strampelte er schaukelnd davon. Martha sah ihm nach, wie er unsicher auf den Spielplatz einbog.

»Musste das sein, Eric?«

Ihr Bruder zuckte die Achseln.

»Der hat genervt.«

»Mich nicht«, sagte Max.

»Ist ja auch egal«, murmelte Eric, dem bereits eine neue Zigarette im Mundwinkel hing.

Ein untersetzter Mann mit einem Kinderwagen kam vorbei, von hinten näherte sich eine Joggerin und überholte ihn keuchend. Eric stieß den Rauch geräuschvoll aus.

»Seht euch diese schwitzende Kuh an. Und da, die fette Qualle mit dem Kinderwagen! Überall hässliche Leute, die scheiße aussehen und nichts anderes zu tun haben, als dummes Zeug reden und vor sich hin zu stinken. Scheiße, guckt euch doch mal um! All diese Menschen, die nerven mich! Mussten wir uns unbedingt hier treffen?«

Martha stieß ihm den Ellenbogen in die Rippen. »Halt die Klappe, Eric. Ich kann dieses Gelaber nicht mehr hören.«

»Fick dich, Schwester.«

»Hört auf«, sagte Max, der bisher geschwiegen hatte. »Wir haben genug Scheiße am Hals.«

»Sollen sich die Bullen drum kümmern«, knurrte Eric.

Martha nahm Eric die Zigarettenschachtel aus der Hand. »Und jetzt?«, fragte sie und kramte in den Taschen ihrer Jeans nach dem Feuerzeug.

Max runzelte die Stirn.

»Wie meinst du das?«

»Glaubst du, dass es jetzt vorbei ist?«

»Du weißt, dass es das nicht ist. Es wird nie vorbei sein.«

»Ja«, nickte Martha. »Und wir werden nie wieder darüber reden.«

»Nein, das werden wir nicht.«

»Ich meine was anderes, Max.«

»Pastor Giese?«

Wieder nickte Martha. »Es könnte ja sein, dass er zuerst Björn und Udo getötet hat. Und dann dich umbringen wollte. Und wenn er das getan hätte, wäre als Nächste zuerst ich und dann Eric an der Reihe gewesen.«

»Oder umgekehrt«, lachte Eric.

»Was ist daran so lustig, Bruderherz?«

»Nichts. Ich hab einfach keinen Bock, darüber zu reden. Lasst uns hier abhauen.«

Sie standen auf. Der Wind hatte sich gedreht. Von der Fontäne wehte ein feiner Sprühregen herüber, ein dünner Schleier, der sich langsam über die Wiese senkte. Die Sonne stand jetzt tiefer, ihre Strahlen brachen sich in den winzigen Wassertropfen. Plötzlich erschien ein Regenbogen über dem See.

»Das ist schön«, sagte Martha.

Max sah sie an. Er roch ihr Parfum.

»Ja. Das ist schön.«

Sie lächelte ihm zu. Ihr dunkles Haar glänzte in der Sonne.

»Scheiß drauf.« Eric spuckte ins Gras. »Scheiß auf alles.«

*

»Ich sagte Ihnen bereits am Telefon, dass Herr Giese nicht ansprechbar ist, Herr Kommissar.«

»Trotzdem gibt es ein paar Punkte, die ich gern persönlich mit Ihnen besprechen würde. Danke, dass Sie sich die Zeit nehmen, Herr Doktor.«

Zorn ließ sich seine schlechte Laune nicht anmerken. Er hatte über eine halbe Stunde vor der Intensivstation warten müssen, bis der Stationsarzt, ein drahtiger Mittvierziger, endlich am Eingang erschienen war.

»Ich sehe nicht, was es da noch zu besprechen gäbe«, erwiderte der Arzt, der sich als Doktor Wollschläger vorgestellt hatte. »Und ehrlich gesagt, frage ich mich, ob es wirklich nötig ist, mit diesem Ding durch ein öffentliches Krankenhaus zu laufen.« Er wies auf Zorns Pistole, die deutlich sichtbar im Schulterhalfter über dem T-Shirt hing.

Zorn, dem durchaus bewusst war, wie albern er aussehen musste, verzog keine Miene. Er hatte sich entschlossen, die Waffe so lange zu tragen, bis er sich daran gewöhnt hatte.

Nun ja, versuchen wollte er es zumindest.

»Dies ist ein Sondereinsatz«, log er. »Ich bin verpflichtet, die Waffe zu tragen, ob es mir gefällt oder nicht. Ein Handwerkszeug.« Er wies auf den grünen Kittel des Doktors. »Genau wie dieses Abhörding, das Sie da um den Hals haben.«

»Was?«

Zorn zermarterte sich das Hirn, doch der Begriff wollte ihm einfach nicht einfallen.

»Sie meinen mein Stethoskop, Herr Kommissar?«

»Ja«, nickte Zorn und überlegte: Wie bekloppt bin ich eigentlich? Ich sehe aus wie der letzte Kleindarsteller einer Vorabendserie und fasele dummes Zeug.

Doktor Wollschläger sah dies offensichtlich ähnlich. Der Blick, mit dem er Zorn jetzt bedachte, war mehr als eindeutig.

»Wenn wir dann zur Sache kommen könnten.« Er sah auf seine Armbanduhr. »Meine Zeit ist knapp, Herr Kommissar.«

Meine auch, du aufgeblasener Arsch, dachte Zorn und lächelte.

Er zählte innerlich bis drei und erwiderte dann: »Dieser Mann ist ein wichtiger Zeuge. Möglicherweise noch mehr, es könnte sein, dass er mehrere Morde begangen hat. Unsere Ermittlungen stecken fest, es ist ungemein wichtig, dass wir Herrn Giese vernehmen, ansonsten …«

»Sie brauchen nicht weiterzureden, ich kenne das aus den Actionfilmen im Kino«, unterbrach ihn der Arzt. »Und da ich annehme, dass auch Sie sich mit diesen Klischees auskennen«, er warf einen vielsagenden Blick auf Zorns Pistole, »wissen Sie wahrscheinlich, wie meine Antwort lautet.«

»Nein, das weiß ich nicht. Es sei denn, Sie sagen mir jetzt, wann ich Giese befragen kann.«

»Das geht nicht.«

Jetzt wurde Zorn wirklich wütend.

»Kommen Sie mir jetzt nicht mit der ärztlichen Schweigepflicht, Doktor!«

»Das habe ich auch nicht vor«, erwiderte der Arzt heiter. »Dieses Klischee können wir ausnahmsweise außen vor lassen. Ich kann Ihnen gerne meinen Befund geben: Herr Giese hat schwerste innere Verletzungen, was bei einem Sturz aus einer solchen Höhe nicht verwunderlich ist. Dazu kommen eine Fraktur der Wirbelsäule, ein Leberriss, innere Blutungen und ein schweres Schädel-Hirn-Trauma. Zur Druckentlastung haben wir einen Teil der Schädeldecke entfernen müssen. Können Sie mir folgen?«

»Ja«, nickte Zorn und dachte: Natürlich kann ich das. Schließlich bin ich es, dem er das alles zu verdanken hat. »Wird er jemals wieder laufen können?«, fragte er heiser.

Doktor Wollschläger schüttelte den Kopf.

»Diese Frage stellt sich im Moment nicht, Herr Kommissar.«

»Sondern?«

»Ob er überhaupt wieder zu Bewusstsein kommt.«

Plötzlich spürte Zorn den unbändigen Drang nach einer Zigarette. Oder einem Schnaps. Egal, irgendetwas, das ihn ablenken würde.

»Der Mann liegt im Koma«, erklärte der Arzt. »Momentan ist es unmöglich, eine Prognose zu stellen, wann er wieder aufwacht. Das kann vielleicht morgen sein. Oder in ein paar Jahren.«

»Oder überhaupt nicht.«

»Richtig.«

»Und es gibt keine Möglichkeit, das zu beschleunigen?«

Wollschläger steckte die Hände in die Taschen. Aus der Brusttasche seines Kittels lugten die Spitzen einiger Stifte hervor. Zorn erkannte einen dunklen Fleck, wahrscheinlich von einem ausgelaufenen Kugelschreiber.

»Sie wollen diesen Mann so schnell wie möglich befragen, das verstehe ich«, fuhr Wollschläger fort. Hätte Zorn genauer hingehört, wäre ihm der leicht gereizte Unterton in den Worten des Doktors nicht entgangen. »Als Arzt ist mir allerdings völlig egal, was er eventuell verbrochen haben könnte. Für mich ist Herr Giese weder Verdächtiger noch Zeuge, Herr Kommissar. Er ist mein Patient. Sein Wohl steht an erster Stelle, wir werden ihn behandeln wie jeden anderen auch. Das bedeutet, dass wir nichts, aber auch gar nichts unternehmen werden, was gegen medizinische Erfordernisse verstößt.«

»Kann ich zu ihm?«

»Nein.«

Die Tür zur Intensivstation öffnete sich, eine Schwester schob einen verchromten Rollwagen vorbei. Wortlos trat der Arzt einen Schritt zur Seite. Zorn sah ihm über die Schulter und erkannte den Polizisten, der lesend auf dem Flur saß.

»Ich möchte mit dem wachhabenden Beamten sprechen.«

»Wie Sie wünschen. Aber machen Sie's bitte kurz«, sagte der Arzt und trat ein. Zorn folgte ihm. Nach wenigen Metern wandte sich Wollschläger nach links, nickte zum Abschied und verschwand im Ärztezimmer. Zorn hinkte weiter und stand kurz darauf vor Wachtmeister Bolldorf, der vollständig in sein Buch vertieft war.

»Na, Kollege?«

Der junge Beamte schrak zusammen, sprang auf und nahm Haltung an. Mit einem leisen Klatschen landete das Buch auf dem Boden.

»Wachtmeister Bolldorf«, meldete er zackig. »Keine besonderen Vorkommnisse, Herr Hauptkommissar!«

»Sie kennen mich?«

Bolldorf ordnete sein Hemd im Hosenbund und schob die Mütze in die Stirn.

»Jawohl, Herr Hauptkommissar. Sie sind Hauptkommissar Zorn!«

Der Junge sah ihn an wie einen Popstar. Irgendetwas in diesem linkischen jungen Wachtmeister weckte eine verborgene, väterliche Ader in Claudius Zorn.

»Und woher kennen Sie mich, wenn man fragen darf?«

»Die Brandleiche im Nordbad. Ich habe den Tatort mit abgesperrt, am Dienstag.«

Gut, dass du nicht gesehen hast, wie ich fast vom Sprungturm gekotzt hätte, dachte Zorn, wies auf das Buch und fragte: »Was lesen wir denn Schönes?«

Bolldorf errötete und bückte sich beflissen: »Hier, Herr Hauptkommissar.«

»Ach ja.« Zorn runzelte die Stirn, als er den Titel las. »*Grundsätze der Kriminalpraxis*. Etwas trocken, aber nützlich.«

Er konnte sich dunkel daran erinnern, vor Jahren die ersten fünfzehn Seiten gelesen und das Buch dann entnervt in die Ecke geworfen zu haben.

»Theorie ist natürlich wichtig«, sagte er gönnerhaft und gab Bolldorf das Buch zurück. »Noch wichtiger allerdings ist Kombinationsgabe. Und die finden Sie nicht hier«, er deutete auf das Buch, »sondern hier.« Dabei tippte er sich an die Schläfe.

Da standen sie also im Flur der Intensivstation, ein zweiundvierzigjähriger Hauptkommissar in Jeans und Turnschuhen, der mit der Waffe unter der Achsel und der Sonnenbrille auf der Stirn ein wenig an einen alternden Don Johnson aus *Miami Vice* erinnerte, und ein blutjunger Polizist in schlotternder Uniformhose, jedes Wort von den Lippen seines Gegenübers ablesend, als wäre es das Evangelium. Auch das merkte Zorn, und gegen seinen Willen fühlte er sich geschmeichelt.

»Dann wollen Sie sich also für den gehobenen Dienst bewerben?«

»Jawohl, Herr Hauptkommissar.« Bolldorfs Augen leuchteten auf, als sein Blick auf Zorns Pistole fiel. »Ich möchte später zur Mordkommission.«

»Dann strengen Sie sich mal an«, erwiderte Zorn gnädig.

Die Krankenschwester erschien mit einem Tablett. »Dürfte ich mal bitte?«

»Natürlich.« Zorn schob die Sonnenbrille zurecht, nahm Bolldorf am Arm und zog ihn ein wenig zur Seite.

»Danke.« Sie lächelte Zorn zu und verschwand in Gieses Zimmer. Drinnen war es dämmrig, mehr als die verschwommenen Umrisse des Priesters auf dem riesigen Bett waren nicht zu erkennen.

Zorn senkte die Stimme. »Ich möchte, dass Sie etwas für mich tun, Bolldorf.«

»Okay«, nickte der Wachtmeister. Auf seinen Wangen bildeten sich hektische Flecken in Erwartung einer bedeutenden Aufgabe.

»Dieser Mann ist ungemein wichtig für die laufenden Ermittlungen«, flüsterte Zorn. »Er muss schnellstmöglich befragt werden. Wie lange werden Sie hier noch eingesetzt?«

»In einer Stunde habe ich Feierabend. Ich müsste auf den Dienstplan sehen, aber ich glaube, dass ich die komplette nächste Woche tagsüber hier Wache stehe.«

»Auch am Wochenende?«

»Jawohl, Herr Hauptkommissar.«

»Gut. Sollte da drinnen irgendetwas vorgehen, melden Sie es umgehend auf der Dienststelle. Oder besser noch«, er kramte in seinen Hosentaschen und reichte Bolldorf eine zerknickte Visitenkarte, »rufen Sie mich auf dem Handy an. Ich will sofort informiert werden, wenn Giese zu Bewusstsein kommt, klar?«

»Total klar!«

»Jede noch so kleinste Kleinigkeit ist wichtig.«

»Vorhin«, hauchte Bolldorf ein wenig außer Atem und wies mit dem Daumen über die Schulter, »hat es da drinnen gepiept.«

»Tut es das nicht öfter?«

Der Wachtmeister dachte nach. »Eigentlich schon.«

»Wenn Sie den Eindruck haben, dass Giese aufwacht, melden Sie mir das«, erklärte Zorn mit wichtiger Miene. »Wie sich das ankündigt, ob durch ein Piepsen, ein Pupsen oder von mir aus auch durch ein Brummen, überlasse ich Ihrer Entscheidung. Das liegt in Ihrem Ermessen.« Er tippte dem Wachtmeister auf die Brust. »Ich vertraue auf Ihr Urteilsvermögen, Bolldorf!«

»Ich werde Sie nicht enttäuschen, Herr Hauptkommissar.«

»Sehr gut. Dann, äh ...«, Zorn wedelte mit der Hand, »weitermachen.«

Er warf dem erröteten Wachtmeister einen letzten bedeutsamen Blick zu und humpelte davon.

*

Die folgenden beiden Tage verbrachte Claudius Zorn abwechselnd im Bett und auf dem Sofa liegend, schließlich war Wochenende. Und es war heiß. Vierzehn Stockwerke unter ihm köchelte die Stadt wie ein übelriechender Braten in der Backröhre.

Die meiste Zeit über hörte er Musik und schonte seinen verletzten Fuß. Das Handy hatte er entgegen seinen Gepflogenheiten immer in Reichweite, schließlich musste er ständig mit einem Anruf des jungen Polizisten aus der Intensivstation rechnen. Zorn wunderte sich selbst über diesen ungewohnten Diensteifer, kam aber schließlich zu dem Ergebnis, dass dieses Interesse auch persönliche Gründe hatte. Er wollte einfach wissen, was da passiert war, wer diese Morde begangen hatte. Zorn war neugierig. Und der Priester, da war er sicher, war momentan ihre einzige heiße Spur. Nun gut, *heiß* war diese Spur ganz und gar nicht, schließlich lag der Mann im Koma. Trotzdem, Giese war der Einzige, der ihn jetzt weiterbringen würde. Und es sah ganz danach aus, als könne Zorn nur warten.

Was er dann auch tat, den Fuß hochgelegt, ein Kissen im Rücken, das Telefon immer im Blick.

In den tiefsten Tiefen seines Unterbewusstseins gab es noch einen anderen Grund, aber das war eine Sache, die so gar nichts mit seinem Polizistendasein zu tun hatte: Claudius Zorn wartete auf einen weiteren Anruf. Er war sich dessen nicht bewusst, schließlich strengte er sich seit Wochen verzweifelt an, Malina zu vergessen. Selbst für einen geübten Verdränger wie Zorn war das ein hartes Stück Arbeit. Bis zu einem gewissen Punkt war es ihm sogar gelungen, doch seitdem er die Postkarte erhalten hatte, spukte sie ihm immer wieder durch den Kopf. Das war jetzt drei Tage her, und obwohl er die Karte zerrissen hatte, sah er Malina wieder vor sich, ihre Augen, die innerhalb von Sekunden die Farbe zu wechseln schienen, er konnte sie riechen (dieser verdammte Flieder!), spürte ihre kühle, nach Karamell schmeckende Haut. Dies alles schien sich fest in seinem Inneren verhakt zu haben, sie lauerte ihm auf, vor allem dann, wenn er sich nicht wehren konnte, in seinen Träumen. Und wenn er müde war.

Deswegen hatte er das Telefon an diesen beiden Tagen ständig in der Nähe, er nahm es mit aufs Klo, selbst als er in die Küche hinkte, um sich etwas zu essen zu machen (einmal, um sich einen Kaffee zu kochen, ein paar Stunden später briet er ein Spiegelei, beim dritten Mal, am frühen Sonntagnachmittag, schob er eine Pizza in die Mikrowelle, die er nach zwei Bissen in den Mülleimer warf), nahm er das Handy mit.

Doch es sollte an diesem Wochenende nicht klingeln.

Am Sonntagabend stand er am Fenster und sah zu, wie im Westen die Sonne unterging. Die Abraumhalden des Manfelder Landes flammten auf, glühten im Abendrot wie ägyptische Pyramiden, aus der Ferne erschienen sie schön, fast geheimnisvoll, und es war kaum vorstellbar, dass diese riesigen, künstlichen Berge aus nichts weiter als aus uraltem Dreck und Ruß bestanden. Die Kondensstreifen der Flugzeuge leuchteten über den Dächern der Stadt, von hier oben sah man die Menschen nicht, aber Zorn wusste, dass sie da waren, irgendwo da unten in der flimmernden Hitze. Und während er einer alten Beasty-Boys-Platte lauschte, dachte er an die Mittelmäßigkeit dieser Leute, ihre Durchschnittlichkeit und daran, dass er selbst nicht anders war als alle anderen. Aber hier oben konnte er sich wenigstens einreden, etwas Besonderes zu sein, getrennt von all dem profanen Gewusel und den Menschen, die ihm buchstäblich zu Füßen lagen.

You gotta fight for your right to party!, sang Claudius Zorn, rauchte eine letzte Zigarette und ging zu Bett. Und als er am Montagmorgen ausgeruht aus seinem Bett stieg, stellte er erfreut fest, dass sein Fuß so gut wie nicht mehr schmerzte, die Sonne schien durchs Fenster, Malina war vergessen, und später, vor dem Spiegel hatte er den Eindruck, dass sein Bauch ein wenig flacher war als gestern.

Ja, das würde ein schöner Tag werden, entschied Claudius Zorn.

Da allerdings hatte er sich gründlich verrechnet.

Zwanzig

Immerhin: Beginnen sollte der Arbeitstag des Hauptkommissars nicht ganz so unerfreulich wie die Stunden, die später folgen würden.

Gegen halb zehn erschien der dicke Schröder mit einer beigefarbenen Mappe in Zorns Büro, das noch immer aussah, als hätte eine Bombe eingeschlagen. Akten, Notizzettel und Stifte lagen überall verstreut, unter Zorns Schreibtisch glänzte ein eingetrockneter Wasserfleck. Schröder ließ sich von dem Durcheinander nicht beeindrucken.

»Hier, Chef. Der Bericht über dein Zusammentreffen mit dem Priester. Vielleicht willst du ihn noch mal durchlesen.«

»Ach, lass mal«, winkte Zorn ab. »Bring ihn am besten gleich der Borck. Ich bin sicher, sie wird nichts zu bemängeln haben.«

Kurz überlegte er, ob er sich bedanken solle, unterließ es aber, denn er dachte an Schröders Klingelton-Attacke (wie er dessen Angriff auf sein sensibles Nervenkostüm insgeheim bezeichnete).

Stattdessen entschied er sich, seinen Untergebenen noch ein wenig zu triezen: »Du hast dich doch nicht das ganze Wochenende mit dem Bericht beschäftigt?«

»Nein, Chef. Ich musste schließlich noch in der Bibel lesen.«

»Und? Hast du was gefunden?«

»*Nothing.*«

»Das dachte ich mir.«

»Aber es war eine interessante Lektüre.«

»Ich hoffe, du hast die ganze Nacht damit verbracht.«

Schröder schob mit dem Fuß einen dicken Ordner beiseite und kam einen Schritt näher. »Bist du immer noch sauer?«

»Du meinst den Klingelton?« Zorn sah aus dem Fenster und überlegte. Die große Kastanie auf dem Parkplatz leuchtete in der Morgensonne. Ein Kleintransporter mit dem bunten Logo des lokalen Fernsehsenders schaukelte um die Ecke und hielt zwischen zwei Streifenwagen.

»Okay«, sagte Zorn und beschloss, Frieden zu schließen. »Vergessen wir's. Aber wage es nie wieder, mich mit dieser Volksmusikscheiße zu belästigen, Freundchen.«

»Schlager«, korrigierte Schröder höflich. »Und als *Scheiße* würde ich das Ganze auch nicht bezeichnen, wenn die Bemerkung gestattet ist.«

»Sondern?«

»Etwas muss an dieser Musik sein, sonst würden es die Menschen nicht so lieben.«

»Was sollte das bitteschön sein?«

»Keine Ahnung, Chef. Etwas, was die Seele berührt. Ich würde gern herausfinden, was das ist.«

»Tu das, Schröder. Aber sei so nett und verschone mich damit. Und meine Seele auch.«

Draußen knallten Autotüren, eine platinblonde Frau verließ den Kleinbus und kam über den Parkplatz gestöckelt. Ihre hochhackigen Schuhe klapperten über den Asphalt. Ein magerer Kerl mit Pferdeschwanz und einer Kamera unter dem Arm versuchte vergeblich, mit ihr Schritt zu halten.

»Du warst am Freitag im Krankenhaus, Chef?«

»Was?«, fragte Zorn geistesabwesend.

»Du warst bei Giese? Im Krankenhaus?«, wiederholte Schröder geduldig.

»Ja, genau.« Zorn riss seine Gedanken von den Beinen der Blondine los und wandte sich wieder dem schnöden Alltag zu. »Es sieht nicht gut aus. Der Arzt sagt, wir dürfen nicht zu ihm. Und er weigert sich, eine Prognose abzugeben, wann Giese aufwachen könnte.«

»Bei diesen Verletzungen wundert mich das nicht.«

»Er hat wohl einen Schädelbruch, die Wirbelsäule ist angeknackst, außerdem hat der Doktor noch was von einem Leberriss erzählt.«

»Den muss er sich zugezogen haben, als er in den Baum gefallen ist. Ein Ast hat ihn regelrecht aufgespießt.« Schröder fasste sich an den dicken Bauch. »Irgendwo am Unterleib.«

»Danke. So genau wollte ich's gar nicht wissen.«

»Nichts zu danken, Chef.«

Zorn dachte an Schröders Bauchwunde.

»Wie geht's dir eigentlich?«

»Wie meinst du das?«, fragte Schröder, ehrlich verwundert.

»Ich meine deine Verletzung.«

»Gut. Bestens.« Schröder hob den bandagierten Arm. »Die Hand wird auch besser. Die Kollegen von der Kriminaltechnik sind übrigens dabei, Gieses Laptop zu checken.«

»Okay«, nickte Zorn, dem sofort auffiel, wie schnell Schröder das Thema gewechselt hatte. »Haben sie was rausgefunden?«

»Noch nicht, aber bald, denke ich. Das Teil ist mit einem Passwort geschützt.«

»Etwas ungewöhnlich für einen allein lebenden Priester, oder?«

»Allerdings.«

»Gib mir Bescheid, wenn es was Neues gibt.« Zorn stand auf. Die blonde Frau vom Parkplatz schoss ihm durch den Kopf »Ich geh erst mal raus, eine rauchen.«

Schröder nickte und öffnete die Tür.

»Läufst du jetzt eigentlich immer so rum?«, fragte er, mit einem Bein schon auf dem Flur stehend.

»Was meinst du?«

Schröder wies wortlos auf das Pistolenhalfter.

»Ach so!« Zorn klopfte mit der flachen Hand auf die Waffe. »Das ist Vorschrift, hast du das nicht gewusst?«

»Du hältst dich doch sonst nie an die Vorschriften, Chef.«

»Vielleicht«, lächelte Zorn, »habe ich mich ja geändert?«

»Das würde mich aber sehr, sehr wundern.«

Schröder winkte zum Abschied und schloss die Tür.

Eigentlich, überlegte Zorn und kratzte sich am Kopf, hat er mal wieder recht. Einen Moment stand er unschlüssig da, dann ging er zum Schreibtisch und warf Pistole samt Holster in die unterste Schublade.

Ich muss es nicht übertreiben, dachte er. Schließlich habe ich mich genug zum Affen gemacht. Das sollte für die nächste Zeit reichen.

Aber auch da, so sollte sich gleich herausstellen, hatte er sich geirrt.

*

»Herr Hauptkommissar! Wie fühlt man sich, wenn man die spektakulärsten Morde der letzten Monate innerhalb so kurzer Zeit gelöst hat?«

»Was?«

Zorn stand in der Tür seines Büros, um ein Haar wäre er in ein Mikrofon gelaufen, das ihm die Blondine mit ausgestrecktem Arm unter die Nase hielt. Schräg hinter ihr stand der dünne Mann mit dem Pferdeschwanz, er hatte Kopfhörer aufgesetzt, die Kamera auf seiner Schulter war direkt auf Zorns Gesicht gerichtet. Aus dem Augenwinkel sah er, wie Schröder hinten auf dem Flur um die Ecke verschwand.

Das Mikrofon wanderte zum Mund der blonden Frau …

»Wie haben Sie den Mörder gefunden?«

… und wieder zurück unter die Nase des verdatterten Hauptkommissars. Aus der Nähe entpuppte sich die Blondine als dünnlippiges, höchstens zwanzigjähriges Wesen mit schiefen Zähnen und einem leichten, aber unverkennbaren Lispeln.

»War das Intuition, Herr Kommissar?«

(Das klang wie: *War daf Intuifion, Herr Kommiffar?*)

Noch immer hatte Zorn keine Ahnung, was hier vor sich ging. Er starrte die Frau an, als käme sie vom Mond.

»Rechnen Sie mit einer Beförderung, Herr Kommissar?«

»Beförderung?«, schnappte Zorn. »Wer seid Ihr Nasen überhaupt, verdammt?«

»Das Licht ist Scheiße«, meldete sich der Kameramann.

»Halt die Klappe und mach deinen Job, Ulf«, zischte die Reporterin über die Schulter. Dabei ließ sie Zorn nicht aus den Augen.

»Leck mich«, brummte Ulf hinter der Kamera.

Ihr Lächeln gefror zu einer verspannten Grimasse. »Keine Sorge, das schneiden wir nachher raus«, zwitscherte sie. »Also, können Sie uns etwas zur Identität des Mörders sagen?«

Das träume ich, dachte Zorn. Gleich wache ich auf und liege in meinem Bett.

»War es ein Einzeltäter, Herr Kommissar?«

Die Kamera surrte leise.

»Oder vielleicht mehrere?«

Das rote Licht blinkte und erlosch.

»Können die Bürger dieser Stadt wieder beruhigt schlafen?«

»Passt mal auf, Ihr zwei«, sagte Zorn und holte tief Luft. »Ihr macht Euch jetzt hier vom Acker, oder ich ...«

»Der Akku ist alle«, ließ sich der Kameramann vernehmen.

»Mann!« Die Lokalreporterin stampfte mit dem Fuß auf und drehte sich um. »Jetzt kann ich noch mal von vorn anfangen!«

»Das Licht ist sowieso Scheiße«, verteidigte sich Ulf. »Der Ton übrigens auch.«

»Weil du mit dem Ding nicht umgehen kannst, du Null!«

Zorn tippte der Blondine auf die Schulter.

»Kann ich jetzt auch was sagen?«

»Aber natürlich, Herr Hauptkommissar.« Sie warf dem Kameramann einen letzten, vernichtenden Blick zu und wandte sich wieder an Zorn. »Deswegen sind wir ja hier.«

»Gut.« Zorn wartete ein paar Sekunden, und als er glaubte, sich halbwegs gefangen zu haben, sagte er freundlich: »Wenn ich das richtig sehe, versucht ihr, hier so etwas wie ein Interview zu veranstalten. Habt ihr dafür eine Erlaubnis?«

»Allerdings.« Die Blondine hielt ihm einen eingeschweißten Besucherausweis entgegen. »Die Drehgenehmigung haben wir auch, ich kann Sie Ihnen zeigen.« Sie kramte in ihrer Handtasche.

»Das wird nicht nötig sein. Wir machen jetzt Folgendes.« Zorn wies mit dem Daumen über die Schulter. »Das ist mein Büro. Ich gehe jetzt da rein und zähle bis zehn. Wenn ich wieder rauskomme, habe ich meine Waffe dabei, die liegt in meiner Schreibtischschublade.«

»Ach!«, hauchte die Blonde.

»Wenn Ihr dann noch hier seid«, sagte Zorn, jede einzelne Silbe betonend, »knalle ich Euch über den Haufen. Alle beide.«

Die Blondine wurde blass. Der Kameramann wich zurück und ging hinter ihr in Deckung. Sie straffte den Rücken und unternahm einen letzten Versuch.

»Wir haben eine Drehgenehmigung!«

»Ach ja, die Drehgenehmigung. Weißt du, was du mit der machen kannst?«

»Was?«

»Nimm dir den Wisch und schieb ihn dir …«

»Ja?«

Zorn zögerte. Soll ich's wirklich sagen? Ach, scheiß drauf!

»… in deinen dürren Hintern!«

Die Wangen der jungen Frau färbten sich rot. Das Lispeln verstärkte sich, vor Empörung gesellte sich jetzt ein leichtes Stottern hinzu.

»Daf wird Konfequenfen haben, Herr K-Kommiffar!«

»Jetzt hab ich aber Angft«, lispelte Zorn zurück und verschwand in seinem Büro.

*

Als Frieda Borck auftauchte, schien die Temperatur sofort um zwei, drei Grad zu steigen. »Sagen Sie mir, dass das nicht wahr ist, Zorn!«

Er hob unschuldig die Augenbrauen.

»Ich hab keine Ahnung, was Sie meinen.«

Der Zeigefinger der Staatsanwältin durchstieß die stickige Büroluft und stoppte einen knappen Zentimeter vor Zorns Brustkorb. »Ich habe eben einen Anruf bekommen. Darin wurde mir mitgeteilt, dass vorhin ein Team vom Lokalfernsehen aus dem Präsidium geworfen wurde.«

»Wenn Sie die beiden Witzfiguren meinen …«

»Außerdem«, fuhr Frieda Borck mit erhobener Stimme fort, »sollen die zwei mit der Waffe bedroht worden sein. Von einem gewissen Hauptkommissar Zorn.«

»Nun, das ist ein wenig zugespitzt, aber im Kern trifft es die Sache.«

»Das glaub ich jetzt nicht«, stöhnte die Staatsanwältin.

»Ich habe keine Ahnung, von wem die beiden ihre Informationen haben«, verteidigte sich Zorn. »Und erst recht nicht, welcher Vollpfosten denen eine Drehgenehmigung erteilen konnte!«

Frieda Borck fixierte ihn wie eine Katze das Spatzenjunge, ihr Blick wanderte auf und ab, als überlege sie, in welchem Körperteil sie sich zuerst verbeißen solle.

»Dieser Vollpfosten«, knurrte sie, »war ich.«

»Ach!« Zorn versuchte sich in einem verschmitzten Grinsen. »Wenn das so ist, nehme ich das mit dem Vollpfosten zurück, Frau Staatsanwältin.«

Sie stemmte die Arme in die Hüften und kam auf ihn zu. »Ich habe Ihnen am Freitag gesagt, dass wir die Presse informieren müssen. Und ich habe Ihnen gesagt, dass Sie mit denen zusammenarbeiten werden, Zorn. Dass Sie Interviews geben und kooperativ sein werden. Und was machen Sie? Sie drohen damit, die Journalisten über den Haufen zu schießen! Ich fass es einfach nicht!«

»Journalisten?« Zorn verdrehte die Augen. »Himmelherrgott, das sind Praktikanten, die keine Ahnung von Tuten und Blasen haben! Haben Sie diesen *Sender*«, er malte mit den Fingern ein paar Anführungszeichen in die Luft, »jemals gesehen? Hirnrissige Berichte über irgendeine Tagung des Kleintierzüchterverbandes, gefolgt von Interviews mit grenzdebilen Kleinunternehmern und nachts dann erbärmliche Werbespots fürs Wasserbettenzentrum am Markt oder das Küchenstudio neben der Oper, so schlecht, dass sogar den drei Rentnern, die sich das angucken, das Kotzen kommt!«

»Was wollen Sie mir damit sagen? Entscheiden Sie jetzt selbst, wem Sie ein Interview geben? Sie hatten die Aufgabe, der Presse zur Verfügung zu stehen! Wo kommen wir denn da hin, wenn sich hier jeder aussucht, mit wem er spricht?«

»Ach! Soll ich vielleicht noch im Musikantenstadl auftreten, oder wie?«

»Wenn es sein muss, ja, verdammt!«

»Ich bin nicht euer Hampelmann!«

»Das wär mir aber neu, Herr Hauptkommissar!«

Zorn sah aus dem Fenster.

Frieda Borck stand direkt vor Zorn. Sie war nur ein paar Zentimeter kleiner als er, ihre Augen blitzten, ihre Stimme wurde gefährlich leise: »Ich werde bei diesem Sender anrufen. Ich werde denen sagen, dass es sich um einen bedauerlichen Irrtum handelt. Und dass Sie gerne bereit sind, als ermittlungsführender Beamter Auskunft zu geben. Sie werden sich entschuldigen, Zorn. Von mir aus vor laufender Kamera.«

»Nur über meine Leiche!«

»Wollen Sie's drauf ankommen lassen?«

Zorn schielte zum Schreibtisch, dahin, wo seine Waffe lag. In diesem Moment hätte er sie ohne zu zögern benutzt. Zumindest, um irgendetwas kaputtzuschlagen.

»Sie werden nett sein«, zischte die Staatsanwältin. »Und Sie werden sich feiern lassen als der clevere Ermittler, der diesen Fall so gut wie gelöst hat. Es ist nicht viel, was Sie sagen müssen, ich lasse es Ihnen aufschreiben, wenn es sein muss.«

»Dieser Fall, wie Sie ihn nennen, ist noch nicht mal abgeschlossen!«, begehrte Zorn auf. Ein letzter, etwas kraftloser Versuch.

»Das liegt nicht in Ihrer Entscheidung! Wir haben einen dringend Verdächtigen!«

»Einen Verdächtigen, der im Koma liegt!«

Frieda Borck verschränkte die Arme vor der Brust. »Ich frage mich, was mit Ihnen los ist. Niemand erwartet, dass Sie sich hinstellen und den Priester als überführten Mörder präsentieren. Ich will nur, dass Sie der Presse erklären, dass wir auf einem guten Weg sind. Und das sind wir, verdammt! Sie sind der Einzige weit und breit, der das nicht einsehen will. Was soll das? Wollen Sie sich hier irgendwie profilieren?«

»Schwachsinn!«

»Ja, das sieht Ihnen auch nicht ähnlich. Ich weiß, dass Sie eigentlich keinen Bock auf Ihre Arbeit haben. Aber was ist es dann? Sie reden ungern mit anderen, und die Sache mit der Presse stinkt Ihnen gewaltig. Kann es sein, dass Sie den Fall deswegen nicht abschließen wollen?«

Zorn setzte zu einer Erwiderung an. Sie achtete nicht auf ihn.

»Ich habe keine Lust mehr, mir Ihr Geplapper anzuhören. Sie führen sich auf wie ein Schuljunge! Sie wissen, was ich von Ihnen erwarte, und Sie werden spuren. Wenn nicht, nehme ich Sie auseinander. Sie haben keine Ahnung, wozu ich fähig bin.«

Scheiße, das will ich gar nicht wissen, dachte Zorn.

»Haben wir uns verstanden, Herr Hauptkommissar?«

Zorn schwieg.

Sie legte den Kopf ein wenig schief, ihre Augen verengten sich. Die gelben Flecken um ihre Pupillen schienen zu tanzen.

»Ich hab Sie was gefragt, Claudius Zorn.«

»Was?«

»Ob Sie mich verstanden haben.«

»Ja«, knurrte Zorn.

»Gut.« Sie hob den Fuß und trat einen herumliegenden Aktenordner beiseite. »Und räumen Sie diesen Dreckstall auf!«

Dann rauschte sie davon.

Als die Tür knallte, ließ der Luftzug die Fenster erbeben.

*

Natürlich war ihm bewusst, dass er einen Fehler gemacht hatte, und ja, er hätte sich denken müssen, dass das »Filmteam« (wieder malte er in Gedanken die Anführungszeichen in die Luft) mit dem Einverständnis der Staatsanwältin gekommen war. Schließlich hatte sie so etwas angekündigt. Nie im Leben allerdings hätte er damit gerechnet, dass es tatsächlich geschehen würde. Es war wie immer: Er hatte es so lange beiseite geschoben, bis er es vergessen hatte.

Verflucht nochmal, dachte er, muss ich mich für den Rest meines Lebens von dieser übermotivierten Furie, die sich Staatsanwältin nennt, herumkommandieren lassen?

Einen Moment stand er da und trat unschlüssig von einem Bein aufs andere.

Sie kotzt mich an, überlegte er verdrossen, und gleichzeitig mag ich sie. Irgendwie.

Dann begann er, sein Büro aufzuräumen.

*

Die Labore der kriminaltechnischen Abteilung befanden sich im Kellergeschoss des Präsidiums. Um dort hinzugelangen, musste man eine Betontreppe hinabsteigen, von dort ging es weiter über einen düsteren, nicht enden wollenden Flur. Dicke, unverkleidete Rohrleitungen führten an der Decke entlang, es roch nach Farbe und altem Gummi, Neonlicht flackerte, links und rechts gingen dicke Türen zu Abstellräumen, Archiven und Asservatenkammern ab.

Das, was offiziell als *Labore* bezeichnet wurde, waren drei Kammern im hinteren Teil des Flures, die von außen eher an Verliese erinnerten. Im letzten Raum war die Computerforensik untergebracht.

Oberwachtmeister Pechbrenner, ein korpulenter Kriminaltechniker, döste hinter seinem Schreibtisch. Er trug einen grauen Dreitagebart, mit dem er vergeblich versuchte, sein immenses Doppelkinn zu verdecken. Die Füße hatte er hochgelegt, sein Kopf war ein wenig auf die Seite gesackt. Vor ihm stand der Laptop von Pastor Giese, er hatte ihn am Morgen aufgeschraubt und ein paar Kontakte auf dem Mainboard überbrückt. Jetzt lief ein Suchprogramm, mit dem das Passwort geknackt werden sollte.

Es war eng im Zimmer, das schmale, vergitterte Fenster dicht unter der Decke ließ kaum Tageslicht herein. Pechbrenner bewegte sich im Schlaf, sein leises Schnarchen mischte sich mit dem Surren der Hochleistungsrechner, von denen sich über ein Dutzend in einem mannshohen Metallregal stapelten. In einer Ecke ratterte ein Drucker, Kabel liefen in einem chaotischen Wirrwarr quer durch den Raum, Notebooks, Festplatten, Monitore und Computersticks waren überall verteilt. Ein Außenstehender hätte schnell die Orientierung verloren, doch der Mann arbeitete seit Jahren hier unten und hätte sich auch mit verbundenen Augen zurechtgefunden.

Ein leises *Pling* ertönte, der Kriminaltechniker schreckte auf. Fast wäre er vom Stuhl gefallen. Er rieb sich die Augen und starrte verschlafen auf den Monitor, der jetzt mit einem Flackern zum Leben erwachte.

»Hab ich dich«, murmelte er und nahm einen Schluck aus einer fleckigen Kaffeetasse. Er gähnte herzhaft, dann schloss er ein Kabel an das Notebook und begann, die Daten auf eine externe Festplatte zu überspielen.

Das würde eine Weile dauern. Der Beamte kratzte sich ausgiebig am Hals und lehnte sich im Sessel zurück. Zwei Minuten später war er wieder eingenickt.

*

Der Anruf kam, als Zorn gerade die letzten Ordner im Regal verstaute.

»Die Daten sind überspielt, Kollege«, sagte der Kriminaltechniker. Er klang ein wenig verschlafen. »Die Festplatte müsste in ein paar Minuten bei Ihnen sein. Ich denke, Sie sollten sich das schnellstens ansehen.«

»Warum?«, fragte Zorn.

»Nur ein Tipp. Meine Aufgabe ist es, den Rechner zugänglich zu machen. Der Inhalt geht mich nichts an. Das ist Ihr Job. Ehrlich gesagt, bin ich heilfroh, dass ich mir dieses widerliche Zeugs nicht anschauen muss.«

»Was meinen Sie damit?«

Doch da hatte der Kriminaltechniker schon aufgelegt.

*

ich habe geträumt
es wäre leichter auszuhalten, wenn die träume nicht wären,
sie sind nicht gut, aber ich muss mich wohl damit abfinden,
dass sie nicht enden werden, bis ich fertig bin
ich frage mich, wann es endlich so weit ist

*

»Hör auf zu jammern.«

Das Bild ist grobkörnig, aber scharf. Ein Quicktime-Film, die Auflösung ist hoch genug, um jedes Detail erkennen zu können. Das Mädchen sitzt auf einem Holzstuhl, es ist nackt, bis auf ein weißes Unterhemd mit dünnen Trägern. Wie alt ist es? Fünf? Sechs? Älter jedenfalls nicht, eher jünger. Seine Beine sind so kurz, dass sie nicht einmal den Boden berühren. Es weint.

»Du sollst aufhören mit der Jammerei.«

Die Stimme muss zu dem Mann gehören, der die Kamera bedient. Er klingt gelangweilt. Das Bild wackelt unmerklich.

»Warte.«

Die Kamera zoomt ruckartig näher, die Augen des Mädchens füllen den Bildschirm, glänzende, vor Angst flackernde Punkte. Ein Schwenk auf die Hände, die kleinen Fäuste sind geballt, die Finger sind schmutzig. Das Bild verschwimmt, zoomt zurück, wird wieder scharf. Ein Scheinwerfer flammt auf, das Kind schließt geblendet die Augen.

»Fang an.«

Das Mädchen will etwas sagen, doch es bringt nur ein trockenes Schluchzen zustande. Dann ein Kopfschütteln. Jetzt wird der Mann ungeduldig.

»Mach schon.«

Sie öffnet den Mund.

»Ich will nicht.«

Worte, die nicht zu verstehen sind, man kann sie nur von den Lippen ablesen.

»Los jetzt. Du hast es oft genug gemacht.«

Die Haare des Mädchens sind fettig und dünn. Der kurze Pferdeschwanz hüpft auf und ab, als es erneut den Kopf schüttelt. Die Stimme wird lauter, drohend.

»Du weißt, was passiert, wenn du es nicht tust.«

Die Kleine rutscht nach vorn, als wolle sie aufstehen.

»Bleib, wo du bist, verdammt!«

Sie sinkt zurück. Weint. Lauter als vorher.

»Los! Fang jetzt an!«

Die Stimme dröhnt, füllt den gesamten Raum. Das Kind zuckt zusammen, der Kopf sinkt auf die Brust, die Schultern beben.

»Du weißt, was passiert, wenn du es nicht tust.«

Noch einmal dieselben Worte, leise, fast schmeichelnd jetzt.

Sie nickt.

»Tu es.«

Und das Kind gehorcht.

*

»Du Bastard. Du elender, mieser Bastard.«

Zorn hieb auf die Tastatur ein, der Film stoppte.

»Bastard.«

Er vergrub das Gesicht in den Händen, plötzlich war es still im Büro, bis auf ein eigentümliches, rhythmisches Geräusch. Zorn brauchte eine Weile, bis er erkannte, dass es sein eigener, hektischer Atem war. Und das Pochen des Blutes zwischen seinen Schläfen.

Er öffnete die Augen.

Das Standbild flackerte auf dem Monitor. Er sprang vom Stuhl, spürte, wie ihm schwindlig wurde, ging zum Fenster und riss es auf. Die Hitze schlug ihm entgegen und nahm ihm den Atem. Trotzdem, alles war besser als dieser Film.

»Dieser verdammte Bastard.«

Mehr brachte er nicht hervor. Sein Kopf war leer, er fühlte sich, als habe er in stinkender Jauche gebadet, klebrig, sehnte sich nach einer Dusche, nach kaltem, klarem Wasser, mit dem er das alles abwaschen konnte. Das, was er gesehen hatte, brannte in seinem Kopf, obwohl er nicht länger als eine Minute durchgehalten hatte.

Auf der Festplatte mussten Hunderte dieser Filme sein. Mindestens.

Zorns Finger flatterten, als er sich eine Zigarette anzündete. Das Rauchverbot war ihm egal.

Dann rief er Schröder an.

*

ihr redet immer nur von liebe, aber ihr habt keine ahnung, was das ist

bilder sagen mehr als worte, haha

*

»Jemand muss sich das ansehen, Schröder. Gieses Festplatte ist voll mit diesem Dreck.«

Zorn gab sich alle Mühe, geschäftsmäßig zu klingen. Trotzdem war seine Stimme belegt, noch immer kam er sich irgendwie schuldig vor, und obwohl er wusste, dass es Blödsinn war, fühlte er sich wie gebrandmarkt, als könne man ihm von der Stirn ablesen, was er gesehen hatte.

»Was meinst du mit Dreck, Chef?«

»Kinderpornos. Hunderte, vielleicht sogar Tausende Filme.«

Schröder sagte nichts.

»Es sind wahnsinnig viele, Schröder. Du wirst eine Weile dafür brauchen, wenn du willst, kannst du dann ein paar Tage frei machen.«

»Ich werde das nicht tun.«

»Es ist widerlich, ich weiß. Aber wir müssen dieses Zeug sichten.«

Schröder stand neben der Tür. Die Arme hingen schlaff an seiner Seite, sein Gesicht war unbewegt.

»Ich werde das nicht tun«, wiederholte er ruhig.

»Ich könnte dir eine dienstliche Anweisung geben, aber ich denke, wir können das auch so klären.«

»Du hast mich nicht verstanden, *Chef.*« Das letzte Wort betonte Schröder unmerklich, Zorn horchte überrascht auf. Äußerlich wirkte Schröder wie immer, dasselbe rosige Gesicht mit den Hängebacken, das dünne, quer über die Glatze gekämmte Haar, selbst das Lächeln schien unverändert. Aber da war etwas in seiner Stimme. Etwas, das Zorn noch nie gehört hatte.

Härte. Eisige Kälte. Und Entschlossenheit.

»Wir spielen dieses Spielchen, seit wir uns kennen«, sagte Schröder. »Ich bin der Trottel, du bist der, der die Anweisungen gibt. Ich habe mich daran gewöhnt, ich spiele mit, weil es mir Spaß macht. Und weil ich dich mag. Von mir aus können wir so weitermachen, bis wir beide in Rente gehen. Unter einer Bedingung: Vergiss, was du mich eben gefragt hast. Vergiss es und denke nicht mehr daran. Nie wieder, Claudius Zorn. Verstehst du?«

Das hat er noch nie getan, überlegte Zorn verwirrt. Er hat mich noch nie bei meinen Namen genannt. Was ist da los?

»Es gibt genug Leute im Präsidium, die diese Arbeit übernehmen können.« Schröder öffnete die Tür. »Ich gehe. Du kannst den Mund jetzt wieder zuklappen.«

Das tat Zorn dann auch. Allerdings erst zehn Minuten, nachdem Schröder das Büro verlassen hatte.

Einundzwanzig

Die folgenden anderthalb Stunden verbrachte Zorn mit dem Versuch, das, was an diesem Vormittag geschehen war, einzuordnen, auszuwerten und irgendwie greifbar zu machen. Was ihm allerdings nicht gelang, seine Gedanken wollten einfach nicht gehorchen, sprangen von Schröder (und dessen völlig unerwartetem Verhalten) zu Giese, von dort ging es weiter zu dem Kamerateam (und den Konsequenzen, die er mit dem unbedachten Rausschmiss heraufbeschworen hatte), um schließlich bei den Videos von Gieses Computer zu landen. Die mussten durchgesehen und analysiert werden, jemand musste einen Plan über ihr weiteres Vorgehen machen. Aber wer sollte das tun, verdammt?

Zorn war es gewohnt, unangenehme und schwierige Entscheidungen einfach weiterzugeben, und jetzt, da er diese selbst treffen musste, war er schlicht und einfach überfordert. Dazu kam die Frage, weshalb Schröder sich auf einmal geweigert hatte. In all den Jahren hatte er wie eine Maschine funktioniert, er hatte die miesesten und schmutzigsten Aufgaben übernommen, ohne auch nur mit der Wimper zu zucken. Warum also ausgerechnet diesmal nicht? Was sollte das bedeuten?

Dann war da noch etwas: Schröder war Zorn auf Augenhöhe gegenübergetreten, mehr noch, er hatte deutlich gezeigt, dass er ihm überlegen war. Das alles hatte nur ein paar Sekunden gedauert, aber Zorn spürte, dass ihr Verhältnis völlig anders zu sein schien, als er bisher gedacht hatte.

Ruhelos lief er in seinem Büro auf und ab, unfähig, einen Plan zu entwerfen. Je mehr er sich den Kopf zerbrach, desto größer wurde die Ratlosigkeit. All dies überlappte in seinem Kopf, es war, als würden drei Filme gleichzeitig ablaufen, ein Chaos, das nichts als Verwirrung hinterließ und keine Chance bot, zu einer Lösung zu kommen. Schließlich gab er auf, setzte sich hinter seinen Schreibtisch, stützte das Kinn in die Hand, spielte mit einem Bleistift und spürte plötzlich, wie er müde wurde. Unsagbar müde, und während er sich fragte, woher diese Schläfrigkeit kam (schließlich hatte er die letzten beiden Tage fast ausschließlich im Bett verbracht), tauchten Bilder auf: Schröder, die lispelnde Blondine, Giese, das Kind aus dem Film, dann wieder Schröder, es war, als würde er nachts auf der Autobahn fahren, er sah sich selbst am Schreibtisch sitzen, ein kraftloser, überforderter Hauptkommissar in einem muffigen Büro, alles verschwamm, verschmolz zu einem weißen Rauschen. Dann nahm aus weiter Ferne ein Gedanke Gestalt an, die Gewissheit, dass er gerne schlief, dass er es mochte, an nichts denken zu müssen. Und als ihm bewusst wurde, dass er das alles träumte, dass er gerade in Begriff war, einzuschlafen, vibrierte sein Handy.

Der Klingelton war neu, ein altmodisches, angenehmes Läuten. Es dauerte eine Sekunde, bis ihm einfiel, dass Max Brandt den Ton geändert hatte. Zorn kannte die Nummer auf dem Display nicht, aber als er gehört hatte, was der andere wollte, war er schlagartig wach. Hellwach.

Wachtmeister Bolldorf rief an.

*

»Ich glaube, er ist zu sich gekommen, Herr Hauptkommissar.«

Die Aufregung ließ den Atem des jungen Wachtmeisters flattern, er klang gedämpft, als schirme er das Telefon mit der Hand ab.

»Was heißt das, Bolldorf? Glauben Sie's? Oder wissen Sie's?«

»Ich darf ja nicht ins Zimmer, aber irgendwas geht da vor! Es hat …«

»… gepiept?«

»Ja!«, flüsterte Bolldorf. »Erst kam die Schwester, dann der Arzt, und der hat einen anderen Arzt gerufen, einen Professor.« Das letzte Wort sprach Bolldorf beinahe ehrfürchtig aus. »Ich habe natürlich sofort gesagt, dass wir den Mann jetzt vernehmen müssen, aber der Arzt hat mich nicht einmal zu Wort kommen lassen. Er meint, der Zustand sei immer noch kritisch und jede Aufregung müsse vermieden werden. Ich dachte, Sie sollten das sofort wissen.«

»Das haben Sie richtig gemacht. Sehr gute Arbeit, Herr Wachtmeister.«

»Danke, Herr Hauptkommissar«, hauchte Bolldorf. Zorn spürte förmlich, wie der Junge vor Stolz rot wurde.

»Wie ist die Lage jetzt?«, fragte er.

»Alles ruhig, Herr Hauptkommissar. Ich bin allein auf dem Flur.« Bolldorf schien vor Erregung zu platzen. »Ich könnte mir Zutritt verschaffen und eine erste Vernehmung des Verdächtigen durchführen. Was meinen Sie?«

»Was würden Sie ihn denn fragen wollen?«

Damit hatte der Wachtmeister nicht gerechnet.

»Ich weiß nicht«, stammelte er, »vielleicht sollte ich …«

»Sie halten die Stellung«, unterbrach Zorn barsch. »Ich komme, so schnell ich kann.«

»Wie Sie meinen.«

Da hatte Zorn die Verbindung schon unterbrochen und war unterwegs zur Tür. Dort prallte er fast mit Schröder zusammen.

»Ich muss ins Krankenhaus«, sagte er hastig und war schon halb auf dem Flur.

»Das wird nicht möglich sein, fürchte ich.« Schröder hob bedauernd die Arme. Er war ganz der Alte, freundlich und jovial wie immer. Ihre letzte Begegnung schien nicht stattgefunden zu haben. Wieder einmal stellte Zorn fest, dass er wohl niemals richtig schlau aus Schröder werden würde, selbst in hundert Jahren nicht.

»Du musst in einer Stunde beim Sender sein, Chef.«

Zorn fuhr herum.

»Welcher Sender?«

»Das Lokalfernsehen. Frau Borck hat einen Termin vereinbart, es geht um ein Interview, das du geben sollst. Sie sagt, du wüsstest Bescheid.«

Das wusste Zorn allerdings. Beim Gedanken an das, was ihm nun bevorstand, bildete sich in seinem Magen ein pulsierender Klumpen.

»Ich soll zu denen in den Sender?«

»*Yes*, Chef. Und das ist noch nicht alles. An der Pforte warten zwei Reporter, einer vom *Mitteldeutschen Tageblatt* und einer vom Radio. Ich soll dir das hier geben.« Schröder reichte ihm eine Klarsichtfolie mit einem eng beschriebenen A4-Blatt. Zorn registrierte am Rande, dass er den Verband an der verletzten Hand gewechselt hatte. »Hier steht alles drin, was du sagen sollst.«

»Gib her.« Er riss Schröder den Zettel aus der Hand und las mit wachsender Verblüffung. »Ich soll sagen, dass der Fall abgeschlossen ist?«

»Nicht ganz. Wenn ich das richtig verstehe, sollst du als ermittlungsführender Beamter erklären, dass es einen Tatverdächtigen gibt und die Morde kurz vor der Aufklärung stehen.«

»Das ist Bullshit, Schröder!!«

»Ist es das?«

»Natürlich, verdammt! Du weißt doch ganz genau, was die Borck bezweckt: Sie will vor der Presse gut dastehen und braucht schnellstens einen Trottel, der seine Nase in die Kameras hält und öffentlich erklärt, wie ach so fix die Polizei arbeitet!«

»Vielleicht«, nickte Schröder ernst. »Und der Trottel wärest in diesem Falle du.«

»Danke, darauf wär ich von allein nicht gekommen.«

»Es könnte aber auch sein«, meinte Schröder, »dass sie recht hat. In jedem Falle muss sie reagieren, es bleibt ihr nichts anderes übrig. Sie kann nicht abwarten und tatenlos zusehen, was die Presse sich aus den Fingern saugt.«

»Ach, jetzt nimmst du die Borck also in Schutz, oder wie?«

»Ich wäge ab. Beurteilungen stehen mir nicht zu.«

»Okay.« Zorn fuhr sich über das Gesicht. Seine Hand war schweißnass, er wischte sie an der Jeans ab. Er hatte keine Wahl. »Ich fahre zum Sender.«

»Eine weise Entscheidung, Chef.«

»Kopier diesen Wisch und gib ihn den beiden Radio-Pfeifen, die an der Pforte warten. Wenn ich das richtig sehe, steht da alles drin, was die wissen sollen. Die Staatsanwältin sagt, ich soll mit dem Fernsehen reden. Das mach ich, aber sie hat nichts von Zeitungen oder Radio erwähnt. Scheiße, ich hab Wichtigeres zu tun, als den ganzen Tag Dünnschiss zu erzählen!«

»Wie du meinst.«

Zorn seufzte und sah Schröder an.

»Denkst du wirklich, dass es Giese war?«

»Ob er unser Mörder ist?«

»Ja.«

»Ich weiß es nicht. Wahrscheinlich.« Schröder schüttelte langsam den Kopf. »Aber ich fürchte, dass wir es mit einem selten widerlichen Zeitgenossen zu tun haben.«

»Du musst sofort ins Krankenhaus und versuchen, ob du zu ihm durchkommst, Schröder.« Zorn wand sich einen Moment und fügte dann leise hinzu: »Bitte.«

»Aber klar, Chef.« Es schien, als zögen sich Schröders Mundwinkel ein wenig nach oben. »Ich kann davon ausgehen, dass wir keine offizielle Erlaubnis haben, oder?«

»Natürlich nicht.«

»Dann«, erwiderte Schröder, und diesmal huschte ein leises Lächeln über sein Gesicht, »werde ich mein Bestes tun.«

Das wusste Zorn, und schlagartig fühlte er sich ein wenig besser.

*

Kurz darauf saß Zorn im Volvo und fuhr zum Fernsehstudio. Das Kopfsteinpflaster der Ausfallstraße in Richtung Autobahn wurde seit Monaten erneuert, der Verkehr quälte sich schwerfällig nach Osten, eine übelriechende Wolke aus Abgasen und Baudreck hing über der zur Hälfte aufgerissenen Fahrbahn.

Er passierte die alte Eisenbahnbrücke am Bahnhof und kam hinter einer Straßenbahn zum Stehen. Vor ihm stauten sich die Autos, links erkannte er an einer Hauswand das riesige, ungelenke Graffiti einer großbusigen Frau, darunter eine Telefonnummer und einen Werbespruch für ein Eros-Center am Stadtrand.

Sie werden uns entspannt und mit neuer Energie wieder verlassen!

Zorn lachte gequält auf. Die Digitaluhr neben dem Tachometer zeigte acht Minuten vor vier, er würde zu spät kommen. Etwas anderes, überlegte er und seufzte leise, wäre auch sehr verwunderlich, schließlich war heute so ziemlich alles schiefgegangen. Warum sollte es jetzt besser werden? Es war einfach nicht sein Tag, er musste sich wohl damit abfinden.

Obwohl heute Montag war, ein Mittwoch hätte wesentlich besser gepasst.

In seiner Kindheit hatte er den Mittwoch gehasst, ja gefürchtet. Das war der Tag gewesen, an dem er kaum zu Atem kam, nach der Schule hatte er gerade einmal Zeit gefunden, die Tasche zu Hause in die Ecke zu werfen, um dann mit der Querflöte loszuhasten und einen peinigenden Nachmittag am Konservatorium zu verbringen.

Es begann mit dem Einzelunterricht. Sein Lehrer, ein siebzigjähriger ehemaliger Orchestermusiker, bescheinigte ihm jedes Mal, dass er zwar talentiert (was wohl stimmte), aber viel zu faul sei, um jemals Karriere zu machen (was ebenfalls absolut zutreffend war). Und während sich der kleine Claudius durch endlose Tonleitern quälte – »Cis!«, pflegte der alte Lehrer zu rufen, »das ist kein Cis, sondern eine Beleidigung, Claudius!« –, lauerte bereits das nächste Martyrium, der Theorieunterricht bei der schwerhörigen Frau Hudy, einer kettenrauchenden, gelbhäutigen Furie, für die es nichts Wichtigeres auf der Welt gab als mixolydische Akkordschemen, diatonische Intervalle und filterlose Zigaretten.

Den Abschluss dieses demütigenden Nachmittages bildete die zweistündige Probe des Jugendorchesters. Die war zwar nicht minder anstrengend, hatte aber einen Vorteil: Hier konnte er sich hinter den anderen verstecken, niemandem fiel auf, wie er gelangweilt hinter seinem Notenpult hockte, lustlos Vivaldi vor sich hin dudelte und auf das Ende dieser trostlosen Veranstaltung wartete.

Abends lag er erschöpft im Bett, erleichtert, diesen Tag hinter sich gebracht zu haben, und gleichzeitig bedrückt von dem Wissen, dass der nächste Mittwoch nur sieben Tage entfernt war und in der folgenden Woche auf ihn lauerte wie ein Taschendieb hinter der nächsten Straßenecke. Ein Gefühl, das ihn bis heute, dreißig Jahre später, nicht verlassen hatte.

Das Kreischen einer Betonfräse riss ihn aus seinen Gedanken, direkt neben ihm begann ein Arbeiter mit Ohrenschützern und orangefarbener Weste, die Straße aufzureißen. Zorn sah erschrocken auf, eine Staubwolke nahm ihm die Sicht, undeutlich erkannte er, dass die Straßenbahn sich vor ihm in Bewegung setzte. Hinter ihm hupte es, er knurrte eine Verwünschung, gab Gas und startete die Scheibenwischer. Das Wasser war alle, die Wischer schabten mit einem hässlichen Quietschen über die schmutzige Frontscheibe und verschmierten den Dreck in alle Richtungen.

»Schweinemistscheiße!«

Ein paar Zentimeter vor ihm leuchteten die Bremslichter der Straßenbahn auf. Er trat auf die Bremse, kurbelte das Fenster hinunter, beugte sich hinaus und versuchte, die Frontscheibe mit der Hand abzuwischen. Es war sinnlos, der Schmutz lag in dicken Schlieren über dem Glas. Die Hitze schlug ihm ins Gesicht wie ein feuchter Scheuerlappen, Schweiß lief ihm aus allen Poren, ächzend sank er zurück, schloss das Fenster und verfluchte den Tag seiner Geburt.

Der Volvo tuckerte im Leerlauf, das Außenthermometer zeigte 29,5 Grad. Es war zwei Minuten nach vier, als sein Handy klingelte.

»Wo bleiben Sie?« Frieda Borck nahm sich nicht die Zeit für eine Begrüßung.

»Ich steh im Stau. Die Herrschaften werden sich noch ein wenig gedulden müssen.«

»Beeilen Sie sich.«

»Sie können mir gern einen Hubschrauber schicken, dann geht's schneller.«

Die Staatsanwältin erwiderte nichts.

»Hören Sie«, sagte Zorn, »ich kann nicht hexen. Und ich werde erzählen, was ich für richtig halte.«

»Sie werden das sagen, was ich Ihnen aufgeschrieben habe.«

»Über den Priester und die Filme, die wir auf seiner Festplatte gefunden haben, werde ich jedenfalls schweigen.«

»Das sollen Sie auch. Ich habe aus der Landeshauptstadt einen Spezialisten angefordert. Er trifft heute Abend ein und wird die Videos auswerten.«

Gut, dachte Zorn. Wenigstens damit muss ich mich nicht beschäftigen.

»Wie lange brauchen Sie noch?«, fragte Frieda Borck.

»Ich bin kurz vorm Bowlingcenter, in zehn Minuten sollte ich da sein.«

»Ich werde den Sender unterrichten.«

»Tun Sie, was Sie nicht lassen können, Frau Borck.«

»Es ist übrigens eine Livesendung.«

»Was?«

»Sie haben schon verstanden. Bauen Sie bloß keinen Mist. Und beeilen Sie sich gefälligst«, wiederholte die Staatsanwältin und unterbrach die Verbindung.

Na ja, dachte Zorn und drehte die Klimaanlage hoch, eigentlich ist es egal, ob es live ist oder aufgezeichnet wird. Zum Deppen mache ich mich so oder so. Vielleicht ist es sogar besser so, um diese Zeit schaut erst recht niemand diesen Mistsender. Ich werde mich also hinstellen und erklären, dass der Fall so gut wie abgeschlossen ist. Obwohl ich nicht daran glaube. Ist das nicht behämmert? Wenn ich unrecht habe, werden die mich feiern, als wäre ich der neue Columbo. Und wenn stimmt, was ich vermute, und sich später herausstellt, dass wir voreilig an die Presse gegangen sind, werde ich öffentlich hingerichtet.

Neben ihm tauchte das Bowlingcenter auf, rechts daneben lag das schmutzigweiße Verlagsgebäude. Fast hätte Zorn die Ausfahrt verpasst, er vollführte eine Vollbremsung und bog mit quietschenden Reifen links ab, was hinter ihm mit einem erneuten empörten Hupen quittiert wurde.

»Scheiß drauf«, knurrte er und parkte direkt vor dem Eingang. »Ich werde das hinter mich bringen. Aber noch mal mach ich das nicht. Beim nächsten Mal kündige ich. Jeder Job auf der Welt ist besser als das.«

Er stieg aus und hastete über den Parkplatz.

Wer weiß, tröstete er sich in Gedanken, vielleicht werde ich ja doch noch Flötist?

*

»Behalten Sie ruhig Platz, Herr Wachtmeister.«

Bolldorf war aufgesprungen, als Schröder auf dem Flur der Intensivstation erschienen war. Der kleine Hauptkommissar kam mit schnellen Schritten näher, seine Absätze quietschten leise auf dem glänzenden Linoleum. Er streckte dem jungen Mann die Hand entgegen. »Also, wie sieht's aus?«

Bolldorf schien enttäuscht.

»Ich dachte eigentlich, dass Hauptkommissar Zorn …«

»Kollege Zorn ist verhindert.«

»Er hatte gesagt, dass er persönlich hier erscheinen wollte.«

»Das weiß ich. Aber ich denke, wir beide werden ebenfalls gut zurechtkommen, junger Freund. Sie kennen mich doch, oder?«

»Natürlich«, erwiderte Bolldorf, recht überzeugt klang er allerdings nicht. »Könnten wir Hauptkommissar Zorn nicht wenigstens anrufen?«

»Dazu kommen wir später.« Schröder ließ sich seine Ungeduld nicht anmerken. Er lächelte dem Wachtmeister zu, als hätten sie alle Zeit der Welt. »Jetzt stecken Sie erst mal Ihr Hemd in die Hose und erklären mir, was los war.«

»Nun ja«, sagte Bolldorf und ordnete verlegen seine Uniform, »ich glaube, dass der Verdächtige zu sich gekommen ist, jedenfalls hatte ich vorhin den Eindruck.«

»Und jetzt?«

»Das kann ich nicht genau sagen, ich darf ja nicht ins Zimmer. Vorhin waren ein paar Ärzte bei ihm, aber seit einer Viertelstunde ist alles ruhig, nicht mal eine Schwester ist hier vorbeigekommen. Der Herr Hauptkommissar wollte, dass ich ihn sofort anrufe, wenn was passiert. Aber sicher bin ich nicht, hier redet ja niemand mit mir.«

Schröder nahm den Wachtmeister am Arm und zog ihn zu sich

herab. »Ich habe eben mit dem Arzt gesprochen«, sagte er vertraulich. »Mir sagt er ebenso wenig wie Ihnen, Kollege.«

Bolldorf, der soeben das erste Mal in seinem Leben von einem Hauptkommissar als *Kollege* bezeichnet worden war, wurde flammend rot. Schröder tat, als würde er es nicht bemerken. Er deutete hinter sich, auf die geschlossene Tür zu Zimmer 403. »Ich gehe jetzt da rein und sehe, ob ich mit Giese reden kann. Sie halten Ausschau, wenn jemand kommt, geben Sie mir Bescheid. Ihnen ist doch klar, dass das, was wir hier machen, nicht ganz dem normalen Dienstweg entspricht, oder?«

»Ich kenne die Vorschriften«, erklärte der Wachtmeister wichtig. »Aber ich weiß auch, dass man manchmal unorthodox handeln muss, wenn es die laufenden Ermittlungen erfordern.«

»So ist es«, nickte Schröder. »Hauptkommissar Zorn sieht das übrigens genauso. Er wird sehr froh sein, dass Sie so denken wie er.«

Bei der Erwähnung von Zorns Namen erschien ein Strahlen auf Bolldorfs Gesicht. »Sind Sie sicher?« fragte er ehrfürchtig.

»Das bin ich.«

Schröder sah sich kurz um. Der Flur war menschenleer. Die Tür schleifte leise auf ihren Rollen, als er sie behutsam beiseiteschob. Er nickte dem jungen Mann zu, dann war er im Zimmer verschwunden.

Wachtmeister Bolldorf nahm Haltung an und ging vor der Tür in Stellung.

*

»Gut, dass Sie endlich da sind, Herr Zorn.«

Der junge Mann, der sich als Assistent der Geschäftsführung vorgestellt hatte (seinen Namen hatte Zorn sofort wieder vergessen, erinnerte sich aber, dass etwas Ähnliches wie *»junior executive assistant manager«* in goldfarbenen Lettern auf seiner Visitenkarte gestanden hatte), lief eilig voraus. Er trug Jeans, ein pinkfarbenes Hemd und einen kleinen, aber unübersehbaren Brillantohrring.

»Hier warten schon alle wie verrückt«, sagte er etwas außer Atem über die Schulter.

Zorn, der sich lieber nicht vorstellen wollte, wer da wohl *wie verrückt* auf ihn wartete, folgte ihm über einen langen, mit grauem Teppich ausgelegten Flur.

Vor einer Glastür blieb der Assistent stehen. »Hier hinein bitte«, säuselte er und wedelte mit einem Klemmbrett, das er bisher unter dem Arm getragen hatte.

Zorn äugte misstrauisch durch die Tür.

»Was ist dort?«

»Die Maske.«

»Ihr wollt mich schminken?«

»Aber natürlich, Herr Zorn. Sonst glänzt Ihre Haut in den Scheinwerfern. Und Ihre Haare sollten wir auch ein wenig richten.«

»Vergiss es. Ich lasse mich nicht einpudern. Und kämmen schon gar nicht.«

Der Assistent hob eine gepflegte Augenbraue.

»Wie Sie wünschen.«

»Und jetzt«, Zorn griff seinen Unterarm und zog ihn vorwärts, »will ich wissen, wo die Kameras sind. Ihr habt doch hier Kameras, oder?«

»Aber natürlich«, stotterte der junge Mann. »Mehr als genug.«

»Eine reicht mir. Und nun los, bevor ich's mir anders überlege.«

*

Zimmer 403 lag im Halbdunkel, die Jalousien vor den hohen Fenstern waren zur Hälfte geschlossen. Das Licht fiel in schmalen Streifen auf die reglose Gestalt des Priesters.

Schröder stand seit einer Weile am Bett. Es war kühl im Zimmer, trotzdem hatte man die Decke bis zu Gieses Hüften heruntergeschlagen. Seine Augen waren geschlossen, der nackte, behaarte Brustkorb hob und senkte sich langsam, das Beatmungsgerät zischte leise.

»Sind Sie wach, Herr Giese?«

Schröder ging zum Kopfende des Bettes, dort blieb er stehen und sah den Priester lange an.

»Verstehen Sie mich?«

Keine Reaktion.

»Hören Sie, was ich sage?«

Gieses Wangenmuskeln bewegten sich kaum merklich unter der blassen Haut. Schröder setzte sich auf den Bettrand, das Metallgestell quietschte leise. Einen Moment sah er Giese prüfend an, dann stützte er sich mit der Hand neben dem Kopfkissen ab und beugte sich dicht über ihn, bis sein Mund nur noch wenige Zentimeter vom rechten Ohr des Priesters entfernt war.

»Ich weiß, was du getan hast«, flüsterte er. »Und ich weiß, dass du mich jetzt hörst. Du solltest tot sein, Priester. Es gibt keine Entschuldigung für das, was du getan hast. Und auch keine angemessene Strafe. Aber etwas muss noch in dir sein, ein Rest Menschlichkeit vielleicht, nenn es, wie du willst. Und jetzt streng dich verdammt nochmal an, und wach auf. Sag mir, was ich wissen muss!«

Die Finger des Priesters zuckten. Schröder bemerkte es nicht. Seine Faust hatte sich im Bettlaken neben Gieses Kopf verkrallt.

»Ich könnte irgendeinen von diesen Steckern ziehen, dann wäre es vorbei«, presste Schröder hervor. »Aber diesen Gefallen werde ich dir nicht tun. Du hast noch nicht genug gelitten. Deswegen bin ich hergekommen. Um dir das zu sagen.« Er stand auf und sagte halblaut: »Ich werde jetzt gehen. Solltest du jemals zu dir kommen, werden wir uns wiedersehen. Dann reden wir weiter.«

Draußen, im Flur, war außer dem jungen Wachtmeister niemand zu sehen.

»Die Luft ist rein«, meldete Bolldorf beflissen. »Hat er etwas gesagt?«

»Falscher Alarm. Bleiben Sie auf dem Posten.«

Ohne auf eine Antwort zu warten, lief Schröder davon.

Bolldorf nahm wieder Platz und vertiefte sich in sein Buch. Nebenan atmete Giese tief und regelmäßig. Auf dem Laken, direkt neben seinem Kopf, da, wo eben noch Schröders Hand gelegen hatte, war ein dunkler Schweißfleck entstanden.

*

»... und so sieht es ganz danach aus, als hätte die Polizei diese furchtbaren Verbrechen innerhalb kürzester Zeit aufgeklärt.«

Zorn stand in der Tür des Sendestudios, einem engen, höchstens zehn Quadratmeter großen Kämmerchen. Im Nacken spürte er den süßlichen Atem des Assistenten, der ihn soeben geräuschlos hereingeführt hatte. Die Sendung war in vollem Gange, die blonde Reporterin (es war dieselbe, die ihn am Morgen im Präsidium überfallen hatte) sah konzentriert in die Kamera und las ihren Text von einem Teleprompter ab:

»Eine Stadt atmet auf, liebe Zuschauer. Nun, da wir endlich wissen, wer hinter diesen Morden steckt, sind wir erleichtert. Ja, wir alle sind froh, dass der Täter seiner verdienten Strafe nicht entgehen wird.«

Das Lispeln war kaum wahrzunehmen. Sie sprach langsam, jedes Wort unnatürlich betonend. Ihre Gesichtshaut verschwand hinter einer dicken Schicht aus Schminke und Puder, das blonde Haar war zu einem Dutt hochgesteckt, der üppige Busen klemmte in einem fleischfarbenen, züchtig bis zum Hals geschlossenen Blouson.

»Natürlich müssen wir uns fragen, wie so etwas überhaupt geschehen konnte. Warum das Verbrechen überhaupt Einzug halten konnte in dieser friedlichen Stadt.«

Die grellen Scheinwerfer brachten die Luft zum Kochen, es mussten über dreißig Grad in dem engen Raum herrschen. Zorn spürte die schwitzende Hand des Assistenten im Rücken.

Die Reporterin stand an einem Plastikpult vor einer hellblauen Wand, hinter ihr prangte in fetten Buchstaben der Name der Sendung (*Nachgehakt – das Stadtgespräch!*), darunter hing das rotweiße Logo des Senders. Gegenüber, neben der Kamera, war eine riesige Digitaluhr befestigt. Die roten Ziffern zeigten auf 16 Uhr 24.

»Wir vom Lokalfernsehen haben die Antworten. Und wir sind stolz, Ihnen einen besonderen Gast präsentieren zu dürfen.« Ein kurzes, professionelles Lächeln. »Gleich, nach einer kurzen Unterbrechung. Bleiben Sie dran, meine Damen und Herren.«

Über der Kamera erlosch ein rotes Licht, gleichzeitig verschwand das Lächeln der Reporterin, als wäre es ebenfalls abgeschaltet worden. Zorn hörte, wie vom Band ein Werbespot für ein Herrenmodegeschäft in der Innenstadt gestartet wurde.

»Sie sind dran«, flüsterte der Assistent und gab ihm einen leichten Klaps auf den Rücken. »Toi, toi, toi.«

Zorn stolperte nach vorn.

»Verdammt, wo waren Sie?«, blaffte die Blondine.

Er sah sich hilfesuchend um.

»Nach rechts!«, half der Assistent und wies mit der Klemmmappe auf ein weiteres Stehpult direkt neben dem der Reporterin. Zorn nahm Aufstellung und schloss geblendet die Augen.

Ein Lautsprecher knackte, eine blecherne Stimme teilte in breitem Sächsisch mit: »Noch eine Minute, Sandra!«

Die Tür ging auf, eine untersetzte, blasse Frau eilte herein und begann, das Gesicht der Reporterin mit einem Pinsel einzupudern.

»Jetzt nicht!«, wehrte diese ab.

»Also ich an Ihrer Stelle«, sagte Zorn beiläufig, »würde das restaurieren lassen. Ich glaube, Sie fangen gleich an zu bröckeln.«

Als Antwort erhielt er einen Blick, der die Polkappen zum Schmelzen bringen konnte. Was soll's, dachte Zorn. Spätestens jetzt habe ich mir eine neue Feindin gemacht. Eine Todfeindin, verbesserte er sich in Gedanken.

Aus den Lautsprechern drangen die letzten Worte des Werbespots. *Modische Accessoires für den gepflegten Herrn! Gutes muss nicht teuer sein!*

Die Maskenbildnerin flitzte davon.

»Noch zehn Sekunden!«

Sandra, die Reporterin, straffte sich und ordnete ein paar Karteikärtchen auf ihrem Pult.

Das rote Licht ging an.

»Da sind wir wieder, meine Damen und Herren, wie versprochen haben wir einen Experten hier bei uns, mehr noch, wir haben den Mann zu Gast, der die Mordfälle gelöst hat.«

Zorn stand hinter seinem Pult, die Stimme der Reporterin zog an ihm vorbei wie ein Vogelschwarm im Spätherbst. Er roch ihr Parfum, den Schminkpuder und etwas anderes, heißes Plastik oder schmelzende Folie vielleicht. Staubkörnchen tanzten in der drückenden, elektrisch aufgeladenen Luft. Es war wie im Traum, die Situation schien unwirklich, fast surreal. Er schloss die Augen und wischte sich mit dem Handrücken über das Gesicht. Spürte, wie ihm der Schweiß den Rücken hinablief, und sehnte sich nach einer kalten Dusche.

Plötzlich merkte er, dass es im Studio verdächtig still war. Totenstill. Als er aufblickte, sah ihn die Reporterin mit großen Augen an. Ihr Lächeln wirkte, als wäre es ihr mit einer Feile ins Gesicht gefräst worden.

»Was? Ich habe Sie nicht verstanden«, sagte Zorn und versuchte, seine Gedanken zu ordnen.

»Ich fragte, wie Sie den Täter gefunden haben, Herr Kommissar.«

»Hauptkommissar.«

»Wie bitte?«

Zorn fuhr sich mit der Zunge über die trockenen Lippen.

»Ich bin Hauptkommissar. Wie war noch mal die Frage?«

Die Reporterin ordnete ihre Kärtchen.

»Also, Herr *Haupt*kommissar«, erwiderte sie, Zorn war nicht sicher, aber er meinte, wieder ein leichtes Lispeln zu vernehmen, »können die Menschen dieser Stadt jetzt wieder ruhig schlafen?«

»Keine Ahnung. Ich kümmere mich nicht um die Schlafgewohnheiten anderer Leute.«

Ein Scheinwerfer knackte. Die Reporterin lachte gequält auf, es klang, als würde ein Besteckkasten zu Boden fallen.

»Okay«, sagte sie, »dann eine andere Frage. Können Sie uns etwas zur Identität des Mörders sagen?«

»Das kann ich nicht.« Zorn nestelte am Kragen seines Hemds, die Luft wurde knapp. Sein Hals war trocken, er räusperte sich umständlich. »Aus dem einfachen Grund, weil ich nicht weiß, ob wir einen Mörder gefasst haben.«

Er wusste, dass Frieda Borck in ihrem Büro saß und zusah. Und er stellte sich vor, wie sie in diesem Moment aufsprang und wütend mit dem Fuß aufstampfte. Komisch, aber der Gedanke gefiel ihm. Sehr sogar.

»Wir haben erfahren, dass es sich um einen Geistlichen handeln soll, Herr Hauptkommissar.«

Zorn hatte Schwierigkeiten, sich zu konzentrieren. Die Scheinwerfer drehten sich vor seinen Augen, er schwankte und hielt sich am Pult fest.

»Es gibt viele Geistliche in dieser Stadt. Von einem Mörder weiß ich nichts.«

Wieder lächelte die Reporterin. Sie erinnerte an einen Haifisch, kurz bevor er zuschnappt.

»Wir schon.«

»Gratuliere, dann wissen Sie mehr als ich.« Ein Schweißtropfen lief langsam an seiner Schläfe hinab. Er blinzelte. Seine Nase juckte, er kämpfte gegen den unbändigen Drang, sich zu kratzen.

»Nach unseren Informationen liegt der Mann im städtischen Krankenhaus.«

»Was?«

»Die Menschen haben ein Recht, zu erfahren, wer sie so lange in Angst und Schrecken versetzt hat, denken Sie nicht auch, Herr Hauptkommissar?«

Zorn schloss die Augen. Jetzt drehte sich das gesamte Studio in seinem Kopf, sein Herz raste, ihm wurde schlecht, der Schwindel raubte ihm die Orientierung.

»Ich brauch ein Glas Wasser«, wollte er sagen, doch seine Stimme setzte aus. Es rauschte zwischen seinen Schläfen, ein widerliches, markerschütterndes Grollen. Dann wurde ihm kalt.

Scheiße, was ist los, bin ich besoffen?, dachte er noch. Dann sackte er nach vorn.

Zuerst riss er sein eigenes Pult, dann das der Reporterin um, bis er schließlich kerzengerade, mit dem Kopf voran, auf den Boden knallte.

Den Aufschlag spürte Hauptkommissar Zorn nicht mehr.

*

Das Gesicht des Priesters liegt im Halbschatten. Draußen, vor der Intensivstation, zieht ein Krähenschwarm über den Abendhimmel und verschwindet in Richtung Hubschrauberlandeplatz.

Gieses Augen sind geschlossen. Plötzlich flattern seine Lider, der Kopf bewegt sich auf dem Kissen. Die linke Faust ballt sich, die Knöchel treten hervor, als sich seine Finger im Laken verkrallen. Ein Stöhnen.

Er öffnet den Mund: »Herr, ich bin nicht würdig, dass du eingehst unter mein Dach …«

Ein Flüstern, nicht mehr als ein Hauch.

Die Zunge fährt über die trockenen, aufgesprungenen Lippen.

»… aber sprich nur ein Wort, so wird meine Seele gesund.«

Lauter jetzt, doch er ist allein im Zimmer.

Niemand hört es.

Zweiundzwanzig

Es war kurz nach Mitternacht, als Zorn schließlich wieder zu sich kam. Er lag auf dem Sofa, doch es dauerte eine Weile, bis er begriff, dass er daheim war. Schwerfällig erhob er sich. Einen Moment lang stand er schwankend im Zimmer, dann ging er zum Fenster und riss es weit auf.

Ein angenehmer, kühler Wind schlug ihm entgegen, es roch nach Regen. Unten glänzten die Dächer der Stadt im Mondlicht. Er atmete tief durch. Sein linkes Bein kribbelte, es war eingeschlafen. Langsam, ganz langsam kam die Erinnerung zurück, bruchstückhaft tauchten die Einzelheiten auf wie ein Schiff aus dem Nebel.

Er wusste noch, dass ihm schwarz vor Augen geworden war, dann musste er weggetreten sein. Irgendwann hatte sich eine Gestalt über ihn gebeugt, er erinnerte sich an die orangefarbene Weste, das war der Notarzt gewesen. Zorn hatte aufstehen wollen, doch man hatte ihn zurückgehalten. Dann das Heulen der Sirene, im Krankenwagen war er wieder aufgewacht, er hatte sich schwach gefühlt, aber nicht krank, ein wenig benommen vielleicht, mehr nicht. Dem Arzt hatte er erklärt, dass er den ganzen Tag nichts gegessen und außer ein paar Tassen Kaffee so gut wie nichts getrunken habe. Ja, hatte der Notarzt genickt, das sei natürlich eine Erklärung, wahrscheinlich handele es sich um einen Kreislaufkollaps, was angesichts der Hitze nicht verwunderlich sei. Trotzdem müsse er ein paar Untersuchungen anstellen, es könne ebenso gut ein Schlaganfall gewesen sein, schließlich sei Zorn nicht mehr der Jüngste, worauf dieser lautstark protestiert und nach einer Zigarette verlangt hatte. Sie hatten ihm eine Spritze gegeben, später dann, im Krankenhaus, hatte er so lange genörgelt, bis ihn ein sichtlich genervter Arzt auf eigene Verantwortung entlassen hatte (nicht ohne darauf hinzuweisen, dass er seinen Lebenswandel überdenken und sich in der nächsten Zeit gründlich untersuchen lassen müsse).

Zorn war mit dem Taxi nach Hause gefahren, er erinnerte sich noch, dass er Schwierigkeiten gehabt hatte, die Wohnungstür aufzuschließen, dann war er zum Sofa gewankt, hatte eine halbe Zigarette geraucht und war kurz darauf eingeschlafen.

Er ging ins Bad, füllte ein Glas mit Wasser und trank es in einem Zug leer. Jetzt fühlte er sich besser, ein wenig benommen zwar, als habe er einen Kater, ansonsten ging es ihm gut. Im rechten Ohr war ein hohes Pfeifen zu hören, aber auch das würde vergehen, da war er sicher. Sein Herz schlug gleichmäßig, er hob die Hand und die Finger vors Gesicht. Da war kein Zittern, nichts.

Zorn strich das Haar aus der Stirn und betrachtete prüfend sein Spiegelbild. Keine Geheimratsecken, etwas grau an den Schläfen, die Falten um die Augen wurden tiefer, ja, da waren auch ein paar winzige geplatzte Äderchen um die Nase, na und? Das war normal, schließlich war er über vierzig, trotzdem: Er sah noch gut aus, das wusste er. Und es würde noch ein paar Jahre so bleiben, wenn er aufpasste. Er war fit, das, was passiert war, musste ihn nicht beunruhigen.

Ein harmloser Schwächeanfall, mehr nicht.

Vorsichtig begann er, einen kleinen Pickel auf der Stirn auszudrücken, als es an der Tür klingelte. Überrascht fuhr er zusammen, überlegte kurz und entschied, dass es niemand anders als Schröder sein konnte, wahrscheinlich hatte er im Fernsehen alles mit angesehen und machte sich Sorgen, weil er Zorn nicht erreichen konnte. Wer sonst sollte um diese Zeit schon bei ihm klingeln?

Er schlurfte zum Flur, unterwegs steckte er das zerknitterte Hemd in die Jeans. Als er die Tür öffnete, schloss er einen Moment die Augen, das helle Neonlicht im Hausflur blendete ihn.

»Sie müssen mir helfen, Herr Kommissar. Ich weiß nicht, wo ich hin soll.«

Nein, Schröder war das nicht. Das war die Stimme eines verängstigten Mädchens.

Zorn sah entgeistert auf.

Vor ihm stand Martha Haubold.

*

ich habe das nicht freiwillig getan, es gibt gründe
vielleicht ist es liebe
oder hass
ich weiß es nicht

*

»Das ist jetzt ein Witz, oder?«

Martha stand schweigend vor Zorn, ihre Schultern bebten, als würde sie jeden Moment in Tränen ausbrechen. Sie war blass unter der sonnengebräunten Haut, das Haar hing ihr wirr ins Gesicht, sie schob es mit einer hastigen Bewegung hinter die Ohren.

»Hast du eine Ahnung wie spät es ist?«, fragte Zorn, als sie noch immer nichts sagte.

»Bitte, Herr Kommissar.« Sie sah gehetzt über die Schulter. »Ich weiß einfach nicht mehr weiter.«

Zorn folgte ihrem Blick. Der Hausflur lag kühl und einsam vor ihm, die Wände mussten dringend gestrichen werden, es war schmutzig wie immer. Weiter hinten flackerte eine Neonröhre.

»Wirst du verfolgt?«

»Ich weiß nicht.«

»Was willst du, verdammt?«

»Kann ich heute Nacht bei Ihnen bleiben?«

Zorn konnte nicht anders, er lachte laut auf.

»Hältst du mich für bescheuert? Glaubst du, ich falle noch mal auf diese dämliche Nummer rein?«

Martha wischte sich mit den geballten Fäusten über die Augen. Sie weinte. Wie ein Kind, das um ein Eis bettelt.

»Es tut mir leid, was ich getan habe. Wirklich. Ich … ich rufe an, ich sage denen, dass ich gelogen habe. Ich tu alles, was Sie wollen.«

»Du hast behauptet, dass ich dich vergewaltigen wollte.«

»Ich weiß. Es tut mir leid.«

Himmel, dachte Zorn, soll ich mich jetzt noch tiefer in die Scheiße reiten? Wer weiß, was sie diesmal vorhat. Nee, ich lass mich von dieser Göre nicht verarschen. Ich nicht.

Sie schniefte laut.

»Ich hab einfach Angst, Herr Kommissar.«

»Vor wem?«

Martha schloss die Augen. Schwankte, als würde sie das Gleichgewicht verlieren. Zorn hielt sie an der Schulter fest. »Vor wem?«, wiederholte er.

»Lassen Sie mich einfach hierbleiben. Ich kann ja auf Ihrem Sofa schlafen. Oder irgendwo auf dem Fußboden. Wenn es hell wird, verschwinde ich. Ich schwör's.« Eine Träne löste sich von ihrer Wimper und rollte langsam die linke Wange hinab.

Zorn dachte nach.

»Melde dich morgen im Präsidium«, sagte er dann. »Da reden wir.«

»Schicken Sie mich nicht weg, Herr Kommissar.«

»Geh.«

»Bitte.«

Ein Wort nur.

Er schüttelte den Kopf. Zögerte. Warf ihr einen letzten Blick zu.

Sie sah ihn an.

Claudius Zorn schloss die Tür.

*

»Geht's dir gut, Chef?«

»Ja. Alles prima.«

Zorn rieb sich das rechte Ohr. Das Pfeifen war lauter geworden, ansonsten fühlte er sich tatsächlich hervorragend. Er hatte gut geschlafen und war pünktlich, frisch und ausgeruht im Büro erschienen. Schröder stand vor seinem Schreibtisch und sah ihn prüfend an.

»Was sagt der Arzt?«

»Ach«, wiegelte Zorn ab, »ein kleiner Schwächeanfall, mehr nicht. Ich hatte nichts gegessen, und die Luft in diesem Sender war fürchterlich, ich war kurz vorm Ersticken. Die haben nicht mal eine Klimaanlage in diesem Sauladen.«

»Trotzdem, du solltest auf dich aufpassen. Du bist keine vierzig mehr.«

»Hahaha, ich lach mich tot«, erwiderte Zorn gedehnt. »Egal, es hat sowieso kaum jemand gesehen. Wer guckt schon diesen Provinzsender?«

»Die Staatsanwältin auf jeden Fall.«

»Und die ist sauer, oder?«

»Das wird sie dir bestimmt persönlich sagen, Chef. Es gibt übrigens auch einen Artikel in der Zeitung.«

»Die liest auch keiner.«

Zorn machte eine wegwerfende Handbewegung. Aber er war blass geworden. Der Gedanke, dass sein peinlicher Fernsehauftritt publik wurde, wollte ihm ganz und gar nicht gefallen.

»Ich frage mich«, sagte er, nachdem er sich umständlich geräuspert hatte, »woher die wussten, dass wir es mit einem Priester zu tun haben.«

»Das wundert mich auch. Aber du musstest ja nicht näher darauf eingehen. Insofern hatte dein ...«, Schröder machte eine winzige Pause, »kleiner Zusammenbruch auch etwas Gutes.«

»Ja«, nickte Zorn. »Das tröstet mich ungemein, danke.«

»Bitte.«

»Was war eigentlich gestern im Krankenhaus?«

Schröder zögerte einen Moment.

»Falscher Alarm, Chef. Giese ist nicht ansprechbar.«

»Ich kapier das einfach nicht.« Zorn schüttelte den Kopf. »Ein pädophiler Priester, der auch noch zum Doppelmörder wird. Ist das nicht ein wenig sehr platt?«

Schröder wippte auf seinen kurzen Beinen.

»Vielleicht. Aber wir haben momentan niemand anderen. Der Spezialist aus der Landeshauptstadt ist übrigens da, um zehn ist eine erste Besprechung angesetzt.«

Zorn dachte an das Mädchen aus dem Video. Jemand musste diesen

Kindern helfen. Er selbst war damit überfordert, er war zu weich dazu, diesmal hatte es nichts mit seiner Faulheit zu tun. Aber was war mit Schröder? Warum wollte er partout nichts mit diesen Filmen zu tun haben? Mehr noch, es schien, als wolle er nicht einmal darüber sprechen.

»Du sollst den Mann einweisen, Chef.«

»Und du?«

Wieder schien Schröder zu zögern.

»Ich wollte noch mal zur Spurensicherung, die haben irgendwas gefunden. Wahrscheinlich ist es nur eine Kleinigkeit.«

»Okay«, nickte Zorn und sah aus dem Fenster. Der Himmel war bewölkt, Wind war aufgekommen und wehte ein paar alte Zeitungen über den Parkplatz. Er stand auf und lehnte sich ans Fensterbrett.

»Martha Haubold war letzte Nacht bei mir.«

Schröder trat einen Schritt vor.

»Wie bitte?«

»Sie sagte, dass sie Angst habe. Angeblich wusste sie nicht, wohin. Sie wollte bei mir schlafen.«

»Was hast du getan?«

»Ich hab sie ausgelacht.«

Schröder kaute auf seiner Unterlippe.

»War das richtig?«

»Scheiße, ich weiß es nicht, Schröder!« Zorn begann im Zimmer auf und ab zu laufen. »Sie hat mich schon mal dermaßen verarscht, ich hatte einfach keinen Bock, mich mit ihr abzugeben!«

»Und jetzt?«

Zorn blieb stehen.

»Jetzt bin ich mir nicht mehr so sicher. Je mehr ich drüber nachdenke, desto komischer kommt mir das alles vor. Vielleicht war es echt.«

»Dann«, sagte Schröder leise, »hättest du einen Fehler gemacht.«

»Ja«, nickte Zorn und blieb stehen. »Vielleicht. Ich habe ihr gesagt, dass sie heute ins Präsidium kommen soll.«

»Was sie bisher nicht getan hat.«

»Richtig.«

Schröder überlegte, dabei kratzte er sich mit dem rechten Zeigefinger die bandagierte Handfläche der linken Hand.

»Wir werden nach ihr suchen, Chef.«

»Okay. Wahrscheinlich liegt sie zu Hause und pennt.«

Das hoffe ich jedenfalls, dachte Zorn, nachdem Schröder gegangen war. Ich kann dieses Mädchen nicht leiden, aber ich hoffe wirklich, dass ihr nichts passiert ist.

Bis zur Besprechung war noch eine halbe Stunde Zeit, er startete den Computer und öffnete das Mailprogramm. Während die Nachrichten geladen wurden, ertappte er sich bei dem Gedanken an Malina und der Hoffnung, dass sie sich vielleicht gemeldet hatte.

Sofort wurde er wütend. Dieses Gefühl wich einer leichten Beklemmung, als er sah, dass er zwar keine Nachricht von Malina, dafür aber eine Mail der Staatsanwältin erhalten hatte:

Gratuliere, hervorragender Auftritt. Über die Konsequenzen reden wir später.

Unter die Nachricht hatte Frieda Borck einen Link zu Youtube kopiert.

Zorn klickte darauf.

Das Video war nur ein paar Sekunden lang, es trug den Titel *Besoffener Provinzbulle im Lokalfernsehen*, innerhalb weniger Stunden war es bereits über viertausendmal angeklickt worden. Und es war von sehr guter Qualität.

Lieber Gott, lass das nicht wahr sein, stöhnte er und startete den Film.

Zuerst sah alles ganz normal aus. Zorn stand neben der Reporterin im Studio vor der blauen Wand. *Claudius Zorn, Hauptkommissar*, war in roter Schrift unten rechts eingeblendet. Es folgte ein Schwenk auf die blonde Frau, die mit etwas spitzer Stimme feststellte, dass die Menschen ein Recht hätten, zu erfahren, wer die Stadt so sehr in Angst und Schrecken versetzt hätte.

Eine Pause entstand, das Bild zoomte auf Zorns Gesicht. Er sah ausgesprochen dümmlich aus, die Schweißtropfen auf seiner Stirn waren deutlich zu erkennen. Ein desorientierter Trottel, der nicht weiß, was er sagen soll.

Haben Sie meine Frage verstanden?, kam die blecherne Stimme der Reporterin aus dem Off.

Zorn, immer noch in Großaufnahme, griff sich an den Kragen. Er lallte etwas Unverständliches. Plötzlich begann er zu schielen, verdrehte die Augen, bis nur noch das Weiße zu erkennen war, er schwankte, dann kippte er nach vorn aus dem Bild, kerzengerade, wie ein Soldat, die Hände an der Hosennaht. Ein lautes Krachen, als zuerst Zorns, dann das Stehpult der Reporterin umfiel.

Die Kamera wackelte, als wisse sie nicht, was nun zu tun sei. Dann noch einmal die Stimme der Reporterin: *Was für ein Hornochse! Ist der besoffen?*

Es folgte ein kurzes Lachen, wahrscheinlich der Kameramann.

Dann war der Film zu Ende.

Claudius Zorn saß vor seinem Computer und wünschte, er wäre tot.

*

Kriminalhauptkommissar Jan Czernyk war Deutscher. So jedenfalls stand es in seinem Personalausweis. Was allerdings immer wieder zu Irritationen führte, war sein Aussehen: Die mandelförmigen braunen Augen, die dunkle, an Oliven erinnernde Farbe seiner Haut, das schwarze Haar und die hohen Wangenknochen zeigten deutlich, dass er kein Europäer war. Czernyk war in einem südvietnamesischen Dorf zur Welt gekommen, im Alter von elf Monaten hatte ihn ein deutsches Ehepaar in einem katholischen Waisenhaus in Saigon adoptiert. Er war in einer Kleinstadt in der Nähe von München aufgewachsen, hatte studiert und jetzt, mit fünfunddreißig, arbeitete er als Sonderermittler am Landeskriminalamt, Spezialgebiet: Kinderpornographie.

Czernyk galt als einer der Besten, doch er war ein Außenseiter. Niemand wurde so recht schlau aus diesem drahtigen, selbstbeherrschten Mann, der stets tadellos gekleidet zum Dienst erschien. Ein deutsch sprechender Asiate mit polnischem Namen und leichtem, aber unverkennbar bayerischem Akzent, dem man nie ansah, was er dachte. Und einem Intelligenzquotienten von 172 (was allerdings außer Czernyk selbst niemand wusste).

Die Tür des Besprechungsraumes öffnete sich, eine große, brünette junge Frau erschien und reichte Czernyk die Hand.

»Guten Tag, ich bin Staatsanwältin Borck. Wir hatten miteinander telefoniert. Schön, dass Sie da sind.«

Czernyk stand auf und öffnete den obersten Knopf seines Jacketts. Frieda Borck trat beiseite, ein hochgewachsener dunkelhaariger Mann kam herein, nickte mürrisch und setzte sich wortlos an den großen Tisch. Sofort verteilte sich eine Wolke aus kaltem Tabakdunst und frischer Seife im Besprechungsraum. Der Mann trug enge Jeans und ein gelbes, kurzärmeliges *Abercrombie & Fitch*-T-Shirt. Czernyk schätzte ihn auf ungefähr in seinem Alter, Mitte dreißig, er wirkte kräftig und durchtrainiert. Und doch stand seine sportliche Erscheinung in seltsamem Widerspruch zu der Art, wie er sich bewegte, langsam, fast widerwillig, wie ein alter Mann.

»Darf ich vorstellen«, sagte die Staatsanwältin, »Hauptkommissar Zorn, er wird Sie einweisen.«

Zorn holte einige Papiere aus einer Mappe und verteilte sie auf dem Tisch, während Frieda Borck noch immer in der Tür stand und ein wenig zu unbefangen lächelte. Sie wirkte verkrampft, Czernyk war nicht sicher, aber er hatte das Gefühl, dass zwischen den beiden etwas nicht stimmte. Sie ignorierten einander und schienen jeden Blickkontakt zu vermeiden.

»Tja«, Frieda Borck klatschte in die Hände, »dann lasse ich Sie mal alleine, meine Herren. Ich erwarte Sie in zwei Stunden in meinem Büro, Herr Hauptkommissar.«

»Selbstverständlich, Frau Staatsanwältin«, erwiderte Zorn, ohne aufzusehen.

Sie schien noch etwas sagen zu wollen, entschied sich dann aber dagegen, nickte Czernyk noch einmal zu und verließ den Raum.

»Hatten Sie Streit?«, fragte Czernyk und nahm Zorn gegenüber Platz.

»Nein. Möchten Sie was trinken?«

Auf dem Tisch standen Wasserflaschen, ein paar Gläser und eine Thermoskanne mit Kaffee.

»Ein Wasser, danke«, antwortete Czernyk. Zorn machte keinerlei Anstalten, also goss er sich selbst etwas ein.

»Sie wissen, worum es geht?«, fragte Zorn.

»Im Großen und Ganzen schon. Ihre Kollegen haben mir eine kurze Zusammenfassung gemailt.«

Zorn hatte drei Papierstapel vor sich liegen. Er schob den mittleren zwei Zentimeter nach links. »Vor knapp zwei Wochen wurde ein sechzehnjähriger Junge ermordet. Er war mit dem Fahrrad unterwegs, jemand hatte einen Draht über einen Waldweg gespannt, der ihm fast den Kopf abgerissen hat. Vier Tage später starb ein weiterer Teenager, ein Freund von ihm. Er wurde auf dem Sprungturm des Freibades mit Benzin übergossen und angezündet.« Zorn tippte mit einem nikotingelben Finger auf den rechten Stapel, der am dicksten war. »Hier finden Sie alles über die Morde, inklusive Fotos, Berichte der Spurensicherung, Vernehmungsprotokolle. Alles, was Sie wissen müssen. Die beiden Toten waren mit drei weiteren Jugendlichen befreundet, einem Geschwisterpaar und einem jungen Mann namens Max Brandt, der letzten Donnerstag im Stadtwald fast stranguliert worden wäre. Der Täter war ein Priester, auf seinem Computer haben wir die Filme gefunden, wegen denen Sie hier sind.«

Czernyk hatte schweigend zugehört.

»Was hat die Vernehmung dieses Priesters ergeben?«, fragte er und trank einen Schluck Wasser.

»Nichts. Er liegt auf der Intensivstation und ist nicht ansprechbar.«

Hauptkommissar Zorn machte nicht den Anschein, als sei er sonderlich redselig. Czernyk registrierte, dass er älter sein musste, als er zunächst gedacht hatte. Von den Nasenflügeln führten zwei tiefe Falten zu den Mundwinkeln, die kurzen Bartstoppeln auf den unrasierten Wangen waren teilweise grau.

Czernyk lehnte sich zurück und strich die Anzughose glatt. »Gibt es noch irgendetwas, das ich wissen sollte?«

»Vorerst nicht.« Zorn warf einen missbilligenden Blick auf Czernyks teure Schuhe, handgefertigte Wildlederboots von Louis Vuitton. »Es wäre gut, wenn Sie die Filme so schnell wie möglich durchsehen würden und uns Ihre Meinung mitteilen. Wir denken, dass hier vielleicht der Schlüssel liegt. Und möglicherweise lassen sich aus den Filmen Rückschlüsse auf die Psyche dieses Priesters ziehen.«

»Wahrscheinlich«, nickte Czernyk. »Es würde natürlich ungemein helfen, wenn er befragt werden könnte.«

»Was Sie nicht sagen.« Zorn schob die Papiere zusammen, stand auf und reichte sie Czernyk über den Tisch. »Ich nehme an, man hat Ihnen bereits ein Büro zugewiesen.«

»Das ist nicht nötig. Im Hotel habe ich alles, was ich brauche.«

Zorn sah verwundert auf.

»Im Hotel?«

»Ich arbeite lieber allein.«

»Das«, erklärte Zorn, und ein winziges Lächeln huschte über sein Gesicht, »kann ich sehr gut nachvollziehen. Wenn Sie Fragen haben, können Sie sich jederzeit an mich wenden. Je schneller Sie fertig werden, desto besser.«

»Das ist mir klar.«

»Gut. Ich kann mir nämlich nicht vorstellen, dass Sie mehr Zeit als unbedingt nötig in dieser wundervollen Stadt verbringen wollen.« In der Tür drehte er sich noch einmal um. »Und passen Sie auf, dass Sie Ihre Schuhe nicht einsauen. Es soll heute noch regnen.«

Bevor Czernyk etwas erwidern konnte, hatte Zorn den Besprechungsraum verlassen.

*

»Mein Gott, es ist gleich Mittag, Eric! Musst du denn immer bis in die Puppen schlafen?« Frau Haubold stürmte ins Zimmer und riss das Fenster auf. »Und wie es hier wieder riecht! Hast du geraucht?«

Eric zog die Bettdecke über den Kopf und drehte sich zur Wand.

»Und getrunken hast du auch!« Sie schnüffelte demonstrativ und stemmte die Hände in die Hüften. »Du weißt, was Papa und ich davon halten. Wenn du eine eigene Wohnung hast, kannst du machen, was du willst. Aber vorher nicht, Freundchen!«

Eric brummte etwas Unverständliches und vergrub sich tiefer in den Kissen.

»In zehn Minuten gibt's Mittagessen. Ich hab Sülzkotelett gemacht. Los jetzt!« Mit zwei Schritten war Frau Haubold am Bett, zog die Decke weg und gab Eric einen Klaps auf den Hintern. »Hoch mit dir!«

»Hör auf, Mama!« Eric legte schützend den Ellenbogen über die Augen. »Ich hab Ferien!«

»Zehn Minuten«, wiederholte Frau Haubold streng. »Und dusch dich gefälligst, du riechst wie ein Bierkutscher. Ich weck deine Schwester.«

Eine Minute später hallte ein spitzer Schreckensschrei durch das Haus der Haubolds.

Marthas Bett war leer.

*

Jan Czernyk saß in seinem Hotelzimmer, einem kleinen, sterilen Apartment mit Blick auf den staubigen Hinterhof des städtischen Kongresszentrums (ein halbes Dutzend Mülltonnen, verdreckte Bierkästen und eine umgekippte Holzkiste mit verfaulten Essensresten waren in der Aussicht inbegriffen). Sein Jackett hing sorgfältig zusammengelegt über der Stuhllehne. An der Tür hing das *Bitte nicht stören*-Schild, überall auf dem Teppich waren Fotos und Teile der Akten verstreut. Vor ihm, auf dem Tisch, stand sein Laptop, der über ein Kabel mit der Festplatte verbunden war. Daneben lagen ein Bleistift und ein weißer A4-Block. Czernyk machte sich kaum Notizen, aber wenn, dann tat er dies handschriftlich. Er hatte kein fotografisches Gedächtnis, das zu behaupten wäre übertrieben gewesen. Aber er vergaß niemals eines der Gesichter, die er in den Filmen sah.

Er war gut. Das war er deshalb, weil er seine Emotionen ausblenden konnte, er schaltete die Gefühle ab, bevor er eintauchte in diese dunkle, stinkende Kloake, sah sich um, nahm alles in sich auf, alles, bis in die letzten Einzelheiten, und blieb doch unbeteiligt an dem, was geschah. Das, so wusste er, war die einzige Möglichkeit, mit all dem Schmutz, der Folter und den Vergewaltigungen umzugehen, ohne davon verfolgt zu werden, ohne selbst wahnsinnig zu werden von dem Elend, das er in den Augen der Kinder sah.

Es war sein Job, seine Aufgabe. Die schlimmste, die man sich vorstellen konnte, aber jemand musste sie übernehmen. Ein paar von denen, die diese Filme gedreht hatten, waren mit seiner Hilfe unschädlich gemacht worden.

Wie lange das noch gutgehen würde, wusste er nicht. Die Bilder stapelten sich in einem Teil seines Hirns und irgendwann, wenn es zu viele waren, wenn das Fass überlief, würden sie über ihn herfallen. Aber noch war es nicht so weit.

Er startete das erste Video. Das Licht des Monitors spiegelte sich in den Gläsern seiner randlosen Brille, fiel auf sein bleiches, konzentriertes Gesicht.

Es gab einen Grund, weswegen er immer allein arbeitete. Neben dem Laptop stand eine Flasche Johnnie Walker. In ein paar Stunden, wenn er alle Filme durchgesehen hatte, würde sie leer sein.

*

Seit Stunden saß Zorn vor seinem Rechner und starrte auf das Youtube-Video.

Immer und immer wieder hatte er den Film gestartet, sah sich selbst zu, ein alberner, wirres Zeug stammelnder Clown, der irgendwann einfach umkippte, er hörte die höhnische Stimme der Reporterin (*Was für ein Hornochse! Ist der besoffen?)* und verfolgte, wie sich die Zahl der Klicks langsam, aber sicher erhöhte, während seine Laune ebenso stetig sank (mittlerweile hatte sich die Zahl derer, die den Film angesehen hatten, mehr als verdreifacht). Er konnte nicht aufhören, es war wie eine Droge, ein Verkehrsunfall, bei dem man nicht wegsehen kann.

»Hast du einen Moment, Chef?«

Schröder kam herein, ohne eine Antwort abzuwarten.

Zorn schrak zusammen und klickte das Video weg.

»Wie spät ist es?«, fragte er und atmete tief durch.

»Gleich fünf.«

»Gut. Dann ist Feierabend.«

»Stimmt. Aber ich bin nicht hergekommen, um dir das zu sagen.«

»Sondern?«

»Du solltest dich wieder setzen, Chef.«

Zorn hatte den Rechner ausgeschaltet und war aufgestanden, bereit, das Büro zu verlassen. Schröder sah ihn ernst an.

»Martha Haubold ist verschwunden.«

»Scheiße«, stöhnte Zorn und sank zurück in seinen Sessel.

»Ihre Mutter sagt, dass sie die letzte Nacht nicht zu Hause in ihrem Bett verbracht hat.«

Zorn massierte sich die Schläfen und dachte nach. »Gib eine Fahndung raus.«

»Ist bereits passiert.« Schröder stellte seine Aktentasche ab und setzte sich auf einen der Besucherstühle. »Eric, ihr Bruder ist auch weg.«

»Wie jetzt?«

»Laut Aussage der Mutter lag er mittags im Bett. Sie hat ihn geweckt, dann ging sie in Marthas Zimmer. Das Mädchen war nicht da. Als sie Eric zum Essen holen wollte, war er ebenfalls verschwunden.«

»Das ist gerade mal ein paar Stunden her, Schröder. Sein Verschwinden kann viele Gründe haben.«

»Stimmt. Es gab Sülzkotelett.«

»Was?«

»Sagt jedenfalls die Mutter.«

»Ich hab keine Ahnung, was du meinst!«

»Egal, Chef.« Schröder winkte ab. »Du hast natürlich recht, aber da ist noch eine andere Sache.«

Zorn sah auf die Uhr.

»Ich hoffe, du wirst es mir bald sagen.«

»Erinnerst du dich an den Hochsitz in der Nähe der Stelle, an der Björn Grooth getötet wurde?«

»Ich will jetzt nicht klugscheißen«, erwiderte Zorn gedehnt, »aber wenn ich mich recht entsinne, war ich es, der diesen Hochsitz entdeckt hat.«

»Wir haben dort einen Kaugummi gefunden.«

»Du wirst es nicht glauben, aber auch daran erinnere ich mich, Schröder.«

»Die DNA ist überprüft worden.«

»Und?«

»Dieser Kaugummi stammt von Eric Haubold«, sagte Schröder. »Als Björn Grooth in den Draht gefahren ist, saß Eric gemütlich auf dem Hochsitz und hat zugesehen.«

Dreiundzwanzig

Es wird hell. Im Osten rötet sich der Himmel, in ein paar Minuten wird die Sonne aufgehen. Nach Westen ziehen ein paar Wolken ab, kaum jemand sieht es, die Stadt schläft tief. Die Laternen sind noch an, ihr Licht spiegelt sich im Asphalt der Straßen. Es hat geregnet, nicht viel, in ein paar Stunden wird die Erde genauso ausgedörrt und rissig sein wie in den Wochen zuvor.

Von den Blättern der großen Kastanie vor dem Polizeipräsidium fallen die letzten, lauwarmen Tropfen in das welke Gras. In der Pförtnerloge sitzt der Wachhabende und gießt sich einen Kaffee ein. Er trinkt, verzieht kurz das Gesicht und wendet sich dann gähnend seinem Kreuzworträtsel zu. Die Nacht war ruhig, es gab nur einen Notruf. Ein betrunkener Fliesenleger hat eine Taxifahrerin mit einer kaputten Bierflasche attackiert.

Ein paar Straßen weiter liegt Claudius Zorn im Bett und wälzt sich hin und her. Auf dem Boden stehen eine halbe Flasche Rotwein und ein voller Aschenbecher. Zorn träumt, und es scheinen keine guten Träume zu sein. Man erkennt es am Zucken seiner Muskeln, die Augen bewegen sich unruhig hinter den geschlossenen Lidern, das Laken ist nassgeschwitzt. Vielleicht sieht er das Youtube-Video, vielleicht träumt er von der verschwundenen Martha Haubold, oder sieht er die Augen des missbrauchten Kindes, wer weiß? Dann murmelt er im Schlaf einen Namen: Malina.

Es klingt nicht sehr glücklich.

Am anderen Ende der Stadt steht Hauptkommissar Schröder am Fenster. Sein Gesicht ist grau, fast wächsern, rötliche Bartstoppeln sprießen auf seinen Wangen. Er trägt einen gestreiften Pyjama, das Oberteil ist aufgeknöpft. Man sieht die Narbe, einen tiefroten, gezackten Strich, der quer über seinen Bauch verläuft. Den Verband um die linke Hand hat er entfernt, die Brandblasen heilen langsam ab. Seit gestern Abend wartet er auf den Schlaf, er weiß, dass er nicht mehr kommen wird. Die nächsten vier Stunden wird er hier verbringen, reglos, dann wird er seine Aktentasche nehmen und ins Präsidium fahren.

Kriminalhauptkommissar Jan Czernyk, der deutsche Vietnamese mit dem polnischen Namen, sitzt derweil im Hotel vor seinem Rechner. Die Festplatte surrt leise vor sich hin. Er hat kein Licht gemacht, sein Gesicht schimmert fahl in der Dämmerung.

Draußen klappern Türen, es rumpelt, als ein breitschultriger Mann mit orangefarbener Jacke eine Mülltonne über den Hinterhof auf die Straße zieht.

Czernyk klappt den Laptop zu, nimmt die Brille ab und schließt die schmerzenden Augen. Die Johnnie-Walker-Flasche ist fast leer. Er trinkt einen letzten, tiefen Schluck. Mit einem leisen Klappern landet die Flasche im Papierkorb. Dann steht er auf und geht zum Bett.

Er war in der Hölle. Er hat sich dort umgesehen. Die Bilder sind in seinem Kopf, Hunderte, Tausende, er hat sie abgespeichert und wird sie wieder abrufen, wenn es nötig ist.

Er hat etwas entdeckt. Ja, das hat er.

Doch jetzt muss er sich ausruhen.

Jan Czernyk zieht sich aus, hängt die Sachen sorgfältig zusammengefaltet über den Stuhl. Klappt die Brille zusammen und legt sie auf den Nachtisch.

Zwei Minuten später liegt er im Bett und schläft.

Tief. Und traumlos.

*

es geht mir nicht gut, die wirklichkeit vermischt sich mit meinen träumen, ich kann sie nicht festhalten, sie entgleitet mir, ich weiß nicht mehr, was real ist
aber wer weiß das schon

*

Gegen neun betrat Zorn das Hotelrestaurant. Jan Czernyk saß allein an einem der hinteren Tische am Fenster, vor ihm stand ein üppiges Frühstück.

»Guten Morgen.« Zorn nahm Platz, klappte die Sonnenbrille zusammen und sah Czernyk erwartungsvoll an. »Sie hatten angerufen?«

»Danke, dass Sie gekommen sind, Kollege.« Czernyk schlug ein Ei auf. Er wirkte entspannt und ausgeruht. Dass er höchstens viereinhalb Stunden geschlafen haben konnte, war ihm nicht anzusehen. Das rabenschwarze Haar war akkurat gekämmt, er trug ein frisches, gebügeltes Hemd. »Kaffee?«, fragte er und winkte den Kellner heran.

»Gern«, nickte Zorn und überlegte, was er von Czernyk halten sollte. Menschen in Anzügen waren ihm ein Gräuel, der Mann, der da vor ihm saß, trug einen solchen, noch dazu einen ziemlich teuren, wahrscheinlich ein italienisches Modell. Czernyks gesamte Erscheinung (der goldene Ring an der linken Hand, die schmale Krawatte, das sorgfältig im Nacken ausrasierte Haar) bediente so ziemlich jedes Vorurteil, das sich Zorn im Laufe seines Lebens mühsam erarbeitet hatte.

Aber etwas anderes schlummerte unter dieser geschniegelten Oberfläche: Lag es an Czernyks ruhiger Art? Der leisen, aber trotzdem selbstsicheren Stimme? Oder an den geschmeidigen, fast katzenhaften Bewegungen? Der Mann konnte schnell sein, wenn es darauf ankam. Und es war klar, dass Czernyk genau wusste, was er wollte.

Der Kellner brachte den Kaffee.

»Hätten wir uns nicht im Präsidium treffen können?« Zorn trank einen Schluck.

Czernyk kaute bedächtig. Dann nickte er. »Natürlich hätten wir das. Andererseits finde ich es hier entspannter. Ich mag keine öffentlichen Gebäude.«

Das, dachte Zorn, haben wir gemeinsam.

»Haben Sie eigentlich schon gefrühstückt?« Czernyk wies auf den gedeckten Tisch. »Soll ich Ihnen einen Teller bringen lassen?«

»Nicht nötig, ich habe vorhin gegessen«, log Zorn. »Wie wär's, wenn Sie mir sagen, was Sie herausgefunden haben?«

»Gleich. Vorher würde ich gern essen. Könnten Sie mir bitte die Butter reichen?«

Das tat Zorn. Als er sich hinüberbeugte, roch er Czernyks Haarwasser, ein Duft, der sich mit einem leichten Pfefferminzgeruch mischte. Da war noch etwas anderes, Zorn war nicht sicher. Alkohol?

»Wie lange werden Sie hier zu tun haben?«, fragte er.

»Das weiß ich noch nicht.« Czernyk strich Butter auf ein Brötchen. »In jedem Fall hatten Sie recht.«

»Womit?«

»Dass ich diese Stadt schnell wieder verlassen möchte.« Er biss ab, Zorn war nicht sicher, ob Czernyk kaute oder lächelte. Vielleicht tat er beides?

Sie schwiegen eine Weile.

»Auf der Festplatte sind insgesamt dreihundertvierunddreißig Filme«, begann Czernyk dann und wischte sich den Mund mit einer Serviette ab. »Die Längen variieren, manche dauern nur ein paar Sekunden, andere über zwanzig Minuten. Dazu kommen mehrere hundert Fotos. Kinder in allen Altersklassen, das jüngste ist ein paar Monate alt.«

»Sie haben alle angesehen?«

»Das wird noch dauern. Aber das Wichtigste weiß ich zumindest.«

Zorn wischte einen Brotkrümel vom Tisch.

»Ich frage mich, wie Sie mit all diesem Dreck klarkommen.«

»Gar nicht.« Czernyk begann, eine Apfelsine zu schälen. »Ich verdränge es.«

Zorn nickte schweigend. Das war etwas, was er sehr gut verstand.

»Pädophilie ist eine Krankheit«, fuhr Czernyk fort. »So sehe ich es jedenfalls. Manche, die meisten sogar, wehren sich dagegen. Sie würden niemals ein Kind anfassen. Und sie nehmen Medikamente, gehen zum Psychologen, es gibt Selbsthilfegruppen. Andere sind schwach, reden sich ein, dass die Kinder es nicht anders wollen, nennen es Liebe. Obwohl sie wissen, dass sie ein Verbrechen begehen. Das sind die Menschen, die sich so etwas ansehen.« Czernyk bot Zorn ein Stück Apfelsine an, der lehnte schweigend ab. »Die Leute, die diese Filme herstellen, sind die schlimmsten. Es ist ein Geschäft, es gibt

Tauschbörsen, Chatrooms, Webseiten auf ausländischen Servern. Ich jage diese Schweine. Das ist mein Job.«

Czernyk sprach leise, emotionslos. Jedes Wort war wohlüberlegt.

Er sieht aus wie ein Lackaffe, dachte Zorn, aber ich möchte ihn nicht zum Feind haben.

»Warum tun Sie sich das an?«, fragte er.

»Weil es sonst niemand tut.« Czernyk legte die Serviette beiseite und glättete das Tischtuch. »Kommen wir zu dem, was für Sie wichtig ist. Es gibt einen Extraordner auf der Festplatte. Zwölf Filme, sie sind über zehn Jahre alt.«

Zorn horchte auf.

»Sie wissen, von wem diese Filme stammen?«

»Vorerst nicht. Natürlich achtet der, der die Kamera bedient, peinlich darauf, nicht erkannt zu werden.«

»Dann nützt uns das nichts.«

»Ich bin noch nicht fertig. Ich habe mir Ihre Akten genau angesehen. In die Mordfälle sind fünf Jugendliche verwickelt.«

»Richtig«, nickte Zorn.

»Björn Grooth und Udo Kempff sind die Opfer. Martha und Eric Haubold sowie Max Brandt waren mit den beiden befreundet.«

»Stimmt auch.«

»Alle fünf sind als Kinder missbraucht worden.«

»Hören Sie«, erklärte Zorn. »Anfangs habe ich Sie für einen parfümierten Schnösel gehalten. Mittlerweile glaube ich, dass Sie ein hervorragender Ermittler sind. Das macht Sie aber noch lange nicht zum Hellseher,«

»Sie sind missbraucht worden«, wiederholte Czernyk ruhig.

»Wie können Sie da so sicher sein, verdammt?«

»Weil ich es gesehen habe.«

»Wo?«, fragte Zorn, obwohl er die Antwort ahnte.

Czernyk nahm die Brille ab. Seine schwarzen Augen glänzten.

»Zwölf Filme, vor über zehn Jahren aufgenommen. Mit immer denselben Kindern, ein Mädchen und vier Jungen, alle damals circa sechs Jahre alt.«

Zorn griff sich an den Kopf.

»Martha Haubold und ihre Freunde.«

»Ja. Es ist eindeutig.«

»Mein Gott«, stöhnte Zorn.

»Gott ist der Letzte, der Ihnen in dieser Sache helfen wird.«

»Das ist mir klar.« Zorn holte tief Luft. »Niemand weiß das besser als ich.«

*

der nebel lichtet sich, langsam erhole ich mich, ich komme wieder zu kräften
das ist gut, ich habe noch viel zu tun

*

Sie saßen auf der Bank vor dem Präsidium. Schröder wirkte müde und übernächtigt, Zorn, der eine Zigarette nach der anderen rauchte, bemerkte es nicht.

»Weißt du«, sagte Zorn, »ich war wirklich bescheuert. Ich hab die ganze Zeit gedacht, dass wir was übersehen haben.« Er stützte die Ellenbogen auf die Knie und sah nachdenklich zu, wie der Zigarettenrauch langsam davonwehte. »Ein Priester, der Kinder missbraucht. Das war mir einfach zu naheliegend. Ich meine, Czernyk muss natürlich noch prüfen, ob es Giese war, der die Filme aufgenommen hat, aber dass sie auf seiner Festplatte sind, ist eigentlich schon Beweis genug, oder?«

Als keine Antwort kam, sah Zorn auf. Schröder saß da, die Aktentasche lag auf seinem Schoß, er hielt sie mit beiden Händen umklammert und starrte vor sich hin. Zorn stupste ihn in die Seite.

»Oder etwa nicht?«

»Was?«

»Ich sagte, dass Giese jetzt so gut wie überführt ist.«

»Ja.« Schröder richtete sich ein wenig auf. »Entschuldige, ich war ein wenig abwesend.«

»Was ist los mit dir?«

»Was soll sein, Chef?«

Zorn warf ihm einen prüfenden Blick zu. »Du siehst aus, als hättest du auf einer Müllkippe geschlafen. Und du solltest dich rasieren.«

»Du hast recht.« Schröder fuhr sich mit der Hand über die Wangen und erzeugte ein lautes, kratzendes Geräusch. »Ich bin heut früh nicht dazu gekommen.«

Zorn zündete sich die nächste Zigarette an.

»Ich frage mich, warum ich es nicht gemerkt habe. Ich hab mit Giese gesprochen, er kam mir völlig normal vor. Wieso, verdammt nochmal, hab ich nicht gemerkt, was für ein krankes Schwein das ist?«

Schröder öffnete den Mund, als wolle er etwas sagen.

»Was ist?, fragte Zorn.

»Nichts.«

»Na ja, jedenfalls haben wir jetzt ein Motiv.«

Schröder sah auf.

»Welches?«

»Ist doch logisch! Giese missbraucht die Kids, als sie noch klein sind. Die schweigen zehn Jahre lang, irgendwann sind sie so weit, wollen sich wehren und stellen ihn zur Rede. Vielleicht haben sie auch gedroht, an die Öffentlichkeit zu gehen, keine Ahnung. Auf jeden Fall bekommt Giese Panik und beginnt, einen nach dem anderen umzubringen.«

»Möglich.«

»Mehr fällt dir dazu nicht ein?«

Schröder zuckte die Achseln.

»Verdammt nochmal, Schröder!«, rief Zorn. »Kannst du auch mal mehr als zwei Worte am Stück sagen?«

»Natürlich.« Schröder gab sich einen Ruck. »Du hast recht, im Moment deutet alles auf den Priester.«

»Czernyk wird noch eine Weile brauchen, bis er die Filme komplett ausgewertet hat. Wir müssen auf seinen Bericht warten. Wer weiß, vielleicht findet er noch mehr raus.« Zorn trat die Zigarette aus, der Kies knirschte unter der Spitze seines Turnschuhs. »Einen Haken hat die Sache allerdings.«

»Ja«, nickte Schröder bedächtig. »Den Kaugummi.«

»Genau, der Kaugummi«, wiederholte Zorn. »Was wollte Eric Haubold auf dem Hochsitz?«

»Ich habe gestern Abend noch eine Streife losgeschickt, um ihn zu befragen. Er war nicht zu Hause.«

»Und heute morgen?«

»War er ebenfalls nicht da. Er war die ganze Nacht weg.«

Zorn schlug sich mit der Hand auf den Oberschenkel. »Scheiße, Schröder! Warum erfahr ich das erst jetzt?«

»Ich hab vergessen, es dir zu sagen. Tut mir leid.«

»Es tut dir *leid*? Du hast noch nie was vergessen!«

Der dicke Schröder sah müde aus, unendlich müde. Im hellen Morgenlicht war deutlich zu erkennen, wie schmal er in der letzten Zeit geworden war. Das runde Gesicht war eingefallen, bleich und hohlwangig hockte er mit hängenden Schultern auf der Bank.

Er braucht einen neuen Spitznamen, dachte Zorn. Er ist nicht mehr dick, ich muss etwas anderes finden. Aber was passt besser? Abgemagert? Blass? Verhärmt? Unglücklich?

Der unglückliche Schröder.

Ja, das trifft es.

Schröder stand auf und zuckte unmerklich zusammen, seine verletzte Hand tastete nach der Narbe am Bauch. Zorn runzelte die Stirn.

»Ist wirklich alles in Ordnung mit dir?«

»Ja. Ich gehe jetzt rein und frage, was die Suche nach Martha Haubold macht. Eric lasse ich ebenfalls zur Fahndung ausschreiben. Und ich schicke jemanden zu Max Brandt. Wenn deine Vermutung stimmt, sind die drei gefährdet.«

Zorn schüttelte den Kopf. »Nicht, solange Giese auf der Intensivstation liegt. Ich würde zu gern wissen, was er zu dem Ganzen sagt. Scheiße, wann wacht dieser Arsch endlich auf?«

»Max, Eric und Martha sind wach, Chef. Wir müssen sie finden und mit ihnen reden. Es wäre gut, wenn du das übernehmen könntest.«

»Warum ich?«, fragte Zorn verblüfft.

»Ich bin müde«, sagte Schröder, klemmte die Aktentasche unter den Arm und schlurfte ins Präsidium.

Zorn starrte ihm verständnislos nach.

*

Seit über tausend Jahren stand die Burg auf dem Felsen über dem Fluss. Im Laufe der Jahrhunderte war sie fast vollständig verfallen, nur der schlanke quadratische Wehrturm war erhalten und ragte, restauriert und mit neuem Dach versehen, in den Himmel. Tiefe Risse zogen sich durch die steilen Außenmauern der Burg, Efeu und dorniges Gestrüpp klammerte sich an den schroffen Fels, auf dem das Gemäuer thronte.

Vor ein paar Jahren noch war die Oberburg dicht zugewachsen gewesen, irgendwann hatten Ausgrabungen begonnen, die Fläche war begradigt und die uralten Grundmauern waren freigelegt worden. Von hier oben hatte man eine phantastische Aussicht über den Fluss, die Stadt wirkte wie eine grüne Insel, trotzdem gab es kaum jemanden, der hier hinaufstieg (abgesehen von ein paar kurzatmigen Rentnern oder einer Schulklasse, die wie ein Heuschreckenschwarm über das Gelände tobte und nach kurzer Zeit wieder verschwunden war).

Es war Mittag, die Burg menschenleer. Die Wolken waren längst verschwunden, die Sonne stand fast senkrecht über dem staubigen, mit Geröll bedeckten Plateau. Der Turm schien zu schwanken, er flimmerte in der Mittagshitze wie eine Fata Morgana.

Eric Haubold saß im Schatten, auf der untersten Stufe einer modernen eisernen Wendeltreppe und tippte etwas in sein Handy. »Was soll der Scheiß, Martha?«, murmelte er dabei vor sich hin, »erst bestellst du mich her, und dann kommst du nicht?«

Er sprang auf, gähnte und sah sich um. Als er sicher war, dass er allein war, drehte er sich um, öffnete den Reißverschluss seiner Jeans und pinkelte an die dicke Porphyrwand des Wachturms.

Ein schmaler, abgesteckter Weg verlief zwischen niedrigen Mauerresten und endete am Rand der Hochfläche. Einen Moment stand Eric unentschlossen da, dann steckte er die Hände in die Hosentaschen und schlenderte los. Sein Handy piepste.

Bin gleich da, stand auf dem Display.

»Das will ich dir auch geraten haben«, knurrte er, kickte einen Stein beiseite, sprang zwei Stufen hinauf und stand kurz darauf an der dicken Außenmauer, hinter der es senkrecht in die Tiefe ging.

Unter ihm strömte der Fluss dahin, er sah die Wipfel der Weiden, die Uferpromenade und die Bootsanlegestelle; etwas links, auf der Brücke, rumpelte eine Straßenbahn in Richtung Westen davon.

Weiter rechts musste der kleine Spielplatz sein, er konnte ihn von hier aus nicht sehen, doch der Lärm der Kinder mischte sich mit der undeutlichen Piepsstimme einer Schlagersängerin, die am anderen Ufer in der Freiluftgaststätte eine unbeholfene Version von *O la Paloma blanca* zum Besten (oder vielmehr zum Schlechtesten) gab.

Die Mauer war breit, fast einen Meter dick und stellenweise mehr als fünf Meter hoch. Eric stand an einer Fensteröffnung, hier reichten ihm die Steine nur bis zur Hüfte, in Brusthöhe war eine Eisenstange quer im Gemäuer verankert.

Eine blaue Tafel verriet, dass der Sage nach ein fränkischer Adliger im Mittelalter aus diesem Fenster in den Fluss gesprungen und so aus der Burg geflüchtet sei.

LANGWEILICH!!!! hatte jemand darunter in die Wand geritzt.

Eric bückte sich unter der Eisenstange hindurch und sah nach unten. Ein Windstoß wehte ihm das Haar aus dem Gesicht, die Steine piksten an seiner Brust, das T-Shirt wurde schmutzig von Mörtel und Staub. Er spitzte die Lippen, holte tief Luft und spuckte, so weit er konnte. Dann beugte er sich noch weiter vor und beobachtete, wie die Spucke an der Mauer entlangsegelte und tief unter ihm zwischen den Bäumen verschwand.

Hinter ihm knirschten Schritte.

»Wird aber auch Zeit, verdammt«, rief Eric, ohne sich umzudrehen. Seine Beine hingen in der Luft, er strampelte ein wenig, um wieder festen Boden unter die Füße zu bekommen. »Warum, zum Teufel, kommst du erst jetzt? Und was willst du eigentlich mit mir bereden?«

Die Glocken der evangelischen Kirche schlugen.

Es war das Letzte, was Eric Haubold in seinem Leben hören sollte.

Er wurde an den Beinen gepackt und nach vorn gestoßen. Plötzlich schwebte sein Oberkörper in der Luft, er ruderte mit den Armen, griff hinter sich, die Finger seiner linken Hand bekamen die Eisenstange zu fassen.

Ein erneuter Ruck nach vorn, seine Knie schürften über dem Sims, er strampelte verzweifelt, trat mit aller Kraft nach hinten und spürte, wie er etwas Weiches traf. Wieder wurde er mit Gewalt gestoßen, er ließ die Stange los, kippte nach vorn und vollführte eine halbe Drehung.

Im nächsten Augenblick hing Eric Haubold mit den Füßen voran über dem Abgrund und kämpfte um sein Leben.

Seine Hände verkrallten sich im Mauerwerk, panisch versuchte er, Halt zu finden, die Fingernägel rissen, blutend tastete er über die Steine, die Füße trommelten gegen die Mauer auf der Suche nach einem Riss, um den Körper zu stützen.

Langsam, aber unaufhaltsam rutschte er ab. Er hatte die Augen fest zugekniffen, sah nicht, wer ihn da gestoßen hatte, und als er spürte, dass es sinnlos war, stieß er einen leisen Schrei aus und gab auf.

Die Wand war leicht schräg, er schlitterte mit rasender Geschwindigkeit hinab. Unter ihm ging es dreißig, vierzig Meter in die Tiefe, nach ein paar Metern prallte er auf einen Vorsprung und es gelang ihm noch einmal, sich für zwei, drei Sekunden festzuhalten.

Dort hing er in der Wand, wie ein tollkühner Bergsteiger kurz unter dem Gipfel.

Unten, auf der Brücke, war wenig Verkehr. Von Westen näherte sich ein silbergrauer Audi. Als die Fahrerin, eine dreiundzwanzigjährige Kunststudentin, die Gestalt dort oben erblickte, verlor sie vor Schreck die Kontrolle über ihr Fahrzeug und prallte mit einer entgegenkommenden Straßenbahn zusammen. Das Auto war schrottreif, doch die Studentin wurde nur leicht verletzt.

Im Gegensatz zu Eric Haubold.

Scheiße, flüsterte er.

Dann ließ er los.

Er fiel. Vollführte einen letzten, eleganten Salto, immer wieder prallte sein Kopf gegen den Felsen und als er schließlich zwischen den Bäumen aufkam, fand sich kaum noch eine heiler Knochen in seinem zerschmetterten Körper.

*

fünf kleine negerlein
die hörten einen schrei
doch drei von ihnen waren dumm
da warens nur noch zwei

TEIL DREI

Vierundzwanzig

Der Hund hatte keinen Namen.

Niemand hatte es je für nötig gehalten, ihm einen zu geben. Der alte Mann, der ihn kurz nach seiner Geburt zu sich genommen hatte, war meist zu betrunken gewesen, um ihn überhaupt wahrzunehmen, er nannte ihn einfach *Hund*. Sie hatten auf der Straße gelebt, das, was der Alte tagsüber zusammenbettelte, gab er abends für gepanschten Rotwein aus, während der Hund sich von Abfällen ernährt hatte. So war es knapp zwei Jahre gegangen, dann war der Mann krank geworden. Irgendwann hatte sich zu dem Gestank nach ungewaschener Kleidung und billigem Fusel etwas anderes gesellt, der Geruch des nahen Todes, und als der Alte eines Morgens reglos in seinem Schlafsack liegen geblieben war, hatte der Hund kurz gewartet und war dann weitergezogen.

Er war ein Mischling, ein undefinierbarer Mix aus Schäferhund, Boxer und Rottweiler, vierzig Kilo schwer, hässlich, das Fell von undefinierbarer Farbe, voller Läuse und verfilzt wie ein mottenzerfressener Teppich. Es gab niemanden, dem er wichtig war, der gesagt hätte, er wäre *sein* Hund. Er war einfach da, ein Einzelgänger.

Menschen waren ihm egal, er ging ihnen aus dem Weg. In seinem kurzen Leben hatte er gelernt, unauffällig zu bleiben, er war ein stiller, schmutziger Hund. Er bellte nie, meist hielt er sich im Schatten, das Einzige, was ihn interessierte, war Futter.

Der, bei dem er jetzt war, redete kaum. Sie hatten sich an der Uferpromenade getroffen, der Hund hatte neben einem Papierkorb geschlafen, achtlos waren die Menschen an ihm vorübergelaufen, bis plötzlich jemand stehen blieb und zu ihm hinabsah. Erst hatte er so getan, als würde er es nicht bemerken, dann hatte er das frische Stück Fleisch in der Hand des Menschen gerochen. Er hatte es vor ihn auf den Boden gelegt, war einen Schritt zurückgetreten und hatte gewartet, bis der Hund es verschlungen hatte. Das war schnell gegangen, mehr als drei Bissen hatte er nicht dafür gebraucht.

Komm mit, hatte der Mensch dann gesagt. Das hatte der Hund getan.

Er war ihm bis in die verlassene Laube am Rand der Gartensparte gefolgt. Anfangs hatten die unbekannten Gerüche ihn verwirrt, in der Hütte war es eng und düster, und als der Mensch ihm schweigend ein Halsband anlegte und ihn mit einer Leine an ein rostiges Wasserrohr band, hatte er nervös mit den Ohren gezuckt. Das war schnell vorbei gewesen, denn dann hatte der Mensch einen Napf mit Fressen vor ihn auf den Boden gestellt.

Frisches Fleisch.

Bleib, hatte er gesagt. Dann war er gegangen.

Das war vor einem Tag gewesen. Jetzt lag der Hund auf einer alten Decke und döste, den breiten Kopf auf den gekreuzten Pfoten, vor sich hin. Es war dunkel, etwas Licht fiel in schmalen Streifen durch die verzogenen Fensterläden. Die Sonne hatte den Raum aufgeheizt, es war stickig.

Der Hund hob den Kopf. Neben ihm lag eine alte Matratze auf dem Boden. Das Bündel darauf bewegte sich. Da war noch ein Mensch, eine Frau oder ein Mädchen, er konnte sie riechen, ihre Angst, den Schweiß, den Urin. Sie lag unter einer durchsichtigen Plastikplane, ihr Atem ging schwer, wahrscheinlich war sie gefesselt.

Die Plane raschelte, sie versuchte, sich auf die andere Seite zu drehen. Dann lag sie wieder still, der Hund hörte ein ersticktes Keuchen, vielleicht weinte sie auch.

Er ließ den Kopf wieder auf die Pfoten sinken. Wartete. Irgendwann würde der Mann zurückkommen und Fressen mitbringen.

Der Napf vor ihm war leer, noch hatte er keinen Hunger.

Noch nicht.

*

Die Uferpromenade war abgeriegelt. Zwei Dutzend Menschen in heller Sommerkleidung drängten sich an den Absperrbändern, angelockt von den uniformierten Beamten, die unter der Brücke standen und Order hatten, niemanden vorbeizulassen. Vier Polizeiwagen und ein Kleinbus parkten auf dem Rasen unterhalb der Burg, einer von ihnen hatte noch immer das Blaulicht eingeschaltet. Ein Leichenwagen stand etwas abseits, zwei Männer in dunklen Anzügen saßen auf den Vordersitzen und warteten. Der Fahrer las in einer Zeitung, sein Nebenmann kaute auf einem Wurstbrot.

Schröder schirmte das Gesicht mit der Hand gegen die Sonne ab und sah hinauf zur Burg. Er trug einen hellen Khakihut und ein blaues T-Shirt, das ihm mindestens drei Nummern zu groß war und fast bis zu den Knien reichte.

Der Leiter der Spurensicherung, ein stämmiger Mann in weißer Tyvek-Schutzkleidung, kam eilig herbei. Er sah aus wie ein Marsmensch in einem alten Science-Fiction-Film, sein Gesicht war hinter der großen Brille kaum zu erkennen, die Kapuze hatte er bis zu den Augen heruntergezogen.

»Das war kein Unfall, Kollege«, sagte er und schob den Mundschutz nach unten.

»Das dachte ich mir.« Schröder sah weiter hinauf zur Burg, wie ein Tourist, der eine Sehenswürdigkeit bewundert. »Trotzdem wäre es nett, wenn Sie mir das näher erläutern würden.«

»Wir haben Kampfspuren gefunden, oben auf dem Fenstersims.«

»Weiter?«

»Weiter kann ich noch nicht viel sagen. Das Opfer ist dreißig, vierzig Meter in die Tiefe gestürzt. Ich denke, da muss Ihnen der Pathologe weiterhelfen, der Junge wird sich gewehrt haben. Was bedeutet, dass es Abwehrverletzungen geben muss. Und wahrscheinlich Spuren vom Täter.«

Schröder steckte die Hände in die Hosentaschen und wandte sich dem Leiter der Spurensicherung zu. »Das, verehrter Kollege, ist mir klar. Was ist mit anderen Spuren?«

»Der Boden da oben besteht aus Kies, da wird nicht viel zu holen sein.«

»Dann würde ich vorschlagen, Sie drehen jeden einzelnen Stein um.«

Der Mann im Schutzanzug ließ sich seine Verärgerung nicht anmerken. »Wir sind dabei, Herr Hauptkommissar. Wenn da irgendwas zu finden ist, dann finden wir's.«

»Natürlich. Das war keine Kritik an Ihrer Arbeit.«
»Wissen Sie schon, wer das Opfer ist?«
»Ja«, nickte Schröder. »Das wissen wir.«
Dann rief er Zorn an.

*

»Wo bist du, Chef?«
»Im Büro, wo sonst?«
»Kannst du reden?«
»Nein.«
»Ist Max Brandt bei dir?«
»Ja. Erzähl mir einfach, was es Neues gibt, Schröder.«
»Bei dem Toten handelt es sich um Eric Haubold. Er ist fürchterlich zugerichtet, aber ich habe ihn eindeutig erkannt.«
Zorn sagte nichts.
»Wir haben Spuren gefunden, Chef. Er war nicht allein da oben. Ich gehe davon aus, dass er gestoßen wurde. Aber da können wir erst sicher sein, wenn ich mit dem Pathologen gesprochen habe.«
»Was ist mit Zeugen?«
»*Niente.* Bisher jedenfalls. Oben auf der Burg war niemand, ich lasse jetzt in der Umgebung nachfragen. Eine junge Frau hat von der Brücke aus gesehen, wie er fiel. Sie steht allerdings unter Schock. Abgesehen davon kann ich mir nicht vorstellen, dass sie auf diese Entfernung Einzelheiten vom Täter erkannt hat. Was sagt Max Brandt?«
»Das erzähl ich dir später.«
»Du musst mit ihm über Martha sprechen, Chef. Vielleicht hat er eine Ahnung, wo sie sein könnte.«
»Was du nicht sagst, Schröder.«
»Ich fahre jetzt zu den Eltern der beiden, wir treffen uns dann nachher.«
»Wo?«
»Wo immer du willst, Chef.«
»In zwei Stunden im Waldkater«, beschied Zorn knapp und unterbrach die Verbindung.

*

Claudius Zorn legte das Telefon beiseite. »Das war Hauptkommissar Schröder. Eric ist tot, Max. Wir haben ihn bei der Burg gefunden.«

»Das kann nicht sein!«

»Beziehungsweise das, was von ihm übrig ist«, fuhr Zorn unbeirrt fort. »Glaub mir, das ist nicht sonderlich viel.«

Max Brandt fuhr sich mit der Hand über den Hals. Seine Augen wurden groß, er starrte Zorn an, als käme er aus einer anderen Galaxie.

»Wie …«, seine Stimme versagte, er schluckte und sah sich hilfesuchend in Zorns Büro um. »Wie ist das passiert?«

»Das ist vorerst nicht wichtig.«

»Doch! Das ist es!« Max sprang auf, der Stuhl fiel polternd um. »Verdammt nochmal, erklären Sie mir, was hier los ist! Was ist passiert? Und warum?« Schweiß lief ihm von der Stirn, seine Lippen bebten.

»Dein Geschrei macht Eric nicht wieder lebendig«, erklärte Zorn ruhig. Max stand zitternd vor dem Schreibtisch. Zorn sah ihn prüfend an. Überlegte, wie er weiter vorgehen sollte.

Es bringt nichts, wenn ich ihn mit Samthandschuhen anfasse, dachte er. Ich muss ihn zum Reden bringen, irgendwie.

Er stand ebenfalls auf, ging um den Schreibtisch herum und lehnte sich an die Kante. »Du wirst mir jetzt erklären, was hier los ist, Max. Ihr beide, Martha und du, seid die Einzigen, die wissen, was hier vor sich geht. Und ihr seid in Gefahr.« Er trat einen Schritt auf Max zu und sagte langsam, jedes einzelne Wort betonend: »Wo ist Martha?«

Max sah zu Boden wie ein geprügelter Hund.

»Ich weiß es nicht.«

»Wann hast du sie zuletzt gesehen?«

»Am Freitag. Wir haben uns bei der Fontäne getroffen.«

»Danach nicht mehr? Heute ist Mittwoch, das war vor fast einer Woche. Habt ihr noch mal telefoniert?«

»Ich glaube nicht.«

Max begann, an seinem Finger zu knabbern. Zorn nahm seine Hand und schob sie weg. »Lass das. Konzentrier dich gefälligst.«

»Ich hab es Ihnen doch erzählt!«, schluchzte Max auf. »Freitag war das letzte Mal, dass wir gesprochen haben! Und wenn ich eine Ahnung hätte, wo sie ist, würde ich es doch sagen, verdammt!«

»Du magst sie wirklich, oder?«

Der Junge schwieg. Dann nickte er.

Der Ventilator neben der Tür gab ein ersticktes Rattern von sich. Es rumpelte, als der Motor festlief, ein durchdringender Geruch nach verbranntem Gummi durchzog das Büro. Zorn ging zur Tür und zog den Stecker.

»Ich hab seit einer Stunde Feierabend«, sagte er. »Ich bin müde. Und ich hab keinen Bock, länger in diesem Loch zu verbringen, als unbedingt nötig. Okay, ich glaub dir, dass du nicht weißt, wo Martha ist. Das ist aber auch alles. Eure Lügerei geht mir gehörig auf die Nerven.«

»Ich habe nicht gelogen.«

»Du hast mir aber auch nicht die Wahrheit erzählt, oder?«

Zorn riss das Fenster auf, die schwüle Abendluft strömte ins Zimmer.

»Wie meinen Sie das?«

»Ich meine die Wahrheit über Pastor Giese.« Er hob den Stuhl auf und stellte ihn wieder vor seinen Schreibtisch. »Setz dich, Max.«

Max zögerte, dann nahm er Platz.

*

»Es tut mir leid. Ich wünschte, ich hätte bessere Nachrichten für Sie.«

Herr und Frau Haubold saßen auf dem Sofa. Der Schock hatte sie tief in die Kissen gepresst, ihre Gesichter wirkten wie Masken. Erstarrt, als wären sie mit einer Wachsschicht überzogen.

Schröder hatte gegenüber auf einem niedrigen Hocker Platz genommen. »Sie müssen mir sagen, wenn ich etwas für Sie tun kann.«

»Sie können mir meinen Sohn zurückgeben.« Eva Haubold klang dumpf, als habe sie ein Stück Watte im Mund.

Ihr Mann griff nach ihrem Arm. »Du weißt, dass er das nicht kann.«

»Fass mich nicht an!« Sie stieß seine Hand beiseite.

Über dem Sofa tickte eine große Kuckucksuhr, daneben hing ein ungelenk gepinseltes, abstraktes Bild in bunten Temperafarben. Wahrscheinlich, tippte Schröder, ein Werk Eva Haubolds. Was genau es darstellen sollte, war unklar. Vielleicht eine Sonnenblume. Oder ein startendes Flugzeug.

Herr Haubold hustete. Ein kurzes, ersticktes Bellen.

»Sie sagen, jemand hat Eric umgebracht?«

»Ja. Es war kein Selbstmord. Und auch einen Unfall können wir nach jetzigem Stand der Dinge ausschließen.«

Eva Haubold sprang auf. Ein Kissen fiel zu Boden, sie hob es auf und knetete es in ihrem Schoß. Ihr Mann sah zu ihr auf, wieder griff er nach ihrem Arm. Wieder stieß sie seine Hand zurück.

Herr Haubold sah zu Boden und schluckte. »Müssen wir ihn ...«

»Ob Sie ihn identifizieren müssen?«, fragte Schröder. »Ja, das wird sich nicht umgehen lassen. Aber es hat Zeit. Wir sind sicher, dass es Eric ist.«

»Ich muss was trinken«, stammelte Eva Haubold, rannte aus dem Zimmer und verschwand in der Küche.

Das Ticken der Uhr wurde lauter.

Schröder nahm seine Aktentasche. »Sind Sie imstande, mir noch ein paar Fragen zu beantworten, Herr Haubold?«

Der Mann nickte.

»Wir glauben, dass Erics Tod mit Marthas Verschwinden zusammenhängt«, begann Schröder. »Bisher haben wir sie noch nicht gefunden. Sie wissen nicht, wo Ihre Tochter sein könnte?«

»Nein. Wir haben alle gefragt, die wir kennen. Ihre Freunde, die Schulkameraden. Es ist nicht Marthas Art, einfach so zu verschwinden. Sicherlich, manchmal bleibt sie über Nacht weg, aber spätestens am nächsten Morgen hat sie sich immer gemeldet. Glauben Sie, dass Martha auch ...?« Haubold fuhr sich mit der Hand über die Augen. »Gott, ich halte das nicht aus.«

Aus der Küche erklang ein Schluchzen.

»Wir wissen noch nicht, was passiert sein könnte«, sagte Schröder. »Aber nach meiner Einschätzung ist die Lage ziemlich ernst. Was für ein Verhältnis haben Sie zu Ihrer Tochter?«

»Wie soll es schon sein?« Haubold lockerte seinen Schlips. »Es ist gut. Wir lieben sie, und sie liebt uns. Wir haben keine Geheimnisse voreinander.«

Schröder beugte sich nach vorn und reichte ihm ein Foto.

»Kennen Sie diesen Mann?«

»Natürlich«, erklärte Haubold müde, nachdem er einen kurzen Blick darauf geworfen hatte. »Das ist Pastor Giese.«

»Dieser Mann hat Ihre Kinder sexuell missbraucht. Das vermuten wir zumindest.«

Haubold ließ die Hände sinken. Langsam flatterte das Bild zu Boden.

»Was sagen Sie da?«

»Sie haben verstanden, was ich gesagt habe.«

Haubold, der noch keine Vierzig war, sah plötzlich aus wie ein alter, gebrochener Mann. »Ich habe soeben meinen Sohn verloren. Machen Sie keine Witze, Herr Kommissar.«

»Glauben Sie mir, das liegt mir fern.«

Die Uhr gab ein gequältes Rattern von sich, dann begann sie zu schlagen. Haubold stöhnte auf, als habe er einen Tritt in den Magen erhalten. »Das stimmt nicht. Das kann nicht stimmen.«

»Wir haben Beweise.«

»Was für Beweise?«

»Das ist jetzt nicht wichtig. Wussten Sie, dass Martha mindestens einen Suizidversuch hinter sich hat?«

»Ja.« Haubold nickte. Er sah müde aus, es schien, als würde er jeden Moment vom Sofa kippen. »Wir haben lange darüber geredet, und sie war danach in Behandlung. Das war nichts Ernstes, hatte mit der Pubertät zu tun. Es kann nicht sein, dass die beiden missbraucht worden sind, schon gar nicht von Pastor Giese. Die Kinder hätten uns davon erzählt, sie vertrauen uns, sie …«

»Anscheinend«, unterbrach Schröder leise, »kennen Sie Ihre Kinder nicht so gut, wie Sie bisher gedacht haben.«

»Das geht Sie nichts an!« Haubold sprang auf. Das Weinen in der Küche wurde lauter, steigerte sich zu einem kindlichen, hilflosen Schluchzen. Türen wurden geöffnet, Geschirr klapperte, Teller zerbarsten auf dem Boden.

»Ich muss zu meiner Frau.«

Schröder hielt ihn zurück.

»Sie sollten sie jetzt allein lassen. Im Moment können Sie ihr nicht helfen.«

Haubold lachte gequält auf.

»Das kann niemand.« Er ging zur Tür. »Aber ich muss es versuchen. Es bleibt mir nichts anderes übrig.«

*

»Wir haben die Filme auf Gieses Festplatte gefunden«, erklärte Zorn sanft.

»Ich möchte jetzt gehen, Herr Hauptkommissar.«

»Du gehst, wenn ich es dir erlaube.«

Wieder begann Max, an seinen Fingernägeln zu kauen. Zorn ignorierte es.

»Ich weiß, was Giese euch angetan hat«, sagte er leise. »Dass er euch missbraucht hat, als ihr klein wart. Dich, Eric, Martha, Björn und Udo. Warum habt ihr geschwiegen?«

Max sah auf. Trotz, Wut und Scham lagen in seinem Blick. Und eine unsagbare Trauer. »Weil das keinen was angeht.«

»Ihr habt mit niemandem darüber geredet?«

Der Junge schüttelte den Kopf.

»Auch nicht mit euren Eltern?«

»Nein. Und mit Ihnen will ich auch nicht darüber sprechen.«

»Das musst du nicht. Aber ich denke, du brauchst Hilfe. Ich habe die Narben an Marthas Handgelenken gesehen. Sie wollte sich umbringen.«

Max schluckte. »Das wollte ich auch. Ich hab's mit Tabletten versucht, aber ich habe mich nicht getraut.«

Himmel, was mache ich hier eigentlich?, dachte Zorn. Er braucht einen Psychologen, jemanden, der sich mit so etwas auskennt, und nicht mich. Ich habe keine Ahnung, was ich ihm sagen soll.

»Pastor Giese hatte uns verboten, darüber zu reden.« Max knetete die Hände auf dem Schoß, sein linkes Bein fuhr zitternd auf und ab. »Wir waren noch klein, wir haben ihm geglaubt. Und wir hatten

Angst. Er sagte, dass das normal sei, dass man das alles tun müsse, wenn man sich liebt. Dann haben wir gewartet.«

»Worauf?«

»Dass wir es irgendwann vergessen können.«

»Aber das ist nicht passiert.«

»Nein.«

»Versprich mir, dass du mit jemandem darüber redest, Max. Ich weiß nicht, wie ich dir helfen soll. Es gibt Leute, die das können.«

»Psychologen?«

»Vielleicht«, nickte Zorn langsam. »Ich halte nicht viel von denen, aber irgendwas musst du tun.«

Max sah schweigend zu Boden.

»Hast du mich verstanden, Max?«

»Sie müssen mir versprechen, es niemandem zu erzählen, Herr Kommissar.«

»Das kann ich nicht.« Zorn schüttelte den Kopf. »Das, was damals passiert ist, hängt mit den Morden zusammen. Was genau das ist, kann ich noch nicht sagen, aber das finden wir raus.«

»Sind Sie sicher?«

»Ja«, log Zorn.

»Denken Sie, dass ich auch in Gefahr bin?«

»Ja, das glaube ich.« Zorn schob seinen Stuhl zurück und stand auf. »Wie fühlst du dich?«

Max dachte einen Moment nach.

»Es geht. Der Hals tut mir immer noch weh, und mein Nacken wird wohl noch eine Weile steif bleiben, sagt der Arzt. Abgesehen davon geht's mir beschissen.«

»Sag mir, wenn ich etwas für dich tun kann.«

»Okay.«

»Du kannst jetzt gehen, Max. Ich werde jemanden abstellen, der dich rund um die Uhr überwacht.«

Max erhob sich ebenfalls.

»Das möchte ich nicht.«

Zorn dachte an die verschwundene Martha Haubold und daran, dass er sie in der letzten Nacht weggeschickt hatte.

»Es geht nicht darum, was du möchtest, Max. Dein Leben ist in Gefahr. Die meisten hier im Präsidium halten mich für einen faulen Sack, dem so ziemlich alles egal ist. Ich fürchte«, Zorn lächelte ein wenig und reichte Max die Hand zum Abschied, »in deinem Fall muss ich eine kleine Ausnahme machen.«

*

habt ihr wirklich gedacht, dass es so einfach ist? es ist geradezu lachhaft, ihr seid so leicht zu durchschauen, ihr langweilt mich
habt ihr verstanden?
IHR LANGWEILT MICH!!!!!!!!!!!!!!!!!!!!!!!

*

»Wir drehen uns im Kreis, Schröder. Scheiße, eigentlich können wir noch mal von vorn anfangen.«

Langsam senkte sich die Dämmerung über den Biergarten. Ein leichter, angenehmer Wind war aufgekommen, die Blätter der alten Kastanien raschelten wie brüchiges Pergamentpapier. Der Waldkater war leer, Zorn und Schröder waren die einzigen Gäste. Es roch nach Sommer und nach schalem Bier.

»Wahrscheinlich hast du recht, Chef.«

»Das weiß ich selbst. Die Frage ist, wie wir weitermachen.«

Der hölzerne Tisch war mit alten, kreisrunden Abdrücken schmutziger Gläser übersäht. Nachdenklich fuhr Schröder mit dem Finger darüber. »Ich bin nicht sicher«, sagte er nach einer Weile. »Jedes Mal, wenn wir einen Verdächtigen haben, passiert etwas Unerwartetes.«

»Hatten wir denn jemals einen?«

»Einen Verdächtigen? Ich würde sagen, mehr als genug, oder?«

»Allerdings. Zuerst hatten wir den Priester«, erklärte Zorn. »Ich war dabei, als er Max Brandt umbringen wollte. Und wir haben die Filme auf seiner Festplatte.«

»Dann wär da noch Eric Haubold, Chef. Er war zumindest in der

Nähe, als der erste Mord an Björn Grooth passierte. Sonst hätten wir den Kaugummi auf dem Hochsitz nicht gefunden.«

»Stimmt«, nickte Zorn. »Konzentrieren wir uns also auf diese beiden. Theoretisch könnten sowohl Giese als auch Eric Haubold die ersten zwei Morde begangen haben: Den an dem Radfahrer und den an Udo Kempff.«

»Welches Motiv sollte Eric gehabt haben?«

Zorn stieß geräuschvoll die Luft aus. »Keine Ahnung. Der Priester hatte jedenfalls eins. Er wollte nicht entdeckt werden.«

»Aber wer hat dann Eric auf dem Gewissen? Giese können wir ausschließen.«

»Was du nicht sagst, Schröder. Jemand, der im Koma liegt, hat schlechte Karten, wenn er jemanden umbringen will.«

Die Lichterketten flammten auf. Schröder lehnte sich in seinem Stuhl zurück, die bunten Lampen spiegelten sich auf seiner Glatze. »Vielleicht«, meinte er, »liegen wir ja völlig daneben und es gibt mehrere Täter.«

»Du meinst, Eric und Giese haben die ersten Morde gemeinsam begangen?«

»Wer weiß?«

»Scheiße, Schröder, dann wären's ja schon drei Täter!«

»Richtig. Eric, der Priester und der, der Eric von der Burg gestoßen hat.«

»O Gott.« Zorn stöhnte auf. »Das wächst mir echt über den Kopf.«

»Oder die beiden sind unschuldig. Dann müssten wir nur *einen* Mörder suchen. Das wäre zumindest übersichtlicher.«

»Und wir müssten von vorn anfangen.«

»*Naturalmente.*«

»O Mann«, knurrte Zorn und sah sich nach dem Kellner um, der gelangweilt am Eingang des Biergartens am Zaun lehnte und rauchte. Er hatte sie bisher keines Blickes gewürdigt.

Schröder kratzte sich am Kinn. »Wie wär's mit einer Frau?«

»Wie jetzt? Du meinst Martha?« Zorn schnippte seine Zigarette beiseite. Sie flog in einem eleganten Bogen durch die Luft und landete funkensprühend auf dem Nebentisch. »Traust du ihr das zu?«

»Warum nicht?«

»Ich weiß nicht«, überlegte Zorn. »Ich kann das Mädchen nicht leiden, sie ist ein gerissenes Luder. Aber ob sie drei Menschen getötet hat? Nee.« Er schüttelte den Kopf. »Ich kann's nicht erklären, aber ich denke, es muss ein Mann gewesen sein. Okay, das Drahtseil im Stadtwald könnte sie gespannt haben, dazu braucht man nicht viel Kraft. Aber Udo Kempff war stark, ich kann mir nicht vorstellen, dass sie ihn so einfach auf dem Sprungturm überwältigt, mit Benzin übergossen und seelenruhig zugesehen hat, wie er verbrannte.«

»Die beiden kannten sich, Chef. Sie kann ihn überrascht haben.«

»Und später bringt sie den eigenen Bruder um? Warum, Schröder?«

»Keine Ahnung. Jedenfalls ist sie jetzt verschwunden.«

»Was genauso gut bedeuten kann, dass sie das nächste Opfer ist.«

»*Yes*«, nickte Schröder. »Auch das wäre möglich. Gehen wir also von einem männlichen Täter aus. Was ist mit Max?«

»Der Junge ist völlig durch den Wind. Er hat Angst. Und er hat mir noch nicht alles erzählt, da bin ich sicher. Das alles hängt mit den Missbräuchen zusammen, darauf verwette ich meinen Arsch. Ich werd mir Max noch mal vornehmen.«

Schritte knirschten über den Kies, der zerknitterte Kellner kam herbeigeschlendert. Ein leichter Hauch nach Mottenkugeln umwehte ihn. In der Hand hielt er einen schmuddeligen Lappen, mit dem er ein paarmal lustlos über den verdreckten Tisch wedelte. Zorn und Schröder schoben ihre Stühle zurück.

»Fein, dass Sie Zeit gefunden haben«, erklärte Schröder höflich.

»Es war zu tun.« Der Kellner zückte Stift und Block.

»Das sieht man«, erwiderte Schröder, nachdem er einen langen Blick durch den leeren Biergarten geworfen hatte. »Ich hätte gern ein Bauernfrühstück und eine Limo.«

»Groß oder klein?«

»Die Limo groß, das Bauernfrühstück klein.«

Der Kellner sah auf seine Uhr, ein klobiges Rolex-Imitat aus verchromtem Messing. »Die Küche ist seit vier Minuten geschlossen.«

»Das ist bedauerlich.« Schröder kratzte sich hinterm Ohr. »Haben

Sie denn vielleicht«, er machte eine winzige Pause, »was zum Knabbern?«

Zorn biss sich auf die Unterlippe.

Der Zerknitterte musterte Schröder misstrauisch. »Natürlich. Ich könnte in der Küche fragen, ob es noch Schnittchen gibt.«

»Schnittchen?«

»Jawoll. Wir haben Schnittchen mit Ei, Käse oder Grützwurst.«

»Dann hätte ich gern ein Schnittchen mit Grützwurst und eins mit Ei«, erwiderte Schröder ernst.

»Sehr wohl, der Herr. Vorausgesetzt, es sind noch welche da.«

»Das hoffe ich. Ein Schnittchen wär jetzt genau das Richtige.«

Der Kellner vollführte eine Vierteldrehung und wandte sich schweigend an Zorn.

»Ich möchte ein Bier und einen Aschenbecher«, erklärte der.

»Groß oder klein?«

»Das Bier klein. Den Aschenbecher groß.«

»Hell oder dunkel?«

»Der Aschenbecher?«

Der Kellner rümpfte die Nase. »Das Bier natürlich.«

»Hell, bitte.«

»Fass oder Flasche?«

»Fass.«

Der Kellner öffnete den Mund.

»Nein, danke«, sagte Zorn.

»Wie meinen?«

»Ich möchte keine Schnittchen. Das wollten Sie doch fragen, oder?«

Der Kellner schniefte beleidigt. Es klang, als würde die Luft aus einem Fahrradschlauch gelassen. »Dann also ein kleines Bier für Sie und eine Limo und zwei Schnittchen für den Herren.«

»Genau.« Schröder rieb sich die Hände. »Ich liebe Schnittchen.«

»Wünschen die Herren sonst noch etwas?«

»Danke«, erwiderte Zorn. »Die Herren wünschen nichts weiter.«

»Es sei denn«, warf Schröder ein, »Sie könnten die Musik anstellen? Die fand ich letztes Mal sehr nett.«

Zorn trat unter dem Tisch nach Schröders Schienbein, verfehlte ihn allerdings um ein paar Zentimeter. Schröder ließ sich nichts anmerken und lächelte den Kellner an.

»Tut mir leid«, meinte der und wandte sich zum Gehen. »Der Kassettenrekorder ist defekt.«

»Ach, das ist aber wirklich schade.«

»Ja«, wiederholte Zorn. »das ist wirklich schade. Vielleicht klappt's ja wenigstens mit den Schnittchen.«

»Ich werde mein Bestes tun.«

»Davon bin ich überzeugt«, strahlte Schröder.

Der Kellner straffte den Rücken und schnürte davon.

*

»Du bist schuld, Klaus.«

Es ist spät, nach Mitternacht. Die Eltern von Eric und Martha stehen in der Küche. Eva Haubold lehnt an der Spüle, die Arme hat sie vor der Brust verschränkt. Ihre Lippen sind trocken und rissig, die Unterarme sind zerkratzt, rote Striemen ziehen sich über die blasse Haut. Ihr Mann steht mitten im Raum, bisher hat er kein Wort gesagt. Er starrt seine Frau an. Wortlos, als wäre sie ein Gespenst. Der Boden ist mit Scherben übersäht, schmutziges Geschirr türmt sich auf der Anrichte.

»Du bist schuld, dass er tot ist.«

Ihre Stimme ist brüchig, heiser vom vielen Weinen.

»Du hast meinen Sohn auf dem Gewissen.«

Sie tritt auf ihn zu. Eine Scherbe knirscht unter ihrem Schuh.

»Wenn Martha etwas passiert ist, bring ich dich um, Klaus.«

Er schweigt.

»Hast du mich verstanden?«

Sie geht einen Schritt auf ihn zu, sieht zu ihm auf. Klaus Haubold steht vor ihr, die Arme hängen schlaff herunter. Seine Augen sind gerötet.

Eva Haubold holt tief Luft.

Dann schlägt sie ihren Mann ins Gesicht.

Immer und immer wieder.

Er wehrt sich nicht.

Fünfundzwanzig

Nachts.

Herr Kalze, der kleine, magere Rentner mit dem dünnen Haar, saß vor seiner Laube und rauchte eine Zigarre. Seine Ehefrau, die dicke Frau Kalze, hatte es ihm verboten, sie konnte den Geruch nicht leiden.

Nein, ich mag auch nicht, wie sie riecht, dachte Herr Kalze, spitzte die Lippen und blies einen perfekten Rauchring in die laue Nachtluft. Sie stinkt. Nach Schweiß und diesem widerlichen Parfum, seit über vierzig Jahren benutzt sie dasselbe. Kölnisch Wasser, dieser Gestank wird mich irgendwann umbringen.

Nebenan, im Nordbad, sprang eine Pumpe an. Aus der Laube erklang das leise Schnarchen seiner Frau. Er lehnte den Kopf an die Wand und sah hinauf in den Himmel. Die Nacht war klar, er konnte jeden einzelnen Stern erkennen, es mussten Millionen sein.

Das werde ich öfter machen, überlegte er. Ich stehle mich nachts aus dem Bett, setze mich hier auf die Bank und rauche. Am besten Pfeife, diesen Geruch mag sie noch weniger. Genau, ich besorge mir eine Pfeife. Ich muss nur einen Ort finden, an dem ich sie tagsüber verstecken kann. Es ist schön, wenn alles so still ist. Niemand sagt mir, was ich zu tun habe. Ich muss nur leise sein, aufpassen, dass sie nicht wach wird. Den verlorenen Schlaf kann ich ja tagsüber nachholen, ich werde ihr einfach sagen, dass ich ab jetzt immer ein Mittagsschläfchen halten werde.

Sofort begann er zu rechnen. Im Herbst wurde er dreiundsiebzig. Wenn es gut lief, hatte er noch zehn, fünfzehn Jahre vor sich. Das waren ungefähr fünfeinhalbtausend Tage. Wenn er ab jetzt tagsüber zwei Stunden schlief und nachts eine Stunde wach war, blieben ihm insgesamt drei Stunden, die er allein, ohne seine Frau, verbringen konnte. Insgesamt sechzehneinhalbtausend Stunden Ruhe.

Das klang verlockend.

Er seufzte, als ihm einfiel, dass er ja nur den Sommer über hier im Garten war, für den Winter musste er sich natürlich etwas einfallen lassen. Aber was?

Eine Sternschnuppe glühte auf, zog quer über den nächtlichen Himmel und war im nächsten Augenblick verloschen. Herr Kalze fuhr sich mit den Fingern durch den dünnen Schnurrbart und wünschte, dass in den nächsten fünfzehn Jahren nur noch Sommer wäre.

Er wusste, dass es sinnlos war, aber es war ein schöner Gedanke. Schließlich konnte er sich schlecht wünschen, dass dieses unförmige Etwas, diese Frau, die er vor über fünfzig Jahren einmal geliebt haben musste, einfach liegen blieb und nie wieder aufstand. Oder?

Egal, morgen muss ich erst mal den Rasen mähen, dachte er und stand ächzend auf. Streckte den Rücken, gähnte und nahm einen letzten Zug von der Zigarre. Dann schlich er ins Haus, spülte den Mund sorgfältig aus und legte sich neben seine dicke Frau.

Hundert Meter entfernt knurrte ein Hund in einer verlassenen Laube. Das Bündel unter der Plane bewegte sich und gab ein leises Röcheln von sich.

Herr Kalze hörte es nicht.

*

»Nun, meine Herren. Wie machen wir weiter?«

Frieda Borck trug ein kurzärmeliges Kleid aus hellem Leinen. Es war heiß im Büro, Zorn schwitzte aus allen Poren und auch dem dicken Schröder, der neben ihm saß, klebte das Haar an der Glatze. Die Staatsanwältin hingegen sah frisch aus, als käme sie direkt aus der Dusche. Auf der Uhr hinter ihrem Schreibtisch war es kurz nach halb zehn.

»Seit dem ersten Mord sind gut zwei Wochen vergangen«, fuhr sie fort, »mittlerweile gibt es zwei weitere Opfer, dazu kommen ein komatöser Priester und ein verschwundenes Mädchen. Trotzdem sind wir keinen Schritt weiter. Ich fürchte, wir müssen noch einmal ganz von vorn anfangen.«

Was du nicht sagst, dachte Zorn und schlug das linke Bein über das rechte.

Frieda Borck wartete einen Moment. Als Zorn schwieg, sagte sie: »Der Tod Eric Haubolds ändert den Sachverhalt grundlegend. Pastor Giese kommt hier als Täter nicht in Frage. Die Presse zerreißt sich seit Tagen das Maul, langsam brauchen wir konkrete Ergebnisse. Wir müssen überlegen, ob wir es mit mehreren Mördern zu tun haben.«

»Das haben wir bereits gestern durchgekaut, Frau Staatsanwältin.«

»Ach, haben Sie das?«

»Im Waldkater«, ergänzte Schröder. »Es gab Schnittchen.«

»Dürfte man die Herren fragen, zu welchem Ergebnis Sie dabei gekommen sind?«

»Das Ergebnis war«, Zorn streckte die Beine aus, »dass wir noch einmal von vorn anfangen müssen.«

»Aber die Schnittchen waren prima«, warf Schröder ernst ein.

Frieda Borck zuckte mit keiner Miene. »Dann scheint sich Ihre Besprechung ja gelohnt zu haben.«

Zorn griff sich einen Kugelschreiber vom Tisch der Staatsanwältin, drehte ihn in der Hand und begann damit herumzuspielen. »Wir warten noch auf den Bericht von Kriminalhauptkommissar Czernyk.«

»Denken Sie, dass das was bringt?«, fragte die Staatsanwältin.

»Das hoffe ich. Vielleicht findet Czernyk heraus, wo genau diese Filme aufgenommen wurden.« Es klickte leise, als Zorn die Mine des Kugelschreibers hinein- und hinausschnellen ließ. »Möglicherweise sind noch andere Personen daran beteiligt gewesen.«

Klick.

»Wo ist Czernyk jetzt?«

»Im Hotel, soweit ich weiß.«

Klick.

»Was ist mit dem verschwundenen Mädchen?«

Klick. Klick.

»Martha Haubold? Die Fahndung läuft.«

»Und ihr Bruder, Eric? Er muss sich doch gewehrt haben, gibt es DNA-Spuren?«

Schröder zog ein weißes Taschentuch aus der Brusttasche und wischte sich damit über den Nacken. »Davon gehen wir aus. Den Bericht erwarten wir heute Nachmittag. Dann wissen wir mehr.«

»Richtig«, nickte Zorn.

Klick. Klick. Klick.

»Lassen Sie das bitte.« Frieda Borck beugte sich über den Tisch und riss Zorn den Kugelschreiber aus der Hand. Er runzelte die Stirn, sagte aber nichts. Sie warf den Stift hinter sich auf das Fensterbrett. Dann sah sie Zorn direkt in die Augen.

»Wie fühlen Sie sich eigentlich, Herr Hauptkommissar?«

»Wie darf ich das verstehen?«

»Sie hatten am Montag einen Zusammenbruch. Die halbe Stadt hat dabei zusehen dürfen.«

Zorn wurde puterrot. »Das war überhaupt nichts! Ein kleiner Kreislauf…«

»Ich möchte«, unterbrach sie ihn, »dass Sie sich vom Amtsarzt durchchecken lassen. Und zwar gründlich. Sie sind der Leiter der Ermittlungen, und ich will sichergehen, dass Sie voll einsatzfähig sind.«

»Ich bin fit! Topfit!«

»Das werden wir sehen. In Ihrem Alter müssen Sie vorsichtig sein.«

Dann bestell mir schon mal einen Grabstein, du vorlautes Huhn, dachte Zorn wütend.

Sie stand auf.

»Sonst noch Fragen?«

Zorn sah beleidigt aus dem Fenster.

»Gut«, erklärte die Staatsanwältin. »Dann würde ich sagen, Sie fangen an.«

Na klar, dachte Zorn. Jetzt musst du mir nur noch verraten, womit. Ich habe nämlich keine Ahnung, was wir als Nächstes tun sollen.

*

Kurz darauf saß Claudius Zorn in seinem Büro. Die Füße hatte er auf dem Schreibtisch zwischen einem halbvollen Glas Cola und der Tastatur seines Rechners abgelegt. Er schwitzte. Und er hatte Hunger, kurz spielte er mit dem Gedanken, in die Kantine zu gehen, ließ es dann aber bleiben. Er hatte keine Lust aufzustehen. Egal, der Hunger würde verschwinden, das wusste er.

Und er wusste, dass die Staatsanwältin recht hatte: Seit dem ersten

Mord waren anderthalb Wochen vergangen, und sie hatten nichts Konkretes in der Hand. Absolut nichts.

Ein paar Meter weiter saß Schröder am Schreibtisch, las Berichte und telefonierte, dass der Hörer heiß lief. Wenn es etwas Neues gab, würde er sich sofort melden.

Zorn seufzte.

Irgendetwas musste er tun. Aber was?

Er langte nach vorn und öffnete eine Schublade. Schob die Pistole beiseite und griff eine Büroklammer, die er vorsichtig aufbog.

Dann begann er, sich die Fingernägel zu säubern.

Und wartete.

*

Der Club lag gegenüber dem ehemaligen Straßenbahndepot, nur einen Steinwurf entfernt von der alten Burg. Der Biergarten war der schönste der Stadt, er zog sich terrassenförmig nach oben, überall waren Stechpalmen und Oleanderbüsche in riesigen Kübeln verteilt, große beigefarbene Sonnenschirme spendeten Schatten.

Frieda Borck saß oben am Zaun unter einer riesigen Ulme, trank einen Cappuccino und las in der neuesten Ausgabe des *Mitteldeutschen Tageblattes*.

Sie war oft hier. Ihr Büro verließ sie nicht vor achtzehn Uhr, meist fuhr sie danach zum Club, aß etwas zu Abend und begab sich dann nach Hause in ihre kleine Wohnung in der Innenstadt.

Es war jetzt ein knappes halbes Jahr her, seit sie in die Stadt gekommen war. Freunde hatte sie hier keine gefunden. Nicht etwa, weil sie ein verschlossener Mensch gewesen wäre, es hatte sich einfach nicht ergeben. Eine Tatsache, die sie nicht weiter störte, tagsüber hatte sie ihre Arbeit und abends war sie meist zu müde, um noch mit jemandem reden zu wollen. Manchmal, an den Wochenenden, ging sie abends hier tanzen. Natürlich spürte sie die Blicke der Männer, wenn sie den Club betrat, schließlich war sie nicht dumm und sie wusste, wie gut sie aussah. Ab und zu ließ sie sich zu einem Bier einladen, doch sie ging immer allein nach Hause. Dann, wenn sie in ihrem großen Bett lag, gab es Momente, in denen sie sich nach Wärme sehnte. Aber die gingen vorbei.

Sie hatte ihren Job. Sie mochte das, was sie tat. Die Staatsanwältin war noch keine dreißig, jung genug, um zu glauben, dass sie mit ihrer Arbeit etwas bewegen konnte.

Eine Straßenbahn rumpelte vorbei, sie legte das *Tageblatt* beiseite und griff die Boulevardzeitung. Seit Tagen wurde spekuliert, wer der mysteriöse Geistliche war, der auf der Intensivstation des Stadtkrankenhauses lag. Woher die Presse überhaupt davon erfahren hatte, wusste niemand, aber die Schlagzeilen waren eindeutig: *WER IST DER KILLERPRIESTER?*, hatte die Zeitung gestern getitelt.

Sie trank einen Schluck Kaffee und blätterte um. Heute wurde ein Foto der Intensivstation gezeigt, ein roter Pfeil wies auf ein Fenster. *Hier liegt der gottlose Geistliche!*, lautete die Bildunterschrift.

»Verdammte Aasgeier«, murmelte sie und legte das Blatt beiseite, »aber immerhin sind sie kreativ, diese Journalisten.

Der gottlose Geistliche, ich lach mich tot. Was kommt als Nächstes? *Der perverse Pastor? Der brutale Pfaffe?*«

Sie kicherte leise.

»Was ist so lustig?«

Frieda Borck sah auf. Am Nebentisch saß ein braungebrannter junger Mann mit kurzen blonden Haaren. Sie erinnerte sich, ihn öfter hier gesehen zu haben.

»Nichts.«

»Schade.« Er lachte und zeigte ein paar weiße, regelmäßige Zähne. Der Blick, mit dem er ihre Beine streifte, war nicht zu übersehen. »Kann ich dir was zu trinken kommen lassen?«

Sie schüttelte den Kopf und deutete auf ihr halbvolles Glas.

Sein Grinsen wurde breiter. »Vielleicht was anderes?«

»Auch nicht, und bevor du fragst: Ich hab heut Abend schon was vor. Und jetzt«, sie griff wieder nach der Zeitung, »würde ich gern weiterlesen.«

Ein paar Worte wurden am Nebentisch gemurmelt, es klang wie *Fick dich selbst, blöde Zicke*, und sie war kurz davor, dem Kerl die Meinung zu sagen, als ihr Handy klingelte.

»Borck hier«, meldete sie sich etwas lauter als gewöhnlich.

»Jan Czernyk, guten Abend.«

»Woher haben Sie diese Nummer?«

Das war ihr erster Gedanke, sie wunderte sich selbst, warum sie ihn laut aussprach.

»Ich bin Polizist, Frau Borck.«

Czernyks Stimme klang anders, als sie es in Erinnerung hatte. Warm, leise, ruhig.

»Wie konnte ich das nur vergessen«, erwiderte sie und stellte verunsichert fest, dass ihr Atem sich beschleunigte. »Was wollen Sie?«

»Ich muss Sie sprechen.«

»Warum?«

»Nicht am Telefon.«

»Dann morgen im Büro.«

»Nein, sofort.«

Das waren kurze, präzise Feststellungen, keinen Widerspruch duldend. Auch nicht von ihr, der Staatsanwältin.

Sie nannte ihm den Namen des Clubs.

»Ich bin in zehn Minuten da«, sagte Czernyk ruhig.

»Nein.« Frieda Borck überlegte kurz. Sie musste noch einmal nach Hause. Duschen, etwas anderes anziehen. »In zwei Stunden.«

»Okay.«

Bevor sie etwas erwidern konnte, hatte Czernyk aufgelegt.

Als sie aufsprang und zum Auto lief, war der Mann am Nebentisch verschwunden.

*

Von draußen näherten sich Schritte, dann quietschte die alte Gartenpforte in den rostigen Angeln. Als die Tür der Laube sich öffnete, hob der Hund müde den Kopf. Die dunkle Gestalt des Menschen erschien am Eingang, Licht fiel in einem schmalen Streifen herein. Kühle, frische Luft strömte in den stinkenden Raum. Die durchsichtige Plane auf der Matratze raschelte, ob vom Luftzug oder deshalb, weil das Bündel sich darunter bewegt hatte, war schwer zu sagen.

Der Hund erhob sich schwerfällig.

Bleib.

Zwei Schritte, und der Mensch war bei ihm. Griff das Halsband und zog ihn näher an die Heizung. Die kurze Leine straffte sich und wurde festgeknotet. Jetzt war sie nur noch einen knappen Meter lang. Der Hund ließ es widerstandslos geschehen, er roch das Fleisch in der Hand des Menschen. Es war ein großes Stück, es dauerte ein paar Sekunden, bis er es hinuntergewürgt hatte.

Das Fleisch war trocken und salzig. Sehr salzig.

Hast du Durst?

Der Hund fuhr sich mit der Zunge über das Maul. Sein linkes Auge war blutunterlaufen und entzündet. Eiter trat in einem dünnen Rinnsal hervor und verklebte das schmutzige Fell.

Du wirst bald trinken. Allerdings kein Wasser.

Der Mensch drehte sich um, stand jetzt direkt vor der Matratze. Eine Weile stand er schweigend da. Dann versetzte er dem Bündel einen leichten Tritt.

Keine Reaktion.

Der Hund spitzte die Ohren.

Der Mensch ging.

*

Sie saßen oben, im Kaminzimmer. Die cremefarbenen Wände und die dunklen, polierten Tischplatten spiegelten sich im Licht der Kerzen. Marc Cohn sang *Walking in Memphis*, die Musik wurde von den schweren Teppichen gedämpft.

»Was ist denn so wichtig?« Frieda Borck tat, als würde sie die Speisekarte studieren.

Czernyk ließ sie nicht aus den Augen. Er war Punkt acht Uhr erschienen, hatte sein Jackett über den Stuhl gehängt und ihr zur Begrüßung die Hand gegeben.

»Haben Sie Hunger?«, fragte er.

»Nein.«

»Ich auch nicht.«

Sie legte die Karte beiseite. Ihre Blicke kreuzten sich, ruhig sah er sie an, ohne das geringste Zeichen von Unsicherheit.

»Also«, wiederholte sie und spielte an ihrer Halskette, »was genau wollten Sie mir sagen?«

Der Fahrstuhl öffnete sich, ein Kellner erschien und brachte die Getränke, ein Glas Weißwein für Frieda Borck, eine Cola für Jan Czernyk.

»Es gibt da etwas, das Sie wissen müssen, Frau Borck. Es betrifft Ihre Ermittlungen. Genauer gesagt, handelt es sich um den Laptop, den ich untersucht habe.«

»Okay«, nickte sie und griff zu ihrem Wein. »Ich höre.«

Er trank einen Schluck Cola.

»Ums kurz zu machen: Ich glaube, dieser Priester ist unschuldig.«

Das Weinglas stoppte wenige Zentimeter vor dem Mund der Staatsanwältin.

»Was?«

»Ich sagte, dass ich den Priester …«

»Ich habe verstanden, was Sie gesagt haben, Herr Czernyk.«

»Jan.«

»Was?«

»Nennen Sie mich Jan.«

Da war er wieder, dieser leise, geschäftsmäßige Ton, keinen Widerspruch duldend.

»Hören Sie, *Jan.*« Sie nahm einen tiefen Schluck, es klirrte leise, als sie das halbvolle Glas auf dem Tisch abstellte. »Die Lage ist mehr als eindeutig, Wir haben drei tote und einen verschwundenen Teenager. Ein fünfter wäre fast ermordet worden, von ebendiesem Pastor Giese. Alle fünf sind früher missbraucht worden, er hatte die Filme auf seinem Computer. Wie können Sie da behaupten, er wäre unschuldig?«

»Der Mann hat diese Videos nie gesehen.« Czernyks schwarze Augen glänzten. »Geschweige denn, eins davon gefilmt.«

Sie saß vor ihm wie das Kaninchen vor der Schlange.

»Wie … wie können Sie das wissen?«

»Sämtliche Filme befinden sich in einem einzigen Ordner. Es lässt sich leicht feststellen, wann dieser Ordner angelegt wurde. Das war am elften August. Wissen Sie, was das bedeutet?«

Sie rechnete nach. Dann nickte sie: »Da lag der Priester schon einige Stunden im Koma.«

»Allerdings. Jemand anders muss die Filme auf seine Festplatte überspielt haben. Wahrscheinlich, um ihn zu belasten. Ich ärgere mich, dass ich das nicht früher festgestellt habe.«

»Fuck«, entfuhr es ihr.

Er lachte leise. Ein tiefes, angenehmes Lachen.

»Ich hätte nicht gedacht, dass Sie fluchen können, Frau Staatsanwältin.«

Sie lachte ebenfalls. Kurz nur, dann wurde sie wieder ernst.

»Und was soll ich jetzt machen?«

»Ich denke, Sie müssen noch einmal von vorn anfangen.«

»Das hab ich heute schon irgendwo gehört.«

Die Musik hatte gewechselt, ein langsamer, schwermütiger Blues drang aus den Boxen. Sie nahm ihr Glas und hielt es gegen die Kerze.

»Wieso haben Sie eigentlich mich angerufen? Und nicht Zorn?«

Das Licht flackerte, schimmerte durch den klaren Wein. Wie Bernstein.

Er beugte sich über den Tisch und nahm ihre Hand. Drückte sie kurz. Seine Finger waren warm und trocken. »Das weißt du.«

»Weiß ich das?«

»Ich wollte dich sehen, Frieda.«

*

ich wünschte, es wäre anders, aber es geht noch weiter, der tanz hat noch nicht einmal begonnen – ich habe es angefangen und ich werde es beenden, auch wenn es weh tut
und das wird es
o ja, das wird es

*

Die Sonne war untergegangen, ein letzter rötlicher Schimmer hing über dem Mansfelder Land. Kein Lüftchen wehte, die Windräder standen still, als wären sie am Horizont festgefroren.

Zorn hatte einen Sessel ans Fenster geschoben und zählte die Flugzeuge, die sich von Westen in einer Linie näherten und zum Landeanflug ansetzten. Es waren vier, das letzte war kaum zu erkennen, nur die Positionslichter blinkten in der Dämmerung.

Er hatte geduscht, das nasse dunkle Haar hatte er glatt nach hinten gekämmt. Auf dem Fensterbrett stand ein Glas Rotwein, er aß ein hartgekochtes Ei, hörte eine Metallica-Platte und dachte an nichts.

Unten, vierzehn Stockwerke tiefer, näherten sich die raschen Schritte einer jungen Frau auf dem Fußweg. Ihre Absätze klapperten über den Beton. Vor dem Eingang blieb sie stehen. Ihr Zeigefinger wanderte über das Klingelschild, es dauerte eine Weile, bis sie den Namen gefunden hatte.

C. ZORN

Sie zögerte. Sah sich um.

Die schmutzige Haustür öffnete sich von innen, ein dünner, unrasierter Mann mit fettigem Haar und ausgebeultem Trainingsanzug kam heraus, er schob einen leeren Kinderwagen vor sich her. Die junge Frau machte ihm Platz, ohne geklingelt zu haben.

Mit einem leisen Knall schloss sich die Tür.

Malina wartete noch einen Moment.

Dann ging sie wieder davon.

Sechsundzwanzig

Das Erste, was sie sah, waren die Gardinen, die sich sacht vor dem Fenster bewegten. Sie blinzelte verwirrt, dann hörte sie die regelmäßigen Atemzüge des Mannes, der neben ihr schlief.

Langsam wurde sie wach, und jetzt erinnerte sie sich, dass sie irgendwann hinunter in den kleinen Saal mit der Bühne gegangen waren, sie hatten Sekt getrunken und getanzt. Später hatte er sie gefragt, ob sie mit zu ihm ins Hotel kommen wolle. Da hatte Frieda Borck nur genickt. Schließlich hatte die Frage bereits eine ganze Weile unausgesprochen im Raum gestanden und für sie, die Staatsanwältin, war es längst beschlossene Sache gewesen. Eigentlich seit dem Moment, als Jan Czernyk den Club betreten hatte.

Sie richtete sich auf, stützte den Kopf auf den Ellenbogen und sah ihn an.

Er lag auf der Seite, die Beine hatte er angezogen. Sein Gesicht war ernst, die Stirn hatte er leicht gerunzelt, als müsse er sich sogar im Schlaf konzentrieren.

Sie bemerkte, wie lang seine Wimpern waren. Fuhr mit den Fingerspitzen über die dunkel glänzende Haut seines Oberarmes und lächelte, als sie registrierte, wie ordentlich er seine Sachen am Fußende des Bettes abgelegt hatte.

Dann küsste sie ihn sacht hinter das Ohr.

Er grinste, ohne die Augen zu öffnen. Sie bemerkte den Abdruck, den das Kissen auf seiner Wange hinterlassen hatte.

»In zwei Stunden geht mein Zug, Frieda.«

»Du wirst vorher noch einmal mit mir schlafen müssen.«

»Ich müsste mir die Zähne putzen.«

»Scheiß drauf, Jan Czernyk.«

In der folgenden Stunde sagten sie nichts. Es gab Wichtigeres zu tun.

*

Zorn stand im Bad, kämmte sich lustlos die Haare und betrachtete dabei sein Spiegelbild. Schlaftrunken überlegte er, woran ihn das Gesicht dieses alten Mannes erinnerte, dann, als es ihm einfiel (ein ungewaschenes, zerknittertes Kopfkissen), klingelte sein Handy. Frieda Borck rief an.

Zehn Minuten später saß er im Volvo und war unterwegs zum Präsidium.

*

»Und das ist hundertprozentig sicher?«

»Natürlich.« Die Staatsanwältin reichte Zorn eine dünne Akte über den Tisch. »Hier ist der vollständige Bericht von Kriminalhauptkommissar Czernyk. Die Filme sind erst überspielt worden, nachdem Giese bereits im Krankenhaus lag.«

Er öffnete die Mappe. Zu seiner Verwunderung sah er, dass Czernyk seinen Bericht handschriftlich verfasst hatte, in engen, akkurat geschriebenen Großbuchstaben. Frieda Borck nahm ihm die Mappe aus der Hand. Die Uhr hinter ihrem Schreibtisch tickte leise.

»Sie lesen's ja eh nicht, wie ich Sie kenne.«

Zorn ignorierte den Seitenhieb und fragte: »Wieso hat sich Czernyk nicht direkt bei mir gemeldet?«

Sie setzte zu einer Antwort an, doch die Tür ihres Büros öffnete sich und Schröder erschien. Er nahm einen Stuhl, setzte sich neben Zorn und wischte die Hände an den Hosenbeinen ab.

»Guten Morgen, Kollegen«, sagte er fröhlich. »Gut geschlafen, hoffe ich?«

Zorn schwieg.

»Sehr gut sogar«, erwiderte Frieda Borck und verstaute Czernyks Bericht in einer Schublade.

»Sie sehen ein klein wenig übernächtigt aus, Frau Staatsanwältin«, meinte Schröder. »Wenn die Bemerkung gestattet ist.«

»Das ist sie nicht, Kollege Schröder.«

Zorn warf ihr aus den Augenwinkeln einen Blick zu. Übernächtigt wirkte sie überhaupt nicht, im Gegenteil, fand er. Ihre Augen strahlten, die Wangen waren rosig. Sie sah gut aus.

Zu gut, stellte er nach kurzem Überlegen widerwillig fest.

»Also«, begann Frieda Borck, »die Lage hat sich grundlegend geändert.«

»Ich weiß Bescheid«, nickte Schröder.

Zorn richtete sich auf. »Woher, wenn man fragen darf?«

»Kommissar Czernyk hat mich vorhin angerufen.«

»Ach!« Zorn schniefte beleidigt. »Dich auch?

»Warum sollte er denn nicht, Chef?«

»Weil ich hier offensichtlich der Einzige bin, der nicht auf dem

Laufenden gehalten wird! Ich dachte, *ich* wäre es, der hier die Ermittlungen leitet!«

Schröder starrte ihn verständnislos an, die Staatsanwältin beugte sich vor und fragte lauernd: »Sie sind doch nicht etwa eifersüchtig?«

»Blödsinn!«, blaffte Zorn.

O Gott, die denken tatsächlich, ich wär sauer, dachte er und verschränkte die Arme vor der Brust. Scheiße, aber ich bin's wirklich! Ich bin verletzt, eingeschnappt wie eine alte Jungfer! Was ist mit mir los?

Er stieß geräuschvoll die Luft aus und wartete ein paar Sekunden.

Jetzt fühlte er sich besser.

»Also«, meinte er dann. »Können wir endlich mal besprechen, wie wir weitermachen?«

Das taten sie dann auch.

*

Wachtmeister Bolldorf gähnte und sah auf die Uhr. Heute war Freitag, seit einer geschlagenen Woche war er nun zum Dienst im Krankenhaus abgestellt. Geschehen war in dieser Zeit so gut wie nichts, abgesehen davon, dass er mittlerweile das komplette Personal der Intensivstation kennengelernt hatte. Beachtet hatte ihn niemand, wenn es hochkam, bedachten ihn die Ärzte mit einem kurzen, unkonzentrierten Kopfnicken. Die einzige Krankenschwester, die ihn ab und zu angelächelt hatte, war seit vorgestern nicht erschienen, wahrscheinlich hatte sie Nachtschicht. Sie hatte ihm gefallen, doch er ahnte, dass ihr Interesse wohl eher einem der Ärzte gelten würde als ihm, dem pickligen, schwitzenden Jungen in der zu groß geratenen Uniform. Seine anfängliche Euphorie war verflogen, er ahnte, dass hier wohl nichts mehr passieren würde. Jedenfalls nichts Spannendes.

Er las einen Artikel über die *Vernehmenstechnik des erweiterten kognitiven Interviews*, nach drei Seiten stellte er fest, dass er nichts, aber auch gar nichts verstanden hatte.

Wachtmeister Bolldorf war müde.

Der Flur war klimatisiert, trotzdem klebten seine Füße in den schweißnassen Socken. Sein magerer Hintern war wund, schmerzte vom stundenlangen Sitzen auf dem harten Stuhl.

Der junge Polizist hob die Mütze, strich das Haar aus der Stirn und blätterte zurück. Dann begann er noch einmal von vorn.

Er ahnte nicht, dass in wenigen Minuten die Hölle los sein würde.

*

»Also«, sagte Frieda Borck, »es bleiben drei Personen, auf die wir uns vorerst konzentrieren: Max Brandt, Pastor Giese und Martha Haubold. Bei einem von ihnen liegt der Schlüssel.«

Seit fast zwei Stunden saßen sie nun beisammen und versuchten, so etwas wie eine Strategie zu entwickeln. Schröder hatte nicht viel gesagt, Zorn, der noch immer beleidigt war, hatte sich meist auf kurze Einwürfe beschränkt.

»Ich glaube nicht, dass wir von Max Brandt etwas Neues erfahren«, erklärte er jetzt. »Schließlich habe ich ihn bereits ein paarmal vernommen. Die Frage ist, wie wir ihn von jetzt an behandeln.«

Frieda Borck sah auf.

»Wie meinen Sie das?«

»Ganz einfach: Verdächtigen wir ihn oder sehen wir in ihm das nächste Opfer?«

»Gute Frage«, nickte Schröder.

»Aber vorerst nicht wichtig.« Das Handy der Staatsanwältin vibrierte. »Der Junge wird ständig überwacht«, sagte sie zerstreut und sah aufs Display. »Egal, ob er schuldig ist, wir wissen immer, was er tut. Und wir können ihn schützen, falls er in Gefahr gerät.« Sie wurde rot, lächelte und tippte eine Nachricht. Dann legte sie das Telefon auf den Schreibtisch. »Wir müssen davon ausgehen, dass Gieses Laptop manipuliert wurde. Der, der das getan hat, wollte den Verdacht auf den Priester lenken, er wusste, dass wir den Rechner irgendwann überprüfen würden. Es gibt einen konkreten Zeitpunkt, wann die Filme auf die Festplatte geladen wurden. Ein paar Stunden später haben wir die Wohnung durchsucht und den Rechner beschlagnahmt. In diesem

Zeitraum muss jemand bei ihm zu Hause gewesen sein und die Filme überspielt haben. Gibt es Einbruchsspuren? Fingerabdrücke? Wenn ja, müssen sie vom Täter sein.«

»Richtig, das habe ich auch schon überlegt«, schwindelte Zorn. Was die Kombinationsgabe betraf, war ihm die Staatsanwältin um Lichtjahre voraus. Das wurmte ihn.

»Die Wohnung wird bereits ein zweites Mal untersucht«, sagte Schröder.

Ach, dachte Zorn zerknirscht. Er also auch.

*

Wachtmeister Bolldorf musste aufs Klo. Dringend.

Das lag am Kaffee, die Thermoskanne neben ihm auf dem Boden war fast leer. Wahrscheinlich zum zehnten Mal an diesem Vormittag sah er auf die Uhr, in einer Stunde wurde er abgelöst. Nein, entschied er, so lange konnte kein Mensch durchhalten. Er stand auf, sank jedoch gleich wieder zurück auf den Stuhl.

Am Ende des Flures öffnete sich die Tür der Intensivstation. Eine Krankenschwester erschien und kam rasch näher. Sie war groß und schlank, unter der Haube lugten ein paar blonde Locken hervor.

Sie sah gut aus, fand Wachtmeister Bolldorf, sehr gut sogar. Er öffnete den obersten Knopf seines Hemds und schob die Mütze aus der Stirn.

»Hallo Schwester«, brummte er und hoffte, er würde so lässig klingen wie die Cops im Fernsehen.

Für seinen Geschmack war sie ein wenig zu stark geschminkt, aber trotzdem attraktiv. Äußerst attraktiv. Sie nickte ihm lächelnd zu und verschwand in Gieses Zimmer.

*

Schröder wühlte in seinen Hosentaschen und kramte eine Packung Kaugummi hervor. »Was die Fingerabdrücke betrifft, haben wir nur die des Priesters auf seinem Laptop gefunden, aber das hat nichts zu bedeuten. Der Täter kann Handschuhe benutzt haben.« Er hielt die Packung in die Runde. »Auch eins? Die sind zuckerfrei.«

Zorn schüttelte den Kopf, die Staatsanwältin ebenfalls.

»Die Leiche von Eric Haubold weist Abwehrverletzungen auf«, fuhr Schröder kauend fort, »wir haben fremde DNA-Spuren gefunden. Sie werden momentan verglichen, vielleicht landen wir ja einen Treffer.«

»Was ist mit der Fahndung nach Martha Haubold?«, fragte Frieda Borck.

»Läuft auf Hochtouren«, erwiderte Zorn, froh, endlich etwas Konstruktives beitragen zu können. Er nickte Schröder zu und stand auf. »Wir machen uns dann an die Arbeit.«

Wieder vibrierte das Handy der Staatsanwältin.

»Tun Sie das, meine Herren«, sagte sie zerstreut, nahm das Telefon und lächelte wieder.

*

Er war auf der Toilette, als der Alarm losging. Ein hoher, rhythmischer Pfeifton, der durch die gesamte Station gellte. Türen wurden geöffnet, leise Rufe ertönten, Schritte hasteten über den Flur.

Zwei Sekunden später war Bolldorf auf dem Gang. Rechts von ihm fiel die große Tür der Intensivstation zischend ins Schloss, links lagen die Patientenzimmer. Gieses Tür stand offen.

Bolldorf war jung. Und er war unerfahren, trotzdem wusste er sofort, dass etwas nicht stimmte. Er rannte los, nach zehn Schritten stand er vor dem Zimmer des Priesters, er sah den Stuhl, auf dem er fast die komplette letzte Woche verbracht hatte, seine umgekippte Thermoskanne lag neben der Tür, eine dunkle Lache hatte sich auf dem Linoleum gebildet.

Drinnen wurden die Rufe lauter.

Er ging hinein.

Es dauerte einen Augenblick, bis sich seine Augen an das Halbdunkel gewöhnt hatten. Drei, vier grün gekleidete Gestalten standen um das Bett, sie wandten ihm den Rücken zu, eine von ihnen musste der Arzt sein, mit leiser Stimme gab er Kommandos, von denen Bolldorf kein Wort verstand.

Er drängte sich ein wenig vor und stellte sich auf die Zehenspitzen. Zwischen den Schultern der Krankenschwestern erkannte er die lang ausgestreckte, leblose Gestalt des Priesters.

Zuerst glaubte er, dass ein Farbeimer umgekippt sei, das Laken war dunkel und nass. Die Geräte glänzten, sie waren feucht und verschmiert, dicke, ölige Tropfen rannen an der weißen Zimmerwand hinab.

Dann kam der Geruch.

Bolldorf wusste jetzt, was das war. Er kannte diesen Gestank. Das waren die Ausdünstungen eines frisch ausgeweideten Tieres. Sein Onkel war Fleischer, als Kind war er einmal dabei gewesen, als ein Schwein geschlachtet wurde. Und das, was sich hier überall im Zimmer verteilt hatte, war keine Farbe.

Das war Blut.

Sein letzter Gedanke war, dass er Hauptkommissar Zorn informieren müsse. Und dass er vergessen hatte, sich nach dem Pinkeln die Hände zu waschen. Dann sackte er ohnmächtig zu Boden.

Er hatte keine Zeit gefunden, seinen Hosenstall zu schließen.

Siebenundzwanzig

Durst.

Der Hund lag dicht an der Wand. Sobald er den Kopf bewegte, spannte die Leine an seinem Hals, er hatte nur ein paar Zentimeter Bewegungsfreiheit. Seit zwei Tagen hatte er nicht getrunken. Dieses Gefühl war ihm neu. Früher, als er noch in Freiheit gewesen war, hatte er immer etwas gefunden, eine Pfütze, eine Regentonne oder etwas Wasser aus dem Fluss.

Das Heizungsrohr war undicht, hier war anfangs ein wenig Flüssigkeit gewesen, ein paar rostige, brackige Tropfen, die unten am Verbindungsstück zum Heizkörper hingen. Darunter hatte sich ein kleiner Wasserfleck gebildet, doch auch der war schon längst ausgetrocknet.

Er drehte den Kopf und fuhr mit der Zunge über die Stelle. Zwecklos, da waren nur noch staubige Dielen.

Der Hund hatte kein Zeitgefühl, er spürte nur, wie er langsam austrocknete, und wusste nicht, dass der Mensch seit ein paar Stunden wieder verschwunden war. Kurz darauf hatte das Bündel unter der Plane sich bewegt, seitdem war von der Matratze her ein Geräusch zu hören, als würde Metall auf Metall schleifen.

Das interessierte den Hund nicht. Er musste trinken.

Plötzlich richtete er sich auf, spitzte die Ohren und lauschte.

Auch unter der Plane wurde es still.

Von draußen näherten sich Schritte.

Der Mensch kam zurück.

*

»Jetzt erklären Sie mir noch einmal genau, was Sie gesehen haben, Bolldorf.«

Claudius Zorn gab sich alle Mühe, ruhig zu bleiben. Der Wachtmeister war nur kurz ohnmächtig gewesen, dann hatte man ihn ins Schwesternzimmer gebracht. Draußen rannten die Beamten über den Flur, sie hatten das Krankenhaus absperren lassen, Schröder war unterwegs und suchte nach Zeugen.

Zorn lehnte neben der Tür, eine unangezündete Zigarette in der Hand, Bolldorf saß kleinlaut auf dem Rand einer Pritsche und knetete die Hände im Schoß.

»Ich weiß es nicht«, murmelte er. »Ich war auf dem Klo, als plötzlich der Alarm losging. Mein Gott«, rief er, als habe Zorn etwas gesagt, »es ist doch völlig normal, dass man irgendwann mal pinkeln muss, wenn man den ganzen Tag rumsitzt!«

»Niemand macht Ihnen einen Vorwurf. Genauer gesagt, *ich* mache Ihnen keinen Vorwurf, was andere später dazu sagen, ist mir momentan völlig egal. Und es geht mir am Arsch vorbei, ob Sie eine Dienstvorschrift verletzt haben oder nicht, Bolldorf. Was passiert ist, ist passiert, jetzt geht es darum, herauszufinden, was hier los war.«

»Ist er tot?«

»Ja.«

Bolldorf schluckte. »Das ist meine Schuld.«

Nee, meine, dachte Zorn. Ich war es, der Giese vom Turm geworfen hat, ohne mich wäre er nie hier auf der Intensivstation gelandet. Aber jammere ich? Das tu ich nicht, stattdessen steh ich hier und spiel den harten Hund.

Die Tür öffnete sich, ein untersetzter Pfleger steckte den Kopf herein.

»Scheiße verdammt nochmal, raus hier!«, brüllte Zorn.

Die Tür schloss sich, er wandte sich wieder an Bolldorf, der auf der Pritsche hockte wie ein begossener Pudel. »Wir haben keine Zeit zu verlieren, also konzentrieren Sie sich gefälligst. Was war, bevor Sie auf Toilette gegangen sind?«

»Da war diese Krankenschwester, sie …«

»Das haben wir oft genug durchgekaut. Die Schwester ging in Gieses Zimmer, Sie sind aufs Klo. Wie viel Zeit ist vergangen, bis der Alarm losging?«

»Dreißig Sekunden, eine Minute höchstens. Als ich auf den Flur bin, habe ich gesehen, wie die Stationstür zufiel. Das muss die Schwester gewesen sein, sie kann sich also nur ein paar Sekunden im Zimmer aufgehalten haben.«

»Wie sah sie aus?«

»Das hab ich doch auch schon gesagt! Blond und groß.«

»Wie groß?«

»Schwer zu sagen.« Bolldorf runzelte die Stirn. »Ich hab gesessen, da kann man die Größe schlecht schätzen.«

»Augenfarbe?«

Der Wachtmeister dachte nach. Dann schüttelte er den Kopf.

»Ich weiß es nicht, Herr Kommissar.«

Zorn warf die unangezündete Zigarette auf den Boden. »Ich denke, Sie sind Polizist? Wir brauchen eine Beschreibung, Bolldorf! Das komplette Krankenhaus ist abgesperrt, wir suchen nach dieser Frau! Okay, ich bin sicher, dass sie schon längst über alle Berge ist, aber mal abgesehen davon: Haben Sie eine Ahnung, wie viele blonde Krankenschwestern hier rumhüpfen, verdammt?«

Bolldorf lockerte seinen Schlips, es schien, als würde er jeden Moment in Tränen ausbrechen. »Es tut mir leid.«

»Das glaub ich Ihnen. Aber es nützt uns nichts. Anstatt Ihre Nase in ein beschissenes Buch zu stecken, hätten Sie wenigstens ab und zu mal die Augen aufmachen können!«

»Es tut mir …«

»Das weiß ich, Mann! Erzähl mir zur Abwechslung mal was Neues!«

Zu Zorns Überraschung antwortete Bolldorf mit einer Gegenfrage.

»Glauben Sie denn, dass es diese Krankenschwester war?«

»Ja wer denn sonst?« Zorn wurde immer wütender. Unwillkürlich begann er, den jungen Wachtmeister zu duzen. »Das Zimmer war eine Minute unbewacht, nicht länger. Denkst du, der Priester war in dieser Zeit kurz einkaufen, hat sich ein Teppichmesser besorgt und sich damit die eigene Kehle durchgeschnitten?«

Immerhin, die Tatwaffe hatten sie. Das Messer hatte direkt neben dem Bett auf dem Boden gelegen.

Wieder öffnete sich die Tür. Schröder erschien und gab Zorn ein Zeichen, dass er ihn sprechen wolle. Zorn nickte, dann baute er sich mit verschränkten Armen vor dem Wachtmeister auf und sagte etwas ruhiger: »Sie warten hier und denken noch einmal nach. Wenn Sie damit fertig sind, gehen Sie ins Präsidium und fertigen ein Phantombild an. Aber vorher lasse ich alle Krankenschwestern zusammentrommeln, die gucken Sie sich alle an. Viel Spaß dabei.«

Die Tür knallte und zitterte in den Angeln.

*

es entgleitet mir
ich muss die kontrolle behalten, aber das ist schwer,
die kraft verlässt mich
chaoszerstoerungschmerz
alleslöstsichauf
verliere ich den verstand?

*

»Das war keine Krankenschwester, Chef.«

»Was du nicht sagst.«

Sie standen auf dem Flur, die Spurensicherung war abgezogen. Das Zimmer, in dem der Priester gestorben war, hatte man mit rotweißen Bändern abgesperrt. Wachtmeister Bolldorf war längst gegangen, allerdings erst, nachdem er in der Personalabteilung Fotos sämtlicher weiblicher Beschäftigten des Krankenhauses begutachtet hatte. Keine von ihnen war es gewesen. Wenigstens das hatte er mit Sicherheit sagen können.

Zorn trat von einem Bein aufs andere. Er war wütend, er war müde, und er hatte seit über drei Stunden nicht geraucht.

»Hätte dieser Trottel nicht ein bisschen besser aufpassen können?«

»Es bringt nichts, wenn du deinen Frust an dem Jungen auslässt«, sagte Schröder. »Er macht sich selbst genug Vorwürfe.«

»Soll er.«

»Er dachte, es wär eine Krankenschwester, weil sie so aussah. Weil die Frau verkleidet war. Es ist immer dasselbe, Chef: Man sieht das, was man sehen *will.* Deine Augen sehen eine Uniform, dein Hirn sagt dir, dass es ein Soldat ist. Und du glaubst es.«

»Tu mir einen Gefallen Schröder. Verschone mich mit deinen Binsenweisheiten, okay?«

»Wie du meinst.«

»Sag mir lieber, wo sie die Klamotten her hatte.«

»Das wissen wir noch nicht. Das Krankenhaus ist groß, irgendwo wird sie einen unbeobachteten Spind mit einer Schwesterntracht gefunden haben. Das kriegen wir raus. Was den Zeitablauf betrifft«, Schröder kratzte sich am Hals, »haut alles hin. Die Frau brauchte nur ein paar Sekunden, um Giese die Kehle durchzuschneiden. Der Alarm ging sofort los, er springt an, wenn die Geräte etwas Ungewöhnliches messen. Aber als die echten Schwestern angerannt kamen, war die Frau bereits an der Stationstür.«

Zorn dachte an all das Blut.

»Sie muss ausgesehen haben wie ein Metzger.«

»Nicht unbedingt. Sie stand am Kopfende, das Blut ist zum großen

Teil zur Seite gespritzt. Niemand hat in dem Chaos auf sie geachtet, wir haben keinen Zeugen.«

»Außer Bolldorf.«

»Richtig, Chef. Jetzt warten wir auf das Phantombild.«

Schröders Handy klingelte. Er nahm ab, meldete sich und hörte zu.

»Gut«, sagte er dann. »Legen Sie's mir auf den Schreibtisch, ich melde mich.«

»Was ist?« fragte Zorn.

»Das war die Spurensicherung. Sie haben Haare gefunden, blonde Haare. Neben dem Bett und auf dem Flur. Sie stammen von einer Perücke.«

»Dann hat uns die falsche Schwester also ein kleines Andenken dagelassen.«

»Ja«, nickte Schröder. »Nicht viel, aber immerhin etwas.«

Eine Weile standen sie sich schweigend gegenüber. Zorn lehnte an der Wand. Langsam dämmerte ihm, was eigentlich in den letzten Stunden passiert war. Seine Knie wurden weich, er sackte ein Stück nach unten. Schröder trat näher, griff seinen Arm und sah zu ihm auf.

»Die Ärzte sagen, sie hätten alles versucht, Chef. Aber Giese hatte keine Chance.«

Zorn schwieg.

Was sollte er schon sagen?

*

Klappernd fiel die Tür ins Schloss, die Spinnweben an der Decke bewegten sich ein wenig vor, dann wieder zurück, als wären sie von unsichtbaren Fingern gestreift worden.

Der Hund erhob sich auf die Vorderpfoten und sah den Menschen erwartungsvoll an. Dieser würdigte ihn keines Blickes. Einen Augenblick stand er mitten im Raum, schwankte ein wenig, als wäre er betrunken. Der Boden war mit Gerümpel bedeckt, altes, verrostetes Werkzeug lag herum, eine Tüte mit Schrauben war ausgekippt, in der Ecke lehnte ein zerbeulter Spaten. Er schob mit dem Fuß ein paar Latten beiseite und blickte hinab auf die Gestalt unter der Plane. Sie bewegte sich nicht.

»Du stinkst. Hast du eingepinkelt?«

Er trug Jeans und einen schwarzen Kapuzenpullover, sein Gesicht blieb im Halbschatten verborgen. In der Hand hielt er einen hellen Leinenbeutel.

Neben der Tür lehnte ein alter, verzogener Holztisch. Putz war von der Decke gefallen und hatte sich überall auf der Tischplatte verteilt. Der Mensch stellte den Beutel ab und holte eine Flasche hervor. Mineralwasser.

Es zischte leise, als sie geöffnet wurde.

Der Hund kannte dieses Geräusch. Er zerrte an seinem Halsband und begann zu winseln.

»Spar deine Kraft«, sagte der Mensch, ohne den Hund anzusehen. »Du wirst sie noch brauchen. Bald.«

Dann trank er. Als er die Flasche absetzte, war sie zur Hälfte leer.

Er rülpste leise, wischte sich den Mund ab und trat sacht gegen die Matratze.

»Lebst du noch?«

Keine Reaktion. Die Plane gab ein leises Knistern von sich.

»Ich hab dich was gefragt.«

Er bückte sich. Mit einem Ruck riss er die Plane beiseite. Staub wirbelte auf und verteilte sich in der engen Kammer. Der Hund wich erschrocken zurück.

Die Gestalt lag auf dem Rücken, die Hände hielt sie über den Kopf ausgestreckt. Hinter ihr ragte ein Rohr aus der Wand, sie war mit Handschellen daran gefesselt.

Er hockte sich neben sie.

Ihre Augen waren unnatürlich weit aufgerissen, sie waren gerötet und trübe, ein dünner Schleier lag über den Pupillen. Die Augenlider waren hochgeklappt, er hatte sie mit durchsichtigem Klebeband fixiert, das in zwei schmalen, senkrechten Streifen über den Augenbrauen bis zum Haaransatz verlief. So fest, dass sie unfähig war, zu zwinkern oder die Augen zu schließen.

In den Mund hatte er ihr einen Lappen gestopft und mit einem alten Handtuch befestigt, das er ihr im Nacken verknotet hatte. Ihr Gesicht war schmutzig, das Haar klebte in wirren Strähnen an der Stirn. Rotz lief ihr aus der Nase, unter dem linken Auge hatte sich ein dicker Bluterguss gebildet.

Er strich ihr mit dem Handrücken über die Wange.

»Hast du mich vermisst?«

Martha Haubold stöhnte leise und wandte den Kopf ab.

*

Zorn hatte den Volvo in einer Nebenstraße kurz vor dem Bahnhof geparkt. Eigentlich war er auf dem Rückweg vom Krankenhaus ins Präsidium gewesen, doch der Gedanke an die Menschen, denen er dort über den Weg laufen würde, ließ ihm übel werden. Er konnte jetzt niemanden sehen.

Der Tod des Priesters hatte Claudius Zorn mehr mitgenommen, als er erwartet hätte. Sicherlich, so, wie es jetzt aussah, trug er nach logischem Ermessen keine Schuld. Auf dem Aussichtsturm war ihm keine Zeit zum Nachdenken geblieben, er hatte blitzschnell reagieren müssen. Seine Entscheidung war gegen den Priester und für Max Brandt gefallen, und damit, das glaubte er auch jetzt noch, hatte er in diesem Moment recht gehabt. Daran gab es nichts zu rütteln. Punkt.

Natürlich, er hatte gezweifelt, das schlechte Gewissen hatte ihn geplagt, aber er war sicher gewesen: Im Laufe der Ermittlungen würde sich herausstellen, dass er, Zorn, richtig gehandelt hatte. Und es hatte ja die Hoffnung bestanden, dass Giese überleben würde.

Doch das Gegenteil war der Fall. Jetzt, eine knappe Woche später, war der Priester tot. Es gab nicht den Hauch eines Motivs und die Zusammenhänge lagen noch immer völlig im Dunkeln. Mehr noch, je mehr sie herausfanden, desto verworrener wurde alles.

Zorn fühlte sich schuldig. Er hatte sich planlos durch die Ermittlungen gewühlt, lustlos, ohne großes Interesse, er hatte in diesem Fall herumgestochert wie in einem Teller zerkochter Spaghetti. Der Gedanke, dass er vielleicht doch vorschnell gehandelt hatte, dass er Gieses Tod hätte verhindern können, wenn er besser vorbereitet gewesen wäre, brachte Zorn schier zur Verzweiflung. Es gab da etwas, das er bisher nicht gesehen hatte. Entweder aus Dummheit oder aus Faulheit, er wusste es nicht genau.

Sein Job war ihm nie wichtig gewesen, die letzten zwanzig Jahre hatte er immer nur mit halber Kraft gearbeitet. Er hatte sich zwar gelangweilt, aber mit seiner Trägheit wenigstens keinen großen Schaden angerichtet. Aber jetzt? Nun hatte er womöglich einen Menschen auf dem Gewissen. Was hatte Schröder gesagt?

Der Priester hatte keine Chance.

Nein, die hatte er wohl nicht, überlegte Zorn und startete den Motor. Spätestens dann nicht mehr, als ich ihn gestoßen habe. Er war unschuldig, da bin ich sicher. Ich bin für den Tod eines Menschen verantwortlich. Ich allein.

Scheiße. Es hilft nichts, ich muss rausfinden, was passiert ist.

Er legte den Gang ein und fuhr los.

Achtundzwanzig

»Ich bin müde.«

Sie dreht den Kopf nach rechts, in die Richtung, aus der sie seine Stimme hört. Er spricht leise, und es klingt, als habe er wirklich Mühe, sich wach zu halten. Ihre Augen sind weit aufgerissen, doch sehen kann sie ihn nicht, nur ein paar helle, verzerrte Punkte. Als hätte sie Milchglas vor den Pupillen.

Anfangs war es schlimm: Da war der unbändige Drang, die Augen zu schließen oder wenigstens kurz zwinkern zu können. Dazu kam das Wissen, dass das Klebeband dies verhinderte. Jetzt, Stunden, vielleicht Tage später, ist es anders. Das Jucken hat schon lange aufgehört, ihre Augen sind tot, ausgetrocknet und nutzlos, wie verdorrte Äpfel.

Sie hört das Rascheln seiner Kleidung, als er das Gewicht von einem Bein aufs andere verlagert.

»Es wird bestimmt bald regnen. Wird auch langsam Zeit, oder?«

Ein Knall peitscht durch die verlassene Laube. Sie zuckt zusammen. Ein Fensterladen hat sich gelöst und schlägt von außen gegen den verwitterten Rahmen.

»Das ist nur der Wind, mach dir keine Sorgen.«

Seine Stimme dicht an ihrem Ohr. Leise, tröstend.

Sie bekommt kaum Luft, der Lappen in ihrem Mund stinkt nach alter Farbe und Verdünnung. Der Durst ist schlimmer als die Schmerzen in den Handgelenken, schlimmer als das Gefühl, dass ihre Augen langsam absterben.

»Ich bin verdammt müde«, wiederholt er. Es klingt, als unterdrücke er ein Gähnen. »Ich muss mich ein wenig zu dir legen. Du hast doch nichts dagegen?«

Sie spürt sein Gewicht neben sich. Versucht, so weit wie möglich von ihm abzurücken, doch die Fesseln an den Händen lassen ihr keinen Raum.

»Hab dich nicht so.«

Jetzt scheint er verärgert. Sie entspannt sich ein wenig, er rückt dicht an sie heran und legt einen Arm über ihre Hüfte. Der Hund jault auf, zerrt an der Leine, seine Krallen klicken auf den Dielen.

Die Matratze neben ihr bewegt sich.

»Halts Maul«, sagt er und richtet sich auf.

Sie beginnt zu zittern, ihre Beine trommeln auf und ab.

»Dich meine ich nicht.«

Wieder streicht seine Hand über ihre Wange. Sein Mund ist dicht an ihrem Ohr, sie spürt seinen Atem am Hals.

»Wir haben noch ein paar Stunden Zeit«, flüstert er. »Lass uns ein wenig ausruhen. Du bist doch bestimmt auch müde, oder?«

Sie nickt. Was soll sie auch anderes tun? Sie will überleben, und sie hat einen Plan. Es ist schmerzhaft, o ja, das ist es. Aber mit Schmerzen kennt sie sich mittlerweile aus. Es kann funktionieren.

Er darf nur nichts davon merken.

*

Der dicke Schröder saß vor dem Computer und schrieb eine E-Mail. Die Bürotür stand halb offen, draußen, auf dem Gang, herrschte

Hochbetrieb. Irgendwo nebenan ertönte die Titelmelodie der Tagesschau. Es war acht Uhr, trotzdem wurde im Präsidium unter Hochdruck gearbeitet.

Schröder starrte konzentriert auf den Monitor, seine Finger flitzten über die Tastatur. Die linke Hand war noch immer gerötet, die Brandblasen vernarbten langsam, nur am Daumen glänzte ein nässender, hässlicher Fleck.

Das Fenster hinter ihm war geschlossen. Draußen zogen schwere bleifarbene Wolken über den Himmel, es war schwül, die große Kastanie auf dem Parkplatz bewegte sich träge im heißen Wind.

Er schickte die Mail ab und fuhr den Rechner herunter. Der Monitor wurde schwarz, auch im Zimmer herrschte plötzlich ein diffuses Halbdunkel. Schröder stand auf und schaltete das Licht ein. Flackernd erwachte die Neonröhre zum Leben.

Er kniff die Augen zusammen.

»Zu hell«, murmelte er, machte das Licht wieder aus und schloss die Tür.

Plötzlich war es ruhig im Zimmer.

Er öffnete den Aktenschrank neben dem Nigel-Kennedy-Plakat. Im obersten Fach schob er ein paar Ordner beiseite, stellte sich auf die Zehenspitzen und griff hinein. Zum Vorschein kam eine durchsichtige Plastikflasche. Sie war unbeschriftet, er schüttelte sie kurz, schraubte sie auf und ließ ein paar Tabletten in die geöffnete Handfläche fallen.

Vorsichtig nahm er eine der Pillen zwischen Daumen und Zeigefinger. Sie war hellgrün, in der Mitte eingekerbt. Ein paar Sekunden stand er unentschlossen da.

Das leise Surren des Telefons riss ihn aus seinen Gedanken.

»Sagen Sie Bolldorf, dass er sich zusammenreißen soll«, sagte er, nachdem er eine Weile zugehört hatte. »Wir brauchen ein Phantombild. Der Mann geht erst nach Hause, wenn er etwas Brauchbares abgeliefert hat. Und wenn es die ganze Nacht dauert.«

Schröder legte auf. Die Tablette hielt er noch immer in der Hand. Er musterte sie eingehend, langsam fuhr sein Fingernagel über die glänzende Oberfläche. Seine Wangenmuskeln strafften sich unter der blassen Haut.

»Ich brauch das Zeug nicht«, murmelte er leise.

Ging zum Schrank, holte die Flasche hervor und warf sie in den Papierkorb.

*

Er schläft. Fest und tief, wie ein Kind.

Und er sabbert, so dicht liegt er neben ihr, dass sein Speichel auf ihre Wange tropft und am Hals hinunterläuft. Ab und zu murmelt er im Schlaf, unverständliches Zeug, Worte, die sie nicht verstehen kann. Und auch nicht will.

Sie starrt zur Decke, mit leeren, blicklosen Augen. Bewegt die linke Hand, hin und her, so, wie sie es seit Stunden getan hat.

Das Rohrstück hinter ihr ist fest, sie hat schnell gemerkt, dass sie es nicht lockern kann. Es kommt aus dem Boden, macht nach einem halben Meter einen Knick und verschwindet dann in der Wand, wahrscheinlich ist es eingemauert. Die Handschelle ist dahinter durchgefädelt, sie lässt sich ebenfalls nicht lösen, das Metall ist unnachgiebig hart.

Bleibt nur ihr Fleisch. Es ist weich.

Das Handgelenk ist aufgescheuert, die Haut hängt in Fetzen herab. Die Sehnen liegen bereits frei, Blut läuft an ihrem Unterarm hinab und tropft hinter ihr auf den Fußboden. Schwarzes, pulsierendes Blut, es wirkt wie Schmierseife. Irgendwann wird das Gelenk durch die Fessel passen. Sie dreht die Hand, knickt den Daumen nach innen. Das Metall fräst sich ins Fleisch. Tiefer, immer tiefer, bis auf die Knochen.

Sie arbeitet langsam. Jede Drehung verdoppelt den Schmerz, sie konzentriert sich darauf. Es tut weh, doch sie genießt es. Solange sie etwas spürt, ist sie am Leben. Sie muss nur die Hand freibekommen, nichts ist jetzt wichtiger.

Es klirrt leise, die Handschelle schabt über das Rohr.

Die Matratze bewegt sich. Er zuckt im Schlaf, sagt etwas. Diesmal ist es deutlicher zu verstehen. Es klingt wie *Happy Birthday.*

Der Hund hebt den Kopf. Martha Haubold hält den Atem an. Jetzt muss sie vorsichtig sein, ein Glück, dass er bisher nicht auf ihre Hände geachtet hat. Sie wird nicht verrecken wie ein Tier. Nein, sie wird sich wehren, es darf nur nicht mehr allzu lange dauern, sonst verblutet sie.

Zuerst wird sie ihn töten. Danach das Klebeband von den Augen reißen und wenn das getan ist, kann sie endlich trinken. Ja. So wird sie es machen.

Genau in dieser Reihenfolge.

*

»So hat sie ausgesehen. Genau so.« Wachtmeister Bolldorf starrte aufgeregt auf den Monitor. »Die Augenbrauen könnten vielleicht ein wenig dünner, aber ansonsten stimmt alles.«

Der dicke Beamte drückte eine Tastenkombination.

»Besser?«, fragte er und trank einen Schluck Kaffee.

»Viel besser.« Bolldorf sprang auf. »Ich hätte nicht gedacht, dass ich mich so gut erinnere, aber ja. Das ist sie, eindeutig.«

»Dann«, nickte der dicke Beamte, »wollen wir die Dame mal ausdrucken.«

*

Jetzt kann es nicht mehr lange dauern. Vorsichtig erhöht sie den Druck, dreht die Hand erst nach links, dann nach rechts. Der Schmerz wird schlimmer, ihre Zähne verbeißen sich im Knebel, jetzt wird ihr schlecht. Das muss am Blutverlust liegen, sie hat keine Ahnung, wie viel genau sie verloren hat, aber es muss eine Menge sein.

Sie verschnauft ein paar Sekunden, dann macht sie weiter. Die Handschelle ist schon auf Höhe des Daumens, das ist die dickste Stelle, das Eisen hat sich tief in das Fleisch gegraben.

Ein kurzer Ruck.

Das Metall schabt über den blanken Knochen.

Noch ein Ruck – sie ist frei.

Die Fessel baumelt lose am linken Unterarm. Sie hält den Atem an und lauscht. Er liegt reglos neben ihr, noch immer scheint er tief zu schlafen.

Langsam, ganz langsam lässt sie erst den rechten, dann den linken Arm sinken, er ist bis unter die Achsel nass vom Blut, die Hand hängt schräg am Gelenk, steif, ein nutzloser Klumpen. Das macht nichts, sie hat noch die andere, die gesunde.

Sie tastet über ihr Gesicht, sie muss den Knebel lösen, sie braucht Luft. Dann wird sie das Klebeband abmachen, kurz die Augen schließen, nur ein paarmal zwinkern, vielleicht kann sie dann wieder etwas sehen.

Es geht nicht, die Finger zittern zu sehr, finden keinen Halt, sie sind taub, abgestorben, es dauert zu lange.

Egal, darum kann sie sich später kümmern. Wenn sie ihn getötet hat.

Sie braucht eine Waffe. In der Laube liegt überall Werkzeug herum, sie erinnert sich, dass sie eine Rohrzange gesehen hat, sie muss irgendwo in der Nähe sein. Ihre linke Hand wandert neben die Matratze, die Handschelle hängt noch am Arm, es klappert leise, als sie über die Dielen schleift.

Die Nacht ist vollständig hereingebrochen. Draußen, auf dem Weg, steht eine einzelne Laterne, etwas Licht fällt durch das Fenster herein.

Sie liegt auf dem Rücken, vorsichtig tastet sie über den Boden, spürt die rissigen Dielen, Nägel stehen hervor, dann das Tischbein, daneben liegt etwas Weiches, ein Kissen. Ihre Finger wandern weiter, da ist nichts. Panik steigt in ihr auf, sie kämpft dagegen an, zwingt sich, ruhig und gleichmäßig zu atmen. Schließlich stößt sie auf etwas Hartes.

Ihre Finger schließen sich um einen Griff. Kühles, festes Metall.

Endlich, die Rohrzange.

Sie ist groß, mindestens einen halben Meter lang. Ursprünglich muss sie einmal blau gewesen sein, die Farbe ist abgesplittert, Rost blüht auf der Oberfläche. Das alles sieht Martha nicht, sie ist fast blind. Doch sie fühlt das Gewicht, als sie die Zange zu sich heranzieht und vorsichtig anhebt.

Und sie spürt den Arm auf ihrer Hüfte, die Wärme des Körpers, der sich eng an sie geschmiegt hat.

Ein irrsinniges, absurdes Bild entsteht in ihrem Kopf, sie weiß nicht, warum, aber plötzlich muss sie an ein Buch denken: *Der Glöckner von Notre Dame*, sie hat es vor kurzem gelesen. Zum Schluss wird Esmeralda, die schöne Zigeunerin, hingerichtet und in eine Gruft gebracht. Jahre später werden ihre Gebeine gefunden, doch sie ist nicht allein. Der traurige, hässliche Glöckner ist zu ihr hinabgestiegen. Man findet sein Skelett, er hat sie umarmt, bevor er gestorben ist. *Als man es von dem Skelette, welches es umfasst hielt, losmachen wollte, zerfiel es zu Staub.*

Sie hat geweint, als sie das gelesen hat.

Doch jetzt ist es anders.

Der, der da neben ihr liegt und sie im Arm hält, ist kein gutmütiger Idiot, er ist ein Monster. Und sie, Martha, ist nicht tot. Nein, sie wird überleben.

Sie dreht sich behutsam auf die Seite, wendet ihm das Gesicht zu. Ihr Arm ist seitlich ausgestreckt, die Zange liegt schwer in ihrer Hand. Sie hat jetzt wieder Gefühl in den Fingern, sie kribbeln, aber sie halten den gebogenen Griff fest umklammert.

Ihr Herz flattert. Sie hat nur einen Versuch.

*

Die Tür öffnete sich, ein uniformierter Beamter erschien, in der Hand hielt er ein DIN-A4-Blatt. »Ich soll Ihnen das Phantombild bringen, Herr Hauptkommissar.«

Schröder stand mit dem Rücken zur Tür und sah aus dem Fenster. »Legen Sie's mir auf den Tisch, bitte«, sagte er, ohne sich umzudrehen. »Ach, und seien Sie bitte so gut und machen das Licht an, ja?«

Der Lichtschalter klickte, es wurde hell, die Tür wurde lautlos geschlossen. Schröder wandte sich um und ging zum Schreibtisch.

»Das ging aber fix«, murmelte er und nahm das Blatt.

Zwei Sekunden später stürmte er aus dem Büro.

*

Sie hebt die Zange. Wenn sie ihn an der Schläfe trifft, müsste er sofort tot sein. Er schnarcht leise, sie spürt seinen säuerlichen Atem. Draußen, vor dem Fenster, ist Flügelschlagen zu hören, ein großer

Vogel landet irgendwo in einem Baum in der Nähe. Sie hört ihn krächzen.

Einmal. Zweimal. Dreimal.

Jetzt.

Dann bellt der Hund.

Kurz und scharf. Es klingt wie ein Donnerschlag.

Die Zange fällt polternd zu Boden.

*

ich schlafe

jetzt ist alles gut, es könnte ewig so weitergehen, ich muss an nichts denken, alles, was ich will, ist ruhe, ich bin müde, so müde, aber jetzt bin ich glücklich, sie liegt neben mir und …

*

Er hat sich aufgerichtet und sieht sich verschlafen um. Es dauert einen Moment, bis er zu sich kommt, dann bemerkt er, dass sie nicht mehr gefesselt ist.

»Wie hast du das denn geschafft?«

Das klingt verwundert, auch ein wenig anerkennend.

»Ich hätte dich doch losgemacht.« Er überlegt eine Weile. »Das glaube ich zumindest. Ich bin ein bisschen durcheinander, aber ich denke, dass ich das vorhatte.«

Er streicht ihr das Haar aus dem Gesicht. Seine Finger sind angenehm kühl, sie wandern über ihre Stirn, tasten nach dem Klebeband.

»Du siehst aus wie ein Zombie«, sagt er und lacht leise. »War ich das? Es ist eklig, wenn man die Augen nicht zumachen kann, oder?« Dann wird er wieder ernst. »Aber jetzt kannst du nicht mehr weggucken. Und du kannst nicht mehr so tun, als ob ich Luft für dich wäre. Du musst mich ansehen, ob du willst oder nicht.«

Sie hört ihm nicht zu. Das wenige Blut, das sie noch hat, rauscht in den Ohren, in ihrem Kopf ist nichts als schwarze, gähnende Leere. Sie hat keine Hoffnung mehr.

Er sieht auf seine Uhr, das Leuchten der giftgrünen Zeiger spiegelt sich in ihren aufgerissenen, toten Augen.

»Es sind noch über zwei Stunden Zeit«, sagt er. »Mitternacht muss ich noch einmal los. Nur kurz, dann hol ich dich, okay? Bis dahin schlaf ich noch ein bisschen.« Er lässt sich zurücksinken, fährt aber sofort wieder auf. »Aber was mach ich, wenn du abhaust? Du bist ja nicht mehr gefesselt. Kann ich dir vertrauen? Was sagst du?«

Er hält sein Ohr dicht an ihren geknebelten Mund.

»Ich versteh dich nicht.«

Sie versucht zu nicken.

»Du musst lauter sprechen.«

Er tut, als würde er lauschen. Als sie nicht antwortet, kratzt er sich nachdenklich am Kopf. »Ich muss sicher sein, dass du hierbleibst.«

Er sieht sich suchend um.

»Ich hab nichts da, womit ich dich fesseln kann.«

Sein Blick fällt auf die Rohrzange, Nägel und Schrauben liegen daneben. Er steht auf, geht um die Matratze. Plötzlich hat er die Zange in der Hand. »Ich muss sicher sein«, wiederholt er.

Ihre linke, verletzte Hand liegt auf den Dielen, mit dem Handrücken nach oben. Sie ist dunkel vom getrockneten Blut, als würde sie in einem Handschuh stecken. Er steht neben ihr, tritt mit dem Fuß auf ihren Unterarm, kurz hinter dem Gelenk. Nur leicht, er will ihr nicht weh tun. Sie soll die Hand nicht wegziehen können.

Dann bückt er sich.

Sie spürt ein leichtes Piksen.

Es stammt von einem Nagel. Er ist groß, ein wenig verbogen, mindestens fünfzehn Zentimeter lang.

»Ein Hammer wär besser, aber es geht auch so.«

Die Zange saust herab.

Der erste Hieb treibt den Nagel durch die Hand.

»Aller guten Dinge sind drei«, murmelt er.

Der letzte Schlag wäre nicht mehr nötig gewesen.

Schon beim zweiten steckt der Nagel tief im Holz.

*

Zorn schrak zusammen, als Schröder wie ein Kugelblitz in sein Büro gerast kam.

»Was ist?«, fragte er und schob einen Papierstapel beiseite.

Schröder stand schweratmend in der Tür.

»Die Krankenschwester war falsch, Chef.«

»So weit war ich auch schon.«

»Das war überhaupt keine Schwester.«

»Was?«

Statt einer Antwort hielt Schröder das Blatt am ausgestreckten Arm in die Höhe. Langsam kam er näher, Zorn kniff die kurzsichtigen Augen zusammen.

»Würdest du mir bitte erklären, was …«

Er verstummte.

Dann riss er Schröder das Blatt aus der Hand. Drei, vier Sekunden starrte er es ungläubig an. Ein grobes, maskenartiges Gesicht, kaum Einzelheiten, doch die Person, die da dargestellt wurde, war eindeutig zu erkennen.

Zorns Blick wanderte wieder zu Schröder.

»Willst du mich verarschen? Weißt du, was das bedeutet?«

»Wie ich schon sagte, Chef. Es war keine Schwester.«

»Nein«, murmelte Zorn. »Das war ein Bruder.«

Das Gesicht auf dem Phantombild gehörte Max Brandt.

Neunundzwanzig

»Du musst mich verstehen, Martha. Wir beide sind die Einzigen, die jetzt noch übrig sind. Ich kann einfach nicht zulassen, dass du abhaust.«

Max Brandt hat ihr den Rücken zugewandt und sitzt auf dem Rand der Matratze. Sie hört ihm nicht zu. Nicht etwa, weil das, was er zu sagen hat, sie nicht interessieren würde. Sie ist einfach nicht dazu in der Lage.

Martha Haubold liegt im Sterben.

»Weißt du«, sagt er und es klingt fast ein wenig schüchtern, »ich hab das ja nicht getan, weil es mir Spaß gemacht hat. Ich wollte dir helfen. Nein, ich wollte *uns* helfen. Die anderen haben gestört, sie waren einfach nur im Weg. Was hätte ich denn machen sollen?«

Die letzten Worte hat er gerufen, sie hallen von den Wänden der engen Laube wider. Der Hund richtet sich kurz auf, legt sich dann wieder hin.

»Alle anderen hast du gefickt, mich nicht«, fährt er leise fort. »Du wolltest nie was mit mir zu tun haben, erst hab ich gedacht, dass ich dir nicht gut genug bin, aber irgendwann hab ich's kapiert. Du hast mich einfach nicht gesehen, stimmt's? Du hast gar nicht gemerkt, dass ich existiere, ich war Luft für dich.«

Er überlegt einen Moment.

»Ich mach dir keinen Vorwurf, du kannst nichts dafür. Die anderen haben dich abgelenkt.«

Ihr Zeigefinger zuckt. Der Nagel ragt ein paar Zentimeter aus dem Handrücken hervor, der Blutfleck neben ihr wird langsam größer. Max bemerkt es nicht, er starrt beim Reden gedankenverloren auf seine Hände.

»Wir beide sind was Besonderes. Es wird eine Weile dauern, bis du das kapiert hast, aber irgendwann wirst du's verstehen. Björn war ein Spinner, er hat nie begriffen, wer du wirklich bist. Vögeln wollte er dich, mehr nicht. Das war ihm wichtig, und sein bescheuertes Rennrad.« Max kichert leise. »Du hättest sehen sollen, wie er an dem Draht gezappelt hat, Martha. Er hing da drin wie eine dieser albernen Figuren von der Augsburger Puppenkiste.«

Die Blutlache nähert sich seinem Fuß, er rückt ein wenig beiseite.

»Was Udo betrifft: Ehrlich gesagt, hab ich nie kapiert, was du von ihm wolltest. Das geht mir irgendwie nicht in den Kopf, er war doch nun wirklich nicht der Hellste. War's sein Schwanz? War der besonders groß oder so?« Er wartet einen Moment, dann dreht er sich zu ihr um. »Ich dachte immer, Frauen legen da keinen Wert drauf. Oder irre ich mich?«

Sein Gesicht schwebt blass im Dämmerlicht. Die Lippen leuchten unnatürlich rot, er hat sich noch immer nicht abgeschminkt.

»Oh, du kannst ja gar nicht reden.« Es scheint, als würde er erst jetzt bemerken, dass sie geknebelt ist. Mit einem Ruck reißt er das Handtuch von ihrem Mund und entfernt den Lappen. »Irgendwie eklig«, murmelt er und wirft das Tuch beiseite.

Sie atmet tief ein. Es klingt, als würde eine Luftmatratze aufgepumpt.

Er beugt sich über sie, dabei stützt er sich mit den Händen zu beiden Seiten ihres Kopfs ab. »Das brauchen wir auch nicht mehr, oder?« Behutsam beginnt er, das Klebeband an ihrer Stirn zu lösen.

Martha liegt reglos unter ihm, als wäre sie aus Plastik. Nur ihre Brust hebt und senkt sich ein wenig, ein Zeichen, dass sie noch am Leben ist.

»Eigentlich«, sagt er und reißt das erste Pflaster ab, »war Udo ganz okay. Ich hab ihm sogar Musik vorgespielt, die Bloodhound Gang. Scheißmusik, aber er hat total drauf gestanden. Entschuldige, das ziept bestimmt ein bisschen.«

RATSCH!

Das zweite Klebeband ist ab.

Sie versucht zu zwinkern. Es gelingt ihr nicht, die Augen sind völlig verklebt. Die Hornhaut ist trübe, milchigweiß, Adern sind geplatzt, in den Augenwinkeln haben sich eitrige Geschwüre gebildet.

»Burn motherfucker, burn«, singt Max leise. »Das fand ich passend. Udo hat's bestimmt nicht kapiert, blöd, wie er war.«

Er richtet sich auf und hockt sich im Schneidersitz neben sie.

»Besser?«, fragt er.

Keine Reaktion.

»Ich verstehe ja, dass du sauer bist. Aber du musst jetzt nicht die beleidigte Leberwurst spielen.«

Martha liegt weiter still da. Ihre Hand zuckt. Kurz, den Bruchteil einer Sekunde nur, wie eine aufgespießte Spinne im Todeskampf.

»Mit Eric war es anders.«

Sie atmet scharf ein.

Max schlägt sich an die Stirn. »Ach, ich Blödmann, das weißt du ja noch gar nicht. Eric ist auch tot.«

Sie verkrampft sich, als hätte sie einen Tritt in den Magen bekommen. Dann stößt sie ein hohes, klagendes Wimmern aus.

»Weißt du, es war total einfach. Ich hab dein Handy genommen und ihm eine Nachricht geschickt, hab geschrieben, dass er auf die Burg kommen soll. Er hat gedacht, du würdest dort auf ihn warten. Eigentlich hatte ich gar keinen Plan, aber er war so nett und hat sich direkt an die Mauer gestellt. Ich musste ihm nur einen kleinen Stoß geben, der Rest ging von allein.«

Sie öffnet den Mund, als wolle sie etwas sagen. Ihre Lippen sind aufgesprungen und rissig. Der Laut, den sie ausstößt, klingt, als würde eine alte Schublade geöffnet.

»Er war dein Bruder, klar, aber er war ein Arsch«, sagt Max trotzig. »Er hat mich nie ernst genommen. Ich hab ihm erzählt, dass ich dich mag. Weißt du, was er gemacht hat? Er hat mich ausgelacht, dieses Dreckschwein. Er hat gesagt, dass du dich niemals mit mir abgeben würdest. Dass ich eine verdammte Schwuchtel wäre! Kannst du dir das vorstellen? Ich und eine Schwuchtel?«

Max spuckt auf den Boden, dann wischt er sich mit dem Handrücken über den Mund. Der Lippenstift verteilt sich über sein Gesicht. Er überlegt einen Moment.

»Hast du mit Eric eigentlich auch gevögelt?«

Sie bewegt den Kopf ein wenig zur Seite.

»Nein? Und was ist mit diesem Kommissar?« Seine Stimme wird schrill. »Der Typ hat dir gefallen, das weiß ich. Sonst wärst du auch nicht zu ihm gegangen, mitten in der Nacht. Du hast gemerkt, dass du verfolgt wirst, oder? Du hattest Angst, weil du nicht wusstest, wer hinter dir her ist. Na gut, woher solltest du auch wissen, dass ich es war?«

Er hebt eine Schraube vom Boden auf und beginnt sich die Fingernägel zu säubern.

»Zorn hat dich weggeschickt, stimmt's?«, fährt er leise fort. »Ich würde dich niemals wegschicken, Martha. Niemals.«

Max hebt die Hand und betrachtet seine Finger. Mit einem Klirren fällt die Schraube zu Boden. »Ich weiß nicht, vielleicht sollte ich mir diesen Bullen noch vornehmen. Er hat dir nicht geholfen. Findest du nicht, dass er bestraft werden muss?«

Draußen, weit entfernt, ist eine Sirene zu hören.

»Mal sehen, vielleicht tu ich's ja noch.« Max schweigt einen Moment, als würde er seinen eigenen Worten nachlauschen. »Es ist gut, dass ich das alles mal erzählen konnte«, sagt er dann. »Ich hab ja niemanden, mit dem ich reden kann. Jeder würde doch denken, ich wäre völlig durchgeknallt. Aber das bin ich nicht!«

Sie versucht, die Augenlider zu senken. Es funktioniert, ein paar Millimeter nur, aber es geht. Es tut fürchterlich weh, als wäre Schleifpapier auf ihren Pupillen.

»Ich bin froh, dass du mich verstehst, Martha. Du bist die Einzige, der ich vertraue. Das warst du schon immer.«

Die Sirene wird lauter, dann ist es wieder still.

»Na ja, ich will dich jetzt nicht weiter nerven.« Dann fällt ihm noch etwas ein: »Dein Handy hab ich in den Fluss geworfen, meins auch. Damit die Bullen uns nicht orten, weißt du? Wir kaufen dir ein neues, wenn das alles vorbei ist.«

Sie bewegt die Lippen. Er hält sein Ohr dicht an ihren Mund.

»Was sagst du?«

»Trinken.«

Ein Hauch, kaum zu verstehen.

Max springt auf. »Scheiße, du hast recht.« Er nimmt die Flasche vom Tisch und lässt ein paar Tropfen in ihren Mund laufen.

»Mehr«, flüstert sie.

*

Später legt er sich wieder zu ihr. Streichelt sie und flüstert ihr ins Ohr, dass er immer noch müde sei, dass er sich noch ein wenig ausruhen müsse. Bald, so sagt er, muss er noch einmal weg. Danach wird er sie holen, und dann wird alles gut. Weil sie jetzt zusammen sind.

Es ist eine Stunde vor Mitternacht.

*

»Hier, Chef. Ich denke, du kannst das brauchen.«

Schröder stellte ein Glas Orangensaft und einen Teller mit Salamibroten auf den Schreibtisch. Zorn griff sofort zu.

»Schnittchen? Ich dachte, die Kantine hätte längst geschlossen?«

Die Brote mussten schon vor Stunden geschmiert worden sein, sie waren trocken, die Wurst wellte sich bereits an den Rändern. Das war ihm egal, er war am Verhungern.

»Der Koch macht Überstunden«, erklärte Schröder.

»Der Gute.«

Zorn leerte sein Glas in einem Zug.

»Ich habe eben mit der Streife telefoniert.« Schröder nahm sich ebenfalls ein Brot. »Sie sagen, dass Max Brandt das Haus seit Stunden nicht verlassen hat.«

»Die sollen reingehen und ihn herbringen, sofort.«

»Das wäre keine gute Idee«, erwiderte Schröder kauend. »Ich habe ein Sonderkommando hingeschickt, wir sollten sichergehen, dass der Vogel nicht vorzeitig ausfliegt. Und wenn er unser Mörder ist, sind zwei Streifenpolizisten einfach nicht genug.«

»Lass uns hinfahren.« Zorn unterdrückte ein Rülpsen und stand auf. »Je schneller wir ihn vernehmen, desto besser.«

Schröder hielt ihn zurück. »Das macht keinen Sinn. Das Kommando wird schon vor Ort sein. Sie haben Anweisung, sofort mit dem Jungen herzukommen.«

Zorn setzte sich kopfschüttelnd wieder hin. »Er hat sich als Krankenschwester verkleidet und den Priester getötet. Bis hierhin leuchtet mir alles ein. Ansonsten habe ich keine Ahnung, was da los ist.«

»Das werden wir bald herausfinden.«

»Wollen wir's hoffen.«

Schröder hielt Zorn den Teller entgegen. »Hier, nimm noch eins. Das wird eine lange Nacht. Und ich fürchte, wir werden kaum zum Schlafen kommen.«

»Lass mal, ich hab genug.« Zorn schob den Teller beiseite.

»Meinst du die Schnittchen oder die Ermittlung, Chef?«

»Beides«, erklärte Zorn. »Ich hab von beidem mehr als genug.«

*

»Sie werden mir diese Tür ersetzen! Wo leben wir denn?«

Peter Brandt, der Bibliothekar, stand im Wohnzimmer. Sein Haar war zerzaust, er trug einen zerknitterten gestreiften Pyjama und schien geschlafen zu haben. Seine Brille lag auf einem Beistelltisch neben dem Sofa, er stierte aus kurzsichtigen Augen umher und versuchte zu begreifen, was da vor sich ging. Sechs, sieben Männer in schwarzer Schutzkleidung umringten ihn, die schussbereiten Waffen im Anschlag.

»Ich verlange eine Erklärung! Was ist hier los?«

»Hier ist niemand!«, kam es gedämpft aus dem Nebenzimmer.

In der Küche war ein Poltern zu hören. »Hier auch nicht!«

»Verdammt nochmal!« Die Stimme des Bibliothekars überschlug sich. »Ihr habt kein Recht, mich mitten in der Nacht zu überfallen wie einen Schwerverbrecher! Ich stehe unter Schock! Und ich werde mir rechtliche Schritte vorbehalten, ja das werde ich!«

Einer der Männer, offensichtlich der Einsatzleiter, trat auf ihn zu und fasste ihn am Arm. »Beruhigen Sie sich bitte.« Das Gesicht des Polizisten war hinter der Schutzbrille nicht zu erkennen. »Hält sich in dieser Wohnung ein Max Brandt auf?«

»Offensichtlich nicht!«, kreischte Herr Brandt. Ein feiner Spuckeregen ergoss sich auf die Brille des Einsatzleiters. »Sonst hättet ihr ihn wohl gefunden, oder? Mein Sohn war heute Nachmittag hier, ich habe mich hingelegt und geschlafen. Das wird doch wohl erlaubt sein! Keine Ahnung, wann er wieder los ist.« Er lachte hysterisch auf. »Was macht ihr jetzt? Wollt ihr mich erschießen?«

Der Polizist antwortete nicht, sondern griff zum Funkgerät.

»Der Gesuchte ist nicht in der Wohnung. Wir ziehen wieder ab.«

Als das Kommando schon längst auf dem Rückweg ins Präsidium war, hallte die Stimme des Bibliothekars noch immer durch die leere Wohnung: »Ich verklage Euch! Alle! Und die Wohnungstür werdet Ihr mir auch ersetzen!«

*

Der Mond scheint durch das Fenster der Laube. Der Hund hockt im Schatten und döst. Die beiden Gestalten auf der Matratze liegen still, ihre Gesichter leuchten im fahlen Licht, sie liegen eng aneinander geschmiegt wie Bruder und Schwester.

»Wir gehen zusammen weg«, flüstert Max. »Irgendwohin, wo uns keiner kennt.«

Marthas Augen sind jetzt geschlossen, man könnte denken, dass sie schläft.

Aber das tut sie nicht.

»Portugal ist schön. Warst du schon mal dort?«

Er dreht sich auf den Rücken, verschränkt die Arme hinter dem Kopf und schaut zur Decke. Seine Augen glänzen.

»Die Menschen da sind total nett, nicht solche Arschlöcher wie hier. Das liegt wahrscheinlich an der Sonne. Wir könnten den ganzen Tag am Strand liegen, du würdest lesen oder Steine sammeln. Ich such mir einen Job, vielleicht als Dolmetscher. Ich muss natürlich noch Portugiesisch lernen, aber das krieg ich hin.« Er dreht sich auf die Seite. Die Matratze schwankt unter seinem Gewicht. »Wär das nicht toll?«

Sie antwortet nicht.

»Du bist immer noch sauer, oder?«

Er greift vorsichtig nach ihrer rechten Hand und hält sie in die Höhe. Die Finger sind unnatürlich verkrampft. Die Handschelle klirrt leise, sie glänzt im Mondlicht.

»Du brauchst Ruhe, Martha. Du musst ein bisschen schlafen.«

Er lässt ihre Hand los, sie fällt schlaff zurück, als gehöre sie zu einer Puppe. Wieder rückt er so nah wie möglich an sie heran. Seine Fingerspitzen tasten vorsichtig über ihr Gesicht, fahren am Hals hinab, bleiben auf ihrer Brust liegen.

Er beginnt zu singen: *Die Blümelein, sie schlafen schon längst im Mondenschein.*

Seine Stimme zittert, er singt hoch, unsicher, wie ein kleines Kind.

Sie nicken mit den Köpfchen auf ihren Stängelein.

Er küsst sie sacht hinters Ohr.

Es rüttelt sich der Blütenbaum, er säuselt wie im Traum.

Martha liegt reglos.

Schlafe, schlafe, schlafe ein mein Kindelein.

*

»Was sind das nur für Idioten!«, schäumte Zorn. »Ich fass es einfach nicht! Die sitzen sich die Ärsche in ihrem Streifenwagen rund und schaukeln sich die Eier, während der Kerl seelenruhig durch den Hinterausgang davonspaziert!«

»Aus dem Fenster«, korrigierte Schröder. »Die Wohnung liegt im ersten Stock, Max Brandt ist wohl nach hinten durch die Küche abgehauen, das Fenster stand offen. Vielleicht hat er sich auch wieder verkleidet. Wenn er als Frau an der Streife vorbeigelaufen ist, wird denen das kaum aufgefallen sein. Im Krankenhaus hat das ja wunderbar geklappt.«

»Diese Penner haben ihm wahrscheinlich noch auf die falschen Titten gestarrt und ihm hinterhergepfiffen! Erzähl mir, was du willst, Schröder. Sie hatten Anweisung, die Wohnung zu überwachen. Und sie haben sich vorführen lassen wie die letzten Anfänger! Wie kannst du da so ruhig bleiben?«

»Weil es keinen Sinn hat, sich weiter aufzuregen.« Schröder zuckte die Achseln. »Der Junge ist verschwunden. Die Streife hatte Order, ihn zu beschützen, und hat versagt.«

»Die sollten ihn nicht nur beschützen, sondern überwachen, verdammt! Sie wussten, dass er *verdächtig* ist!«

»Von mir aus. Das ändert nichts an den Tatsachen, Chef.«

»Du und deine beschissene Logik!«

Zorn wollte sich noch immer nicht beruhigen. Schröder ging zur Tür, im Laufen zog er die Cordhose hoch. »Das ist das Einzige, was wir im Moment haben, Chef«, sagte er und drehte sich noch einmal um. »Was passiert ist, ist passiert. Wir müssen mit den Tatsachen leben und überlegen, wie wir jetzt reagieren.«

»Dann sei so freundlich und sag's mir!«

»Wir stellen die Wohnung auf den Kopf. Vernehmen den Vater. Vielleicht erfahren wir, wo wir Max suchen müssen.«

Zorn dachte nach.

»Okay«, nickte er dann. »Schick die Spurensicherung in die Hütte und nimm dir diesen Bibliothekar zur Brust. Wie spät ist es?«

»Viertel nach elf.«

»Ich glaub, ich fahr bald nach Hause«, sagte Zorn müde. »Heute Nacht wird sowieso nichts mehr passieren.«

Das war ein Irrtum, wie sich bald herausstellen sollte.

*

Sandmännchen kommt geschlichen und guckt durchs Fensterlein.

Seine Stimme dicht an ihrem Ohr, und doch unendlich weit weg.

Ob irgendwo ein Liebchen nicht mag im Bette sein.

Wie durch einen Tunnel, als komme sie aus einer anderen Welt.

Und wo er noch ein Kindchen fand, streut er ins Aug' ihm Sand.

Martha öffnet die Augen.

Schlafe, schlafe, schlaf ein mein Kindelein.

Sie ist wach.

*

»Schröder hier. Entschuldigen Sie den späten Anruf, Frau Staatsanwältin. Ich hoffe, ich störe nicht.«

»Ganz und gar nicht. Was gibt's?«

»Wir brauchen einen Durchsuchungsbefehl.«

»Jetzt? Mitten in der Nacht?«

Es dauerte drei Minuten, bis Schröder die Lage dargelegt hatte. Frieda Borck hörte schweigend zu. »Ich bin in einer halben Stunde im Präsidium«, entschied sie dann. »Stellen Sie schon mal ein Team zusammen. Ich nehme an, Sie übernehmen die Leitung?«

»Allerdings.«

»Die Spurensicherung wird nicht begeistert sein.«

»Das ist hier niemand, Frau Borck. Aber wir müssen schnell handeln.«

»Sie erlauben, dass ich noch kurz unter die Dusche hüpfe?«

»Selbstverständlich«, bestätigte Schröder höflich und legte auf.

*

Peter Brandt zitterte vor Wut. Er fühlte sich ungerecht behandelt, machtlos der Willkür anderer ausgesetzt. Es war wie damals, als er seinen Job als Lehrer verloren hatte. Er konnte sich noch genau an dieses Gefühl erinnern, die Ohnmacht, als er das Kündigungsschreiben der Schulbehörde in den Händen hielt.

Die Hilflosigkeit. Die Angst. Und den Hass.

Schon damals hatte ihm das Trinken geholfen. Zunächst war es Rotwein, erst eine, dann zwei Flaschen täglich. Niemand hatte etwas bemerkt, er war klug genug, immer pünktlich, gewaschen und rasiert zum Dienst in der Bibliothek zu erscheinen. Auch später, als der Rotwein nicht mehr reichte, als er erst zu französischem Wermut und dann zu Wodka überging, war er vorsichtig, nahm Kaugummi und achtete darauf, einen bestimmten Pegel nicht zu überschreiten. Peter Brandt war ein kluger Alkoholiker, der kaum mit anderen Menschen in Berührung kam, und wenn dies doch der Fall war, konnte er wenigstens so tun, als ob er nüchtern wäre. In diesem Punkt war er Profi.

Er hatte sich immer unter Kontrolle gehabt. Bisher jedenfalls.

Der Fernseher lief, irgendeine Talkshow, er setzte sich aufs Sofa und versuchte sich zu konzentrieren. Nach zwei Minuten sprang er auf und schaltete das Gerät ab. Ein Stuhl war umgekippt, das Einsatzkommando hatte ihn einfach liegenlassen. Er hob ihn auf und stellte ihn mit einem Knall in die Ecke.

»Ihr Schweine, das lass ich nicht mit mir machen.«

Er nahm die Brille ab und wischte sich die tränenden Augen. Seine Hände zitterten, er klemmte sie unter die Achseln und begann, im Zimmer auf und ab zu laufen.

»Nein«, flüsterte er, »das lass ich mir nicht gefallen.«

Brandt blieb stehen und überlegte. Es war sinnlos, wenn er sich aufregte, das wusste er selbst. Die alte Standuhr neben dem Fernsehtisch schlug zweimal, es war halb zwölf. Eigentlich hatte er genug getrunken. Die Flasche, die er sich für heute zugeteilt hatte, war leer.

Aber es gab ja einen besonderen Anlass.

»Was soll's«, murmelte der Bibliothekar und ging zur Anbauwand. Er hatte stets vier Flaschen Wodka im Haus, mindestens. Zwei waren im Keller versteckt, zwei standen in einer verspiegelten Minibar, in der er auch seine Gläser aufbewahrte. Die Flaschen standen hinten in der Ecke. Beide waren voll.

Es knirschte, als er den Verschluss aufschraubte.

Der erste Schluck brannte, er liebte das heiße Gefühl, die Wärme, die sich in seinem Magen ausbreitete. Der Bibliothekar stand da, die Flasche in der Linken, die rechte Hand hob er dicht vor die Augen. Das Zittern ließ nach. Gut.

Er betrachtete sein Spiegelbild in der Minibar.

»Es ist zwar noch eine halbe Stunde Zeit, aber …«

Wieder nahm er einen Schluck, dann prostete er sich im Spiegel zu.

»Alles Gute zum Geburtstag.«

Noch ein Schluck. Jetzt war es besser.

Peter Brandt setzte die Flasche an und trank.

Nicht eine Sekunde hatte er an seinen verschwundenen Sohn gedacht.

*

Max fährt erschrocken hoch.

»Mist, ich bin eingeschlafen.«

Er sieht auf die Uhr, dann springt er auf.

»Ich muss los.«

Es raschelt, der Hund ist ebenfalls hochgeschreckt. Max geht zu ihm, macht die Leine los. Das Tier steht schwankend da, sieht mit triefenden Augen zu ihm auf.

»Ich weiß, du hast Durst«, sagt Max. »Aber du musst warten.«

Er geht zu Martha und hockt sich neben sie.

»Es wird nicht lange dauern, versprochen.«

Martha ist wach, aber sie reagiert nicht. Sie hat keine Ahnung, was er vorhat, es ist ihr auch egal. Es sind die Schmerzen, die sie in den Wahnsinn treiben. Mit den Augen ist es etwas besser geworden, jetzt, da sie geschlossen sind. Aber ihre Hand brennt, als würde sie in Flammen stehen.

Sie atmet ein. Und wieder aus.

Er soll denken, dass sie schläft. Dann tut er ihr vielleicht nicht mehr weh.

»Ich wollte dir nichts tun«, sagt Max, als habe er ihre Gedanken erraten. Sein Blick wandert über ihren Körper und fällt dann auf ihren linken Arm, der ausgestreckt neben der Matratze liegt. Die Spitze des Nagels ist kaum zu erkennen. Es blutet nur noch wenig, ein pulsierender, langsam versiegender Strom.

»Ich muss sicher sein, dass du hier bist, wenn ich wiederkomme.«

Max streicht behutsam über den Handrücken, prüft, ob der Nagel festsitzt.

Sie atmet scharf ein.

Es knirscht leise, als sie die Zähne zusammenbeißt.

Er lächelt schüchtern und winkt ihr noch einmal zu.

Dann fällt die Tür ins Schloss.

Dreißig

Es dauert nicht mehr lange bis Mitternacht.

Der künstliche See glitzert im Licht, die große Liegewiese liegt still und verlassen da. Zwischen den alten Weiden steht riesig der Mond. Er leuchtet hell, in einem schwefligen, schmutzigen Gelb, die Farbe erinnert an ranzige Butter. Man erkennt die Mondflecken, sie sehen aus wie Geschwüre im Gesicht eines unrasierten, aufgedunsenen Penners.

Die Fontäne ist seit Stunden abgeschaltet. In der Mitte des Sees schwimmt ein Schwan. Der lange Hals ist nach hinten gebogen, er hat den Kopf zwischen die Flügel gesteckt, langsam treibt er über den See, sein schneeweißer Körper wirft einen scharfen Schatten auf die glatte Wasseroberfläche.

Vom Spielplatz her nähern sich Schritte. In den Baumwipfeln wird es unruhig, ein Vogelschwarm wird aufgeschreckt, große, schwarze Tiere, ihr Flügelschlag ist laut, ein fettiges Klatschen, sie kreisen kurz über den Bäumen, dann ziehen sie über den Fluss nach Westen ab.

Eine Gestalt erscheint, sie trägt einen Kapuzenpullover, ein großer Hund trottet müde nebenher. Als er das Wasser wittert, zerrt er wie verrückt an der Leine. Er rennt zum See, trinkt kurz, doch nach wenigen Sekunden wird er mit Gewalt zurückgerissen. Seine Hinterbeine knicken ein, er stößt ein tiefes Knurren aus.

Ein hohes Surren, gefolgt von einem heftigen Schlag. Eine kurze Stahlrute trifft den Hund an der empfindlichen Schnauze. Das Knurren geht in ein ängstliches Winseln über.

Die Gestalt sieht sich um.

Das Seeufer ist von einem Asphaltweg umgeben, dahinter wächst mannshohes Gebüsch, Weißdorn, Flieder und Hagebutten. Trampelpfade führen in die Dunkelheit, in den Zwischenräumen stehen Bänke, tagsüber sitzen hier die Rentner und schauen der Fontäne zu. Jetzt ist niemand hier.

Eine Wolke zieht vorbei und verdeckt den Mond.

Als er wieder zum Vorschein kommt, ist die Gestalt verschwunden.

Es dauert nicht mehr lange bis Mitternacht.

*

»Weißt du, ich komm mir vor wie ein zerkochtes Würstchen. Irgendwie wird das alles zu viel für mich, verstehst du?«

Schröder nickte schweigend. Unter der Kastanie war es dunkel, nur ab und zu glühte Zorns Zigarette auf. Das Präsidium hinter ihnen war hell erleuchtet. Zorn hockte mit hängenden Schultern auf der Bank, mit den Händen hielt er das Holz umklammert, es sah aus, als würde er jeden Moment vor Müdigkeit zur Seite kippen.

»Ich würde jetzt wirklich gern nach Hause fahren. Ist das okay?«

»Was, Chef?«

»Dass ich jetzt gehe.«

»Das hast du mich noch nie gefragt.«

»Aber gedacht.«

Schröder lächelte.

»Ich weiß, Chef.«

Auf der Hauptstraße rumpelte eine Straßenbahn durch die Nacht. Die Bank bebte leicht, Zorn lehnte sich zurück und schloss die Augen.

»Es ist beschissen, wenn man einen Menschen auf dem Gewissen hat.«

»Das hast du nicht.«

»Hab ich doch.«

Schröder holte tief Luft.

»Hör zu, Chef«, sagte er und es klang fast ein wenig gereizt. »Wir haben bereits darüber gesprochen, aber ich erklär's dir gern noch mal: Du hattest keine Wahl auf dem Turm, du hast richtig gehandelt. Dein Selbstmitleid hilft uns nicht weiter, es bringt nichts, wenn du dir Vorwürfe machst. Dafür hast du den Rest deines Lebens genug Zeit, wenn das alles hier vorbei ist.«

Komisch, überlegte Zorn, das kommt mir bekannt vor. Hab ich neulich nicht genau dasselbe gedacht? Klar, ich müsste mich zusammenreißen, aber ich schaff's einfach nicht. Es ist, als wäre ein Zahnrad in meinem Kopf ausgehakt, ich kann an nichts anderes denken, immer und immer wieder: Die Schuldgefühle wegen des Priesters, dazu kommt das verschwundene Mädchen. Und Max. Er ist der Täter, jetzt, wo wir das Phantombild haben, kann es gar nicht anders sein. Es ist gerade mal ein paar Stunden her, dass ich ihn vernommen habe. Und ich hab nichts gemerkt. Ich Blödmann hab mir von ihm noch den Klingelton ändern lassen.

»Was sagst du, Chef?«

Schröder sah ihn fragend an.

»Ach, nichts.«

Die letzten Worte hatte Zorn laut vor sich hingemurmelt. Das Chaos in seinem Kopf nahm zu, Malina fiel ihm ein. Sie geht mir nicht aus dem Sinn, dachte er, selbst jetzt noch. Aber darüber kann ich mit niemandem reden. Auch nicht mit Schröder.

»Ich muss wieder rein.« Schröder stand auf. »Frieda Borck kommt jeden Moment, ich warte noch auf den Durchsuchungsbefehl, dann fahr ich zur Wohnung. Wir werden den Jungen finden. Geh nach Hause und ruh dich aus. Ich hab hier alles im Griff.«

Er sah auf Zorn hinab. Dann streckte er die Hand aus und hielt sie ihm entgegen, mit der Handfläche nach oben.

»Was soll das?«, fragte Zorn verblüfft.

»Schlag ein, Chef.«

»Ich denk ja nicht dran!«

»Die Amis machen das so. Und die Jugendlichen.«

»Wir sind aber keine Amis!«

»Du hast recht«, nickte Schröder. »Jugendlich sind wir auch nicht.«

Er vergrub die Hand in der Hosentasche und lief in Richtung Eingang.

»Was ist eigentlich mit dir?«, rief Zorn ihm nach.

Schröder blieb verwundert stehen.

»Was soll mit mir sein?«

»Du würdest mir sagen, wenn's dir beschissen geht, oder?«

Langsam drehte sich die kleine, kugelförmige Gestalt um. Schröder stand einen Moment da, sah zum Himmel und überlegte. Seine Glatze glänzte im Licht einer Laterne.

»Nein«, sagte er. »Ich glaube nicht.«

Dann ging er davon.

*

Die Wohnung von Peter Brandt lag in einer kleinen Seitenstraße, einen knappen Kilometer nördlich vom Marktplatz. Er lebte über einem ehemaligen Fotoatelier, gegenüber befand sich eine Filiale der Sparkasse. Die Hauptstraße war nur ein paar Dutzend Meter entfernt, doch der Verkehrslärm störte ihn nicht, im Gegenteil: Brandt selbst hatte kein Auto, die Haltestelle der Straßenbahn befand sich direkt an der Ecke, und wenn er spazieren ging, war er nach ein paar Minuten Fußweg am Fluss.

Peter Brandt schlief schlecht. Wenn er von der Universität nach Hause kam, war er meist betrunken. Dann aß er etwas, bediente sich aus seiner Minibar, schaltete den Fernseher ein und legte sich aufs Sofa. Das war gut, denn wenn er schlief, konnte er nicht trinken. Nach ein paar Stunden kam er dann zu sich, immer noch leicht benebelt, aber wach. Das war keine gute Zeit für Peter Brandt, die Nacht lag vor ihm, er konnte nicht schlafen, am nächsten Morgen musste er fit sein, um wenigstens halbwegs ansprechbar in der Universität zu erscheinen. Er wusste, dass er nicht in seiner Wohnung bleiben durfte, die Flaschen waren zu verlockend. Und so hatte er sich zur Gewohnheit gemacht, vor Mitternacht ein, zwei Stunden das Haus zu verlassen und in der Dunkelheit spazieren zu gehen.

Heute, an diesem Freitag, dem 17. August, war es anders. Peter Brandt hatte Geburtstag, er feierte allein, und er hatte mehr getrunken als gewöhnlich. Er stand am Fenster, die Vorhänge hatte er wieder aufgezogen und sah hinab auf die Straße.

Es war ruhig, die Schaufenster der Sparkasse waren hell erleuchtet. Am Eingang hing ein rotes Plakat mit einem grinsenden Säugling.

SOOOO VIELE ZINSEN!!!!, stand darauf.

Der Bibliothekar schwankte ein wenig. Mit der linken Hand stützte er sich am Heizkörper ab, in der rechten hielt er die Wodkaflasche.

»Ich muss die Fenster putzen«, murmelte er.

Die Flasche war halb voll, sie lag schwer in seiner Hand. Nachdenklich betrachtete er erst das blaue Etikett mit dem silbernen Schriftzug, dann das Haus gegenüber.

Eine blonde Frau näherte sich, sie trug ein leuchtend gelbes Sommerkleid. Das Klappern ihrer Absätze hallte laut zwischen den Häuserwänden wider. Ihre Schritte wurden langsamer, dann ging sie durch die Drehtür zum Geldautomaten.

Brandt überlegte. Kämpfte mit dem Drang, die Flasche bis zum letzten Tropfen zu leeren. Schließlich siegte die Vernunft, die ihn all die Jahre hatte überleben lassen.

Es klirrte leise, als er den Schnaps auf dem Fensterbrett abstellte. Dann nahm er seinen Mantel, setzte einen Hut auf und verließ die Wohnung.

Drinnen schlug die alte Standuhr.

Es war Mitternacht.

*

Die Drehtür öffnete sich, die blonde Frau im gelben Kleid erschien. Auf dem Treppenabsatz blieb sie stehen und verstaute ein paar Geldscheine in ihrer Handtasche. Hastig lief sie los, doch nach ein paar

Schritten zögerte sie. Zwei Streifenwagen und ein Kleintransporter bogen um die Ecke und hielten direkt vor dem Eingang zur Sparkasse. Blaulicht flackerte über die frisch gestrichene Fassade, Türen schlugen, uniformierte Polizisten und Zivilbeamte stiegen aus.

Ein kleiner, rundlicher Mann in zerbeulten Hosen erschien und gab leise Anweisungen. Dann verschwanden die Männer im Haus gegenüber.

Die Frau ging zur Ampel an der Ecke. Es war rot, ein grauhaariger Herr mit Hut und Mantel stand mit dem Rücken zu ihr an der Straße und wartete. Als er sie kommen hörte, drehte er sich um, verlor das Gleichgewicht und stolperte über einen Papierkorb. Er lallte eine Verwünschung und wandte sich ab.

Sie roch den Alkohol und rümpfte die Nase.

Als die Ampel auf Grün sprang, lief sie eilig davon.

*

Ein paar Kilometer entfernt saß Herr Kalze vor seiner Laube. Die kleinen Fenster mit den geblümten Gardinen waren weit geöffnet, drinnen lag Frau Kalze und schlief wie ein Stein. Auf einem hölzernen Gartentisch standen eine Flasche Bier und ein gläserner Aschenbecher. Der Stummel einer dicken Zigarre glühte darin, ein schmaler Rauchfaden stieg senkrecht auf, kräuselte sich über dem kahlen Kopf des Rentners und verschwand im Nachthimmel.

Er trank einen Schluck Bier und wischte sich den Schaum vom Schnurrbart. Überlegte, ob er sich noch eine Zigarre anzünden sollte, ließ es dann aber sein.

Ich muss es ja nicht übertreiben, dachte er, verschränkte die mageren Arme vor dem Bäuchlein, lehnte sich zurück und sah hinaus in die Nacht.

Hinter den Bäumen erkannte er die oberste Plattform des Sprungturms, der Mond stand direkt darüber, es war so hell, dass er mühelos hätte Zeitung lesen können. Das allerdings hatte er den ganzen Tag über getan, er kannte sie in- und auswendig.

Vom Bad her ertönte ein Plätschern, gefolgt von einem unterdrückten Lachen. Wahrscheinlich ein Pärchen, das sich heimlich hineingeschlichen hatte.

Er richtete sich auf und lauschte. Zunächst war da nur das Rauschen des Wehres, dann hörte er es wieder, diesmal näher. Zuerst das helle, fast verlegene Kichern einer Frau, dann ein tiefes männliches Brummen.

Jetzt, dachte Herr Kalze und zündete sich nun doch eine zweite Zigarre an, suchen sie sich ein gemütliches Plätzchen und vergnügen sich ein wenig. Das Streichholz flammte auf, und als er den würzigen Rauch einatmete, fiel ihm ein, dass dies genau der Ausdruck war, den Frau Kalze früher immer gebraucht hatte: *Sich miteinander vergnügen.*

Wie lange war es jetzt her, dass er und Frau Kalze sich miteinander vergnügt hatten? Fünf Jahre? Sechs? Herr Kalze kniff die Augen zusammen, schwankte kurz, ob er es ausrechnen solle, ließ es dann aber bleiben. Das war kein schönes Thema, wichtig war es allerdings auch nicht. Seine Frau war nie sonderlich heißblütig gewesen, in den ersten Monaten ihrer Ehe vielleicht, damals, als sie noch ein junges, dralles Ding war. Das hatte sich schnell gegeben, und irgendwann hatte sie ihm beim Frühstück eröffnet, dass sie keinen sonderlichen Spaß daran hatte, mit ihm zu schlafen. Zunächst war er ein wenig enttäuscht gewesen, schließlich war er damals ein junger, gesunder Mann, doch bald, dann nämlich, als sie doppelt so viel wie er auf die Waage brachte, schlug die Enttäuschung in Erleichterung um. Jetzt waren sie beide über siebzig und die Erleichterung hatte einer gewissen Gleichgültigkeit Platz gemacht. Herr Kalze hatte seit Ewigkeiten nicht mehr dieses leichte Ziehen im Unterleib gespürt, geschweige denn den Drang, sich seiner Frau in irgendeiner Weise zu nähern.

Es war jetzt still vor der kleinen Laube. Herr Kalze stand auf, streckte den Rücken und stellte verwundert fest, dass er kein bisschen müde war.

*

»Chef, bist du zu Hause?

»Ja. Wo soll ich denn sonst sein?«

»Ich bin jetzt in der Wohnung von Peter Brandt. Das Nest ist leer.«
»Was?«
»Der andere Vogel ist ebenfalls ausgeflogen.«
»Der Bibliothekar ist weg?«
»*Si, señor.*«
»Scheiße!«
Ein undeutliches Klatschen war in der Leitung zu vernehmen, wahrscheinlich schlug Zorn wütend mit der Hand auf eine Sessellehne.
»Ihr stellt die Wohnung trotzdem auf den Kopf, oder?«, fragte er dann. Seine Stimme klang belegt, als wäre er erkältet. Oder müde, das war schwer zu sagen.
»Natürlich, Chef. Jetzt, wo wir einmal hier sind, ziehen wir das durch. Ich meld mich, wenn wir was finden. Oder soll ich dich lieber schlafen lassen?«
»Nee, lass mal. Das mit dem Schlafen wird eh nix.«
Ein Klacken, und die Verbindung war unterbrochen.

*

Herr Kalze fasste einen Entschluss.
Es kann nicht schaden, dachte er, wenn ich mir noch ein wenig die Beine vertrete. Ein kleiner, nächtlicher Spaziergang durch die Anlage wird meinen alten Knochen guttun.
Leise lief er über den schmalen Backsteinweg, öffnete das niedrige Tor und drehte sich noch einmal um: Links war das Gemüsebeet, er hatte die Tomaten akkurat gepflanzt, sie standen wie Soldaten in Reih und Glied. Rechts ein paar Sträucher, ein Kirschbaum und eine niedrige Blautanne. In der Mitte die kleine weißgestrichene Laube mit den Blumenampeln, dem großen Wagenrad an der Wand und der dicken Frau Kalze, die drinnen leise vor sich hinschnarchte.
Direkt am Weg wuchsen Gladiolen, er hasste diese lilafarbenen Gewächse, sie rochen nicht gut, außerdem wurden die Wespen von ihnen angezogen. Seine Frau allerdings liebte die Blumen, hegte und pflegte sie, es hatte keinen Sinn, mit ihr zu diskutieren. Der Rasen war

ein wenig zu lang, es war jetzt über zwei Wochen her, dass er ihn zuletzt gemäht hatte.

Nun gut, dachte Herr Kalze und zog genüsslich an seiner Zigarre, den Rasen mähe ich morgen. Und ihre doofen Gladiolen sense ich gleich mit ab.

Er lächelte in sich hinein.

Mit einem leisen Quietschen fiel das Tor ins Schloss.

*

Die Nacht war klar. Der See glänzte im Mondlicht wie ein schwarzer Spiegel. Er wirkte seltsam kompakt, zäh, als wäre er nicht mit Wasser, sondern mit flüssigem Teer gefüllt. Nebelschwaden trieben über die Liegewiese, kleine, vereinzelte Fetzen, die sich schnell wieder auflösten.

Der Mann, der jetzt langsam näher getrottet kam, lief unsicher, ein wenig schwankend. Den Hut hatte er tief in die Stirn gezogen, der Mantel war aufgeknöpft, die Hände hatte er in den Taschen vergraben. Plötzlich blieb er stehen, bückte sich und hob eine gelbe Plastikschaufel auf.

»Was die Leute so alles wegschmeißen«, murmelte Peter Brandt und schnalzte missbilligend mit der Zunge.

Er fühlte sich etwas klarer im Kopf, die Nachtluft tat ihm gut. Das war der Grund, warum er fast jede Nacht herkam, zwei, drei Runden um den See drehte und dann wieder zurück in seine Wohnung ging, in der Hoffnung, noch ein paar Stunden Schlaf zu finden.

Er begegnete selten einem Menschen, und so war es auch jetzt. Ein kurzer Blick zeigte ihm, dass er allein war: Kein verspäteter Spaziergänger, kein Liebespärchen, niemand, der seinen Hund ein letztes Mal ausführte.

Gut so, dachte Herr Brandt zufrieden, wandte sich nach links und lief los. Rechts von ihm lag der See, der Mond stand hinter ihm, hell genug, dass der Schatten des Bibliothekars schräg über den Asphaltweg mitwanderte. Ab und zu verschwand er im Dunkel, verschmolz mit den Schatten der Trauerweiden, die den See in regelmäßigen Abständen umstanden.

Es dauerte nicht lange, und er hatte das Wasser zur Hälfte umrundet. Ein paar Betonstufen führten zum Ufer hinab, Brandt blieb stehen, um ein wenig zu verschnaufen. Das Wasser war schaumig, eine Mischung aus Dreck, altem Papier und abgebrochenen Ästen schaukelte sanft auf der Oberfläche.

Er sah sich um.

Hinter ihm duckte sich das niedrige, von dichtem Unterholz umgebene Pumpenhaus der Fontäne. Die schmutzige Fassade war mit Farbklecksen beschmiert. *KEVIN IST EIN BASTART ER HAT MEINE ALTE GEFIKT!*, hatte jemand rechts unten an die Wand gesprüht. *SELBER BASTARD, LERN ERST MAL SCHREIBEN*, stand darunter.

Ein paar Meter hinter dem Pumpenhaus floss ein schlammiger Nebenarm des Flusses, der sich einen halben Kilometer weiter wieder mit dem Hauptarm vereinigte.

Die Nacht war warm, doch Peter Brandt fröstelte ein wenig. Er steckte die Hände tiefer in die Manteltaschen und zog die Schultern hoch. Der Mond schien ihm jetzt ins Gesicht, das Licht spiegelte sich in den Gläsern seiner Brille. Der große weiße Schwan trieb reglos auf dem Wasser.

Das nächste Mal, überlegte Brandt, nehme ich ein bisschen Brot mit.

Aus weiter Ferne hallte das Glockenspiel der Marktkirche über die Stadt.

Der Bibliothekar rieb sich mit der Hand über das Gesicht, er fühlte sich ein wenig schwindlig. Er wollte weiterlaufen, als ihm von hinten leicht auf die Schulter getippt wurde.

Peter Brandt fuhr herum.

»Hallo Papa«, sagte Max. »Alles Gute zum Geburtstag.«

»Du? Mein Gott, du hast mich zu Tode erschreckt!«

»Das war noch gar nichts«, lächelte der Junge. »Ich hab ein Geschenk für dich.«

Es brummte, im Pumpenhaus sprang ein Aggregat an. Der Schwan hob den Kopf und spreizte die Flügel.

Max trat einen Schritt zurück, als wolle er Anlauf nehmen.

Dann schlug er zu.

Einunddreißig

Sie hat keine Ahnung, wie lange er jetzt fort ist. Das ist auch nicht wichtig, Zeit spielt schon lange keine Rolle mehr. Sie ist in einer anderen Realität, einer Welt, in der es kein logisches Denken gibt, keinen Überlebenswillen, nur noch Instinkte. Und den Drang, dass es endlich aufhört. Deshalb muss sie hier weg. Schnell, bevor Max (oder das, was von ihm übrig ist) wiederkommt.

Ihr Atem geht flach, sie hat Fieber. Die Muskeln in ihren Beinen werden nicht gehorchen, das weiß sie. Aber sie kann auf allen vieren kriechen, diesen Ort verlassen und wenn das geschafft ist, wird man sie vielleicht finden. Das ist ihre einzige Chance.

Sie nimmt alle Kraft zusammen, hebt den Kopf und sieht nach links. Das, was von ihrer Hand übrig ist, liegt auf dem Boden, reglos, fremd, als würde es nicht zu ihrem Körper gehören. Den Nagel kann sie kaum erkennen, es flimmert vor ihren Augen wie in einem surrealen Film.

Sie versucht die Hand zu bewegen, nichts passiert. Ihr Hirn sendet den Befehl, doch das Signal erreicht die Muskeln nicht. Ein zweiter Versuch, die Hand zuckt. Augenblicklich folgt der Schmerz, wandert über den Arm in den Kopf und explodiert als weißes Licht.

Sie sackt zurück. Öffnet den Mund, um zu schreien, doch mehr als ein klägliches Wimmern bringt sie nicht heraus.

Weit, weit hinten in ihrem Kopf reift ein neuer Gedanke. Sie muss sich bemerkbar machen, irgendwie. Schreien kann sie nicht, aber vielleicht geht es anders? Die linke, aufgespießte Hand ist nutzlos, aber die rechte lässt sich bewegen.

Sie hebt den Arm, lässt ihn fallen.

Klack.

Die Handschelle landet neben der Matratze auf dem Holzboden. Das Geräusch ist deutlich zu hören, aber viel zu leise. Sie hebt den Arm höher.

KLACK.

Etwas lauter. Nicht viel, aber besser als nichts.

Martha Haubold runzelt die Stirn, fokussiert sich auf das, was von ihrem Verstand übrig ist. Hundertmal wird sie klopfen. Bis hundert zählen, danach wird sie aufgeben. Sie beißt die Zähne zusammen und bewegt den Arm nach oben.

Eins.

Es tut weh.

Zwei.

Die Hand blutet wieder, aber sie macht weiter. Sie hat sich eine Aufgabe gestellt, wahrscheinlich ist es die letzte in ihrem Leben. Sie konzentriert sich darauf.

Drei.

Und zählt.

*

Peter Brandt hing kopfüber im Geäst einer dicken Rotbuche.

Er war nackt. Fast jedenfalls, denn die Socken hatte er noch an, Kniestrümpfe aus schwarzem Nylon. Um die dürren Waden wand sich ein Strick, dessen anderes Ende um einen kräftigen Ast gewickelt war. Die Hände des Bibliothekars waren auf dem Rücken gefesselt, in seinem Mund steckte ein Knebel.

Die Buche wuchs direkt an der Rückseite des Pumpenhauses, umgeben von dichtem Strauchwerk. Rund um den Stamm war der Boden weniger bewachsen, in einem Umkreis von drei, vier Metern hatte sich eine kleine, mit dürrem Gras und abgestorbenem Laub bedeckte Lichtung gebildet. Ein ideales Versteck, nur ein paar Schritte vom Ufer des kleinen Sees entfernt und doch kaum zu entdecken.

Der Bibliothekar kniff die Augen zusammen und versuchte sich zu orientieren. Er war jetzt vollständig nüchtern, trotzdem hatte er keine Ahnung, was hier geschehen war. Seine Brille war heruntergefallen und lag unter ihm im Gras. An der Stirn, da, wo er den Schlag erhalten hatte, bildete sich eine schmerzhafte Beule. Das Blut sammelte sich in seinem Kopf, die Beinmuskeln ächzten unter dem Gewicht seines Körpers, der Strick, eine mit blauem Plastik ummantelte Wäscheleine, schnitt ihm tief in die Knöchel.

Das war nicht alles. Er hing nicht allein im Baum.

Sein Körper wurde an etwas Weiches, Haariges gepresst, es roch muffig, wie schmutzige Wäsche oder eine alte Decke.

Peter Brandt verkrampfte sich.

Nein, nichts dergleichen, das war etwas Lebendiges. Es bewegte sich, er spürte die Wärme, das Zucken der Muskeln unter dem Fell.

»Das ist dein Geschenk, Papa. Ein Hund, du hast dir doch immer einen gewünscht.«

Max hockte auf einem Baumstumpf und sah zu seinem Vater auf. Er hielt eine dünne Stahlrute in den Händen.

»Ich hab eine kleine Party für dich vorbereitet, freust du dich?«

Auch der Hund hing mit dem Kopf nach unten, er wehrte sich nicht, wirkte apathisch. Das Seil um die Hinterläufe war etwas länger, seine feuchte Schnauze berührte den Hals des Bibliothekars. Das war unangenehm.

»Hrrrrmpff!«, machte Peter Brandt.

»Ich musste dich knebeln, Papa.« Das war keine Entschuldigung, sondern eine nüchterne Feststellung. »Man sieht uns zwar nicht, aber hören würde man dich sofort, wenn du schreist. Weißt du noch? Ich musste auch still sein, du hast mir immer den Mund zugehalten.«

Der Körper des Hundes wurde dicht an den Bibliothekar gepresst, langsam drehten sie sich um die eigene Achse, wie ein Paar in einem grotesken Walzertanz.

»Der Köter ist viel zu gutmütig. Er hat in den letzten Tagen kaum getrunken, ich dachte, das macht ihn aggressiver.«

Max hatte die Beine gespreizt, mit den Füßen schob er das Laub beiseite und ritzte mit der Spitze der Rute in der lockeren Erde. Zuerst einen Kreis, dann zwei Punkte, darunter einen gebogenen Querstrich. Ein lachendes Gesicht entstand.

»Ich habe mich wohl verrechnet«, fuhr Max fort. Er klang ein wenig gelangweilt. »Was denkst du, soll ich ein bisschen nachhelfen?«

Peter Brandt presste die Zunge gegen den Knebel, er saß fest. Rote Punkte flimmerten vor seinen Augen. Max stand auf, sein Gesicht erschien neben dem Kopf seines Vaters.

»Hast du Lust zu tanzen, Papa?«

Der Junge griff seinen Vater am Arm und versetzte ihm einen Stoß, als würde er ein Karussell anschieben. Ein weiterer Stoß, dann noch einer, wieder und immer wieder, Hund und Mensch kreisten umeinander, erst langsam, dann immer schneller, wirbelten herum, ihre Umrisse verschmolzen zu einem rotierenden, rasenden Bündel.

»Macht schon, tanzt!«

Brandt schloss die Augen, der Hund versteifte sich, dann begann er zu zappeln. Panisch versuchte er sich zu befreien, schnappte um sich, seine Zähne schlugen dicht neben dem Hals des Bibliothekars aufeinander, die Vorderläufe zuckten, die Krallen vergruben sich in der Brust des gefesselten Mannes.

»Das reicht.«

Peter Brandt wurde am Arm zurückgerissen, plötzlich hing er reglos in der Luft. Der Hund knurrte, ein tiefes Grollen ließ den gesamten Körper vibrieren. Brandt würgte, er war kurz davor, sich zu übergeben.

»Nicht kotzen, Papa, das wäre jetzt wirklich nicht klug.«

Max war ein wenig außer Atem. Der Bibliothekar hörte ihn keuchen, doch da war noch etwas, es klang wie ein undichter Wasserhahn, aus dem das Wasser in den Ausguss floss. Es war das Blut, das an seinem Hals hinablief, sich an der Nase sammelte und von dort zu Boden tropfte.

Der Hund ließ ein hohes Winseln ertönen. Max stieß ihn leicht in die Flanke, das Tier erstarrte ängstlich, sein Winseln wurde lauter, höher, wie das Knarren einer verzogenen Holztür.

»Halts Maul.«

Der Hund verstummte.

Max kaute auf der Unterlippe und sah nachdenklich nach oben.

»Das wird so nichts.«

Der Kopf seines Vaters schwebte ein paar Zentimeter über ihm. Der Junge verzog das Gesicht und trat einen Schritt zurück. »Scheiße, du hast eine Fahne, ekelhaft. Du solltest wirklich aufhören mit dieser Sauferei, das wird dich noch umbringen.«

Er hob die Stahlrute und schlug sich damit leicht in die flache Hand. Dann schien er einen Entschluss zu fassen: »Die Zeit wird langsam knapp, Papa. Ich würde ja gern ein wenig länger mit dir feiern, aber ich muss noch was erledigen. Hab ich dir eigentlich schon gratuliert?«

Max schüttelte verwirrt den Kopf.

»Ich kann mich echt nicht erinnern.«

Vom Asphaltweg her näherten sich Schritte, man hörte den schweren Atem eines Joggers. Er rannte an ihnen vorbei, die Entfernung konnte höchstens drei, vier Meter betragen. Max hob den Finger an die Lippen und drehte sich um, doch durch das dichte Gestrüpp war nichts zu sehen. Er lauschte einen Moment, dann wandte er sich wieder seinem Vater zu.

»Lass uns die Party beenden. Alles Gute zum Geburtstag, Papa. Ich bin bestimmt der Erste, der dir gratuliert, hab ich recht?«

Der Bibliothekar schniefte.

»Egal«, sagte Max »Ich werde garantiert der Letzte sein.«

*

Der Kiesweg führte leicht bergauf. Herr Kalze ging langsam, die Hüfte machte ihm in letzter Zeit immer mehr zu schaffen. Links von ihm lagen die Gärten, rechts der mannshohe, von Stacheldraht gekrönte Zaun, ein martialisches Gebilde, welches die Anlage begrenzte und nach außen hin den Eindruck vermittelte, es beherberge nicht die gut gepflegten Lauben emsiger Kleingärtner, sondern den Hochsicherheitstrakt eines amerikanischen Gefangenenlagers.

Der Rentner erreichte das Ende der Anlage und blieb unter einer Laterne stehen. Der Zaun bog im rechten Winkel nach links, im Schatten dahinter lag eine steile, mit Birken und Kiefern bewachsene Anhöhe.

Das letzte Grundstück wurde von einer hohen Ligusterhecke begrenzt. Stirnrunzelnd stellte Herr Kalze fest, dass sie dringend geschnitten werden musste. Er stellte sich auf die Zehenspitzen, bog die Zweige auseinander und warf einen Blick in den dahinter liegenden Garten. Seine Miene verfinsterte sich.

Der Rasen stand fast einen halben Meter hoch, Brennnesseln wucherten auf den Beeten, eine verrostete Regentonne lag quer über dem Weg. Die Laube schien kurz vor dem Einsturz zu sein, die schiefen, mit Moos und Flechten überwucherten Holzwände warteten seit Jahren vergeblich auf einen neuen Anstrich. Trotz der Dunkelheit entging dem fachmännischen Blick des ehemaligen Buchhalters nicht, dass auch das Dach dringend geteert werden musste.

Es raschelte, ein Schatten, nicht viel größer als ein Tennisball, huschte über den Rasen und verschwand unter der Laube. Herr Kalze tippte auf ein Wiesel, vielleicht auch ein Kaninchen, sicher war er nicht. Nach kurzem Überlegen beschloss er, dass es ihm egal war. Wiesel hin oder her, dieses verwilderte Grundstück beleidigte sein Gärtnerauge. Empört wandte er sich ab, lehnte sich an den Zaun und schloss für einen Moment die Augen.

Er war müde, langsam musste er zurück zu seiner dicken Frau.

Nein, dachte er, Lust habe ich überhaupt nicht, ich kann genauso gut noch ein paar Minuten hier stehen bleiben und die Ruhe genießen.

Aus der Ferne ertönte ein hohes, durchdringendes Jaulen, es klang wie ein Wolf oder ein anderes wildes Tier. Voller Schmerz, irgendwie menschlich, ein Kreischen fast. Herr Kalze richtete sich verwundert auf. Plötzlich, wie es begonnen hatte, brach es ab, als wäre der Netzstecker eines Radios gezogen worden.

Es war wieder still. Nur ein paar Grillen zirpten.

Wer weiß, was das war, überlegte er kopfschüttelnd. Jetzt geh ich lieber los, bevor sie aufwacht und mir die Hölle heißmacht.

Er lief zwei Schritte. Zögerte, blieb wieder stehen.

Da war etwas anderes, zunächst war er nicht sicher, schließlich waren seine Ohren nicht mehr die besten. Doch, jetzt hörte er es deutlich:

Ein Klopfen.

Metall auf Holz, leise, aber unverkennbar. Es kam aus der verfallenen Laube. Herr Kalze dachte an das Wiesel (oder Kaninchen?), vielleicht hatte es sich irgendwo verfangen? Dann fielen ihm die Einbrüche der vergangenen Wochen ein. Waren das Diebe?

Er lauschte angestrengt. Das Klopfen war rhythmisch:

Dreimal kurz. Dreimal lang. Dreimal kurz.

Das war ein Signal.

Einbrecher? Nein, die klopften gewöhnlich kein SOS.

Der Rentner überlegte. Ein Handy hatte er nicht (neumodischer Krimskrams, behauptete seine Frau, in dieser Beziehung hatte er ihr ausnahmsweise recht geben müssen), und er war allein hier. Sonderlich mutig war er nie gewesen, ein Hasenfuß allerdings auch nicht.

Dreißig Sekunden später bog er die Zweige der Hecke auseinander und lief durch den verwilderten Garten.

*

»Es geht immer um Liebe, stimmt's, Papa?«

Der Kopf des Bibliothekars schwebte knapp zwei Meter über dem Boden. Max stand so dicht vor ihm, dass ihre Nasen sich fast berührten. Jetzt sah man deutlich, dass sie Vater und Sohn waren, ihre Augen hatten dieselbe Farbe, ein eisiges, stechendes Blau.

»Du hast mir immer gesagt, wie sehr du mich liebst. Dass das, was du mit mir tust, normal ist. Ich hab dir geglaubt, Papa. Es hat so weh getan, aber du hast gemeint, dass Liebe manchmal schmerzhaft ist.«

Max hob die Stahlrute.

»Du hast mich belogen. Aber mit den Schmerzen, damit hattest du recht.«

Peter Brandt krümmte sich in Erwartung des Schlages, wieder begann er zu pendeln. Auch der Hund schwang hin und her, er wehrte sich, zappelte und stieß ein langgedehntes, hohes Fiepen aus. Das Schaukeln wurde stärker, Brandt stieß mit dem Kopf gegen den Stamm der Buche, er riss die Augen auf, pendelte zurück, kam wieder näher, die Rinde schrammte über sein Gesicht, er erkannte ein Herz, das ein verliebtes Pärchen schon vor Jahren in das Holz geschnitzt haben musste, darunter die Initialen: *ƎBƎI˥=˥S⅋ꓘƆ*

Sein Blick blieb wie gebannt daran hängen.

»Jetzt zeige ich dir meine Liebe, Papa«, sagte Max leise und legte dem Hund die Hand auf die Schnauze. »Nein«, verbesserte er sich, »nicht ich, sondern er wird es tun.«

Brandt schloss die Augen.

»Hast du Hunger?«, fragte Max den Hund. »Jetzt kannst du fressen.«

Die Rute sauste herab und traf den linken Hinterlauf. Das Tier heulte auf, schrie regelrecht, so laut, dass es bis ans andere Flussufer zu hören war.

Ein weiterer Schlag.

Der Hund wusste weder, was mit ihm geschah, noch, wie lange er dort im Baum hing. Er kannte nur den Drang, den Hieben auszuweichen. Und das versuchte er. Vierzig Kilo Fleisch, Sehnen und Muskeln gerieten in Bewegung, zerrten an den Fesseln in dem vergeblichen Bemühen, festen Boden zu erreichen. Der Baum bebte unter der Erschütterung, Blätter fielen herab.

Max hatte eine Hand in die Hüfte gestützt, mit der anderen schlug er zu, gleichmäßig, hart, in kurzen Abständen, wie ein Fechter beim Training. Die Schläge prasselten immer dichter, trafen den Kopf, die Schnauze, peitschten über die Flanke des Hundes. Wahnsinnig vor Schmerz biss das Tier um sich, Brandt bog den Rücken durch, lehnte sich so weit wie möglich nach hinten, doch auch er wurde immer wieder getroffen. Das Fell des Hundes verfärbte sich, wurde feucht und dunkel. Der Mensch, der sich unter der Wucht der Schläge krümmte, war blutüberströmt, seine Haut glänzte im Mondlicht.

Das Keuchen des Jungen erfüllte die Lichtung, dazu kamen das Pfeifen der Hiebe, die Krallen, die das Fleisch des Bibliothekars aufrissen und ein helles Klackern, das an das Geräusch einer kaputten Nähmaschine erinnerte. Das waren die Zähne des Hundes, die immer schneller aufeinander schlugen.

Ein letzter, fürchterlicher Schlag traf den Hund zwischen die Ohren.

»Mach's gut, Papa«, sagte Max.

Dann verbiss sich der Hund im Gesicht des Bibliothekars.

*

»Du musst in ein Krankenhaus«, sagte Herr Kalze. »Aber dazu muss ich deine Hand losmachen.«

Martha Haubold antwortete nicht. Zunächst hatte er gedacht, sie sei tot. Reglos lag sie da, wächsern wie eine Mumie.

»Verstehst du mich? Ich habe kein Handy, niemand ist in der Nähe. Ich kann also keine Hilfe rufen, und ich will dich nicht alleine lassen. Wir müssen dich tragen. Ein paar hundert Meter nur, dann sind wir an der Straße. Dort steht mein Auto.«

Der Gestank war fürchterlich. Es roch wie im Raubtierhaus, nein, schlimmer, die Mischung aus Urin, Fäulnis und Moder war überwältigend. Das war Herrn Kalze egal. Er war zwar alt und verstockt, doch im Grunde seines spießigen Kleingärtnerherzens war er ein guter Mensch.

»Verstehst du mich?«, wiederholte er.

Sie nickte schwach.

Er hatte die Zange schon in der Hand.

»Wir müssen uns beeilen«, sagte Herr Kalze.

Sie schrie auf, als er sie befreite.

Er hob sie hoch. Seine Gelenke kreischten unter ihrem Gewicht, doch er lief los.

Herr Kalze war ein guter Mensch.

*

Ein Uhr morgens.

Vom Fluss her ist Wind aufgekommen, der See gerät in Bewegung. Kleine, schaumige Wellen schwappen ans Ufer, die Zweige der Trauerweiden schwanken in der Brise. Irgendwo ist ein Papierkorb umgekippt, zwei, drei Zeitungsfetzen, eine leere Plastiktüte und eine große Motte treiben über die Liegewiese.

Eine weitere, stärkere Böe. Die Motte wird emporgewirbelt, dreht sich ein paarmal um sich selbst, fliegt höher, immer höher, umkreist eine Laterne, streift den Wipfel einer Weide und steuert schließlich direkt auf das Pumpenhäuschen zu. Dort erfasst sie ein neuer Windstoß, sie flattert über das Dach und landet im Geäst einer Rotbuche.

Unten hockt ein blonder Junge im Gras. Er lehnt mit dem Rücken am Stamm, sein Atem geht heftig, er schwitzt wie ein Boxer nach einem schweren Kampf. Über ihm hängt etwas an einem Seil, ein dunkler, formloser Klumpen, man erkennt die schlaff herabhängenden Arme eines Menschen und etwas anderes, Kleineres. Etwas, das zu einem Tier gehören könnte.

Der Junge sieht nach oben. Das, was von Mensch und Hund übrig ist, schwingt sacht hin und her, wie das Pendel einer alten Uhr.

»Ich bin traurig«, sagt der Junge.

Der Ast über ihm knackt leise.

»Jetzt muss ich gehen.«

Er stemmt sich hoch, die Stahlrute fällt neben ihm ins Gras. Die Motte flattert auf, schwebt torkelnd nach unten und landet auf dem Unterarm des Jungen. Langsam hebt er den Arm und sieht zu, wie das Insekt emporwandert, den Handrücken entlang, bis es den Zeigefinger erreicht.

»Hau ab«, sagt der Junge und reckt den Finger hoch in die Luft.

Die Motte spreizt die Flügel. Die Schuppen glitzern im Mondlicht wie winzige, kostbare Edelsteine.

»Mach schon.«

Sie fliegt los. Er schaut ihr nach, bis sie in der Nacht verschwunden ist.

»Grüß meinen Papa.«

Jetzt geht er los, mühsam zwängt er sich durch das Gebüsch.

Er sieht sich nicht noch einmal um.

Zweiunddreißig

Es war zwei Uhr morgens, und Claudius Zorn konnte nicht schlafen.

Er lag zu Hause im Bett, die Decke hatte er bis unters Kinn gezogen, während er an die Decke starrte und wartete. Worauf genau, konnte er nicht sagen. Auf einen Anruf von Schröder vielleicht, der ihm mitteilte, dass sie Max Brandt endlich gefunden hatten. Oder auf eine Nachricht über den Verbleib von Martha Haubold. Vielleicht auch auf Malina? Oder auf den Schlaf?

Er zog die Beine an, wälzte sich auf die Seite und kniff die Augen zusammen. Schob die Hände zwischen die Knie, wartete ein paar Sekunden, kratzte sich am Hintern, drehte sich um und zog das Kissen über den Kopf.

Ja, dachte Zorn, auf den Schlaf warte ich am meisten, nichts wäre jetzt besser als ein bisschen Ruhe.

Er lauschte seinem eigenen Atem, versuchte sich zu konzentrieren, abzutauchen, an nichts zu denken. Das funktionierte ein paar Sekunden, bis er plötzlich wieder jenes Pfeifen hörte. Mit einem Schlag wurde ihm bewusst, dass dieser Ton die ganze Zeit da war, dass er ihn tagsüber, wenn er abgelenkt war, nur nicht wahrnahm. Ein gleichförmiges, leicht vibrierendes Schrillen. Zweistimmig diesmal, eine widerliche Dissonanz, auf jedem Ohr ein anderer Ton.

Tinnitus, dachte Zorn wütend, jetzt hab ich auch noch einen Tinnitus. Wie soll ich da verdammt nochmal schlafen?

Ein Bier war das Einzige, was jetzt helfen konnte. Ein Bier und eine Zigarette. Er strampelte die Decke von den Beinen, stand auf und rannte in die Küche. Seine nackten Füße klatschten auf den Fliesen, er trat auf einen Teelöffel, fluchte, öffnete den Kühlschrank und fluchte noch einmal, als er ihn leer vorfand.

Mit einem Knall fiel die Kühlschranktür zu. Plötzlich kam ihm eine Idee, und bevor sie Gestalt annehmen konnte, hatte er schon den Inhalt des Papierkorbs auf den Boden gekippt.

Eierschalen, zwei leere Saftflaschen, Filtertüten und eine zwei Wochen alte, mittlerweile sehr, sehr faulige Kiwi rollten über die Fliesen und verteilten sich in der Küche. Das, was er suchte, lag ganz unten.

Zwei Dutzend bunte Papierfetzen, keiner davon größer als eine Briefmarke. Zorn klaubte sie sorgfältig zusammen und legte sie auf den Küchentisch.

Die Überreste von Malinas Postkarte, vor zehn Tagen hatte er sie weggeworfen. Er wusste nicht, warum, aber er begann die Einzelteile hin und herzuschieben, ein Puzzle, das er neu zusammensetzte. Es waren achtundzwanzig Teile.

Ein paar Minuten später saß der schlaflose Hauptkommissar rauchend in seiner Küche, betrachtete das Zettelgewirr auf seinem Tisch und las, was Malina ihm geschrieben hatte. Ein winziges Stück der Karte hatte er nicht finden können, ein Buchstabe fehlte, doch das, was da stand, war deutlich genug:

ICH VERMISSE DI H

M.

Scheiße, ich vermiss dich auch, dachte Zorn. Es kotzt mich an.

Er stand auf, um nach dem letzten Schnipsel zu suchen, plötzlich erschien es ihm ungeheuer wichtig, das fehlende C zu finden. So kniete er denn in seiner Küche, wühlte zwischen vertrocknetem Kaffeesatz, gebrauchten Filtertüten und zerdrückten Zigarettenkippen nach einem alten Papierstück, als sein Handy klingelte.

*

Max starrte mit offenem Mund und weit aufgerissenen Augen auf die leere Matratze. So stand er schon seit über fünf Minuten da, staunend, wie ein Kind, das die Welt nicht mehr versteht. Der Abdruck von Marthas Körper war noch deutlich zu erkennen.

»Du bist tatsächlich weg«, murmelte er und hob ratlos die Arme.

Er hockte sich hin und hob eine Ecke der Matratze an, als könne sie sich tatsächlich darunter versteckt haben. Staub wirbelte hoch, er kniff die Augen zusammen, so fest er konnte. Als er sie wieder öffnete, glitzerten Tränen auf seinen Wimpern.

»Das ist unfair!«

Seine Nase lief, er schniefte laut.

»Nein, ich werd jetzt nicht anfangen zu heulen. Ich muss nachdenken.«

Er schlug sich mit den Fäusten an die Schläfen, drei-, viermal.

»Du bist bei diesem Typen, stimmt's? Da, wo du schon mal warst, als du dich verstecken wolltest.«

Die Laube wurde von einem Windstoß erfasst, ein Fensterladen schlug krachend gegen den Rahmen.

Max atmete tief ein. Als er aufstand, knackten seine Knie leise. Mit dem Fuß stieß er an etwas Hartes, er hob es auf und wog es nachdenklich in der Hand.

Dann nickte er langsam.

»Ich weiß, wo du bist.«

Im Dämmerlicht sah die Rohrzange aus wie ein Totschläger.

*

Das Telefon lag vibrierend auf dem Küchentisch. Zorn glaubte weder an Zufälle noch an göttliche Fügungen, doch das Erste, was ihm einfiel, war Malina. Konnte sie ebenfalls nicht schlafen und rief jetzt an? Nun, was seine Skepsis Zufällen gegenüber betraf, sollte er recht behalten.

»Chef?«, fragte Schröder, »hab ich dich ...«

»Nein, hast du nicht. Du hast mich nicht geweckt«, unterbrach Zorn und hoffte, dass Schröder ihm die Enttäuschung nicht anmerkte. »Sei trotzdem so gut und mach's kurz, bitte.«

»Ich bin noch in der Wohnung von Peter Brandt.«

»Habt ihr was gefunden?«

»*Nothing*, Chef. Ich lasse gerade den Keller aufbrechen, da waren wir noch nicht.«

»Keine Spur von Max?«

»Nein. Aber ich bin sicher, dass er unser Täter ist. Alles deutet darauf hin. Aber deswegen rufe ich nicht an.«

»Sag's mir.«

»Martha Haubold ist wieder aufgetaucht.«

»Was?«

Zorn sprang auf, der Stuhl kippte um. Die Reste der Postkarte wurden vom Tisch geweht und segelten langsam, ein Fetzen nach dem anderen, auf den kalten Küchenboden.

»Bist du noch dran, Chef?«

»Ja.« Zorn räusperte sich. »Erzähl.«

»Ein alter Mann hat sie vor einer halben Stunde im Krankenhaus abgeliefert. Er hat sie in einer verlassenen Laube gefunden, in der Gartensparte am Nordbad. Sie ist völlig dehydriert. Und sie wurde gefoltert. Von wem, lässt sich noch nicht sagen.«

Zorn griff nach seinen Zigaretten. Seine Finger flatterten.

»Ich komme zu dir«, sagte er heiser. Mehr fiel ihm nicht ein.

»Das bringt nichts«, widersprach Schröder. »Im Krankenhaus können wir nichts tun, wir dürfen frühestens morgen Vormittag zu ihr. Eine Streife ist unterwegs in die Gartenanlage. Und hier in der Wohnung treten wir uns jetzt schon gegenseitig auf den Füßen rum.«

»Willst du damit sagen, dass ich bei den Ermittlungen im Weg stehe?«

»Nein, Chef. Ich will sagen, dass du zu Hause bleiben kannst.«

Ein paar Sekunden überlegte Zorn, ob er beleidigt sein solle oder nicht. Er entschied sich dagegen. »Meld dich, wenn's was Neues gibt«, sagte er. »Ich warte hier.«

»Eine weise Entscheidung, Chef.«

Wieder fragte sich Zorn, ob er gerade veralbert wurde. Doch bevor er nachhaken konnte, hatte Schröder aufgelegt.

*

Irgendwie musste er doch eingenickt sein, denn als es zwanzig Minuten später an seiner Tür klingelte, hörte er es zunächst nicht. Verschlafen richtete er sich auf und schlurfte los. Als Zorn die Wohnungstür öffnete, war er immer noch nicht richtig wach. Im Hausflur brannte kein Licht.

»Wo ist sie?«, fragte Max Brandt.

Sein Gesicht war unter der Kapuze nicht zu erkennen.

In der Hand hielt er eine blaue Rohrzange.

Dreiunddreißig

Der erste Schlag verfehlte Zorn um Haaresbreite. Erschrocken wich er zurück und stolperte über einen Turnschuh, im Fallen riss er seine Winterjacke von der Garderobe. Der zweite Hieb saß besser, Zorn wurde unterhalb des linken Schlüsselbeins getroffen, doch der dicke

Stoff der Jacke dämpfte den Schlag ab, das Eisen streifte die Schulter nur, aber auch das reichte, um ihn einen Moment außer Gefecht zu setzen. Wäre er stehen geblieben, hätte Max ihm den Schädel zertrümmert.

Zorn lag im Flur, Max stürmte über ihn hinweg und raste durch die Wohnung.

»Wo ist sie?«

In der Küche flogen Teller zu Boden, Zorn hörte, wie der Tisch umgeworfen wurde.

»Wo, verdammt?«

Max rannte ins Wohnzimmer, Bücher wurden aus dem Regal gerissen, der Plattenspieler zerbarst auf dem Teppich. Claudius Zorn rappelte sich hoch, suchte nach einer Waffe, etwas, womit er sich wehren konnte. Im nächsten Moment war Max bei ihm und stieß ihn wieder zu Boden. Zorn lag auf dem Rücken, der Junge stand breitbeinig über ihm, die Rohrzange in der linken Hand.

»Wo?«

Speichel spritzte Zorn ins Gesicht.

»Sie ist nicht hier, Max. Du kannst meine Hütte auseinander nehmen, wie du willst, aber Martha wirst du hier nicht finden.«

Max hob die Zange. Die Backen waren geöffnet, die Zähne rostig, abgenutzt. Und doch angsteinflößend, wie das Gebiss eines angreifenden Kampfhundes.

»Wo?«

»Sie ist im Krankenhaus.«

»Du lügst.«

»Ich lüge nicht. Martha ist vor einer Stunde eingeliefert worden. Es geht ihr nicht gut.«

Die Zange hob sich ein Stück. Die Augen des Jungen verengten sich. Diesmal würde er treffen.

»Sie ist nicht im Krankenhaus!«

Zorn hob schützend den Arm vors Gesicht. Die andere Hand tastete über den Teppich, er fühlte seine Brieftasche, ein paar Geldstücke, die Haarbürste. Nichts, womit er sich wehren konnte.

Ich muss Zeit gewinnen, überlegte er verzweifelt. Solange ich rede, schlägt er nicht zu. Er darf nicht merken, dass ich Angst habe. Ich muss ihn ablenken, provozieren.

Er ließ die Hand sinken und sah Max in die Augen.

»Na los, schlag zu«, sagte er ruhig. »Du hast genügend Menschen auf dem Gewissen, auf einen mehr kommt's nicht an. Es ist doch so, oder? Du hast alle deine Freunde umgebracht, und jetzt bist du allein und weißt nicht weiter.«

Max blinzelte verwirrt.

»Du brauchst einen Arzt«, fuhr Zorn leise fort. »Du bist schizophren, oder irgendwas in der Art. Ich hab keine Ahnung von diesem Psychozeugs, aber eins weiß ich genau: Du hast ein echtes Problem, Junge.«

Zorn ließ Max nicht aus den Augen. Sein Herz raste, als würde es jeden Moment aus dem Brustkorb springen.

Ich muss weiterreden, dachte er, einfach nur reden. Aber was?

»Jetzt bin ich seit über zwanzig Jahren Bulle, und ich bin noch nie so verarscht worden. Nicht nur ich, du hast die komplette Polizei an der Nase rumgeführt. Wir alle haben dir das Märchen vom armen, verfolgten Unschuldslamm abgekauft. Darauf kannst du dir was einbilden, Max.«

»Weil ihr bekloppt seid. Es war total einfach.« Max ließ die Zange ein Stück sinken. Es klapperte leise, als die Schenkel aneinander schlugen. »Ich musste nur die Rolle spielen, in der du mich sehen wolltest.«

»Und das hat ja auch geklappt. Du solltest Schauspieler werden.« Zorn nickte anerkennend. Während er sprach, zog er langsam das linke Bein an. »Obwohl ich mir nicht vorstellen kann, dass du jemals wieder auf freien Fuß kommst. Vielleicht kannst du im Knast eine Theatergruppe gründen. Ich bin sicher, du hättest Erfolg. Und außerdem denke ich ...«

Claudius Zorn trat mit aller Kraft zu.

Er traf Max direkt an der Kniescheibe.

*

Ein leises Klicken, das Vorhängeschloss fiel zu Boden. Der Mann von der Spurensicherung ließ den Bolzenschneider sinken und ging einen Schritt beiseite.

»Bitteschön, Herr Hauptkommissar.«

»Danke.« Schröder betrat den Keller, seine Hand tastete über die grob verputzte Wand und fand den Lichtschalter. Eine nackte Glühbirne flammte auf.

Das Erste, was ihm auffiel, waren die leeren Flaschen. Es mussten Hunderte sein, sie standen überall, säuberlich aufgereiht und nach allen denkbaren Sorten geordnet: Wein, Bier, Likör, Schnaps und Sekt.

Ein Regal an der linken Wand war ebenfalls mit Flaschen gefüllt, dazwischen türmten sich alte Zeitungen und verstaubte Bücher. An der Decke hing ein altes Fahrrad. Es roch nach vergorenem Alkohol und altem Öl.

Schröder wandte sich nach rechts. Alte Umzugskartons stapelten sich bis fast unter die Decke. *TRANSPORTBOX*, stand auf den Seitenflächen, *TRAGKRAFT 50 KILO*. Er schob ein paar beiseite und verschwand in einem schmalen Zwischenraum.

Zwei Minuten später kam er wieder zum Vorschein.

Er war blass geworden.

»Holen Sie die Kollegen, die sollen den Dreck da drin einpacken und ins Präsidium bringen«, sagte er zu dem Mann von der Spurensicherung.

»Welchen Dreck?«, fragte der Mann.

Schröder antwortete nicht. Langsam ging er den Flur entlang, schwerfällig wie ein alter Mann. Als er die Kellertreppe erreichte, blieb er stehen, setzte sich auf die unterste Stufe und vergrub das Gesicht in den Händen.

*

Max schrie gellend auf, sein Knie knackte, er stolperte durch die geöffnete Wohnungstür rückwärts in den Hausflur und landete dort auf dem Hosenboden. Die Zange entglitt seinen Händen, schlitterte über das Linoleum und blieb unter einem Feuerlöscher liegen. Zorn stützte sich mit der Hand ab und sprang auf, er schrie jetzt ebenfalls, der Schmerz raste durch seine Schulter, er verhedderte sich in seiner Jacke und fiel wieder hin. Draußen rappelte sich Max hoch und hinkte davon, erst langsam, dann immer schneller. Links von ihm lag der Fahrstuhl, er hieb auf den Knopf, es war der falsche, das Hauslicht flackerte auf. Er zögerte, sein Blick flackerte ebenfalls, dann lief er weiter und blieb vor der Tür zum Treppenhaus stehen. Dort drehte er sich um. Zorn lag noch immer in seiner Wohnung unter der Garderobe und hielt sich die schmerzende Schulter.

»Du hast mir weh getan!«, schluchzte Max und rieb mit der Hand über sein Knie.

Es klang wie das Quengeln eines eingeschnappten Viertklässlers. Max' Kapuze war herabgerutscht, Zorn sah, dass er weinte. Wimperntusche lief über seine Wangen, er hatte sich noch immer nicht abgeschminkt.

Dein Lippenstift ist verwischt, schoss es Zorn durch den Kopf. *Du hast ihn gekauft, und ich hab es gesehen. Zuviel Rot auf deinen Lippen.*

Wer hatte das gesungen? Richtig, Falco. *Jeannie* hieß das Lied. Fast dreißig Jahre alt, Zorn hatte es immer gemocht.

Max hob den Kopf, als würde er lauschen.

Jetzt hör ich sie!, schrie Falco in Zorns Schädel. *Sie kommen! Sie kommen, dich zu holen! Sie werden dich nicht finden! NIEMAND WIRD DICH FINDEN! DU BIST BEI MIR!*

Zorn rappelte sich mühsam auf. »Wenn das jetzt ein Krimi wär, würde ich sagen, dass du aufgeben sollst«, rief er und versuchte die Musik in seinem Kopf loszuwerden. Seine Stimme hallte über den leeren Hausflur. »Du hast keine Chance, Junge!«

Max stand da, seine Hand lag auf der Türklinke.

Er sieht aus wie der Joker aus den Batman-Filmen, dachte Zorn. Mit dem Unterschied, dass er noch verrückter ist.

Der Junge legte den Kopf ein wenig schief und dachte nach. Dann warf er Zorn einen letzten Blick zu. Seine Augen glitzerten wie Eiswürfel.

»Fang mich doch.«

Er verschwand im Treppenhaus.

*

Schröder stand auf der Straße, als sein Handy klingelte.

»Max ist hier, du musst sofort herkommen!«, flüsterte Zorn. »Bring jeden mit, den du um diese Zeit auftreiben kannst. Ich bin im Treppenhaus, er muss sich hier irgendwo versteckt haben.«

Schweigend lauschte Schröder der atemlosen Stimme Zorns. Hinter ihm öffnete sich die Tür, Beamte erschienen und trugen Kisten aus dem Haus.

»Ich komme sofort, Chef. Da ist noch was.«

»Was?«

»Wir haben Bilder gefunden, eindeutige Bilder. Das ist nicht alles, es gibt auch Videokassetten. Brandt hat das Zeug im Keller versteckt, deswegen hat es so lange gedauert, bis wir darauf gestoßen sind. Ich glaube, dass auf einigen der Bilder sein Sohn zu sehen ist.«

»Max?«

»Ja.« Es war deutlich zu hören, dass Schröder sich Mühe gab, doch seine Stimme bebte. »Peter Brandt ist pädophil. Er hat sein eigenes Kind missbraucht.«

Sie schwiegen einen Moment.

»Scheiße«, sagte Claudius Zorn leise und legte auf.

Das Gespräch hatte nicht länger als dreißig Sekunden gedauert.

*

Zorn stand im Treppenhaus, lehnte sich über das Geländer und spähte hinab. Unter ihm ging es vierzehn Etagen in die Tiefe, die Stufen schlängelten sich hinab, er sah den schwarzen Handlauf, die Schutzgitter zwischen den staubigen Treppen.

Von Max keine Spur.

Wie viele Menschen wohnen in diesem Kasten?, überlegte er. Hundert? Fünfhundert? Max hat meine Bude auseinander genommen, ich hab gebrüllt wie ein Verrückter, wieso hat eigentlich niemand diesen Krach gehört? Oder wollte es niemand hören?

Zorn trat einen Schritt zurück. Er war barfuss, seine nackten Füße klatschten leise auf dem Beton. Sein Herz hämmerte, er schloss die Augen, plötzlich wurde ihm schwindlig, das Treppenhaus begann sich zu drehen.

Dieser kleine Mistkerl hat mir bestimmt das Schlüsselbein gebrochen, dachte er wütend. Und ich kann von Glück reden, dass er nicht richtig getroffen hat.

Es war keine Minute her, dass Max verschwunden war. In dieser kurzen Zeit konnte er das Haus noch nicht verlassen haben. Irgendwo musste er sein. Aber wo?

Zorn legte den Kopf in den Nacken und lauschte angestrengt.

Nichts.

Bis auf das schrille Pfeifen, es klang, als würde eine Lokomotive mit Volldampf durch seinen Kopf rasen. Aber das war jetzt nebensächlich.

Er entschloss sich zu warten. Das war das Klügste, es konnte nicht mehr lange dauern, bis Schröder mit dem Einsatzkommando hier war. Sie würden das Haus abriegeln und, wenn nötig, jede einzelne Wohnung durchkämmen. Natürlich, das würde einige Zeit dauern, aber es war eine sichere Angelegenheit.

Ja. Genau so mach ich's.

Zorn rutschte an der Wand entlang zu Boden und ließ den Kopf auf die Arme sinken. Farbsplitter rieselten herab, einige blieben an der Rückseite seines T-Shirts kleben. Er bemerkte es nicht. Jetzt war er müde, wirklich müde. Kein Wunder, wie spät war es? Drei Uhr morgens?

Er gähnte und schloss die Augen. Ein Luftzug streifte ihn. Verwirrt richtete er sich auf. Etwas war ungewöhnlich, die Luft kam nicht von unten, sondern von oben. Und es roch anders, nicht wie sonst nach muffiger Kleidung und abgestandenem Essen, sondern frisch, nach kühler Nachtluft. Als ob über ihm ein Fenster offen stand.

Vor ihm führte eine schmale eiserne Leiter nach oben. Eine rotweiß gestreifte Metallkette hing davor, ein Schild baumelte daran.

DACH BETRETEN FÜR UNBEFUGTE VERBOTEN!

Zorn sah auf.

Nein, das war kein Fenster.

Die Dachluke stand offen.

*

Max saß auf einem dreißig Zentimeter hohen, mit Zink beschlagenen Sims, der das Dach nach außen begrenzte. Der Mond stand im Rücken des Jungen, sein Schatten zeichnete sich auf der teergedeckten Oberfläche ab, als hätte jemand ein Loch in die Dachpappe geschnitten. Das Dach glitzerte im Mondlicht wie Schnee in der Sonne. Es war warm, trotzdem wirkte die Szenerie kühl, wie eingefroren: Max, der einsame Junge inmitten einer paradoxen, surrealistischen Landschaft, mit dem Rücken zum Abgrund sitzend, reglos, wie in einem Gemälde von Edward Hopper.

Zorn zwängte sich durch die Luke und blickte sich um.

»Bleib, wo du bist«, sagte Max. »Oder ich springe.«

Er sah Zorn direkt in die Augen. Es war klar, dass er es ernst meinte.

»Okay.« Zorn hockte sich in einer Entfernung von fünf, sechs Metern auf den Boden. »Ich weiß nicht genau, wie weit oben wir hier sind, aber fünfzig Meter sind es bestimmt, oder? Es wird nicht viel von dir übrig sein, wenn du da unten gelandet bist.«

»Vielleicht will ich das ja?«

Darauf wusste Zorn keine Antwort.

»Meine Wohnung sieht aus wie ein Saustall«, sagte er stattdessen. Beim Reden angelte er vorsichtig das Handy aus der Hosentasche und tippte eine SMS ein. »Mindestens die Hälfte meiner Schallplatten ist kaputt. Die wirst du mir ersetzen, mein Lieber.«

»Du hast mir fast die Kniescheibe gebrochen!«

»Und du mein Schlüsselbein. Ich schätze, zumindest in dieser Beziehung sind wir quitt.«

bin auf dem dach, stand auf dem Display.

»Ich war noch nie hier oben.« Zorn schickte die Nachricht an Schröder, dann legte er das Telefon vorsichtig neben sich auf den Boden. »Es ist schön hier, findest du nicht?«

Max zuckte die Achseln und schwieg.

Die Sterne leuchteten hell, unzählige glitzernde, vibrierende Punkte. Rechts von ihnen, im Norden, stand ein großer, rötlich flimmernder Fleck tief über dem Horizont, nur ein paar Zentimeter über dem Sims.

Zorn wies mit dem Finger darauf.

»Was meinst du, ist das die Venus? Ich kenne mich mit Sternen nicht aus.«

»Lass mich in Ruhe mit der Scheiße.«

Zorn kramte seine Zigaretten hervor.

»Willst du eine?«

»Nein.«

»Das hatte ich vergessen, du rauchst ja nicht.«

Zorn lehnte den Kopf zurück und inhalierte tief. Der Mond schien ihm direkt ins Gesicht, er schloss geblendet die Augen.

»Lass uns gehen, Max«, sagte er leise. »Du kannst nicht ewig hier oben hocken.«

»Ich will nicht da runter. Was soll ich da? Ihr habt mir Martha weggenommen, hast du das vergessen?«

Mist, überlegte Zorn, was soll ich darauf schon sagen? Das Mädchen scheint das Einzige zu sein, was ihm noch wichtig ist. Ich weiß nicht, wie ich mit so einer Situation umgehen soll. Wenn ich zu ihm gehe, springt er. Ich kann aber auch nicht sitzen bleiben und dummes Zeug reden.

In der Ferne näherten sich Sirenen.

Endlich, dachte Zorn. Ein paar Minuten noch, dann ist Schröder hier.

»Willst du reden?«, fragte er.

»Worüber?«

»Über das, was passiert ist. Warum du all diese Menschen umgebracht hast.«

Wind kam auf. Eine Böe erfasste das Haar des Jungen, er strich es sich mit einer raschen Bewegung aus dem Gesicht. Seine Augen leuchteten wie Scheinwerfer, als hätte man Licht in seinem Kopf eingeschaltet.

»Sie waren mir im Weg.«

»Deswegen tötet man niemanden.«

»Wenn man einmal damit angefangen hat, wird es immer leichter.« Max hob die Hand und begann an den Fingern abzuzählen: »Björn. Udo. Eric. Sie haben es verdient, alle drei.«

»Warum?«

»Weil sie mir Martha wegnehmen wollten.«

»Das ist alles?«

»Ja. Und weil es so einfach war.« Max lachte leise. »Es hat irgendwie Spaß gemacht, euch an der Nase herumzuführen. Ich musste nur einen blöden Kaugummi auf den Hochsitz legen, und schon habt ihr gedacht, Eric hätte Björn getötet.« Er machte eine kurze Pause. »Bei Eric war es nicht ganz so leicht. Er hat sich gewehrt, als ich ihn von der Burg gestoßen habe. Der Blödmann hat mir voll in die Eier getreten.« Das klang ehrlich entrüstet.

Zorn spürte, wie es in seinem Magen rumorte. Er überlegte, wann er zuletzt gegessen hatte. Die Brötchen vom Vorabend fielen ihm ein, sie grummelten in seinem Bauch und schickten sich an, wieder zum Vorschein zu kommen.

Ich darf jetzt nicht kotzen, dachte er. Ich muss reden, einfach nur reden.

»Und dann hast du die Filme auf die Festplatte von Pastor Giese überspielt.«

»Natürlich«, nickte Max. »Schließlich brauchtet ihr jemanden, den ihr verdächtigen konntet.«

Zorn fuhr mit den Fingern in die Zigarettenschachtel, sie war so gut wie leer. Langsam gingen ihm die Fragen aus.

»Ich verstehe nicht, wie du das auf dem Turm angestellt hast«, überlegte er laut. »Schließlich war ich selbst dabei, als der Priester dich umbringen wollte.«

»Das hab ich mir gut ausgedacht, stimmt's?«, sagte Max stolz, wie ein Schuljunge, der für seine Hausaufgaben gelobt wird. »Und du bist sofort drauf reingefallen, als ich dich angerufen hab.« Er richtete sich auf. Dann rief er mit hoher, ängstlicher Fistelstimme: »Hilfe, Herr Kommissar! Er will mich umbringen, retten Sie mich!«

Zorn fröstelte, seine Nackenhärchen richteten sich auf.

Max beugte sich vor und fragte leise: »Willst du wissen, wie es wirklich war?«

»Ja.«

Und Max erzählte.

Vierunddreißig

Er steht auf dem Aussichtsturm.

Den Strick hat er über die Querstrebe geworfen, das eine Ende ist um seinen Hals geknotet, das andere fest am Geländer verzurrt. Er hat die Hände in den Hosentaschen, lehnt mit der Schulter an einem der blauen Pfeiler und wartet.

Unter ihm wiegen sich die Wipfel der Kiefern im Wind. Auf der Lichtung nähern sich hastige Schritte, kurz darauf poltern schwere Männerschuhe über die Stahltreppen. Max hört den angestrengten Atem eines Mannes. Er lächelt zufrieden.

Die kräftige Gestalt des Priesters biegt um die Ecke. Als er den Jungen bemerkt, bleibt er stehen.

»Hier bin ich. Was ist passiert?«

Max sieht auf die Uhr.

»Sie sind pünktlich«, sagt er. »Sehr gut.«

»Erklär mir bitte, was los ist. Warum um alles in der Welt bestellst du mich um diese Zeit hierher?« Die sonore Stimme des Pastors hallt über die Lichtung. »Geht's dir gut?«

»Aber natürlich«, nickt Max. »Es dauert noch einen Moment.«

»*Was* dauert noch einen Moment? Erklär mir, was hier los ist.«

Der Priester kommt näher und greift Max am Oberarm. Er erkennt den Strick um den Hals des Jungen und erstarrt.

»Was soll das? Bist du verrückt geworden?«

»Lassen Sie mich los.«

Giese weicht einen Schritt zurück.

»Was hast du vor?«

»Ist das nicht eindeutig?«, lächelt Max.

»Hör zu, Junge. Egal, was passiert ist, niemand hat das Recht, sich selbst umzubringen. Es gibt immer einen Ausweg, verstehst du? Du kannst …«

Max hebt den Zeigefinger an die Lippen.

»Pssst!«

Der Priester verstummt verwirrt.

Max lauscht einen Moment, dann nickt er. »Wir spielen jetzt ein Spiel, Herr Pastor«, flüstert er. »Ich hab keine Ahnung, wie es ausgeht. Aber es wird bestimmt lustig. Sind Sie bereit?«

Giese will etwas sagen, doch Max bringt ihn mit einer Handbewegung zum Schweigen. Er sieht den Priester an, lässt ihn nicht aus den Augen.

Öffnet den Mund. Und schreit.

»Hilfe!«

Der Ruf gellt weit durch die Nacht, es ist der Schrei eines Menschen in Todesangst.

»Lass das, verdammt nochmal!«, schimpft Giese. Es ist das erste Mal in seinem Leben, dass er flucht. Er wird es nie wieder tun.

»Das gehört zum Spiel!«, sagt Max und zieht die Oberlippe nach oben. Es soll ein Lächeln sein, doch es erinnert an das Zähnefletschen eines Raubtiers. »Jetzt müssen wir ein bisschen warten, Herr Pastor. Er kommt gleich.«

»Wen meinst du? Um Himmels willen, ich will jetzt wissen, was hier vor sich geht!« Giese wird ungeduldig. »Wir werden jetzt gehen, Max. Dann erklärst du mir in Ruhe, was passiert ist. Wir überlegen gemeinsam und finden eine Lösung! Und jetzt nimm gefälligst diesen albernen Strick ab, du tust dir noch weh!«

Der Priester greift nach dem Strick, will ihn über den Kopf des Jungen ziehen.

»Finger weg«, zischt Max.

Giese schüttelt wortlos den Kopf, zerrt weiter energisch an dem Strick. Er weiß, dass er stärker ist als der Junge.

Max hebt die Pistole.

Der Priester erstarrt.

»Wo hast du die her?«

»Ich sagte, Sie sollen mich loslassen.«

Erschrocken weicht Giese zurück. Der Lauf ist direkt auf seinen Bauch gerichtet. Ungläubig wandert sein Blick zwischen der Waffe und dem Gesicht des Jungen hin und her.

»Sie sind ein netter Kerl«, sagt Max heiter. »Ein bisschen leichtgläubig vielleicht, aber nett. Ich will nicht schießen, aber Sie können mir glauben, dass ich's tun werde, wenn Sie nicht machen, was ich sage. Haben Sie verstanden?«

Giese schluckt. Dann nickt er.

»Gut.« Max nickt ebenfalls. »Wir müssen jetzt leise sein, sonst funktioniert das Spiel nicht.«

Ein Käuzchen schreit.

Am Fuß des Berges knacken Äste, ein leiser Aufprall folgt, als würde ein Körper zu Boden fallen. Dann ein unterdrücktes Fluchen.

»Das ist er, der Kommissar«, flüstert Max aufgeregt. »Ich glaube, er ist gestolpert. Er ist so dumm, er kommt, um mich zu retten, ist das nicht toll?«

Er beugt sich über das Geländer und späht hinab. Ein Mann in weißem Hemd erscheint, humpelt ein Stück über die Lichtung und verschwindet hinter einer Krüppelkiefer.

»Jetzt«, zischt Max, »kommt der zweite Teil.«

Er holt tief Luft.

»Bitte, tun Sie das nicht!«, schluchzt er mit schriller, flehender Stimme.

Giese steht vor ihm, wortlos, mit offenem Mund. Er ist blass geworden.

Max dreht sich zu ihm um. Er kichert leise.

»Ich bin gut, oder?«

Der Priester streckt die Hand aus.

»Gib mir die Waffe, Junge«, sagt er ruhig.

Max achtet nicht auf ihn. »Ich werde nichts sagen!« Er schreit aus vollem Hals, den Blick nach unten auf die Lichtung gerichtet. »Glauben Sie mir!«

Im Wald nähern sich Autos, Bremsen quietschen, Blaulicht leuchtet zwischen den Bäumen auf.

»Er hat Verstärkung geholt«, presst Max hervor. »Wir müssen uns beeilen.«

Giese steht vor ihm, noch immer hat er die Hand ausgestreckt.

»Gib mir das verflixte Ding.«

Die Mündung des verflixten Dings ist jetzt direkt auf seinen Kopf gerichtet. Max schüttelt den Kopf. Seine weichen, mädchenhaften Gesichtszüge verhärten sich, als wären sie aus Beton. »O Gott!«, kreischt er. Seine Augen glitzern. »Nein!«

Er sieht nach unten, der Mann im weißen Hemd hinkt über die Lichtung.

»Du sollst mir diese Pistole geben«, sagt Giese zum dritten Mal. »Ich verstehe nicht, was hier gespielt wird, es ist mir auch egal. Hör jetzt auf, Max.«

Schritte poltern auf den Stufen, sie nähern sich rasch.

»Jetzt kommt das Finale.«

Max tritt dicht an Giese heran, drückt ihm die Pistole in die Hand.

»Was soll das, Max?«

»Bitteschön, jetzt sind Ihre Fingerabdrücke drauf.«

Der Pastor starrt verblüfft auf die Waffe.

»Ich weiß nicht, wie lange ich das durchhalte«, flüstert Max, »ein paar Sekunden, was denken Sie?« Seine Hände greifen den Strick, legen sich ihn um den Hals. »Du bist Priester, versuch, mir zu helfen. Das ist dein Job, oder?«

Er schwingt die Beine über die Querstrebe.

»Einer von euch beiden wird mich retten. Entweder du oder der dumme Kommissar.«

Ein Grinsen.

»Wenn nicht, ist auch egal.«

Dann springt er.

Ein hohes Sirren, das Seil strafft sich. Der Turm erzittert unter dem Gewicht des Jungen. Giese reagiert schnell. Die Waffe poltert zu Boden, kurz darauf steht er am Geländer und versucht mit fliegenden Fingern, den Strick zu lösen.

Ein paar Sekunden später legen sich die Hände des dummen Kommissars um seinen Hals.

Fünfunddreißig

»Ich glaub es nicht.« Zorn schüttelte den Kopf. »Giese wollte den Strick gar nicht festmachen, er wollte ihn *lösen*. Woher wusstest du, dass ich auf diesen Mist reinfalle?«

»Das hab ich nicht gewusst«, erklärte Max stolz. »Es war ein Spiel, und ich hab gewonnen. Wir haben die Karten gemischt, ich hab den Joker gezogen, du die Lusche und Giese den Schwarzen Peter. Es hätte anders kommen können, aber das war mir egal. Du warst ja sogar so nett, den Priester nicht mehr zu Wort kommen zu lassen.« Max starrte zu Boden, während er nach den richtigen Worten suchte. »Es war irgendwie spannend! Ich hatte keine Ahnung, wie es ausgehen würde, Giese hätte nur was sagen müssen, und ihr hättet mich geschnappt. Na und? Dann wär es halt vorbei gewesen.«

»Du hättest dabei draufgehen können.«

»Klar. Aber ich hatte den Knoten so gebunden, dass er sich nicht zuziehen konnte. Und ich hatte meine Hände um das Seil. Es tat mehr weh, als ich gedacht hatte. Du hast mich ganz schön warten lassen. Ich dachte schon, du hättest dich verlaufen.«

Weit, weit unten rumpelte ein Lastwagen durch die Nacht. Ein Getränketransporter, der mit überhöhter Geschwindigkeit über die Hochstraße in Richtung Süden fuhr, doch das war vom Dach aus nicht zu sehen.

»Okay, du hattest das Spiel gewonnen«, nickte Zorn. »Warum hast du den Priester trotzdem getötet?«

Max sah ihn an, als sei er nicht ganz bei Trost.

»Ist das so schwer zu verstehen? Ich hatte unglaubliches Glück gehabt, aber er hätte doch alles versaut! Er war ein Zeuge, wenn er wach geworden wäre, hätte er alles erzählt. Ihr habt's mir total einfach gemacht. Ich wusste ja nicht mal, auf welchem Zimmer er liegt. Aber der Bulle saß direkt davor.« Er kicherte kurz. »Ich glaube, der fand mich schick in diesen Frauenklamotten. Der hätte mir sogar die Tür aufgehalten, wenn ich gewollt hätte. Und angeglotzt hat er mich, als wär ich Giselle Bündchen.«

Zorn hatte keine Ahnung, wer das war. Das interessierte ihn auch nicht, wichtig war, den Jungen von der Kante wegzulocken. Dazu brauchte er Zeit. Noch mehr Zeit.

»Erzähl mir, was mit Martha passiert ist.«

»Nein.« Max schüttelte heftig den Kopf. »Dazu hab ich keine Lust.«

Die Leiter klapperte leise. Zorn registrierte einen Schatten, eine Glatze tauchte auf, dann erschien Schröder in der Luke.

Endlich, dachte Zorn. Endlich.

»Ich habe schon eine Weile zugehört«, erklärte Schröder heiter. »Hast du was dagegen, wenn ich hierbleibe?«

Ohne eine Antwort abzuwarten, schwang er sich hinaus und nahm wie selbstverständlich neben Zorn Platz. Er trug einen dünnen Sommermantel, der mindestens drei Nummern zu groß war.

»Ich will nicht, dass Sie hier sind!«, rief Max. »Ihr sollt gehen, alle beide!«

Schröder hob die Hände.

»Wir werden uns nicht von der Stelle bewegen. Du allein bestimmst, wie es weitergeht, was meinst du?«

Max legte den Kopf in den Nacken und dachte nach. Vom Bahnhof her war undeutlich eine Durchsage zu hören, die blecherne Stimme klang, als käme sie aus einer anderen Welt.

Sie schwiegen eine Weile.

»Wir haben deinen Vater gefunden«, sagte Schröder dann. »Vor zehn Minuten, er hing tot in einem Baum hinter der Fontäne.«

»Was?«, fuhr Zorn auf.

Schröder griff seinen Arm und drückte ihn leicht. Dabei ließ er Max nicht aus den Augen. Zorn verstand und schwieg.

»Warum hast du ihn umgebracht?«, fragte Schröder ruhig. »Du warst es doch, oder?«

Max hatte sich aufgerichtet. Er stand jetzt oben auf dem Sims, ein schmaler, vom Mondlicht umflossener Schatten.

Herrgott, dachte Zorn, wenn er einen Schritt nach hinten macht, stürzt er ab.

Unter ihnen waren Schritte zu hören, Männerstimmen flüsterten.

Zorn spähte in die Luke. Das Treppenhaus war hell erleuchtet, ein halbes Dutzend Männer in Kampfanzügen drängte sich unter der Leiter.

Max bemerkte es nicht.

»Wenn man einmal angefangen hat, wird es jedes Mal leichter, jemanden zu töten. Es ist wie eine Schleuse, die geöffnet wird. Oder ein Pickel, den man ausdrückt. Die anderen haben mich gestört, sie mussten weg.«

Max redete leise, wie zu sich selbst.

»Bei Papa war es anders. Schlimmer.«

»Wir wissen, dass er dich missbraucht hat«, sagte Zorn. »Er hätte den Rest seines Lebens im Knast verbracht. Reicht das nicht?«

Max überlegte kurz.

»Nein«, entschied er dann. »Er hat's nicht nur mit mir getan, sondern mit den anderen auch. Und ich war schuld. Wenn sie mich nicht gekannt hätten, hätte er sie nie in die Finger gekriegt.«

Ein Windstoß erfasste den Jungen. Er verlor das Gleichgewicht, sah nach unten, ruderte mit den Armen.

Zorns ohnehin schon rasender Puls schaltete einen Gang höher, er sprang auf. Max hing in der Luft, schwebte über dem Abgrund, einen Moment schien es, als würde er nach hinten fallen. Dann fing er sich wieder.

»Huch!«, lachte er. »Habt ihr's gemerkt? Fast wär ich abgestürzt!«

»Scheiße«, murmelte Zorn. »Er ist komplett wahnsinnig.«

Schröder stand auf.

»Lass uns gehen, Max«, sagte er. »Jetzt.«

Wieder schüttelte Max den Kopf. So heftig, dass sein blondes Haar hin und her flog.

»Wir können dir helfen.«, sagte Zorn und schob den Fuß ein paar Zentimeter nach vorn. Jetzt waren es noch drei Meter bis zu dem Jungen.

»Ihr?«, schrie Max mit sich überschlagender Stimme. »Ihr wollt mir helfen? Habt ihr überhaupt eine Ahnung, wie es ist, vom eigenen Vater *gefickt* zu werden? Immer und immer wieder?« Er hob die Hand, zitternd stieß sein Zeigefinger in die Luft. »Wisst ihr, wie es ist, wenn man im Bett liegt und hofft, dass man ausnahmsweise mal *keinen* Gute-Nacht-Kuss bekommt? Wenn man wartet, dass man stärker wird, damit man sich endlich wehren kann?«

Max weinte. Schluchzte wie ein Kind, das er eigentlich war.

»Ihr habt keine Ahnung, wie das ist.«

»Doch.«

Schröder trat einen Schritt vor und ging vor Max in die Hocke. Sein Mantel breitete sich aus, von hinten sah es aus, als wäre er bis zum Bauch im Dach versunken.

Zwei Meter Abstand, registrierte Zorn. Höchstens.

Schröder griff in die Hosentasche und hielt Max ein Taschentuch entgegen.

»Putz dir die Nase.«

Noch einen Meter. Zorn hielt die Luft an.

Greif zu!, schrie er innerlich auf. Los!

Max zögerte.

»Geh weg«, schniefte er dann, »du bist zu nah.«

»Wie du willst.« Augenblicklich wich Schröder zurück. »Du hast gesagt, wir hätten keine Ahnung. Aber das stimmt nicht.« Er sprach leise, wie hypnotisierend. »Soll ich dir sagen, warum?«

Max sah ihn mit großen Augen an.

»Ja.«

»Weil ich dasselbe erlebt habe wie du.«

Zorn fuhr zusammen.

»Du lügst«, sagte Max.

»Du wirst mir jetzt zuhören. Ich habe noch nie mit jemandem darüber gesprochen. Und ich habe nicht vor, das jemals wieder zu tun. Willst du?«

»Was?«

»Zuhören?«

»Okay.«

»Gut«, nickte Schröder zufrieden. »Ich war vier, als es angefangen hat. Aufgehört hat es, als ich acht war.« Er überlegte kurz. »Oder neun? Ich weiß es nicht mehr.«

Zorn saß einen Meter hinter ihm, sah Schröders Rücken, die Schultern, die sich beim Sprechen bewegten. Er verstand jedes Wort. Doch er konnte nicht glauben, was er da hörte.

»Es war mein Onkel, der Bruder meiner Mutter. Ich weiß nicht, wie schlimm es bei dir war, und auch nicht, was genau dein Vater mit dir angestellt hat. Ich will es auch nicht wissen. Bei mir war es schlimm. Sehr schlimm.«

»Bei mir auch«, flüsterte Max.

»Er war ein netter, fröhlicher Mann. Er hieß Paul, alle nannten ihn Teddy. Onkel Paul war riesig, groß wie ein Bär, musst du wissen, er trug einen schwarzen Vollbart mit feinen grauen Strähnen. Wenn er gelacht hat, mussten alle mitlachen, sein Lachen war tief und ansteckend, jeder mochte ihn. Teddy konnte Gitarre spielen, und er hat viel gesungen. Es war an den Wochenenden, da hat er uns immer besucht. Wir haben auf dem Land gewohnt. Tagsüber haben wir Ausflüge gemacht, die ganze Familie. In den Zoo, ins Schwimmbad, manchmal sind wir in die Stadt gefahren und ins Kino gegangen. Nachts kam er zu mir.«

Schröder klang gleichmütig, gelassen, er sprach in einem seltsam eintönigen Singsang. Als würde er ein Märchen erzählen. Aber es war die Wahrheit, das wusste Zorn.

»Soll ich noch mehr erzählen?«

Max schluckte.

»Nein.«

»Ich sage dir das alles, um dir zu zeigen, dass man es irgendwie überleben kann. Es gibt Tage, an denen ich mich umbringen möchte, vor allem nachts ist es am schlimmsten. Siehst du?« Schröder streckte die linke Hand aus. »Ich habe mich selbst verletzt.«

Max setzte sich wieder auf den Sims und beugte sich vor. Neugierig betrachtete er Schröders Hand, wie ein Kind, das ein Geburtstagsgeschenk öffnet. Die Brandblasen waren noch deutlich zu sehen.

»Das tat weh, oder?«

»Ich dachte, die Schmerzen helfen mir, das alles zu vergessen. Ich hab's auch mit Tabletten versucht, aber es klappt nicht. Ich hab sie weggeworfen.« Schröder tippte sich an die Stirn. »Es ist für immer in meinem Kopf: Der Geruch, seine großen Hände, die freundliche Stimme. Und da wird es für den Rest meines Lebens bleiben, das weiß ich jetzt. Ich kann mich noch an seine Fingernägel erinnern, sie waren lang. Er hat mir damit die Arme zerkratzt.«

Am Horizont wurde es langsam hell. Ein erster, vorsichtiger Schimmer tauchte die Stadt in ein rötliches Licht.

»Was ist mit ihm?«, fragte Max.

»Mit wem?«

»Deinem Onkel?«

»Er ist tot.«

»Gut.«

»Ja«, nickte Schröder. »Das ist gut.«

»Hast du ihn umgebracht?«

Schröder schüttelte den Kopf.

»Das war nicht nötig. Er hat es selbst getan.«

Max sah ihn prüfend an.

»*Hättest* du es denn getan?«

Schröder überlegte.

»Ich weiß es nicht. Ich habe drüber nachgedacht.«

Neben Zorn tauchte ein Kopf auf. Zuerst erschien der Helm, dann das maskierte Gesicht eines Polizisten in der Luke. Zorn gab ihm ein Zeichen zu verschwinden.

»Drei Minuten«, flüsterte der Mann. »Dann greifen wir ein.«

Er glitt geräuschlos zurück.

Schröder war aufgestanden.

»Ich fühle mich immer noch schuldig, obwohl ich weiß, dass es Blödsinn ist«, sagte er. »Ich habe keine Freunde, keine Frau, keine Kinder. Ich bin fast vierzig, und ich wohne allein. Aber ich bin am Leben. Es ist kein sonderlich schönes Leben, aber es ist besser als nichts.«

Er hob die Hand, sie war keinen Meter von Max entfernt.

»Komm jetzt.«

Max sah zuerst Schröder an, dann Zorn. Er dachte angestrengt nach, dabei biss er sich leicht auf die Unterlippe.

»Ich weiß nicht.«

Mach keinen Scheiß, dachte Zorn.

»Bitte«, flüsterte Schröder. Vorsichtig, ganz vorsichtig griff er nach dem Arm des Jungen. Max versteifte sich, ließ es aber geschehen.

»Okay«, sagte er leise.

Zorn kam heran, sie nahmen Max in die Mitte. Schweigend gingen sie auf die Luke zu.

»Ich brauch einen Kaffee«, sagte Zorn, dem die Stille peinlich wurde.

Zwei Meter vor der Luke blieb Max stehen.

»Kann ich vielleicht doch ein Taschentuch haben?«

»Natürlich.« Schröder kramte in seinen Manteltaschen.

Max putzte sich die Nase. Dann reichte er Schröder das Tuch.

»Danke«, sagte er. Er war blass geworden, seine blauen Augen leuchteten fiebrig.

»Alles okay?«, fragte Zorn.

»Ich glaube, mir wird schlecht.«

Max krümmte sich und hielt die Hand vor den Bauch.

Zorn ließ seinen Arm los.

Danach ging alles blitzschnell.

Innerhalb von Sekundenbruchteilen veränderte sich das Gesicht des Jungen, wurde zu einer verzerrten, triumphierenden Maske.

»Ich hab's mir anders überlegt.«

Dann rannte er los, quer über das Dach auf die andere Seite zu. Zorn stand wie erstarrt, unfähig, sich zu bewegen, als wären seine Füße einbetoniert. Schröder war schneller, im nächsten Augenblick folgte er dem Jungen, er flog förmlich, der Mantel umwehte ihn wie eine Flagge. Max sprang über einen Blitzableiter, leichtfüßig flitzte er über das Dach, noch vier, fünf Meter bis zum Rand, Schröder holte auf, er schrie, streckte die Hand aus, Max schlug einen Haken, Schröder verfehlte ihn knapp und griff ins Leere. Der Junge sah über die Schulter, merkte, dass der Abstand größer wurde, Zorn traute seinen Augen nicht, als er sah, wie Max jubelnd die Arme hochriss wie ein Sprinter kurz vor dem Ziel.

Dann hob er ab.

Einen Moment schien er in der Luft zu schweben, die Arme erhoben, die Beine leicht angewinkelt. Seine Haare wehten, das T-Shirt flatterte im Wind. Er stieß einen lauten Schrei aus.

Im nächsten Moment war er weg.

*

ich fliege, endlich bin ich frei, so ist es also, wenn …

*

Schröder stand schweratmend am Sims, die Hand hatte er noch immer erhoben.

Unwillkürlich begann Zorn, die Sekunden zu zählen. Wartete auf den Aufprall, dessen Echo doch irgendwann zu ihnen heraufdringen musste. Oder irgendein anderes Geräusch, den Schrei eines Menschen, das Quietschen einer Bremse vielleicht.

Doch da war nichts.

Nur der Wind.

Als hätte der Junge sich in Luft aufgelöst.

*

Die Sonne war aufgegangen. Schleierwolken trieben über den Himmel, es war diesig. Doch der Dunst löste sich allmählich auf, es würde ein schöner Tag werden. Langsam erwachte die Stadt zum Leben.

Sie standen auf dem Fußweg gegenüber von Zorns Haus.

»Ich war zu langsam.« Schröder hatte den Mantelkragen hochgeschlagen, er zog die Schultern hoch, als wäre ihm kalt. »Ich hätte ihn aufhalten können.«

»Nein, Schröder. Niemand konnte das. Er hat es die ganze Zeit vorgehabt, wir hatten keine Chance.«

Auf der anderen Straßenseite wurde ein Absperrband hochgehalten, ein Leichenwagen näherte sich und fuhr langsam an ihnen vorbei. An der Heckscheibe stand unter einem silbernen Palmzweig der Name des Beerdigungsunternehmers:

BESTATTUNGSHAUS FRÖHLICH – TRAUERFÄLLE ALLER ART, las Zorn verwirrt.

Schröder sah nachdenklich zu, wie der Wagen um die Ecke verschwand.

»Er war noch ein Kind.«

»Ja«, nickte Zorn. »Ein böses Kind.«

»War er das?«

»Er war ein Killer, Schröder. Du weißt, wie viele Menschen er umgebracht hat.«

»Man könnte sich fragen, was ihn dazu getrieben hat.«

»Stimmt.« Zorn rieb sich die schmerzende Schulter. »Aber ich glaube, dass dieser ganze Irrsinn schon immer in ihm geschlummert hat.«

»Vielleicht wäre das alles niemals ausgebrochen, wenn er eine normale Kindheit gehabt hätte. Wenn er jemanden gehabt hätte, der sich um ihn kümmert, der ihn liebt.«

»Scheiß Konjunktive«, murmelte Zorn.

Schröder erwiderte nichts.

»Was ist mit dir?« fragte Zorn vorsichtig.

»Was soll mit mir sein?«

»Kann ich was für dich tun?«

Schröder schüttelte langsam den Kopf.

»Wir werden nicht darüber reden. Vergiss, was ich vorhin erzählt habe. Es ist über dreißig Jahre her. Bisher hat niemand davon gewusst, und ich will, dass es so bleibt. Ich komme klar.« Er atmete tief ein. »Irgendwie.«

Zorn dachte eine Weile nach.

»Du hast vorhin gesagt, du hättest keine Freunde. Das stimmt nicht.«

Schröder sah auf. Seine Augen schimmerten hell, das Blau war tief, wie flaches Meerwasser in der Sonne. Ein kleines, fast unmerkliches Lächeln huschte über sein Gesicht.

»Auch darüber müssen wir nicht reden, Chef.«

Zorn bemerkte die Fältchen um seine Augenwinkel.

Schröder wird alt, dachte er. Er hat dasselbe durchgemacht wie Max Brandt, auch er hat nie darüber gesprochen. Und er ist durch die gleiche Hölle gegangen, wahrscheinlich lebt er noch immer darin. Klar, er ist ein alberner, dicker Kerl, der in zu großen Klamotten rumläuft, er schwitzt, er sieht aus wie ein Clown. Aber er ist ein guter Mensch. Der beste, den ich je getroffen habe.

Ein paar Stockwerke über ihnen wurde ein Fenster geöffnet, Musik drang heraus, die billige Instrumentalversion eines schlechten Schlagers. Claudius Zorn spürte ein unangenehmes Kribbeln auf dem Kopf. Das, überlegte er, konnte natürlich an der Musik liegen, vielleicht aber auch daran, dass er sich dringend die Haare waschen musste.

Schröder riss ihn aus seinen Gedanken.

»Wie machen wir weiter, Chef?«

»Hm.« Zorn tat, als müsse er angestrengt nachdenken. »Ich würde sagen, du legst dich ein Stündchen hin. Danach fährst du ins Präsidium und kümmerst dich um die Formalitäten und den ganzen Schreibkram. Wir sehen uns morgen. Und dann jagen wir gemeinsam wieder Pfandflaschendiebe und Schwarzfahrer.«

»Ein guter Plan. Dann fahr ich jetzt nach Hause.«

Schröder gähnte, nickte Zorn zum Abschied zu und tippelte los.

»Träum schön, Schröder.«

»Ich versuch's.«

Schröder hob die Hand und winkte, ohne sich umzusehen. Er trottete dahin, in seinem typischen, leicht schaukelnden Gang, der Mantel schlotterte fast bis zum Boden, das dünne Haar stand wirr vom Kopf ab wie ein rötlicher, ein wenig zerknitterter Heiligenschein.

Zorn sah ihm nach, bis er um die Ecke verschwunden war. Dann setzte er sich auf einen Papierkorb und zog die letzte Zigarette hervor. Das Feuerzeug klickte. Etwas wehmütig überlegte er, wie oft er wohl schon so dagesessen und in die Glut einer brennenden Zigarette gestarrt hatte.

Die Haustür gegenüber öffnete sich, vier Männer der Spurensicherung kamen heraus und begannen, ihre Koffer in einem Transporter zu verstauen.

Vielleicht, dachte Zorn, hätte der Junge überleben können. Wenn sich jemand um ihn gekümmert hätte. Jetzt ist er tot. Aber ich will nicht darüber nachdenken, wie ich es hätte verhindern können.

Hätte. Würde. Wäre.

Er seufzte, kniff die Augen zusammen und sah in die Sonne.

Lieber Gott, betete er still, irgendwann wache ich auf und stelle fest, dass mein Leben aus nichts anderem bestand, als aus einer Aneinanderreihung verpasster Möglichkeiten. Ich brauche jemanden, der mir ab und zu in den Arsch tritt. Vielleicht könntest du das übernehmen? Es reicht schon, wenn du mich zwischendurch mal aufmunterst. Du weißt, dass ich nicht an dich glaube, aber das kann dir ja egal sein, großmütig wie du bist. Und wenn du erwartest, dass ich wenigstens die Möglichkeit deiner Existenz in Betracht ziehen soll, dann tu gefälligst was!

Er wandte den Blick ab, helle Flecken tanzten durch sein Gesichtsfeld.

Quatsch, dachte er. Gott ist tot. Oder zumindest taub.

Ein Motorrad dröhnte vorbei. Rufe wurden laut, dann wurde das Fenster über ihm zugeschlagen. Sofort verstummte die Musik.

Wenn du denkst, dass ich dir das anrechne, hast du dich geschnitten, murmelte Zorn. Da musst du dir schon was Besseres einfallen lassen. Amen.

Auf der anderen Straßenseite rief jemand leise seinen Namen.

Eine Frau stand in der Eingangstür. Er konnte sie nur verschwommen erkennen, schließlich hatte er keine Brille auf. Aber er registrierte ihre schlanke Gestalt, das helle Kleid, ihr dunkles Haar. Ihre Augen sah er ebenfalls nicht, jedenfalls nicht deutlich, aber er wusste, dass sie ständig die Farbe zu wechseln schienen. Und er glaubte, einen leichten Geruch nach Flieder wahrzunehmen.

Danke, Gott. Dass man immer erst drohen muss, bevor du was unternimmst.

Malina winkte ihm zu. Das erkannte er deutlich, aber er sah nicht, dass Schröder ein paar hundert Meter weiter um die Ecke an einer Hauswand lehnte und weinte.

Claudius Zorn trat die Zigarette aus und lächelte zurück.

Dank an alle, die dieses Buch gelesen haben.
Für die Zeit, die sie mit Zorn und Schröder verbrachten.
Ich hoffe, es war nicht umsonst.

Krk, im Juni 2012